Eliza Graham

Weil du mich liebst

Das Buch

Seit einem schrecklichen Unfall hat Minna Byrnes alle Lebensfreude verloren, sie kann nicht mehr arbeiten, nicht mehr essen, schlafen oder lachen. Doch ihr Mann Tom will sie nicht aufgeben und versucht geduldig, sie zurück ins Leben zu lotsen. Um sie aus ihrem Trott zu reißen, schlägt Tom Minna vor, in einem einsamen kleinen Cottage an der idyllischen Südküste Englands einen Neuanfang zu wagen. Obwohl Minna die Hoffnung aufgegeben hat, willigt sie ein. Doch dann stößt sie durch Zufall auf die Geschichte eines jungen amerikanischen GIs, der hier an der Küste vor Jahrzehnten ertrank. Eine alte Zeichnung führt sie auf die Spuren einer tragischen Liebesgeschichte zwischen dem jungen Soldaten und seiner Geliebten – und zu einer bezaubernden alten Dame namens Felix.

Mehr als sechzig Jahre trennen die beiden Frauen, doch sie werden Freundinnen. Denn Felix war Zeugin der dramatischen Ereignisse um den jungen Soldaten und trägt ein schweres Geheimnis mit sich herum. Vorsichtig öffnen die beiden Frauen einander ihre Herzen und entdecken gemeinsam, dass jeder Tag ein kleiner Neuanfang ist. Und dass Minna das Wunder der Liebe vielleicht doch noch nicht ganz aufgegeben hat …

Die Autorin

Eliza Graham ist Autorin und Journalistin. Für ihren ersten Roman *Weil du mich liebst* suchte sie über fünf Jahre lang einen Verleger, bis er mit großem Erfolg in England erschien. Auch in Deutschland eroberte sie damit die Bestsellerlisten. Eliza Graham lebt mit ihrem Mann, ihren Kindern und ihrem Hund in Oxfordshire, nordwestlich von London.

Bei Blanvalet von Eliza Graham bereits erschienen:

Die Antwort des Windes
Das geheime Bild
Das Geheimnis von Fairfleet

Eliza Graham

Weil du mich liebst

Roman

Aus dem Englischen
von Elfriede Peschel

blanvalet

Die englische Originalausgabe erschien 2007 unter dem Titel
»Playing with the Moon« bei Macmillan New Writing,
an imprint of Pan Macmillan, Ltd., London.

MIX
Papier aus verantwortungsvollen Quellen
FSC® C014496

Verlagsgruppe Random House FSC® N001967

2. Auflage
Taschenbuchausgabe November 2016 bei Blanvalet,
einem Unternehmen der Verlagsgruppe Random House GmbH,
Neumarkter Straße 28, 81673 München

Umschlaggestaltung: Johannes Frick, Neusäß
Umschlagabbildungen: Shutterstock/Helen Hotson,
Pawel Papis und Jo Ann Snover
JB · Herstellung: wag
Druck und Einband: GGP Media GmbH, Pößneck
Printed in Germany
ISBN: 978-3-442-0388-9

www.blanvalet.de

Für Johnnie

TEIL I

1

Minna

Unser zweiter Hochzeitstag. Ich will Tom gerade erklären, dass unsere Ehe zu Ende ist, da entdeckt er etwas im Sand.

Seine Stirn runzelt sich. »Was um Himmels willen ist das?«

»Was ist was?« Mein Herz macht einen kleinen Satz: halb Verärgerung, halb Erleichterung, dass er das Gespräch unterbrochen hat. Er springt auf die Beine, geht durch den Seetang und das Treibholz, das der Sturm vergangene Woche angeschwemmt hat, auf die Felsen zu. Die Sonne bricht durch, und im Sand, der nun glatt wie ein Leinentischtuch vor uns ausgebreitet liegt, blitzt etwas auf. Ich kneife meine Augen zusammen und versuche den Gegenstand zu erkennen. Flaschenboden? Münze? Ich stehe auf und folge Tom mit knirschenden Schritten über die Kiesel, bis ich das sandige Watt erreiche.

Tom streckt abwehrend seine Hand aus. »Bleib stehen.« Er sagt das so bestimmt, dass ich verdutzt blinzele.

»Was ist denn los?«

Mit dem Rücken zu mir geht er in die Hocke und gräbt mit beiden Händen wie ein Hund. »O Gott.« Seine Hände verharren in ihrer Bewegung.

»Was ist?«

»Das willst du bestimmt nicht sehen…« Ich schiebe mich an seinem Arm vorbei, mit dem er mir den Weg versperren möchte, und sehe, was er ausgegraben hat: einen langen weißen Gegenstand. Einen Knochen. Etwas aus Metall liegt einen knappen Schritt weit davon entfernt.

»Ist das ein Menschenknochen?« Ich beuge mich tiefer.

»Vermutlich bloß von einem Schaf oder einer Kuh.« Aber ich registriere ein Zögern in seiner Stimme. Meine anatomischen Kenntnisse sind nicht die besten, aber dass dies hier nicht von einem Tier ist, weiß ich – es ist der Knochen eines menschlichen Beins. Tom gräbt weiter und legt eine Reihe elfenbeinfarbener Bögen frei. Einen Brustkorb.

»Jesus!«

Er schlingt seinen Arm um mich und zieht mich weg. »Sieh nicht hin. Geh und ruf die Polizei.«

Ich nicke. Als ich aufrecht stehe, fällt mir die Münze wieder ins Auge. Aber es ist keine Münze, sondern es sind zwei rostige Metallstreifen, die an einer Metallkette hängen. Erkennungsmarken, wie man sie in den alten Schwarz-Weiß-Kriegsfilmen sieht. Ich hebe sie auf und reibe die Gravur auf dem einen Streifen mit meinem Taschentuch blank. J.L.CAMPBELL und eine Nummer.

»Damit kann man ihn sicher identifizieren.« Hinter meinen Augenlidern fängt etwas zu brennen an. Ich blinzele und wende mich ab, während ich Tom die Marken gebe. Es ist so lächerlich, für jemanden, der so lange tot ist, solche Gefühle zu empfinden. »Der arme, arme Mann, wer auch immer er sein mag.«

»Alles in Ordnung mit dir?« Sein Ton drückt genau

das richtige Maß an Besorgnis aus: nicht genug, um mir zu zeigen, dass er beunruhigt ist, aber auch nicht so wenig, dass man ihm oder er sich Herzlosigkeit vorwerfen müsste. Diesen Drahtseilakt vollführt er mir gegenüber ständig.

»Ich gehe und rufe an.« Mir fällt noch was ein. »Es wäre wahrscheinlich besser, wenn wir nichts anfassen.«

»Meine Güte, ja, du hast recht.« Wir haben genügend Krimis gesehen, um zu wissen, dass man Leichen nicht anrührt. Er lässt die Erkennungsmarken fallen, sie landen scheppernd auf den Rückenwirbeln. Ich schaudere. »Entschuldige«, sagt er.

Über die Kiesel kehre ich zu meinem Rucksack zurück und drücke die Notrufnummer in mein Handy. Zum Glück ist der Empfang hier unten gut, ein Grund dafür, weshalb wir Rosebank House für den Sommer ausgesucht haben. Tom bekäme Ärger, wenn seine Kunden ihn nicht rund um die Uhr erreichen könnten.

Die Dame, die mit ihrer breiigen, langsamen Aussprache den Notruf entgegennimmt, lässt sich von der Nachricht nicht aus der Ruhe bringen und bittet uns, am Strand auf die Polizei zu warten.

»Das ist aber aufregend«, sage ich fröhlich zu Tom.

Er starrt mich an. »Wenn du das sagst.«

So eine krasse Bemerkung. Wahrscheinlich denkt er an das letzte Mal, als wir auf den Notdienst warteten. Ich spiele mit meinem Ehering, der nun ganz locker am Finger sitzt. Meinen Verlobungsring musste ich schon abnehmen, da er ständig herunterrutschte.

Ich habe ihm zu unserem Hochzeitstag keine Karte gekauft. Er legte heute Morgen einen großen Strauß Rittersporn für mich auf den Frühstückstisch – ungefährliche Blumen, weil wir sie weder bei der Hochzeit noch bei Beerdigungen hatten.

Er setzt sich wieder neben mich in den Sand, ich sehe an seinem Hals eine winzige pulsierende Ader. Noch vor wenigen Monaten hätte ich diese nur zu gern geküsst. Jetzt beobachte ich sie und empfinde nichts dabei. Unter uns plätschern die Wellen unentwegt über den Sand.

»Wir müssen reden«, sage ich. Mit mir zu leben, bringt ihn um. Es kann so nicht weitergehen.

Über uns blinkt Blaulicht neben dem alten Bunker auf der Klippe.

»Vor etwa einem Monat hatten wir hier in der Gegend eine raue See«, teilt uns der Polizeimeister mit. »Schlimme Frühjahrsstürme. Wahrscheinlich wurde der Sand unterspült und hat die Leiche wieder an die Oberfläche gehoben.«

»Könnte aber auch sein, dass sie in diesen Felsen eingeklemmt war, bis die Wellen sie herausgedrückt haben«, schlägt ein anderer Polizist vor und deutet auf die zerklüfteten Felsen, welche die Höhle begrenzen.

Mit einem Schnauben macht der Polizeimeister klar, was er von der Ansicht seines Untergebenen hält. »Kein Schädel. Ein Glück, dass diese Erkennungsmarke noch bei den Knochen ist. Das sollte uns die Arbeit erleichtern.«

»Glauben Sie, dass es ein Einheimischer ist?«, frage ich.

Der Polizeimeister wendet seinen Kopf. »Die Erkennungsmarke sieht amerikanisch aus. Hier in der Gegend hatten viele Yankees ihr Lager, vor allem Anfang 1944.«

»Vermutlich ist er bei einer Übung ertrunken«, sagt Tom.

Der Polizist sieht Tom mit gerunzelter Stirn an. »Ist das ein Ulster-Akzent, Mr Byrne?«

Ich versteife mich, ein alter Reflex aus der Zeit, als ich Tom immer in Schutz nehmen wollte. »Er ist Engländer.«

»Ich bin in Belfast aufgewachsen.« Tom spricht nur noch mit leichtem Akzent; der Dorfpolizist hat scharfe Ohren. Vermutlich versucht Tom nun herauszufinden, ob es ein gutes oder ein schlechtes Zeichen ist, dass ich für ihn eingetreten bin.

Der Polizeimeister nimmt sein Funkgerät. »Es bringt nichts, wenn wir alle hier unten rumhängen, der Kerl hier ist schon ein paar Jährchen tot. Ich denke, Sie wollen Ihren Urlaub fortsetzen wollen, Mr und Mrs Byrne.«

Die Tatsache, dass er uns mit unseren Ehenamen anspricht, erinnert mich wieder an das Gespräch, das ich beginnen wollte, als Tom die Knochen entdeckte. Tom sieht, wie ich zusammenzucke, und ich werde rot. Diese Reaktionsfolge überrascht mich – es ist Wochen her, dass ich überhaupt etwas empfunden habe.

SWANHAM HERALD

Toter Soldat von Fontwell war Amerikaner

Urlauber haben sechzig Jahre nach seinem Ertrinken die Überreste eines amerikanischen GI entdeckt. Amerikanische Militärbeamte haben seine Identität als Gefreiter Lew Campbell bestätigt, der vermutlich 1944

während eines Übungseinsatzes für die Landung in der Normandie ums Leben kam.
Die Leiche wurde am Dienstag bei Fontwell Cove, acht Kilometer östlich von Lulworth entdeckt. Die Polizei geht davon aus, dass die Unwetter der letzten Zeit sowie die Klippenerosion dafür verantwortlich sind, dass er aus seiner Ruhestätte an einem entfernter gelegenen Küstenabschnitt an Land gespült wurde. Fontwell liegt auf Militärgelände und wurde im November 1943 evakuiert, damit es als Trainingsgelände für die Invasion auf dem europäischen Festland genutzt werden konnte. Seine ehemaligen Bewohner sind nie wieder in ihr Dorf zurückgekehrt. Die Gegend ist zu bestimmten Zeiten im Jahr der Öffentlichkeit zugänglich.
Beamte des Verteidigungsministeriums und des Außenministeriums versuchen, noch lebende Familienangehörige des Gefreiten Campbell in seinem Heimatstaat Georgia ausfindig zu machen. Aller Wahrscheinlichkeit nach wird die Leiche auf dem amerikanischen Kriegerfriedhof von Madingley, Cambridgeshire beigesetzt.

2

Felix, 2006

Neben Felicity schlägt was auf.

Sie dreht sich um und sieht einen Jungen, der einen Fußball von der Farbe einer reifen Damaszenerpflaume seinem Bruder zuspielt. Eine Sekunde lang glaubt sie, sie kicken Lews aufgeblähten Kopf über den Rasen. Sie sucht an der Wand Halt, während die Welt sich dreht. Verdammt. Es war blöd von ihr, hierher zurückzukommen.

Als der Zauber vorüber ist, stellt sie mit Erleichterung fest, dass keiner in ihre Richtung blickt – Unsichtbarkeit ist einer der Vorteile des Alterns.

Natürlich liegt da kein Schwarzer mit blutigem und verschrammtem Kopf, eine Hand im Versuch, sich zu schützen, noch immer erhoben. Nur zwei kleine Jungs mit ihrem Fußball, die diesen Bilderbuchsommernachmittag zwischen den zerfallenden Mauern des Dorfes genießen.

Seit sie den Zeitungsartikel las, ist Lew ihr immer wieder erschienen. Er taucht am Ende ihres Betts auf und ruft ihren Namen, bis sie aufwacht. Sie glaubte, dem vor Jahren ein Ende gemacht zu haben. »Geh weg«, sagte sie vergangene Nacht zu ihm. Er antwortete nicht, das tat er nie. Sah sie nur mit diesen kohlschwarzen Augen an.

Gleich Zeit zum Aufbruch. Das Dorf wird nur zu bestimmten Stunden an bestimmten Tagen geöffnet. Überzieht man die Öffnungszeiten, läuft man Gefahr, unter Granatfeuer zu geraten oder erschossen zu werden. Felicity, für ihre Freunde Felix, ist weit aus dem Norden hergefahren, um diesen Ort zu sehen, sie hat sich ein Häuschen in der Nähe gemietet und kann jetzt sooft sie möchte nach Fontwell kommen. Das Dorf ist während der Sommermonate täglich geöffnet.

Jemand ruft die Fußball spielenden Jungs. Sie sieht eine Frau, die mit einem ausgefallenen, fließenden Rock und einem Oberteil in Pastellfarben bekleidet ist, ihr langes, goldenes Haar fällt auf ihre blassen Schultern. Felix fühlt sich an Isabel erinnert, aber natürlich ist diese Frau nur eine Urlauberin, die sich für die Sehenswürdigkeiten vor Ort interessiert. Es gibt nichts Romantischeres als ein verlassenes Dorf.

»Ich bin mir nicht sicher, ob es richtig ist, hier Fußball zu spielen.« Die Frau im fließenden Gewand nimmt ihnen den Fußball weg und wirft ihr einen entschuldigenden Blick zu. Felix zeigt ihr mit einem Lächeln, dass es ihr nichts ausmacht: Sam und sein Bruder haben immer Bälle auf diesem Stück Rasen gekickt. Sie findet es unerträglich, dass man das Dorf für ein Museum hält.

Sie wandert zum Parkplatz zurück, verweilt mit geschlossenen Augen für eine Minute in ihrem Rover und überlegt, ob sie sich auch den nächsten Teil ihrer Pilgerreise zutraut. Vielleicht wäre es besser, in ihr Ferienhaus zurückzukehren. Das inzwischen völlig von Gras, Winden und Kletten überwucherte Grab ihrer Mutter hat sie schon besucht, und so gibt es wahrhaft keinen Grund mehr, länger in Fontwell zu verweilen. Die hübsche Frau und ihre Jungs kehren zu ihrem Volvo zurück und fahren davon. Sie werden sich vor ein pittoreskes Häuschen setzen, Tee und Limonade trinken und den Ausflug für den nächsten Tag planen.

Sei's drum. Schließlich hat sie den weiten Weg auf sich genommen und kann sich ihre alte Heimat nun auch anschauen. Rosebank liegt jetzt außerhalb der Sperrzone; das Verteidigungsministerium ist zu dem Entschluss gekommen, dass es nicht mehr das ganze Gemeindegebiet benötigt. Sie winkt dem Soldaten an der Schranke zu und verfolgt, wie er hinter ihr die Schranke senkt – die Letzte, die das Dorf verlässt. Genau wie 1943.

Felix nimmt ihren Fuß von der Bremse. Das Dorf ist sich selbst überlassen, allein mit seinen Erinnerungen und dem periodischen Gewehrfeuer. Sie biegt in den Weg zum Haus ein. Sie haben es renoviert. Offenbar war es vom Mörser- und Granatfeuer nicht ganz so schwer beschädigt wie die anderen Häuser, das Verteidigungsministerium hatte das Dach über all die Jahre in Schuss gehalten, womöglich weil es das Haus für eine passende Offiziersunterkunft hielt. Aber nun haben sie Rosebank House und das Land darum herum an eine örtliche Umweltschutzorganisation, den Barrows Trust, verkauft, der wiederum einen Ferienhausbetreiber dafür bezahlt, dass er sich um die Vermietung kümmert. Die ersten Besucher sind bereits angekommen.

Als Felix ihr Ferienhaus anmietete, hat sie der Dame an der Rezeption erzählt, dass sie früher auf Rosebank gelebt hat. Mrs Ogle bestand darauf, ihr Büro für den Nachmittag zu schließen und sie herumzuführen.

»Sie sehnen sich sicherlich danach, Ihr altes Zuhause zu sehen.«

Felix war sich nicht sicher, ob sie Sehnsucht empfand. Wohl eher Furcht. »Haben die Leute, die es gemietet haben, auch nichts dagegen?«

»Ich werde mich erkundigen. Es ist ein nettes junges Paar.«

Sie hatten nichts dagegen, schlugen sogar einen Nachmittag vor, an dem sie selbst nicht zu Hause wären.

Felix hatte Mühe, Hände und Füße unter Kontrolle zu halten, um nicht doch noch zu bremsen und den Wagen zu wenden. Sie erinnert sich daran, wie sie vor Jahren einmal die Fähre von Poole nach Cherbourg genommen hatte. Da war sie aus Angst, auf die sich entfernenden Klippen zurückzublicken und Fontwell's Cove zu erkennen, in ihrer stickigen Kabine sitzen geblieben, bis sie sicher auf offener See waren. Wie albern.

Der Trust hatte die Einfahrt neu gepflastert. Zu Felix' Zeit hatten die Schlaglöcher die Radaufhängung mehrerer Wagen kaputt gemacht. Die große Kastanie auf dem Feld hatte die Mörser überlebt. Die beiden Ulmen ebenso. Die Einfahrt macht eine Biegung und erlaubt den ersten Blick auf das Haus. Wie klein es aussieht im Vergleich zu ihrem Heim in Harrogate. In ihrer Erinnerung ist es ein großes Gebäude, das über ihr aufragt.

Draußen steht ein silberner Mercedes. Felix parkt daneben, und ihr fällt auf, wie schäbig ihr zehn Jahre alter Vauxhall sich im Vergleich dazu ausnimmt. Die Renovierungsarbeiten am Haus sind gerade erst abgeschlossen: eine letzte Ladung alter Ziegel und Balken warten darauf, abgeholt zu werden. Die neuen Fensterscheiben tragen noch die Aufkleber ihrer Hersteller, und Farbtöpfe und Pinsel stehen in Schachteln neben der Tür.

Sie geht zur Vorderseite des Hauses und guckt zu

den Fenstern im ersten Stock hinauf, bis sie herausfindet, welches ihres war: das unter dem linken Giebel. Damals kletterte sie am Blauregen nach unten – zum Glück war sie ein dünnes Mädchen – und sprang dann auf den Rasen. Der Blauregen ist schon lange eingegangen, und die Außenwände scheinen ihr von dunklerer Farbe zu sein als der Kremton, an den sie sich erinnert. Aber es ist noch immer unverwechselbar das Haus, das ihr Vater, der Arzt, im Juni 1933 kaufte, um seine, wie er dachte, wachsende Familie darin zu beherbergen.

Felix merkt, dass ihr Blick auf etwas Kleinem, Glänzenden im Bauschutt ruht, und sie zieht es heraus. Eine kleine Brandyflasche, deren Label es schon lange nicht mehr gibt. Sie legt sie zurück, und ihr ist, als zöge sich um ihre Stirn ein festes Band zusammen. Um sich abzulenken, wendet sie sich den Blumenbeeten zu. Ob wohl eine der Rosen mehr als ein halbes Jahrhundert überlebt hat? Eine naive Hoffnung. Außerdem hat ihr Vater Tricolore de Flandre, Felicité Parmentier und Madame Hardy aus den Beeten gerissen, als es Umgraben für den Sieg hieß. Diese Lupinen und Stockrosen sind neu, zarte grüne Blätter treiben aus unkrautfreier Komposterde. Perfekt. Felix zittert.

»Da sind Sie ja!« Mrs Ogle kommt aus dem hinteren Garten angewuselt. Sie ist eine schlanke Frau Anfang fünfzig, gekleidet in Armani oder einen anderen italienischen Designer. Felix streicht ihr wasserfarbenes Leinenkleid glatt, das im Laden in Harrogate so gut ausgesehen hatte, im Auto aber arg zerknautscht wurde. »Ein nettes junges Paar hat das Haus gemietet. Er ist in der PR-Branche, und sie ist Innenarchitektin. Oder war es.« Sie senkt ihre Stimme. »Ich vermute, da ist was schiefgelaufen. Sie suchen die Abgeschiedenheit, wie er mir erzählt hat.« Ihre Augen glitzern, denn offensichtlich malt sie sich aus, was dem namenlosen Paar passiert sein mag. »Keine Hunde und keine Kinder. Als erste Bewohner von Rosebank ideal.«

Keine Hunde, keine Kinder. Felix erinnert sich an die stillen Sonntagnachmittage ihrer Kindheit, wenn sie sich nach Haustieren oder Geschwistern sehnte, damit die Zeit schneller verging. Hätte sie David nicht zum Spielen gehabt, wäre sie ein einsames Mädchen gewesen. Und von David trennten sie fünfzehn Minuten Fußweg, er wohnte nicht gerade um die Ecke.

Mrs Ogle schließt die Eingangstür auf. »Dann zeige ich Ihnen mal, wie es innen aussieht.«

»Es ist sehr freundlich von Ihnen, dass Sie sich Zeit für mich nehmen«, murmelt Felix und wünscht sich dabei, ihr käme ein Notfall in den Sinn, der ihre sofortige Abreise erforderlich machte.

»Es wäre doch eine Schande, wenn Sie den ganzen weiten Weg auf sich genommen hätten, ohne Ihr altes Zuhause zu sehen. Wir sind sehr zufrieden mit den Resultaten unserer Renovierungsmaßnahmen.« Mrs Ogle tätschelt die Wand der Diele. »Für die Ortsansässigen ist dies ein stolzer Augenblick. Wir mussten uns die Immobilienmakler vom Hals halten, wissen Sie.«

Felix schaudert bei dem Gedanken an Campingplätze oder Dörfer voller Pensionäre.

»Und sie schielen bereits auf die nächste Tranche Land.«

»Wird denn noch mehr freigegeben?«

»Das kleine Stück kurz bevor Sie die Kreuzung erreichen.«

Felix erinnert sich. »Das ist die Upper Farm. Oder war es jedenfalls.«

»Das Bauernhaus ist inzwischen fast vollständig zusammengefallen, und die Hofgebäude, die noch übrig sind, sind kein toller Anblick, rostige Ställe aus Wellblech.«

»Der alte Gutsherr wollte sie immer herrichten. Aber die Ereignisse haben ihn überrollt.«

Mrs Ogle schüttelt den Kopf und streicht eine eingebildete Falte aus ihrem Rock. »Immobilienfirmen würden hier oben gern eine kleine exklusive Wohnanlage bauen.«

»Der Himmel bewahre uns.«

Mrs Ogle nickt zustimmend. »Wie alt waren Sie, als sie Fontwell verließen?«

»Dreizehn.«

Sie seufzt. »Das muss doch schmerzhaft gewesen sein? Möchten Sie jetzt wieder hierher zurückkommen?«

Felix lächelt, um der Antwort auszuweichen. Mrs Ogle, die einfühlsamer ist als ihr fröhliches Äußeres es vermuten lässt, nimmt ihr Zögern als Gefühlswallung.

Sie nickt Richtung Garten. »Ich sehe mal nach, ob der Gärtner den Schuppen aufgeräumt hat. Rufen Sie mich, wenn Sie fertig sind, dann schließe ich ab.«

Die Eingangsdiele hat die Farbe von Kamille, sie ist nicht mehr erbsengrün, wie Felix sie in Erinnerung hat. Die Bodenfliesen hat man erneuert, schwarze und weiße, wie ein Schachbrett. Das Bild von Lew, der neben Isabel steht und sich so dunkel von ihrer hellen Gestalt abhebt, drängt sich ihr auf. Sie geht durch den Flur in den hinteren Teil des Hauses, wirft einen flüchtigen Blick auf terrakottafarbene Sofas, abgezogene Dielenböden und karamellfarbene Wände im Wohnzimmer, das früher als Esszimmer diente. Ein großer Flachbildschirm nimmt den Raum ein, wo einst das Klavier stand, auf dem Regal darüber steht eine schwarze Vase oder ein Ornament. Felix macht sich nicht die Mühe, es genauer in Augenschein zu nehmen; selbst in seinem verwandelten Zustand erinnert sie das alte Esszimmer an schweigsame Mahlzeiten mit ihrem verwitweten Vater. Sie folgt dem Korridor. Der alte Salon, nur von wartenden Patienten und sonntäglichen Besuchern benutzt, ist jetzt ein Arbeitszimmer mit einem Buchenschreibtisch und einem grauen Bürostuhl. Hübsch. Ordentliche Papierstapel bedecken den Schreibtisch. Felix setzt sich kurz hin und stellt sich vor, wie sie hier drinnen Briefe schreibt oder Freunde anruft und dabei durch die schwankenden Zweige auf den zerbröckelnden Kirchturm hinausschaut, ein Anblick, der sich in mehr als einem halben Jahrhundert kaum verändert hat. Ihr Blick wandert auf den Schreibtisch zurück, auf die Fotografie eines jungen Mannes und einer jungen Frau. Die Frau hat die Augenfarbe von gemahlenem Kaffee und einen kastanienfarbenen, welligen Haarschopf. Der Mann hat seinen Arm um ihre schmalen Schultern gelegt und lächelt stolz.

Ohne zu wissen, was sie sich ansehen möchte, schlendert Felix in die Küche mit ihren Schränken in Krem und Granit: leicht und luftig anstatt des dunklen, schoßartigen Raums, in dem sie so viele Abende verbracht hatte.

Was für eine Erleichterung zu entdecken, dass Mrs Derbys Speisekammer – kühler und größer als jeder Kühlschrank – nicht der Renovierung zum Opfer gefallen ist. Die jungen Leute haben oft gar keine Ahnung von Speisekammern. Sie öffnet eine der Schranktüren und bewundert die ordentlich gestapelten Porzellanteller und Schalen. Dann fällt ihr das Paar wieder ein, das das Haus gemietet hat, und sie errötet. Was um Himmels willen würden sie von ihr denken, wenn sie wüssten, dass sie die Schränke durchsucht? Sehr vertrauensvoll von Mrs Ogle, sie hier allein herumlaufen zu lassen.

Die Bauarbeiter hatten die Wand zwischen dem Sprechzimmer und dem Wintergarten herausgenommen, so dass zur Gartenseite hin ein Raum entstand, der nun groß genug als Esszimmer war, mit kleinen Sofas und einem Tisch. Würde sie hier leben, würde Felix sich den ganzen Sommer über in diesem Raum mit seinen freigelegten Balken und den kremfarbenen Wänden aufhalten.

Ein Lichtschalter aus Chrom erinnert sie daran, dass dieses Haus nun über einen Elektroanschluss verfügt, anstatt des Gases, das zu ihrer Zeit die Lampen zum Leuchten gebracht hat. Wie sehr hätte ihr Vater dieses helle, mit einem Handgriff einzuschaltende Licht genossen, den Luxus, ohne sich die Augen zu überanstrengen, seine Patienten untersuchen und sich Notizen machen zu können. Aber die Elektrobeleuchtung würde nicht die Wärme und die zischende Glut verbreiten, die ihr während der Winternächte in der Küche Gesellschaft leisteten, während Tommy Handly im Radio seine Zuhörer belustigte. Und Felix weiß, dass in der Nacht die Dunkelheit draußen nach wie vor absolut ist: eine Dunkelheit, in der sich alles verbergen kann.

»Reiß dich zusammen, Frau«, murmelt sie im Selbstgespräch. »Johnson ist schon seit Jahren tot.«

Sie ist inzwischen im ehemaligen Apothekenraum angekommen, der jetzt als Allzweckraum dient, tipptopp in Ordnung und bereit, benutzt zu werden. Die Fliesen, an die sie sich erinnert, schmücken noch immer in klinischem Weiß die Wände, und das müssen noch dieselben Regale sein, auf denen ihr Vater seine Flaschen und Päckchen zu verstauen pflegte. Der Apotheker in Swanham kümmerte sich zwar um eine zufrieden stellende Versorgung seiner Patienten, aber Dr. Valance hatte gern ein paar wichtige Arzneien im Haus, vor allem, nachdem das Benzin knapp geworden und Notfalleinsätzen vorbehalten war. Heutzutage bekämen die Behörden einen Anfall, wenn sie einen Arzt entdeckten, der so viele Drogen in seinen Räumlichkeiten verwahrte. Sie streicht mit der Hand über das unterste Regal, unsicher, wonach sie sucht. Diesmal jedenfalls nicht nach Brandyflaschen.

Ihre Finger ertasten Papier. Sie zieht ein kleines vergilbtes Blatt hervor. Sie bläst darüber, der Staub verteilt sich und gibt den Blick auf einen Kormoran frei, der mit leicht geneigtem Kopf, die Augen auf die Beute gerichtet, zum Tauchen ansetzt. Als sie den Vogel sieht, kommt das einem Elektroschock gleich; als wäre es gestern gewesen, erinnert sie sich, wie Lew ihn gezeichnet hat.

Felix schiebt die Zeichnung aufs Regal zurück. Sie gehört nach Rosebank, zu dem Mädchen, das sie einst war. Fern dieses Tals würde sie sich in ihre Bestandteile auflösen. Ihr war es schließlich so ergangen.

3

Minna

Stundenlang sitze ich im Wintergarten, die Augen auf einen Punkt am Ende des Felds gerichtet, wo der Himmel steil nach oben steigt und rote Klippen zehn Meter zum Strand hin abfallen. Ich schlinge meine Arme um meinen Körper, damit ich nicht auseinanderfalle. Manchmal, wenn ich Glück habe, lenkt die Aussicht mich von meinen Gedanken ab. Zu anderen Zeiten sehe ich mich durch die Hintertür und dann über die Wiese mit ihren wilden Malven, Augentrost und Klatschmohn rennen und mich von der Klippe stürzen. Doch ich bin mir nicht sicher, ob ich die dafür nötige Energie besitze.

»Schade, dass wir den Strand nicht sehen können.« Tom stellt sich neben mich. »Als Kinder wohnten wir immer in einem Häuschen direkt am Strand von Donegal. Man konnte im Bett liegen und zusehen, wie die Wellen brachen.« Er wendet sich ab. Kinderferien, ein weiteres Thema, das jetzt tabu ist.

»Wir haben in meiner Kindheit die Ferien in einem Haus wie diesem in Wales verbracht«, sage ich, um zu beweisen, dass ich darüber reden kann. »Ein fünfminütiger Spaziergang und eine Reihe Landhäuschen trennten uns vom Irischen Kanal. Da waren wir immer die Ersten, die am Morgen im Meer paddelten.«

Da, mein vorgeschobenes Kinn sagt es ihm. Er nickt, als hätte er meine Absicht durchschaut.

»Wir könnten fürs Wochenende Leute hierher einladen«, sage ich und stelle mir dabei vor, wie sie sich mit Zeitungen und Kaffeetassen auf dem Rasen ausbreiten und ich ihnen, mit einer Schürze bekleidet, Schinkensandwichs bringe und mich mit Sonntagsbraten und Apfelstreusel beschäftige. Würde mir das helfen, für ein paar Stunden zu vergessen? »Auf jeden Fall Michael.«

Toms Gesicht erstrahlt beim Namen seines Bruders. »Und Gareth.«

»Natürlich.«

»Matthew und Jill«, schlägt Tom vor. »Oder Liz. Und natürlich Kris.«

Kris. Eine meiner ältesten Freundinnen. Nicht mehr gesehen und auch nicht mehr gesprochen, seit ich aus London floh. Sie hinterlässt E-Mails und Nachrichten auf meinem Mobiltelefon, ich lese sie und nehme mir jedes Mal vor, irgendwann zu antworten, obwohl ich weiß, dass ich es nicht tun werde.

»Und die Frobishers mit der kleinen Martina.« Ich möchte allen möglichen gut gemeinten Absichten Toms, mich vor den Kindern anderer Leute zu schützen, entgegentreten. »Es würde ihr hier bestimmt gefallen. Und der Garten ist ziemlich sicher …«

Er schlägt mit seiner Faust auf die Fensterbank. »Warum machst du das, Minna?«

»Was mache ich denn?«

»Das weißt du verdammt gut, so zu tun, als wäre mit dir alles in bester Ordnung?«

Ich nehme den Vorhangstoff in die Hand, ein locker gewebter Karobatist in Gelb und Blau. »Ich war mir dessen nicht bewusst.« Ich höre die Kälte in meiner

Antwort. *Hör jetzt auf damit*, warnt mich eine zarte Stimme. Aber ich kann nicht. »Und mir geht es gut. Es wird von Tag zu Tag besser.«

»Du wolltest mir gestern am Strand was sagen. Was war es?«

Ich schüttle den Kopf, nicht weil ich für unsere Beziehung wieder Hoffnung schöpfe, sondern weil der Moment vorübergegangen ist und mir die Energie zur Konfrontation fehlt. Die meiste Zeit drückt eine graue Masse meinen Körper nach unten, manchmal wird sie schwallartig von einer giftgrünen Energie abgelöst, die mich kilometerweit auf den Küstenpfad hinaustreibt.

Gestern Nacht hat Tom die Vorhänge nicht richtig zugezogen. Ich lag stundenlang schlaflos im Bett und umklammerte den Schlafanzug, der mein Tröster geworden ist, und verfolgte den Vollmond, so prall, dass man sich einbilden könnte, silbriggelber Saft tropfe heraus. Meine Großmutter hat mir immer erzählt, dass der Vollmond die Träume der Menschen gerinnen lässt. Ich machte mir nicht die Mühe, aus dem Bett zu steigen, um die Vorhänge zuzuziehen: Konnten meine Träume noch schlimmer werden?

Toms Seufzer scheint den Wintergarten zu füllen und bringt mich in die Gegenwart zurück. »Ich fahre jetzt mal los. Brauchst du irgendwas?« Hier gibt es keine Supermarktlieferungen per Internet, nach Swanham sind es acht Kilometer. Deshalb haben wir das Haus auch gemietet – völlige Abgeschiedenheit.

»Ich habe Großeinkauf gemacht.« Um nicht hier sein zu müssen, wenn die frühere Bewohnerin auftaucht, bin ich jeden Gang im Supermarkt entlanggegangen und habe mir fast alle Produkte angesehen.

»In der Bücherei liegt ein Adressbuch aus, das ich einsehen muss.«

»Wenn du bei einem guten Bäcker vorbeikommst und frisches Brot siehst, kauf einen Laib. Oder auch Gemüse, wenn du zufällig was Leckeres siehst.« Ich kann mir nicht vorstellen, jemals wieder Begeisterung fürs Essen zu empfinden, aber ich koche für Tom mit mehr Hingabe denn je zuvor. Doch ich merke, dass die eigens für ihn zubereiteten Fischaufläufe mit ihrer Dillgarnitur und die perfekt gebratenen Entenbrüstchen aus der Pfanne ihm Unwohlsein bereiten. Aber er isst sie. Wahrscheinlich aus Sorge, ansonsten einen weiteren verbalen Schlagabtausch zu beschleunigen. Oder Schweigen, was noch tödlicher ist. Warum gebe ich mir so viel Mühe in der Küche? Wahrscheinlich weil es sonst so wenig für mich zu tun gibt.

»Du bist weit weg von Putney, nicht wahr?« Er bemüht sich sehr, kneift mich in die Nase, wie er das früher immer getan hat, wenn er mich aufzog.

»Hab seit Tagen keinen Nagelsalon mehr gesehen.« Mein schwacher Versuch lockt sein Lächeln hervor. »Von Starbucks mal ganz zu schweigen.« Ich habe nichts anderes außer Meer und Himmel gesehen. Das Nichts um mich herum macht mir Angst, gibt mir das Gefühl, ausgesetzt zu sein. Aber ich habe dieses Exil selbst gewählt, verdammt soll ich sein, wenn ich davonlaufe.

Ich stehe am Fenster, drehe meinen Ring um den Finger und sehe zu, wie Tom mit unserem Passat davonfährt. Tom hasst Autos mit Allradantrieb – hat was mit seiner Erziehung zu tun. Seine noch immer gleichgültige Haltung dem Materialismus gegenüber ist vermutlich das, was ich am meisten an ihm liebe. Oder geliebt habe. Manchmal denke ich, ich werde nie wieder fähig sein, ihn zu lieben. Früher habe ich Kummer als einen Reinigungsprozess verstanden. Wie naiv von mir.

Was soll ich nur jetzt mit mir anstellen? Meine täglichen Gymnastikübungen habe ich bereits erledigt – die brauche ich nicht schleifen zu lassen. Eine Frau aus Swanham kommt zweimal die Woche herunter, um das Haus zu putzen, und ein Gärtner kümmert sich um den Außenbereich (»obgleich sie dazu eingeladen sind, vertrocknete Blütenköpfe zu entfernen, und unbedingt die Gartenwicken pflücken sollten!«, heißt es in der Begrüßungsmappe), so dass mich häusliche Pflichten kaum überfordern. Ich schlendere nach oben in unser Schlafzimmer, es ist nach Osten gelegen und vom morgendlichen Sonnenlicht erfüllt, und ziehe auf meiner Seite die Gänsefederbettdecke herunter, um mich zu vergewissern, dass alles noch an seinem Platz ist. Ein- oder zweimal am Tag überprüfe ich das. Nachdem ich mich gestern damit einverstanden erklärt hatte, dass diese Frau das Haus besichtigt, ergriff mich Panik. Dann habe ich mich wieder beruhigt und mir gesagt, dass sie höchstwahrscheinlich nicht neugierig um unser Bett schleichen wird. Schließlich wäre auch Mrs Ogle vom Immobilienbüro hier, um ein Auge auf sie zu werfen. Doch es war trotzdem ein unheimliches Gefühl, sich vorzustellen, wie sie in ihrem alten Zuhause unsere Dinge ansah – Toms Laptop, meinen ungeöffneten Wassermalfarbkasten, unsere Bücher, CDs und DVDs. Und die Urne auf dem Regal über dem Fernseher.

Noch immer rastlos komme ich wieder nach unten, weil ich meine Hände mit irgendwas beschäftigen muss.

Die Zeitschriften, die Tom für mich gekauft hat, mit ihren leuchtenden Titelfotos, auf denen strahlende Frauen in Bikinis zu sehen sind, verfehlen bei mir ihre Wirkung. Um mit dem Kochen anzufangen, ist es noch zu früh. Ich könnte bügeln, im Allzweckraum. Die Fenster sind schmal und hoch, aber dies verspricht, wieder ein wunderschöner Tag zu werden. Manchmal fühle ich mich an strahlenden Tagen schlechter, als würde das Wetter sich über mich lustig machen und die Sonne meinen Verlust mit Verachtung strafen. Beim Mond empfinde ich das nicht so, seine stille Präsenz wirkt beruhigend, mitfühlend. Die Sonne ist einfach nur ein Ball aus rücksichtsloser Energie.

Ich schalte das Roberts-Radio mit den lavendelfarbenen Zierleisten an und verweile über dem Duft von frischem Leinen und Dampf. Nach wenigen Minuten entfaltet der Arbeitsrhythmus seine beruhigende Wirkung. Das Zischen des Bügeleisens, der Geruch heißer Baumwolle und der Testmatch-Kommentar im Hintergrund – etwas, was ich mir normalerweise nie anhören würde –, alles vermischt sich zu einer beruhigenden Mixtur.

Ich falte ein T-Shirt und lege es auf das Regal. Meine Hand ertastet Papier. Ich ziehe ein kleines Blatt mit einer Zeichnung hervor. Kindergekritzel? Ich lege es auf die Waschmaschine, um es dann zum Altpapier zu bringen. Dann schaue ich mir den langbeinigen Vogel mit seinen durchdringenden Augen und angespannten Sehnen noch einmal an. So etwas malt kein Kind. Das könnte Tom sich anschauen, er liebt Zeichnungen und hat sich über meine albernen Skizzen immer gefreut, jedenfalls solange seine Arbeit ihn noch nicht so gefordert hat. In der unteren Ecke des Papiers ringeln sich Initialen: *LC*. Ich ziehe die Umrisse des Vogels mit einem Finger nach.

Das Bügeleisen zischt wieder und erinnert mich an meine vernachlässigte Aufgabe, ich stecke mir den Zettel in meine Jeanstasche.

4

Felix 2006

Bei Tagesanbruch macht Felix sich in einem fleckigen Gedenkbecher zum königlichen Silberjubiläum Tee und versucht dabei, das unentwegte Tröpfeln des Wasserhahns zu überhören. Sie hat in der Nacht so gut wie keinen Schlaf gefunden, und Vogelgezwitscher weckte sie lange, bevor sie wach werden wollte. Sie stand auf und spürte ihre Verpflichtungen als erdrückende Last.

Das Dach des Hauses, das sie in Yorkshire verlassen hat, muss unbedingt repariert werden, die letzte Schlacht in einem langen Kampf gegen das Absacken des Geländes, Kobolde in den Leitungen und bröckelnde Schieferplatten. Du lieber Gott, war nicht die längste Zeit ihres Lebens ein Kampf gegen das eine oder andere gewesen? Hier herunterzukommen war ein Luxus, den sie sich eigentlich nicht leisten konnte. Hätte sie den kleinen Zeitungsartikel über das Auffinden eines toten amerikanischen Soldaten doch übersehen. Wäre der Soldat doch verborgen geblieben.

Sie versucht, ihre verspannten Schultern zu entspannen und ihre Hände zu beruhigen, die es nicht schaffen, den Teelöffel Zucker zum Becher zu führen, ohne alles zitternd über den Tisch zu verstreuen. »Du verdammter Kerl«, murmelt sie. »Du hast mich seit der Nacht, in der ich dir begegnet bin, nervös gemacht.«

1943

Der süßliche Duft des Todes drehte Felix fast den Magen um. Sie versuchte, den Körper des toten Dachses zu ignorieren, der geschwollen und schwarz unter der Stechpalme lag.

»Wetten, dass das Johnson war.« David blieb stehen und leuchtete mit seiner schwachen Taschenlampe auf die gestreifte Gestalt, deren Kiefer in einer letzten Grimasse offen standen. »Das tut er, weil er gern tötet, nicht weil es notwendig wäre.«

»Warum geht er nicht einfach in die Armee und bringt Deutsche um?« Der Geruch war so aufdringlich, dass ihr übel wurde.

»Er hat Ende des letzten Krieges Gas abbekommen. Hat die Lunge erwischt. Und er ist schon vierzig.«

»Das benutzt er bestimmt nur als Vorwand. Komm mit.« Sie hatte genug vom Anblick des toten Dachses. Ihre Wade verfing sich in einer Dornenranke, die einen roten Kratzer hinterließ. Vom Ast einer Eiche tönte das Huhu eines Waldkauzes. Als Felix bewusst wurde, dass sie Davids Arm gepackt hatte, ließ sie errötend los. Am Ende hielt er sie für einen Waschlappen.

Irgendwo da draußen suchte Johnson, der Wildhüter, nach Wilderern und Raubtieren. Entdeckte er David und Felix, würde er sie ohne lang zu fackeln zu Davids Onkel zerren. Vor einem Monat hatte er sie dabei überrascht, wie sie Elstern aus einem Käfig freiließen. Sein Gesichtsausdruck verfolgte Felix noch immer.

Etwas schrie. Felix' Fingernägel gruben sich in ihre Handflächen.

Davids Hand berührte die ihre. »Ist nur ein Fuchs. Hoffentlich nicht die Füchsin, nach der wir suchen.«

Ihr Herzschlag verlangsamte sich. Hoffentlich hatte er ihr Schaudern nicht bemerkt. Müdigkeit löste die Angst ab, und sie gähnte. In kalten Nächten aufzustehen, machte sie fertig. Nur die Aussicht auf die Fuchswelpen hatte sie davon überzeugen können, dass dieser Ausflug sich lohnte. Ein Zweig knackte, sie drehte sich um – nichts.

»Wahrscheinlich nur ein Reh.« David hatte offenbar ihr erschrockenes Gesicht gesehen.

»Ein Reh in Schaftstiefeln.«

»Nachts hört man die Geräusche lauter.«

»Hoffentlich nicht. Ansonsten hört Johnson uns.«

David gab ihr zu verstehen, sie solle hinter den Brombeeren in Deckung gehen. »Das ist der Platz, an dem ich sie gestern gesehen habe. Verhalte dich ganz still.« Der Vollmond warf seinen Schein auf die Lichtung; Felix konnte jedes tote Blatt, jeden Zweig erkennen. Der Wind hatte aufgehört. Sie hörte wieder einen Zweig knacken. Diesmal drehte sich David mit zusammengekniffenen Augen um. »Bleib hier.«

»Wohin gehst du?« Ihr Herz raste.

»Da ist jemand.« Seine Stimme quiekte am Ende des Satzes. Ihr war aufgefallen, dass dies zunehmend häufiger passierte.

Sie zupfte an seinem Ärmel. »Wahrscheinlich ist es Johnson, er wird es deinem Onkel sagen.«

Er schüttelte sie ab. »Er ist es nicht – zu groß.« Sie sah ihm nach, als er sich mit großen Schritten entfernte, und wünschte sich, sie wäre im Bett geblieben. Vor David war es ihr gelungen, ihre Angst vor der Dunkelheit zu verbergen, aber jetzt fragte sie sich, ob Stolz wirklich etwas so Gutes war. Trotz des hell über ihr leuchtenden Mondes spürte sie, wie schnell ihr Herz schlug.

Auf der Lichtung raschelte etwas. Drei Fuchswelpen tummelten sich vor ihr, zerrten mit ihren Pfoten aneinander, bissen sich spielerisch und jaulten. Unter einer Buche beobachtete die Füchsin ihre Familie, reglos, aber mit wachsamen Augen.

Die Füchsin hob ihren Kopf und erblickte Felix. Ihr Nackenfell sträubte sich. Felix zwang sich zu absoluter Reglosigkeit, sie hielt die Luft an, versagte sich selbst ein Blinzeln und wünschte, ihr Herz würde ein wenig ruhiger schlagen. Dort, wo die gelben Augen sie bohrend trafen, meinte sie zwei sengende Male auf ihrem Gesicht zu spüren.

Doch offenbar fühlte sich das Tier durch ihre Anwesenheit nicht gestört, denn sein Blick kehrte zu den sich kugelnden und knurrenden Welpen zurück. Felix vergaß ihre schweren Lider und das warme Bett, das sie verlassen hatte, vergaß, dass es nur noch zwei Monate dauerte, bis sie wegzogen. Ein paar Minuten lang bestand die Welt nur noch aus den Füchsen und diesem kleinen Streifen Wald. David musste zweimal rufen, ehe sie ihn hörte.

»Felix.« Sein Ton warnte sie. Als sie sah, wer bei ihm war, sprang sie auf die Füße, unsicher, ob ihre Augen ihr nicht einen Streich spielten.

Noch nie hatte sie einen Schwarzen so aus der Nähe gesehen. Seine Haut erinnerte sie an den Lieblingssattel des Gutsherrn, glänzend und wertvoll. Ihr juckte es in den Fingern, über sein Gesicht zu streichen, um zu sehen, ob es sich auch so glatt anfühlte. Er war groß, noch größer als ihr Vater. Seine Schultern waren übermenschlich breit. Selbst seine Uniform war der der englischen Soldaten überlegen, der Stoff glatt gebügelt, die Stiefel geschmeidig und glänzend. Sie starrte ihn an, obwohl sie wusste, dass das ungezogen war, aber sie konnte nicht anders.

»Felix.« Davids Stimme hatte einen dringlichen Unterton. »Hast du was zu essen dabei?« Sie nahmen zu diesen nächtlichen Exkursionen immer etwas zu essen mit. An jenem Abend hatte sie sich ein Stück des kostbaren Dundee Cakes mitgenommen, den sie in der Speisekammer gefunden hatte. Mrs Derby, die Haushälterin ihres Vaters, ging sicherlich davon aus, dass der Doktor ihn nach seiner Rückkehr von einem nächtlichen medizinischen Notfall gegessen hatte.

»Hier.« Felix hielt ihm das in Fettpapier gewickelte Stück hin, und David reichte es dem schwarzen Mann. Felix starrte wie gebannt auf seine glänzenden weißen Zähne, als sie in die Sultaninen und glasierten Kirschen bissen.

»Ich habe Tee dabei.« David holte ihn aus seinem Ranzen, den er sich über seine Schulter geschlungen hatte. »Wann haben Sie zum letzten Mal was gegessen?«

Der Soldat nahm einen Schluck und schloss dabei die Augen. Er seufzte und wischte sich mit der Hand über den Mund. »Gestern. Aber der Durst war es, der mich verrückt gemacht hat. Ich habe aus dem Fluss zu trinken versucht, aber es schmeckte salzig.« Seine Stimme war tief und hatte eine Melodie, die Felix an lange, träge Sommertage denken ließ. »Musste ständig an kalte Limonaden oder ein Glas Milch denken.«

»Sie hätten flussaufwärts gehen sollen.«

»Da hast du recht, Junge.« Felix' Augen mussten immer noch groß wie Murmeln gewesen sein, denn der schwarze Mann lächelte sie an. »Entschuldige mich, Missy.« Er streckte seine Hand aus. »Gefreiter Lew Campbell zu deinen Diensten.«

Sie schüttelte ihm die Hand mit ihren langen Fingern und glatten Nägeln, der schwieligen Innenfläche. »Ich bin Felix.«

»Felix?« Er zog eine Braue hoch. »Ist das ein Mädchenname?«

»Eigentlich heiße ich Felicity, aber David nennt mich Felix. Sie haben einen schottischen Nachnamen?«

»Meine Vorfahren arbeiteten auf einer Plantage, die einer schottischen Familie gehörte.«

»Aber Sie kommen aus Amerika?«, fragte David.

»Aus Georgia. Bin zum Training in einem Lager hier, ein Stück die Küste runter.« Er blickte von einem zum anderen. »Seid ihr Geschwister?«

»Freunde. Was bringt Sie nach Fontwell?«, erkundigte sie sich.

»Ich wollte von unserem Lager Richtung Osten nach Swanham. Dabei habe ich offenbar die falsche Abzweigung erwischt.«

»Das haben Sie«, sagte David, »Swanham ist gute acht Kilometer weit entfernt.«

Lew Campbells Gesicht sackte zusammen. »Ich habe keine Wegweiser gesehen.«

»Man hat sie abmontiert, um die Deutschen zu verunsichern. Obwohl das die Wehrmacht sicher nicht lange aufhalten würde.« David klang sehr erwachsen. In den letzten Monaten hatte Felix ein neues Selbstvertrauen an ihm wahrgenommen, das nur schwankte, wenn seine Stimme nach oben oder unten schoss. Ihr Vater sagte, das sei oft so bei Jungs seines Alters.

»Dann habe ich mir den Knöchel verstaucht und konnte erst weiterlaufen, als die Schwellung ein wenig nachließ.« Lew drehte seinen Kopf und runzelte die Stirn. »Kommt da jemand?« In seinen Worten lag eine Spur Panik, die bei jemandem, der bloße Sterbliche entzweireißen konnte, verwirrend wirkte.

»Johnson. Rasch, hier entlang.« David führte sie durch den Wald, Lew humpelte und biss sich auf die Lippe.

Sie erreichten eine Uferböschung. »Wir müssen da runterspringen. Schaffen Sie das mit Ihrem Knöchel?«

Er nickte.

»Wir als Erste, um Ihren Fall zu dämpfen.«

Er schüttelte den Kopf. »Dann lande ich auf dir, das würde dir nicht guttun, Junge. Ich springe zuerst.« Er rollte sich über den Boden und schwang sich dann die Böschung hinunter, wobei er sich eine Sekunde lang mit seinen Händen festhielt, ehe er sich fallen ließ. David und Felix fielen nach ihm in die mit Blättern gefüllte Grube.

Lew erhob sich mit Schweißperlen auf der Stirn. »Lasst uns gehen.«

David führte sie, immer wieder stehen bleibend und lauschend, ob der Wildhüter ihnen folgte, die Straße zur Hintertür des Anwesens seines Onkels hinunter. »Sie können sich heute Nacht in einem der Nebengebäude hier verstecken. Bis morgen früh kommt keiner.«

»Bis dahin bin ich weg.« Lew holte tief Luft. »Ich möchte niemanden in Schwierigkeiten bringen.«

»Werden Sie nicht.«

Sie standen auf der Straße, der Mond hoch über ihnen tauchte das Gutshaus in fahles Licht, so dass jeder Stein und jede Fensterscheibe zu erkennen waren, eine Kulisse wie im Film. Lew stieß einen Pfiff aus. »Und da wohnt ihr?«

»Ja«, sagte David. »Es ist das Haus meines Onkels.« Felix hörte eine Mischung aus Stolz und Wehmut heraus.

Lew schüttelte den Kopf. »Ihr müsst reiche Leute sein.«

»Kommen Sie.« David ging zur Hintertür. Lew hinkte ein paar Meter weit hinter ihnen her, aber sein verzerrtes Gesicht verriet ihnen, dass er zu kämpfen hatte.

»Bei diesem Tempo dauert es die ganze Nacht.« Felix hörte Angst in Davids Flüstern.

Sie drehte sich zu Lew um, der sich am Torpfosten festhielt. »Ich laufe rasch nach Hause und hole eine Bandage aus Vaters Apotheke«, sagte sie. »Sie können schneller laufen, wenn ihr Knöchel gestützt ist.«

»Wir müssen zusehen, dass wir ihn in Deckung bringen.« David schielte über seine Schulter.

»Ich bin gleich wieder da.« Ehe er Einwände erheben konnte, rannte sie schon die Straße hinunter. Schneller wäre es , die Abkürzung durch den Wald zu nehmen, aber die Vorstellung von den dunklen Ästen, die ihr wie ausgestreckte Arme zuwinkten, hielt sie davon ab. Außerdem stapfte Johnson noch irgendwo herum. Die Straße führte am Friedhof vorbei, das war der Teil des Wegs, den Felix fürchtete. Sie rannte, die Hände über die Ohren gelegt und die Augen starr auf den Boden gerichtet, bis sie daran vorbei war und schoss dann in die Einfahrt von Rosebank House, wo sie langsamer wurde, weil dort gefährliche Schlaglöcher waren, damit sie sich den Knöchel nicht auch noch verstauchte.

Der Doktor ließ die französischen Fenster immer offen. Sie schlich durch den Wintergarten, der seit dem Tod ihrer Mutter Ohrenkneifern und vertrocknenden Farnen anstatt Jasmin und Oleander überlassen war. Das Sprechzimmer schloss er immer ab, er verwahrte den Schlüssel in einem Topf auf dem Flurtischchen. Geräuschlos öffnete sie die Tür.

In der Apotheke stellte sie sich auf Zehenspitzen, um eine Bandagenrolle herunterzuziehen. Es standen mehr Flaschen dort als sie in Erinnerung hatte. Eine zog sie herunter – Brandy, wie das Etikett ihr mitteilte. Leer. Sie griff nach einer anderen, ebenfalls leer. Seltsam. Vielleicht hob er sie auf, um sie wiederzuverwerten, Glas war kostbar. Aber Mrs Derby verwahrte die leeren Flaschen immer in einem Karton in der Speisekammer.

Sie rückte die Flaschen mit Jod und Dettol und die Gläser mit Sennesschoten zurecht, um die Lücke zu schließen. Auf ihrem Weg zurück durch die französischen Fenster verweilte sie kurz und holte tief Luft, ehe sie wieder in die Schatten eintauchte.

Ihre Beine waren diesmal langsamer, schwerer. Sie wurde von Seitenstechen gequält. Als sie die beiden anderen erreichte, hatten sie hinter einer Wand aus welkendem Pampasgras am Rande des Rasens, der das Herrenhaus umgab, Unterschlupf gefunden. »Du hast ja eine Ewigkeit gebraucht«, wisperte David und warf einen raschen Blick in Richtung Wald.

»Ich musste das Zeug erst finden.« Sie beugte sich nach vorne, damit das Stechen aufhörte »Dann lassen Sie uns mal den Knöchel sehen.«

Lew setzte sich und rollte sein Hosenbein hoch. Seine Wade war fast so breit wie ihre Schenkel. Der Knöchel war geschwollen. Sie erinnerte sich, dass sie einmal in der Sprechstunde mitgeholfen hatte, als ein Farmarbeiter mit einer Verstauchung hereinkam; die hatte genauso ausgesehen. »Wie ist das passiert?«

»Ich bin in einem Kaninchenloch hängen geblieben.« Er sah ihr zu. »Glaubst du, er ist gebrochen?«

»Wenn er das wäre, könnten Sie nicht mehr damit laufen. Oder eine Böschung hinunterspringen. Er ist nur verstaucht. Sie müssen sich ein, zwei Tage ausruhen.«

Er verfolgte, wie sie den Verband um seinen Knöchel wickelte. »Du kennst dich gut aus. Du wirst mal eine gute Krankenschwester.«

Sie errötete. »Ich war oft genug bei der Morgensprechstunde dabei.«

»Lasst uns jetzt gehen«, David half Lew auf die Füße. Um zu den Nebengebäuden zu gelangen, mussten sie die Einfahrt überqueren, die zum Haupteingang führte. »Zur roten Tür«, flüsterte er Lew zu. »Links von den Stallungen.«

Über ihnen dräute der große, fahle Umriss von Fontwell Manor wie ein Geisterschiff. Felix betete, Isabel möge nicht an der Schlaflosigkeit leiden, die sie laut David plagte. Sie erreichten die Nebengebäude, und David stieß die rote Tür des Schuppens auf. »Da drinnen gibt es Säcke, auf denen Sie schlafen können. Zum Glück ist die Nacht mild.« Aus seiner Tasche holte er seine Taschenlampe, die gemäß den Verdunkelungsvorschriften mit Papier abgeklebt war. »Schließ die Tür.« Der schwache Schein fiel auf einen Haufen Rupfensäcke in der Ecke.

»Wir müssen jetzt gehen, aber wir kommen gleich in der Früh wieder.« David zog an Felix' Schulter.

»Ich bin euch wirklich dankbar.« Lews Augen glänzten im Licht der Taschenlampe.

»Gibt es denn jemand, den wir für Sie anrufen können?« Doch schon als sie es aussprach, wusste sie, dass dies nicht der Fall wäre. Warum sonst würden sie ihn auch im Nebengebäude verstecken?

»Anrufen?« Er sah sie verdutzt an. »Verzeihung?«

»Telefonieren.«

Er schüttelte den Kopf.

David führte sie hinaus. »Gute Nacht, Lew.«

»Gute Nacht. Und danke.«

David schloss geräuschlos die Tür.

»Was ist mit ihm los?«, fragte Felix.

»Das sage ich dir morgen.« Er gähnte.

»Und wenn er nun ein Feind ist?«

»Er hat wohl kaum die richtige Hautfarbe für einen deutschen Spion, oder? Du erinnerst dich sicher, wie sehr Hitler den schwarzen Läufer Jesse Owen hasst?«

»Aber sollten wir nicht die Polizei informieren?«

»Er ist Amerikaner, Felix, er ist auf unserer Seite.«

Felix hörte etwas. »Was war das?«

»Ich kann nichts hören.«

Sie lauschte wieder, konnte aber kein Geräusch ausmachen. »Klang wie eine Tür, die geschlossen wird.«

»Wahrscheinlich nur der Wind. Wir sollten jetzt zu Bett gehen, der Mond ist untergegangen. Soll ich dich begleiten?«

Sie blickte auf den schemenhaften Wald und zwang sich, tapfer zu sein. »Ich komm schon zurecht. Und morgen bin ich nach dem Frühstück wieder hier.«

»Überleg dir schon mal, wo wir Lew sicher unterbringen können.«

Felix wartete, bis er gegangen war und rannte dann über den Rasen zur Straße. David sollte nicht wissen, dass sie den Wald mied. Zum zweiten Mal binnen einer Stunde sprintete sie am Friedhof vorbei und wagte kaum zu atmen. Ihre Mutter lag dort im Grab, sagte sie sich. Aber sie konnte sich nicht vorstellen, dass die sanfte Martha Valance in der Lage war, die Mächte der Finsternis zurückzuhalten. Erst als sie die französischen Fenster von Rosebank erreichte, wurde sie langsamer.

Als sie in ihrem Schlafzimmer angelangt war, warf sie sich in ihren Kleidern aufs Bett, zu erschöpft, um eine Lampe anzumachen. Selbst *Klettern im Himalaja und anderen Bergregionen*, ihr Lieblingsbuch aus der Bibliothek des Gutshauses, konnte sie mit seinen Beschreibungen der Klettertouren, die sie als Erwachsene zu machen gedachte, nicht in Versuchung führen. Wieder hörte sie das Waldkäuzchen und zog die Daunendecke über ihren Kopf, um seinen Schrei auszusperren.

5

Minna

SWANHAM HERALD

Grausame See tötet Liebesbeziehung

Auf das Auffinden der Leiche von GI Lew Campbell in Fontwell hin, hat eine Frau aus Bournemouth berichtet, wie ein tragischer Militärunfall die gemischtrassige Liebesbeziehung ihrer Eltern beendet hat. Louise Miller, 63, ist Lew Campbells Tochter, Ergebnis seiner Beziehung zu ihrer Mutter Phoebe Lambert. Mrs Lambert lernte den in Georgia geborenen GI 1942 nach seiner Ankunft in England in Swanham kennen. Lew, damals 19, war laut Mrs Miller das Stadtgespräch. »Die Mädchen hatten noch nicht viele Schwarze gesehen, sie waren von Lew fasziniert. Aber er hatte nur Augen für meine Mutter. Sie verliebten sich.« Die keimende Romanze wurde jäh unterbrochen, als Lew in ein Trainingslager in West-Dorset versetzt wurde. »Lew wurde auf Trab gehalten, als der D-Day näher rückte. Mum schrieb ihm zwar weiterhin, hörte aber nichts mehr von ihm. Nach der Landung in der Normandie ging sie davon aus, dass er, wie so viele andere amerikanische Soldaten, an einem der Strände gefallen sei. Jetzt habe ich erfahren, dass er vermutlich während einer Übung ertrunken ist.«

Phoebe starb 1993. Ihre Tochter hofft, an der Beerdigung des Gefreiten Campbell teilnehmen zu können, sobald die Leiche freigegeben wird.

»Es ist eine Erleichterung, nach all den Jahren herauszufinden, was wirklich passiert ist.«

Ich lese den Artikel mit mehr Interesse, als ich für jede andere Nachricht in den vergangenen paar Monaten aufbringen konnte. »Hast du das gesehen?«

Tom liest die Überschrift mit hochgezogenen Brauen und überfliegt dann den Artikel.

»Unser Skelett hat eine Geschichte. Er war schwarz, das ist doch interessant.«

Tom hebt seinen Kopf. »Jim Crow trifft John Bull, eh?«

»Was?«

»Jim Crow haben die Yankees ihre schwarzen GIs genannt. Sie haben offensichtlich für ziemlichen Aufruhr gesorgt, als sie hier rüber kamen.« Tom liest viel und verfolgt all diese Dokumentationen im History Channel. »Der arme Kerl, so viele Meilen von zu Hause.« Er ist interessiert, aber nicht so wie ich von der Geschichte gefesselt.

Ich nehme den *Herald* wieder. »Er hat es nicht mal zur Front geschafft.«

»Es gibt einen Ort in Devon, Slapton Sands, wo Hunderte Amerikaner während ihres Trainings ertrunken sind«, sagt er. »Die zuständigen Behörden haben das vertuscht.«

»Vielleicht dachten sie ja, es sei schlecht für die Moral.«

Er zuckt mit den Achseln. »Tee?« Ein Becher von

Toms Tee ist wie eine Mahlzeit, belebend und kräftigend. Als ich schwanger war, machte ich mir Sorgen, zu viel davon könnte dem Fötus schaden, also beschränkte ich mich sicherheitshalber auf zwei Tassen am Tag. Genauso wie ich aufhörte, Abbeize für die Türrahmen und Fensterbänke meiner Kunden einzusetzen, für den Fall dass die Dämpfe das Baby schädigten. Als könnte man Schicksal spielen.

Er bringt die Becher zu mir in den Garten. Er hat sich für das Porzellan entschieden. Ich habe es immer verabscheut, Tee aus Keramikgeschirr zu trinken: er schmeckt einfach nur aus Porzellan. In der Anfangszeit unserer Beziehung nannte er mich Prinzessin, jedoch mit einem Zwinkern im Auge, das mir verdeutlichen sollte, dass man derart wählerisches Getue in Belfast nicht kannte.

Wir sitzen am Teaktisch. Eine Lerche singt hoch oben, und die Luft ist bereits vom Geißblatt- und Rosenduft gesättigt. Meine Übungen habe ich noch nicht gemacht, zwanzig Minuten Dehn- und isometrische Übungen täglich – Teil meiner Routine. Wenn mein Körper zu tun hat, kann sich mein Geist nicht mit anderen Dingen befassen. An manchen Tagen kann ich mich jedoch nicht dazu aufraffen, schaffe es nicht, irgendwas zu tun. Ich sehne mich nach der Nacht, damit ich in den Schlaf gleiten kann.

Tom textet mit gefurchter Stirn etwas in sein Mobiltelefon.

»Was meinst du, sollen wir zur Beerdigung gehen?«, frage ich.

Er legt das Telefon ab. »Warum sollten wir das tun?«

»Wir haben ihn gefunden.«

Er starrt so lange aufs Meer hinaus, dass ich schon glaube, er sei entschlossen, meinen Vorschlag zu übergehen. »Wir können hingehen, wenn du möchtest, aber meinst du nicht…?«

»Mein ich was?« Jedes Mal, wenn er was sagt, springe ich ihm fast an die Kehle.

»Meinst du nicht, dass es dich aufregen könnte?«

Schwarze Kleider, gedämpfte Stimmen, die stickige Luft in der Aussegnungskapelle, jemand der weit weg weint: meine Mutter, Tom?

»Bei einem Soldaten, der sechzig Jahre tot ist, ist das doch was anderes.« Ich stehe auf und leere die Becher aus. »Es werden nur der Pfarrer und Louise Miller, die Tochter, da sein. Und sie kannte ihren Vater nicht einmal.«

»Ich fand es ganz schön grauenhaft, als wir seine Leiche gefunden haben.« Er blinzelt und wendet sich ab.

Ich starre ihn an. »Tatsächlich?« Da ich so sehr in meinen eigenen Reaktionen gefangen war, kam mir gar nicht der Gedanke, mich zu vergewissern, ob mit Tom alles in Ordnung war. Früher hatte ich ihn immer im Auge und zog ihn auf, wenn ich das Gefühl hatte, er rege sich zu sehr über den Nahen Osten oder den Zustand der Londoner Underground oder die Erwartungen seiner Klienten auf. Er hielt es bei mir ebenso und schalt mit mir, wenn ich mich bei einem Projekt verausgabte oder mich zu sehr hineinsteigerte, weil eine Farbe nicht richtig gemischt war oder Kissenbezüge nicht perfekt zueinander passten. Wir bildeten eine Gefühlswippe, die nicht immer perfekt in der Waage war, aber darauf geeicht, dass der andere nicht zu Boden sauste oder zu hoch hinaus schoss. Jetzt ist das Gleichgewicht dahin.

Ich passe nicht mehr auf Tom auf; habe damit aufgehört an einem Samstag vor drei Monaten gegen Mitternacht, als der Regen gegen die Windschutzscheibe peitschte.

Jetzt konzentriere ich mich nur noch auf mich selbst, darauf, den Tag zu überstehen. Ich handle mit mir. Wenn ich mich ständig beobachte, könnte ich es schaffen.

Weshalb also gefährde ich meinen zerbrechlichen Kompromiss mit dem Leben mit diesem Interesse an einem schon lange toten Soldaten? »Du hast recht, es wäre falsch hinzugehen.« Ich werfe einen Blick über die Schulter auf ihn, als ich die Becher in die Küche bringe, um nachzuschenken. Er starrt noch immer aufs Meer.

Das Mobiltelefon schrillt, er zuckt zusammen und nimmt es, seine Augen werden schmal, als er antwortet.

»Hallo Jeremy. Nein, ich habe noch nicht alle Ratsmitglieder aufgetrieben, doch ich fahre heute Nachmittag nach Swanham.« Er lauscht Jeremys Antwort, seine Zungenspitze lugt dabei zwischen seinen Lippen hervor. Als ich wieder zurückkomme, scheint Jeremy ihm in aller Ausführlichkeit etwas Kompliziertes mitzuteilen. Tom nickt und beißt sich auf die Lippe.

Ich wende meine Aufmerksamkeit wieder der Zeitung zu und lese einen Bericht über die Ausstellung der Red Arrows am Strand von Bournemouth. Hört sich vertraut an. Da wird mir klar, dass ich diesen Artikel an diesem Morgen bereits zweimal gelesen habe.

6

Felix 1943

Dr. Valance war in seine *Times* vertieft, wie Felix erleichtert feststellte, sie war sich sicher, dass ihr das Abenteuer der vergangenen Nacht ins Gesicht geschrieben stand. Er beendete das Kreuzworträtsel und seufzte, ehe er den braunen Umschlag aus der Innentasche seines Jacketts zog. Er entfaltete den Brief des Ministeriums und studierte ihn, obwohl ihn beide längst auswendig kannten.

»Bedauerlicherweise ist es im nationalen Interesse erforderlich, Sie aus Ihren Häusern umzusiedeln. Dabei wird man Ihnen jegliche Hilfe zuteilwerden lassen, sowohl durch finanzielle Entschädigung als auch bei der Suche nach einer anderen Unterkunft, falls Ihnen das selbst nicht möglich sein sollte.«

Diesen Brief musste ein Automat geschrieben haben, ein Apparat in den Tiefen des Whitehall Ministeriums. Ihr Vater meinte, die niederschmetterndsten Briefe würden immer in demselben passiven, unpersönlichen Stil geschrieben.

Seine himmelblauen Augen begegneten den ihren, und er runzelte die Stirn, als würde ihm etwas einfallen.

»Ich habe noch einmal bei St. Agatha angerufen.«

»Oh.« Ihr Herz sackte tiefer.

»Sie können dich dort ab Januar aufnehmen. Nun

mach nicht so ein finsteres Gesicht, Kind, es ist eine sehr gute Schule.«

»Ja.«

»Wenn es nicht so praktisch wäre, dich morgens immer zum Unterricht zum Gutshaus zu schicken, hätte ich das schon vor Jahren veranlasst. Es wird dir guttun, mehr weibliche Gesellschaft zu haben. Du bist ein Wildfang geworden, der sich draußen herumtreibt und auf Bäume klettert. Deiner Mutter hätte es gefallen, wenn du ein paar andere Fertigkeiten erworben hättest: Klavierspiel, französische Konversation, etwas in der Art.« Wie immer, wenn er von seiner toten Frau sprach, verhärtete sich sein Gesicht.

»Mama lag daran, dass ich viel frische Luft bekomme. Und sie mochte David.«

Seine Hand schob sich über den Frühstückstisch und berührte die ihre. Ihr fiel auf, wie sie zitterte. »David ist ein famoser Kumpel. Schade, dass du mit seiner Kusine nicht genauso gut auskommst.«

»Isabel hasst mich.«

Seine Hand zog sich zurück. »Hassen ist ein Wort, das du nicht benutzen solltest. Hass verursacht Kriege. Isabel könnte dir vieles beibringen.«

»Wie ich mir meine Lippen anmale, und wie meine Hände weich bleiben?«

Seine Augen wurden schmal. »Sie ist das perfekte Vorbild für eine junge Dame. Und sie hat eine schwere Zeit hinter sich. Sie hat dein Mitgefühl verdient.«

Isabel, die morgens bis zehn Uhr im Bett blieb und noch immer Elizabeth Arden im Laden an der Bond Street bestellte, und eine schwere Zeit? »Du meinst ihre Drüsenschwellung? Das ist doch Monate her. Was hat sie denn jetzt?« Aber natürlich wusste sie, dass er darüber nie mit ihr reden würde. Ärztliche Schweigepflicht – unverletzbar nannte er diese, was immer es auch bedeuten mochte. Ihr Vater setzte ein gezwungenes Lächeln auf. »St. Agatha verschafft dir einen guten Start ins Leben. Denk nur an die Freundschaften, die du dort schließen wirst.«

Sie seufzte. Vielleicht passierte ja noch etwas vor Dezember – die Deutschen könnten in England einmarschieren oder die Alliierten in Frankreich –, und der Krieg wäre vorbei. Davids Hauslehrer, Mr Stewart, war bereits zur Marine gegangen, David sollte nach Harrow und Felix auf jenes Institut, wo die Mädchen Gymnastikanzüge aus Serge und Velourshüte trugen, Lacrosse spielten und Primaner anhimmelten. Sie hatte alles über Internate gelesen, und es hatte ihr gar nicht gefallen. Felix wusste bereits, dass sie keine Teamspielerin war, und ahnte, dass sie auf St. Agatha schwer dafür büßen müsste.

Wenn sie doch nur hierbleiben könnte. Könnte Fontwell doch immer so bleiben, wie es war oder wenigstens so lange, bis sie alt genug war, um zu den Alpen oder dem Himalaja aufzubrechen, um dort ernsthafte Klettertouren zu unternehmen. Der Gedanke an die Zukunft schnürte Felix' Brust zusammen. Um sich abzulenken, studierte sie das Essen auf dem Tisch. Fast vier Jahre dauerte der Krieg nun schon, die Rationen wurden immer dürftiger. Ein Glück, dass die Patienten Vater oft mit Eiern und Schinken versorgten, sonst hätten sie zu kämpfen, meinte Mrs Derby.

Dr. Valance nahm die *Times* wieder auf. Felix schnitt sich noch eine Scheibe Brot ab und strich eine dünne

Lage Margarine und Honig von den Bienen des Gutsherrn darauf. »Margarine *oder* Honig, Felicity.« Er senkte seine Zeitung. »Nicht beides.«

»Entschuldige.« Sie wartete, bis er wieder versunken las, und schob dann die Schnitte zusammen mit ihrem unberührten gekochten Ei in die Serviette auf ihrem Schoß. »Darf ich bitte aufstehen?«

»Meine Güte, Kind, du kriegst Verstopfung, wenn du so schnell isst.« Er blickte kurz auf.

»Ja, Papa.«

»Wenn du nicht anständig kaust, wirst du nicht alt.« Mit gefurchter Stirn sah er in die Zeitung. »Da behauptet doch glatt ein Kerl, die Deutschen werden uns mit ferngesteuerten Flugzeugen und Raketen angreifen, das ist doch nicht zu fassen. Nun geh schon.«

Mit dem gemopsten Essen unter ihrem Pullover flitzte sie hinaus.

Auf der Straße rollte Sam Fuller Murmeln durch den Staub und strahlte sie mit seinem verdreckten Gesicht an. »Kann ich mit dir zum Strand kommen?«

»Miss James schimpft mit dir, wenn du schon wieder die Schule schwänzt.« Wie die meisten Dorfkinder besuchte Sam die Dorfschule. Felix' Vater wollte nicht, dass sie dort Schülerin wurde.

»Das ist nichts für deinesgleichen«, hatte Mrs Derby ihr erklärt. »Nichts für junge Damen.« Also hatte Felix sich stattdessen dem Unterricht angeschlossen, den David im Herrenhaus bei Mr Stewart bekam.

»Miss James' Mutter geht's schlecht.« Sam sammelte seine Murmeln ein. »Sie ist nach Swanham, um sie zu besuchen. Kann ich mit dir kommen?«

»Später.« Seine kleine Gestalt fiel zusammen. Die meiste Zeit bekam man kaum mit, dass Sam da war. Für ein Kind von sieben Jahren war er gar nicht übel – recht still und froh, wenn er Besorgungen erledigen durfte. Nachts nahmen Felix und David ihn nie mit: das wäre unverantwortlich. Menschen in Sams Alter benötigten neun oder zehn Stunden ungestörten Schlafs. Außerdem unterhielten sie und David sich manchmal über Dinge, die für junge Ohren nicht geeignet waren. Wie etwa über Isabel und all die Briefe, die sie bekam, auf denen die Adressen in fester, männlicher Handschrift geschrieben standen, und manchmal auch Blumen, selbst in Kriegszeiten. Und über die erhobenen Stimmen, wenn sie nachts mit dem Gutsherrn in der Bibliothek saß.

Felix war in Gedanken noch bei dem älteren Mädchen, als sie auf David stieß, der sich hinter dem Pampasgras versteckte und eine mit einem Gurt gesicherte Deckenrolle umklammert hielt. »Da bist du ja.« Er wirkte nervös.

»Was ist denn?«

»Nichts. Nur Isabel.«

»Sie ist doch nicht schon so zeitig auf?«

»Sie bleibt immer noch den ganzen Tag in ihrem Zimmer und beharrt auf einem Feuer, obwohl die Brennstoffvorräte so knapp sind, und weigert sich, auch nur irgendwie zur Hand zu gehen.« Er stieß lange die Luft aus. »Wobei ich auch nicht viel tue.«

»Du hilfst im Garten. Ich habe dich das Kartoffelfeld harken sehen.«

»Ich mache so was gern. Isabel hasst es.«

»Nun, sie sollte nicht herumlungern und ständig ihre

Tatlers lesen. Vielleicht bringt man sie ja dazu, sich den Wrens anzuschließen.« Felix musste grinsen, als sie sich Isabel beim Drill der Marine vorstellte.

David verdrehte die Augen. »Kannst du dir Isabel in Uniform vorstellen? Befehlen gehorchend?«

»Früh am Morgen aufstehen.«

»Exerzieren lernen.«

Felix lachte. »Sie sollte wohl am besten schnell heiraten und Bälger kriegen. Sie ist jetzt neunzehn, alt genug.«

»Eigentlich nicht viel älter als ich.«

Er war gerade erst fünfzehn geworden, anderthalb Jahre älter als sie selbst.

David machte ein nachdenkliches Gesicht.

»Was ist?«

»Wahrscheinlich nichts. Aber ich denke, Johnson mag sie.«

»Johnson? Was meinst du damit, er mag sie?«

»Ich habe sie ein paar Mal miteinander reden sehen. Er starrt sie an, als wäre sie eine Art Orakel.« David grinste. »Kann mir nicht vorstellen, dass die beiden viel gemeinsam haben.«

Sie hatten die Nebengebäude erreicht. Lew sprang auf, als sich die Schuppentür öffnete, die Schultern angriffsbereit, die Fäuste geballt.

»Wir sind es nur«, sagte David.

Bei Tageslicht fielen Felix die blauen Linien unter den Augen des Flüchtlings auf und ein grauer Schatten auf seiner Haut. Sie fragte sich, wie weit er sich wohl gestern mit seinem geschwollenen Knöchel geschleppt haben mochte. »Ich habe was zu essen dabei.« Sie legte das Ei und das Honigbrot auf die Säcke vor ihm.

»Danke, Missy.« Er stürzte sich darauf und schlang das Ei in sich hinein. Doch trotz seiner Gier fehlte es ihm nicht an Anmut, er bewegte sich, als wäre sein Körper eine fein geeichte Maschine. Sie konnte nicht umhin, ihn anzustarren. Vor dem Krieg hatten sie in der Sonntagsschule Geld für die Missionare bei den Negerkindern gesammelt, wie Mrs Baker sie nannte. Felix hatte sich die Empfänger dieser Almosen nicht als so gut entwickelt vorgestellt.

»Wir müssen Sie von hier wegbringen.« David faltete die Säcke zusammen, die Lew als Bett benutzt hatte. »Der Gutsherr beschneidet heute Morgen seine Obstbäume, und er muss hier hereinkommen, um die Baumschere zu holen.«

»Der Gutsherr?«, wunderte sich Lew. »Wer ist das denn? Klingt wie jemand aus einem Film.«

David errötete. »Mein Onkel.«

»Ich dachte, ein Gutsherr sei so etwas wie ein Graf.«

»Nicht so vornehm«, sagte David. »Und er trägt auch keinen Titel. Nur Mr.«

»Warum nennst du ihn nicht Onkel?«

David zuckte mit den Schultern. »Isabel und ich – Isabel ist meine Kusine – kennen ihn nur als den Gutsherrn.«

Lew grinste. »Meine Tante nennt meinen Onkel immer Pastor, anstatt Joseph. Außer wenn er zu spät zu den Mahlzeiten erscheint, dann nennt sie ihn Joseph Campbell mit einer Stimme, bei der es selbst in der Hölle gefriert.« Er leckte sich einen Tropfen Honig vom Finger. »Dann lebst du also bei diesem Gutsherrn?«

»Ja, habe ich immer getan, bis auf die Zeit, als ich auf der Schule war.«

»Und jetzt gehst du nicht zur Schule?« Lew grinste. »He, macht dir sicher nichts aus, oder?«

»Sie ist nach Cornwall evakuiert worden. Und ich bekam zur gleichen Zeit ziemlich schlimm die Masern. Also war es einfacher für mich, nach Hause zu kommen. Aber jetzt findet der Gutsherr, ich solle auf die Public School.«

»Du in einer Public School?« Lew schüttelte ungläubig den Kopf. »Nicht irgendwas Feines? Ich dachte, du würdest auf eine der Schulen gehen, wo die Jungs diese Hüte tragen.« Er hob seine Hände über den Kopf und zeichnete einen Hut in die Luft.

David lächelte. »Wir nennen sie Public Schools, aber sie sind eigentlich überhaupt nicht für die Öffentlichkeit, es sind Privatschulen, für die man zahlen muss.«

»Wenn wir schon beim Weggehen sind«, Lew schluckte das letzte Stück von seinem Brot hinunter, »was passiert jetzt?« Er sprach ganz ruhig, aber Felix bemerkte den wachsamen Ausdruck seiner Augen.

David sah Felix fragend an. »Tagsüber ist der Wald sicher.«

»Aber kalt. Und Johnson schleicht immer herum.« Sie schauderte bei dem Gedanken, wieder im Dunkeln unter die Bäume zurückzukehren.

»Die Waldhütte?«

»Voller Spinnen.«

»Lew ist Soldat, da werden Spinnen ihm wohl nichts ausmachen.«

Seine Worte erinnerten sie daran, dass sie herzlich wenig von Lew wussten. Sie schielte auf den großen Mann in der amerikanischen Uniform, der die Reste ihres Frühstücks aß. Er hob seinen Kopf.

»Mir scheint«, sagte er, »dass Leute, die für jemanden, den sie kaum kennen, Risiken auf sich nehmen, Antworten verdienen.« David wollte etwas sagen, aber Lew ließ ihn nicht zu Wort kommen. »Ihr kennt mich überhaupt nicht. Ihr wisst auch nicht, dass jemand, der sich ohne Erlaubnis von der Truppe entfernt, bestraft wird. Oder dass man auch bestraft wird, wenn man jemanden wie mich versteckt.«

»Sie haben sich ohne Erlaubnis von der Truppe entfernt?«, Felix blinzelte.

»So nennt man das. Ich sollte gestern wieder im Lager zurück sein, aber ich habe mich nicht zurückgemeldet.« Seine dunklen Augen begegneten den ihren und hielten ihren Blick fest. Sie hatte sich Deserteure immer als schmächtige Jüngelchen vorgestellt, die zu viel Angst vor dem Kämpfen hatten und deshalb das Leben in der Armee nicht aushielten. Lew sah jedoch aus, als nähme er es, ohne mit der Wimper zu zucken, mit der ganzen deutschen Armee auf.

»Und warum haben Sie sich nicht zurückgemeldet?«

»Pst!« David deutete zur Tür. Schritte näherten sich.

7

1943

»Ich denke, ich nehme mir die Letzten von den Bramleys vor, und dann fahre ich zu den Worcesters weiter, wenn ich noch Zeit habe.« Schweigen, dann ein Seufzer.

»Und wozu? Wir können sie doch nicht alle mitnehmen.« Die Frauenstimme war die von Isabel. Offenbar hatte sie sich aus dem Bett gehievt.

»Ich weiß ja, dass ich ein sentimentaler alter Narr bin, aber ich gebe einfach die Hoffnung nicht auf, dass vor nächstem Monat noch was passiert.«

»Ein Wunder?«

»Nun, es macht jedenfalls keinen Sinn, hier in der Zwischenzeit alles vor die Hunde gehen zu lassen. Ich wünschte nur, ich hätte was für die Upper Farm tun können.«

»Den Wellblechhorror?« Isabel klang genervt.

»Ich hätte gern die Ställe renoviert. Eine Schande, sie in dem Zustand zurückzulassen.«

»Wir haben Krieg.«

Ein Seufzer wie Wind durch Bäume. »Ich weiß. Was machst du heute Morgen, meine Liebe?«

»Ich habe doch versprochen, den Kartoffelacker umzugraben, oder?« Ihr Tonfall verriet wenig Begeisterung.

»Du siehst nicht aus, als könntest du das schon. Bist

noch immer sehr blass.« Eine Pause. »Ich habe dir doch gesagt, lass es sein.«

»Ich weiß.«

»Nimm's dir nicht zu Herzen, so ist sie eben.«

Wer? Wunderte sich Felix. David neben ihr seufzte. Vielleicht schämte er sich dafür zu lauschen.

»Verdammter Mist«, sagte der Gutsherr.

»Was denn?«, erkundigte Isabel sich gleichgültig.

»Ich wollte Johnson noch sagen, dass ich heute Morgen eine Ricke an den jungen Bäumen habe knabbern sehen.«

»Was macht das schon, jetzt, da wir weggehen?«

»Ein gut geführtes Gut bleibt ein gut geführtes Gut, meine Liebe.« Der Ton in der Stimme des Gutsherrn hatte an Schärfe zugenommen.

»Ich sag es ihm, wenn du möchtest.«

»Würdest du das tun? Er ist sicher im Wald bei seinen Fallen.«

Sie sagte noch etwas, was aber nicht zu verstehen war, dann entfernten sich ihre Schritte.

»Mist.« Davids Gesicht war bleich. »Lasst uns gehen.«

»Aber wohin?«

»Zum Strand. Lew kann sich in der Höhle verstecken, bis es seinem Bein besser geht. Dort unten kann er auch ein Feuer anmachen, dann hat er es warm.«

»Ich kann bestimmt bald wieder tanzen. Seit das Fräulein die Bandage angelegt hat, fühlt es sich schon besser an.« Lew stand auf und biss dabei die Zähne zusammen. »Wie weit ist es bis zum Strand?«

»Zehn Minuten. Schaffen Sie das?« David nahm die Deckenrolle.

»Jawohl.« Aber Lew schlurfte aus dem Schuppen wie ein alter Mann. Felix sah David an. Mit einem leichten Kopfschütteln bedeutete er ihr, dass dies nicht der richtige Zeitpunkt war, Ängste zu artikulieren. Sie wollte ihn aber auch zu Isabel befragen, darüber, was sie besprochen hatten. Das müsste warten. Neun Uhr, im Dorf dürfte jetzt rege Betriebsamkeit herrschen. Weil es ein schöner Tag und kein Unterricht war, musste man überall mit sich herumtreibenden Kindern rechnen, die ihren Eltern aus dem Weg gingen, um nicht zum Eiereinsammeln oder zum Saubermachen des Schweinestalls verdammt zu werden.

Am Ende der Einfahrt winkte David sie hinter die steinernen Torpfosten. »Ich gehe voraus und vergewissere mich, dass die Straße frei ist. Wenn ihr mich *The British Grenadiers* pfeifen hört, bleibt ihr, wo ihr seid. Bei *Rule Britannia* ist die Luft rein.«

»Ich hoffe, du kennst die Melodien, Missy«, flüsterte Lew Felix zu. »Denn ich habe sie noch nie im Leben gehört.« Als sie sich an der Wand dicht neben ihn kauerte, atmete sie seinen Geruch ein, exotisch und kräftiger als der der schwitzenden Farmarbeiter, moschusartiger als der Geruch ihres Vaters nach Palmoliveseife und gebügelter Baumwolle.

Die ersten Töne von *Rule Britannia* schrillten durch die Morgenluft. »Lassen Sie uns gehen«, flüsterte Felix und überquerte die Straße. Lew hoppelte hinter ihr her. David wartete am Telefonhäuschen auf sie. »So weit, so gut.« Dann fiel ein Schatten auf sein Gesicht. »Verdammt.« Sie entdeckte Sam, der durch das Gras stromerte. »Noch hat er uns nicht gesehen. Schnell hier rein.« Sie deutete über die Steinmauer auf Miss Foss'

Garten. Miss Foss beobachtete gern Vögel und hielt was auf Sträucher. Ihr Garten bot einen guten Schutz. Die Mauer war niedrig genug, dass Lew beim Drübersteigen nur einmal kurz die Luft anhalten musste. Hinter einem Lorbeerbusch gingen sie in Deckung und hörten, wie Sams Schritte sich auf der Straße näherten.

»Felix? Bist du da?«

Felix erstarrte. David drehte sich zu ihr um und legte einen Finger auf seine Lippen. Als würde sie jemanden verraten. Dennoch kam sie sich gemein vor, sich vor Sam zu verstecken. »Felix?« Sam rief wieder.

Sie hielt den Atem an und hörte ihn davonschlurfen.

»Lasst uns aufbrechen.« Sie kletterten über die Mauer auf die Straße zurück. David hielt an der Gabelung inne: Links ging es zum Postladen; rechts zum Höhenweg auf den Klippen, der zum Strand hinunterführte. Vor ihnen stand Sam mit dem Rücken zu ihnen, die Hände in den Hosentaschen. Felix murmelte ein Gebet, dass er nicht auch zur Höhle wollte. Eine Weile grub er seine Zehen in den Staub und zog Muster mit seinen Schuhen, dann bog er nach links ab. Wahrscheinlich um seine Nase am Fenster des Postladens platt zu drücken und gegen alle Vernunft darauf zu hoffen, dass der Ladenbesitzer an Dauerlutscher oder Karamellbonbons gekommen war.

Die Straße verengte sich zu einem Pfad, der an einem steilen Hügel klebte und mit vergilbten Blättern von Kastanien und Eichen bedeckt war. Er ließ sich nur im Gänsemarsch bewältigen, Felix ging voran mit Lew in der Mitte und David als Schlusslicht. Während sie aufstiegen, versiegte das Gespräch. Als sie sich umdrehte, um zu sehen, wie es Lew ging, sah sie den Schweiß auf seiner Stirn.

»Mir geht es gut, Missy.« Er lächelte, aber es war ihm anzusehen, wie sehr er sich konzentrieren musste.

Beim Aufstieg ließen sie die Bäume und ihre herabgefallenen Blätter hinter sich. Schafe grasten auf den Wiesen. Ein frisches Lüftchen, das ihre glühenden Gesichter fächelte, kündigte an, dass sie den höchsten Punkt der Klippe erreicht hatten. Nun konnten sie endlich den Ärmelkanal sehen, der dreißig Meter unter ihnen schieferfarben und azurblau schimmerte und dessen Brandung gegen die Kiesel zischte. Wie immer hüpfte Felix' Herz bei diesem Anblick vor Freude.

Lew pfiff. »Jetzt versteh ich, warum es euch Kindern hier gefällt. Wo ist die Höhle?«

David deutete auf die Felsen, die das Ende des Strands markierten. »Der Eingang ist da unten.«

Lew blinzelte. »Ich kann überhaupt nichts erkennen.«

Sie stiegen zur Höhle hinab, Lews Atem ging unregelmäßig, und manchmal entfuhr ihm ein leises Stöhnen. Felix war erleichtert, als sie den Strand erreichten.

»Wenn wir hinter die Felsen gehen, können wir uns in die Sonne setzen, und keiner kann uns sehen«, schlug sie vor, als sie sich der Höhle näherten. David half Lew über die Felsen, bis sie den kleinen Kreis aus Sand in deren Mitte erreicht hatten. Felix fiel auf, wie trocken er war. Wann kam die nächste Flut? Sie rollten die Decken aus und ließen sich mit Blick auf den Klippenpfad nieder, so dass sich ihnen keiner unbemerkt nähern konnte.

»Nun sagen Sie uns schon, wohin Sie gehen wollen.« Felix fixierte Lew mit ihrem strengsten Blick. »Und warum Sie in einer Zeit internationaler Gefahr nach Swanham abgehauen sind?« Der letzte Teil ihrer Frage gefiel ihr; sie erinnerte sie an die Sprache in den Wochenschaufilmen.

»Felicity!«, entrüstete sich David.

»Nein, sie hat recht.« Lew senkte seinen Kopf und schluckte. »Was ich getan habe, ist falsch. Ich wollte auch nicht, dass es dazu kommt.«

»Warum haben Sie es dann getan?«

Er zog mit seinem Finger eine Linie in den Sand. »Ein Freund ist in Schwierigkeiten.«

»Ein Freund?«

»Sie meinen doch nicht etwa eine Frau, oder?« David klang sehr erwachsen.

Lew begann mit einer zweiten Linie. »Sie heißt Phoebe.«

»Und was für Schwierigkeiten hat sie?«, bohrte David nach.

Lew hielt seinen Blick zu Boden gerichtet. »Ich muss ihr etwas Geld geben. Ich hatte zwei Tage Urlaub, aber ich habe nicht damit gerechnet, dass ich so lange nach Swanham brauchen würde. Gestern Abend hätte ich mich wieder zum Dienst zurückmelden müssen.«

»Hätten Sie das nicht per Post machen können?«

»Geld schicken? Nein, nicht eine so große Summe. Wenn das verlorenginge, käme Phoebe nicht zurecht.«

»Und wie wollten Sie nach Swanham kommen?«

»Zu Fuß.«

»Und Sie sagen, Sie stellen sich Ihrer Truppe, sobald Sie Phoebe gesehen haben?«

»Sicher werde ich das.« Sein düsterer Blick richtete sich auf David. »Ich möchte genauso wie ihr erleben, wie die Deutschen besiegt werden.«

»Ist bestimmt ein tolles Gefühl zu wissen, dass Sie

gegen sie kämpfen werden«, meinte David, normalerweise der sanfteste Junge, den man sich denken konnte, sehnsüchtig.

»Das Problem ist nur, dass nicht viele Farbige für den Fronteinsatz genommen werden. Hauptsächlich erledigen wir Hilfsarbeiten, fahren Jeeps, arbeiten in den Vorratsdepots und so.«

»Das ist aber ungerecht.« In Felix' Augen war es eine Schande, einen Mann, der so stark wie Lew war, nicht sinnvoller einzusetzen.

»Da sagst du was, Missy. Aber es sind Südstaatenweiße.«

»Südstaatenweiße?«

»Die Yankees sind da nicht so pingelig.«

Yankees? Waren sie nicht alle Yankees, die Amerikaner? Felix schien ihre Verwirrung im Gesicht zu stehen, denn er lächelte sie an.

»Yankees sind die Leute aus dem Norden.«

»Die Konföderierten waren die auf den Plantagen, mit den Sklaven«, erklärte David, der erst kürzlich *Vom Winde verweht* gesehen hatte. »Die Yankees waren die, die sie bekämpft haben.«

»Aber du sagtest doch, die Yankees seien die Bösen.«

Lew brach in schallendes Gelächter aus. »Manche der Weißen zu Hause sind gute Menschen. Aber einige finden uns nicht einmal für wert, ihre Stiefel zu putzen.«

»Wie reagieren denn die Engländer auf Sie?«, wollte David wissen.

»Sie sind freundlich. Meistens. Da war die Frau des Pastors, sie hat an alle Frauen, die in der Nähe des Lagers wohnten, Briefe geschrieben, um ihnen zu sagen, wie sie uns behandeln sollten. ›Seid freundlich, aber lasst keinen in eure Häuser‹, sagte sie. ›Plaudert nicht mit ihnen. Sie sind nicht wie wir, sie sind mehr wie Tiere.‹«

Felix und David schwiegen. Felix spürte die gleiche düstere Stimmung, die sie befiel, wenn ihr Vater vom Krieg sprach, ihr erzählte, dass die Menschen in Europa mitten in der Nacht verhaftet und in Lager gesteckt wurden, wenn sie mit der Staatsmacht nicht einverstanden waren. Sie suchte krampfhaft nach einem fröhlicheren Thema, dabei kam sie auf Phoebe.

»Warum können wir nicht Phoebe anrufen und ihr sagen, sie soll herkommen und sich ihr Geld abholen?« Felix fand diese Idee ganz hervorragend, aber David zog ein Gesicht.

»Wie soll sie denn herkommen?«

»Mit dem Bus.«

»Die fahren im Moment nicht regelmäßig. Du solltest Isabel hören, wie sie sich darüber beklagt.«

Dann ist Isabel also gereist. Interessant.

David errötete, vermutlich weil er mehr preisgegeben hatte als beabsichtigt. »Ich weiß nicht.«

Felix begriff die Dringlichkeit nicht ganz. »Wofür genau benötigt Phoebe denn das Geld?«

Lew blickte sie an, wandte sich dann aber wieder ab und biss sich auf die Lippe. »Sie steckt in Schwierigkeiten.« Seine Augen trafen die Davids.

»Das erklärt alles.« David nickte.

Felix wollte noch etwas sagen, aber Davids Stirnrunzeln gebot ihr, das Thema fallenzulassen.

»Haben Sie ihre Adresse?«

»Ja.«

»Ist sie telefonisch erreichbar?«, fragte David. »Können wir sie anrufen und ihr sagen, sie solle sich irgendwo zwischen Swanham und hier mit uns treffen? Sie könnte zu Fuß kommen oder sich ein Fahrrad leihen.«

»Sie hat kein Telefon.« Lew sprach leise. »Phoebe zieht umher.«

»Dann wissen Sie also gar nicht, wo Sie ihr begegnen können?«

»Es gibt da einen Pub, in den sie abends meistens geht.« Lew zog an einer Wellhornschnecke, die an einem Felsen klebte.

Felix hatte jetzt ein besseres Gefühl, was ihn betraf. Er war zweifellos ein Deserteur, aber aus edlem Grund. Es war freundlich von ihm, diesem Mädchen helfen zu wollen. »Wir können für Sie im Lager anrufen und erzählen, dass Sie einen Unfall hatten.«

»Das wäre vielleicht das Beste.« Aber seine Miene war besorgt.

»Vielleicht können wir auch Phoebe für Sie das Geld bringen«, ergänzte Felix.

»Ihr habt schon genug für mich getan, Missy.«

»Der Gutsherr fährt manchmal nach Swanham, um seinen Buchhalter zu treffen«, sagte David. »Ich könnte vielleicht mit ihm mitfahren und sie für Sie finden.«

»Übernehmt euch nicht.« Aber Lews Augen ruhten warm auf David.

Felix' Blick fiel auf den Knöchel in seinem Stiefel. »Wir sollten den Verband abnehmen, damit Sie Ihren Fuß ins Meer halten können. Das kalte Wasser hilft bei Schwellung.«

»Ein guter Plan, Missy. Ich hatte schon daran gedacht, einmal kurz einzutauchen, wenn es hier etwas einsamer ist.«

David warf Felix einen unmissverständlichen Blick zu. Sie erhob sich mit geröteten Wangen. »Ich gehe am Strand entlang, während Sie schwimmen.«

»Oh, ich schwimme nicht, das kann ich nämlich nicht.« Lew grinste sie an. »Ich möchte mich nur frischmachen.« Felix fiel wieder auf, wie vertrauensvoll er sich darauf zu verlassen schien, dass sie alles für ihn regelten.

Sie entfernte sich und hörte dabei, wie David die Luft anhielt, ehe er ins Wasser rannte, und Lews Keuchen kurz darauf. Ein Glück, dass es so ein schöner Herbsttag war, fast so warm, dass man der Täuschung erliegen könnte, es sei noch Sommer. Hoch oben auf der Klippe im Westen glitzerte Sonnenlicht auf Metall – wahrscheinlich wieder ein Mann vom Ministerium, der Fontwell und seinen Strand beobachtete und dem angesichts der sich auftuenden Möglichkeiten das Wasser im Mund zusammenlief. Von dort oben konnte er Lew und David nicht sehen.

Das Militär konnte es kaum erwarten, dass die Dorfbewohner gingen. In einem guten Monat würden sie den Strand mit grauen Metallpanzern und Booten überziehen oder was auch immer sie so sonst zum Trainieren für die Landung benutzen mochten. Felix erinnerte sich an das Invasionsfieber zu Anfang des Krieges, als sie und David nur vom Hinterland aus auf die Höhle schauen durften, bis man befand, dass Hitler anderswo viel zu beschäftigt war, um nach Fontwell zu kommen. Es war ein großer Verlust gewesen, auf den Strand zu verzichten. Aber diesmal wäre es noch schlimmer, und der Strand bliebe dabei nicht mehr friedlich und einsam. Und das Dorf genauso wenig. Soldaten würden

Zigarettenkippen in Miss Foss' Blumenbeete werfen und ihre Sträucher und Büsche niedertrampeln. Jeeps würden den Rasen des Gutshauses böse zurichten. Felix und David würden unregelmäßige französische Verben konjugieren und mit quadratischen Gleichungen kämpfen und Mannschaftsspiele mit dummen Kindern spielen, die niemals über Felsen gerobbt waren, um graue Seehunde beim Spiel zu beobachten. Sie stampfte auf den Kieseln auf.

Ein Schatten fiel auf sie. »Du wirst dir deine Schuhe ruinieren.«

Felix erstarrte.

8

Minna

SWANHAM HERALD

Rätsel um den toten amerikanischen Soldaten

Das Verteidigungsministerium bestätigte heute offiziell, es lägen keine Beweise dafür vor, dass der Gefreite Lew Campbell, dessen Leiche am 2. Juli in Fontwell Cove gefunden wurde, jemals mit der amerikanischen Armee an diesem Teil der Küste zu Übungseinsätzen war. »Unsere Unterlagen belegen, dass er bis Oktober 1943 weiter westlich stationiert war und sich dann offensichtlich ohne Erlaubnis vom Heer entfernt hat«, erklärte ein Sprecher des Verteidigungsministeriums heute. »Er hatte zwei Tage Urlaub, war aber nach dessen Ablauf nicht zurückgekehrt. Die Militärpolizei startete eine Suche, fand aber keine Spur von ihm.«
Die Polizei geht nun davon aus, dass der Gefreite Campbell während seines genehmigten Urlaubs von den Felsen ins Meer stürzte.
»Lew war kein Deserteur«, sagte Louise Miller, Campbells Tochter, die in Bournemouth lebt. »Meine Mutter sagte, er konnte es kaum erwarten, die Deutschen hochgehen zu lassen. Er wünschte sich nichts mehr, als bei den Kampftruppen eingesetzt zu werden. Und er

hätte auch nicht die Zeit am Meer vertrödelt, denn er konnte gar nicht schwimmen. Immer wieder hat er meiner Mutter gesagt, er wolle vor der Invasion Unterricht nehmen, sonst würde er ertrinken, ehe sie die Küste erreichten.«

»Das Rätsel wird immer geheimnisvoller.« Tom zieht eine Braue hoch. »Nun, Miss Marple, ziehen Sie los und beginnen Sie mit der Befragung der Verdächtigen.«

»Das ist das Problem, wenn man in einem verlassenen Dorf lebt«, sage ich. »Keine verdächtigen Einheimischen, die ein Motiv haben könnten.« Ich gehe in die Küche und werfe mein halb gegessenes Stück Toast in den Mülleimer. Tom ist mir gefolgt. Ständig erkläre ich ihm, dass ich kein Frühstück mag. Bitte, bitte, lass ihn nicht wieder damit anfangen. Um ihn abzulenken, rede ich weiter. »Aber seltsam ist es schon. Was hatte ein GI hier zu suchen, wenn er nicht im Training war?«

Tom zuckt mit den Achseln. »Vielleicht hat er Freunde besucht? Seeluft geschnuppert? Aber man würde meinen, er hätte sich für seinen Urlaub einen belebteren Ort ausgesucht.«

»Was immer er auch gemacht hat, am Ende ist er ertrunken.«

»Das passiert.«

Ich öffne den Mund, um zu widersprechen, sage dann aber doch nichts.

Er macht den Geschirrspüler zu. »Was willst du denn heute machen?«

»Ich weiß nicht. Herumwerkeln. Vielleicht spazieren gehen.«

»Du könntest doch malen…«, schlägt Tom zögernd vor.

»Ja.« Das würde ich einer Freundin in ähnlichen Umständen auch raten. Ein- oder zweimal bin ich sogar schon so weit gegangen, meine Holzkiste mit den Wasserfarben mitzunehmen. Ich empfand nichts. Keine Erregung angesichts der Farben, keinen Zwang zu reproduzieren, was mich umgab oder, Gott bewahre, in mir war. »Ich habe eigentlich überlegt, Wicken zu pflücken.«

»Ganz die Countrylady.« Sein Blick ist ironisch, fast als wären wir wieder zur Normalität zurückgekehrt und er würde mich aufziehen.

Ich wuchs in einem großen Haus aus der Zeit von König Edward mit einem gut bestellten Garten und bei einer Mutter auf, die Pflanzen verehrte. Vom zartesten Alter an schnippelte, mulchte und jätete ich. Für Tom, der in Belfast aufwuchs, fiel der Garten bedeutend kleiner aus, wenngleich sein Vater ein paar Blumen fürs Haus zog. Ich ertappe ihn immer wieder dabei, dass er dieses Haus oder unsere Wohnung in Putney ansieht, als würde ihm gleich jemand Hausfriedensbruch vorwerfen.

»Ich muss die Arbeit für Waymark fertig machen, aber ich dachte, ich gehe als Erstes mal unsere Bankauszüge durch. Es ist schon eine Weile her, seit wir Bilanz gezogen haben.« Soll das ein Seitenhieb gegen mich sein, weil ich bisher unsere Finanzgeschäfte gemanagt habe?

Mit gefurchter Stirn lässt er sich mit dem Ordner unserer Bankauszüge und den Quittungen im Esszimmer nieder. Mit Geldsachen steht Tom auf Kriegsfuß, umso schlimmer, dass er diese Aufgabe in letzter Zeit auch noch schultern muss. Ich wünschte, ich brächte die Energie auf, ihm anzubieten, es für ihn zu tun. Stattdessen gehe ich in den Garten hinaus. Die Wicken zu schneiden, dauert nicht länger als fünf Minuten, und selbst nachdem ich sämtliches Unkraut aus den Blumenbeeten gezupft habe, liegt der Morgen noch wie eine öde Weite vor mir. Meine Übungen und unser Bett habe ich bereits gemacht. Selbst die Küche habe ich geputzt, die Abtropffläche und die Herdmulde poliert und den Fußboden gewischt, obwohl die Reinemachfrau heute Nachmittag kommt.

Als Tom mir mitteilte, dass er Rosebank gebucht hat, habe ich viele Pläne gemacht: lange Wanderungen entlang der Klippen, Besuche der dem National Trust angeschlossenen Gärten, skizzieren und malen. Ich habe tatsächlich viele Meilen zurückgelegt, aber ich wüsste nicht zu erzählen, was ich auf diesen Exkursionen gesehen habe. Abgesehen vom Dorf. Irgendwie holt Fontwell mich aus meiner Gleichgültigkeit. Vielleicht, weil es so traurig ist, und Trauer der einzige Sender ist, auf den ich derzeit programmiert bin.

Nachdem ich mich anhand der Flaggen vergewissert habe, dass das Übungsgelände nicht genutzt wird, gehe ich über das Feld, das zum Fußweg führt. Die im Gras verstreuten Wildblumen hätten meiner Mutter gefallen. Wir sollten wirklich meine Eltern einladen, hier herunterzukommen. Ihre Besorgnis meinetwegen beschwichtigen. Aber ich weiß, dass ich den Hörer nicht aufnehmen und sie anrufen werde. Tom ruft sie manchmal mit seinem Mobiltelefon an. Mehrmals habe ich Fetzen eines Gesprächs aufgeschnappt, das aber sofort unterbrochen wird, wenn er mich bemerkt.

»Nicht viel verändert«, sagte er zu ihnen vor ein paar Tagen. Nun, was erwarten sie denn?

Dieses Land ist Teil des Südküstenwanderwegs. Vom Wintergarten aus beobachte ich oft Wanderer, die zielstrebig und entschlossen ausschreiten. Sie lächeln und wünschen mir einen guten Morgen. Mich trifft es jedes Mal wie ein Schlag, wenn ich ihre entschlossenen Mienen sehe. Ich war auch einmal zielstrebig.

Das Meer unter mir flüstert seine Anschuldigungen. Du hättest vorsichtiger sein sollen, du hättest nicht so viel überlegen sollen, du hättest, hättest, hättest … Weil ich versuche, diese Anschuldigungen auszublenden, bemerke ich gar nicht, dass meine Füße mich am Bunker vorbei auf das Dorf zu führen, ehe ich vom Weg abbiege und den steilen Pfad hinunter durch die Bäume nehme. Erst als Schatten mein Gesicht streifen, merke ich, wohin ich gehe und blicke erschrocken auf.

Das Dorf zieht mich in seine nach Verfall riechende Umarmung, gegen meinen Willen sehe ich mich um, als ich unter den Bäumen heraustrete. Dieser Ort spiegelt irgendwie mein eigenes Gefühl, außerhalb der Zeit zu existieren. Ich lief zwischen diesen Häusern durch, gleich als wir angekommen waren, aber das war mit Tom. Allein herzukommen, fühlt sich anders an. Heute tollen hier keine kleinen Kinder herum, nur ein paar Teenagermädchen nehmen ein Sonnenbad und versuchen, mit ihren Mobiltelefonen einen Empfang zu bekommen.

Ich stehe auf einmal am Zaun, der das alte Gutshaus umgibt. Es ist inzwischen so baufällig, dass es für die Öffentlichkeit gesperrt ist. Ein Informationsschild teilt mir mit, dass die Täfelung des Speisezimmers an ein

Museum in den Vereinigten Staaten ging, wo es mit den Balken eines anderen Landhauses aus Wiltshire rekonstruiert in einer Dauerausstellung von Einrichtungsgegenständen des achtzehnten Jahrhunderts zu sehen ist. Das Gutshaus stirbt langsam vor sich hin und zerfällt Stein um Stein zu Staub. Ich wandere die Straße entlang, vorbei am Telefonhäuschen. Dort werde ich informiert, dass es erst kurz vor Evakuierung des Dorfes errichtet wurde.

»Ich frage mich, wie der Fernmeldetechniker sich wohl dabei gefühlt hat«, sagt ein Mann mittleren Alters neben mir.

»Sie müssen doch gewusst haben, dass das Dorf evakuiert wird«, ergänzt die Frau neben ihm.

»Vielleicht haben sie das erst in letzter Minute erfahren«, sagt der Mann.

Die Frau wendet sich an mich. »Das bricht einem das Herz, nicht wahr?« Sie spricht keinen einheimischen Akzent, aus London kommt sie auch nicht.

Ich nicke. »Es ist traurig.« Ich verziehe meine Lippen und hoffe, dass es einem Lächeln nahe kommt, und gehe weiter.

Ich stehe vor der Kirche. Efeu hat sich um die noch verbliebene Eibe gewunden und offenbar vor, sie zu Tode zu würgen. Der Baum tut mir leid. Wäre meiner Mutter hier, würde sie über die Mauer klettern und ihn von seinem Schmarotzer befreien. Die Informationstafel sagt, dass das Taufbecken und die Buntglasfenster der Kirche im Nachbardorf vermacht wurden. Das Dach ist fast abgedeckt, würde man drinnen stehen, sähe man große Quadrate blauen Himmels. Gras und Unkraut überziehen die Grabsteine. Das nimmt ihnen wenigstens das

Rohe, das frische Gräber immer vermitteln. Gräber sind für mich kein guter Ort zu verweilen. Ich bemerke eine Frau in den Siebzigern, die damit beschäftigt ist, Kletten und Winden von einem der Grabsteine zu rupfen. Auf der anderen Seite des Friedhofs studiert ein junger Mann in Hockstellung einen der Grabsteine. Seine Kleider sind viel zu schick, er macht sich Notizen auf einem Blackberry. Als er sich erhebt, nimmt er seine Schultertasche ab und holt zusammengefaltete Papiere heraus. Pläne. Er studiert sie und macht sich Bleistiftnotizen. Ich kenne diese Typen, er ist ein Immobilienmakler. Er kommt mir entfernt vertraut vor, aber ich kann ihn nicht einordnen, will mich aber auch nicht abmühen, dahinterzukommen, wo ich ihn schon mal gesehen habe.

Ich gehe zur Dorfschule und werfe einen kurzen Blick auf die Schaustücke, die auf den Pulten der Kinder liegen, Aufsätze über naturkundliche Wanderungen, geschmückt mit Wildblumen und Zeichnungen von Pilzen und Beeren. Die Schüler wird man wohl in fremde Dörfer und Städte verlegt haben. Ob sie gefragt haben, immer und immer wieder, wann sie nach Hause zurückkehren würden?

Wenn sie hierher zurückgekommen wären, hätten sie den Ort verändert vorgefunden. Auch sie hätten sich verändert. Man kann die Zeiger nicht zurückdrehen. Als ich das Schulhaus verlasse, berühre ich die Steinwand, als könnte sie hoffnungsfrohe Botschaft oder Weisheit vermitteln, aber sie fühlt sich unter meiner Hand nur kühl an.

Vielleicht sollte ich Tom sagen, dass dieser ausgedehnte Urlaub ein Fehler ist? Ich habe gesagt, ich würde sechs Wochen lang hierbleiben, bis ich mir meiner selbst sicher sei, eine Bitte um früheren Abbruch sähe nach aufgeben aus. Nicht dass Tom hier glücklich zu sein scheint. Er verbringt Stunden im Büro. Was ich ihm bei meiner Gesellschaft nicht vorwerfen kann.

Ich komme an einer Bank vorbei und merke, dass meine Beine wehtun. Manchmal erscheint mir mein Körper so abgetrennt von meinem Geist, dass ich mich daran erinnern muss, ihn zu nähren, auszuruhen, mich darum zu kümmern. Ich lasse mich niederfallen. In meiner Tasche knistert etwas. Die Kormoranzeichnung. Ich hole sie vorsichtig hervor.

Dies muss früher mal die Bushaltestelle gewesen sein, von wo aus die Dörfler ein paar Mal in der Woche zum Markt gefahren sind. Ich stelle mir vor, wie die Frauen mit Körben voller Einkäufe und dem Kopf voller Tratschgeschichten aus dem Bus stiegen und heimgingen, um Abendessen für ihre Männer zu kochen, die lange Tage auf den Feldern gearbeitet hatten. Wie hätten sie ahnen sollen, dass ihre Welt zu Ende ging?

Woher soll man wissen, dass einem das Leben entzweibricht? Ich, die ich mit Freunden plaudere und Neuigkeiten aufsauge. Tom, der lacht und Witze erzählt, Wein trinkt und lauthals nach mehr Musik und Tanz verlangt. Yvonne, unsere Gastgeberin, die ihm sagt, er werde Benjamin wecken, der in einer Tragetasche in ihrem Gästezimmer schläft.

»Du wolltest fahren«, erinnere ich ihn. »Mein erster Abend, an dem ich wieder trinken darf, erinnerst du dich?« Ich hatte aufgehört, Benjamin zu stillen, weil er sechs Monate alt war und ich vorhatte, an ein paar Tagen in der Woche wieder zu arbeiten.

Er schloss reumütig die Augen. »Tut mir leid, mein Schatz. Du hättest mich stoppen sollen.«

Ich seufzte. »Als ich dich vor einer halben Stunde mürrisch ansah, was glaubst du, sollte das bedeuten?«

»Ich dachte, du bist wütend, weil Horden von Frauen mich umschwärmen.« Er packte mich um die Taille. »Wahrscheinlich sieht es schlimmer aus als es ist. Ich hatte, na ja, drei Gläser?«

»Zwei zu viel.«

»Tanz mit mir.« Seine Arme, die mich umschlangen. Man spielte *Moondance*. Tom war schon immer ein Fan seines Landsmanns Van Morrison.

»Du kannst nicht mehr fahren.«

»Wenn's hart auf hart kommt, schlafen wir einfach hier.«

»Und was ist mit Benjamin?«

»Nun, ich glaube nicht, dass er allein nach Hause fahren wird, oder?«

»Ich habe keine Flaschen und keine Windeln dabei.«

»Wir rufen uns ein Taxi und holen den Wagen morgen ab.«

»Hast du Bargeld dabei? Ich habe nur einen Fünfer.«

»Tanz, Frau!«, brummelte er mir ins Ohr. »Du machst dir zu viele Gedanken.« Vielleicht tat ich das auch. Ich war immer die Besorgte in unserer Beziehung, diejenige, die auf Biokarotten für Benjamins Püree bestand, die noch keinen Tropfen Vorgefertigtes auf seine Lippen hatte kommen lassen. In der Zwischenzeit gewann Tom einen Klienten nach dem anderen, Firmen und karitative Organisationen, die sich von dem Ulstermann mit den warmen Augen und der unverblümten Sprache einwickeln ließen. Auch Parlamentarier aller Parteien mochten ihn. Mein Mann hat Charme, so sehr er diese Eigenschaft auch verachtet.

In dieser Nacht habe ich das erste Mal nach einem Jahr wieder mit ihm getanzt. Es erinnerte mich an meine Gefühle, die ich damals als seine Freundin für ihn hegte, nicht an die als seine Frau und Mutter seines Kindes. Wir waren wieder einfach nur Minna und Tom in unserer alten Clique und hatten eine gute Zeit. Ich würde mir einfach nicht so viele Gedanken machen.

»Woher haben Sie das?« Die Stimme holt mich in die Gegenwart zurück. Ihre Besitzerin macht einen erstaunten Eindruck. Ich habe nicht einmal bemerkt, dass sie neben mir auf der Bank Platz genommen hat.

Ich fahre zusammen. »Entschuldigung?«

»Diese Zeichnung, wo haben Sie sie gefunden?«

Ich blicke auf meinen Schoß und sehe, dass ich den Kormoran auseinandergefaltet habe. »In dem Haus, das ich gemietet habe.«

»Rosebank?«

»Richtig.«

Die Frau schweigt. »Sie hätten sie nicht wegnehmen dürfen«, sagt sie.

Mein Leben lang habe ich allergisch auf »du darfst nicht« reagiert. »Wieso das denn?« Die Worte sind scharf wie Dolche.

»Sie gehört zum Haus.«

»Ich habe dieses Haus gemietet. Ich werde sie zurücklegen.« Warum zum Teufel verteidige ich mich gegenüber diesem alten Weib? »Was geht Sie das überhaupt an?« Mir wird bewusst, was ich gerade gesagt habe, und erröte.

Sie erhebt sich. »Das würden Sie ohnehin nicht verstehen.«

Ich schaue ihr nach, wie sie davonstapft. Großartig. Da bin ich gerade mal zweiundsiebzig Stunden an meinem Zufluchtsort und habe es bereits geschafft, die Einheimischen zu vergraulen. Das Dorf hat sein Flair verloren. Zeit, heimzugehen. Ich falte die Zeichnung, stecke sie in meine Tasche zurück und stehe von der Bank auf.

Als ich die Höhe des Klippenpfads erreiche, hole ich tief Luft, um mich zu beruhigen. Unter mir genießen Urlauber den Strand, Kinder rennen ins Meer und kreischen, wenn kalte Wellen an ihnen brechen – eine Szenerie absoluten Glücks. Das denke ich jedenfalls, bis ich einen kleinen Jungen erblicke, der am Ufer hockt. Er versucht, die Wellen zu fangen und das Wasser mit seinen Händen festzuhalten, und weint, als es auf die Kiesel tropft. Seine Mutter läuft mit einem gelben Eimer zu ihm und versucht, ihn zu überreden, ihn zu benutzen, aber er schiebt sie weg.

Ich wende mich ab und lege mich auf das nachgiebige Gras. Etwas lässt mir keine Ruhe. Angestrengt versuche ich, dahinterzukommen, was es ist. Dann habe ich es: Diese alte Frau muss diejenige gewesen sein, die Rosebank während unserer Abwesenheit besichtigt hat. Dann hat sie also einmal in unserem Haus gelebt. Woher sonst sollte sie den Kormoran kennen? Und ich bin einfach nur grob zu ihr gewesen. Ich versuche, mir darüber klarzuwerden, ob ich deswegen Gewissensbisse habe.

Ich hole den Kormoran wieder aus meiner Hosentasche hervor und betrachte ihn noch einmal genauer, für den Fall, dass mir was entgangen ist.

9

Felix

Felix entfernt sich von dem Mädchen auf der Bank und sehnt sich nach einem kühlen Ort, wo sie ihre Gefühle wieder unter Kontrolle bringen kann. Es war doch nicht nötig, die junge Frau wegen eines Fetzens Papier derart anzufahren, selbst wenn ihre Stimme scharf und der Kormoran etwas Besonderes war. Der Schock, ihn nach all dieser Zeit wiederzusehen, macht Felix ganz schwindelig im Kopf. Seit Jahrzehnten hat sie nicht mehr an diese Zeichnung gedacht. Was für ein außergewöhnlicher Zufall, dass sie jetzt wieder in ihrem Leben auftaucht.

Vielleicht irrt sie sich auch, und es ist gar nicht die Zeichnung, an die sie sich erinnert, nur eine ähnliche. An diesem Küstenstrich gibt es viele Kormorane und Menschen, die sie gern zeichnen.

Aber sie hat die Initialen in der Ecke des Blatts gesehen.

Sie braucht Luft und steuert den Weg an, der zur Klippenspitze hinaufführt, dabei spürt sie, wie ihr Herz klopft. Als Kind konnte sie beinahe ohne Luft zu holen bis ganz nach oben rennen. Ein junger Mann, der herunterkommt, tritt beiseite, um ihr Platz zu machen. Als sie ein Dankeschön keucht, fällt ihr die schicke silberne Tasche auf, die er quer über die Schultern geschlungen trägt. Seltsam für eine Küstenwanderung.

Sie lässt die Bäume hinter sich, und die Meeresbrise streicht über ihr Gesicht. Ihr Herzschlag verlangsamt sich, und sie empfindet die vertraute Freude beim Anblick des Strands. Wie glatt die Kiesel aussehen, als hätte das Meer sie glatt gebügelt. Und wie klein die Urlauber dort unten aussehen, wie winzige Spielzeugfiguren. Sie hört Schritte hinter sich und erblickt einen Schopf kastanienfarbener Haare. Das Mädchen mit der Kormoranskizze kommt auch herauf. Felix eilt oben an der Klippe entlang, bis sie außer Sichtweite ist, sie kommt sich dabei dumm vor und ärgert sich.

Vor sechzig Jahren wanderte Isabel unbeobachtet zum Strand hinunter, während Lew und David im flachen Wasser badeten. In ihren Tagträumen gefangen, hatte sie auf den Horizont gestarrt, als Isabel hinter ihr auftauchte und sie erschreckte.

1943

Wie immer war es ihr unmöglich, das ältere Mädchen nicht anzustarren. Auf Isabels blasser Haut waren vom Sommer noch ein paar Sommersprossen zu sehen, als wäre die Sonne geschmolzen und auf sie heruntergetropft, fand Felix. Sie trug Weiß, wie immer – äußerst unpraktisch für einen Kriegsherbst, wie Mrs Derby angesichts der Rationierung von Seifenflocken meinte. Ihr Rock umspielte ihre Knie, und unter ihrer kremfarbenen Jacke konnte Felix einen Pullover aus der Wolle hervorlugen sehen, die vermutlich Babys von königlichem Geblüt trugen. Ihre Strümpfe waren fast makellos, Felix kam nicht umhin, ein wenig Schadenfreude zu empfinden, als sie die winzigen Stopfstellen an einem der Knie bemerkte. Der einzige Farbakzent kam heute von einer späten Rose, die Isabel sich an ihr Revers geheftet hatte, und von ihrem Haar, das ihr golden auf die Schultern fiel.

Isabels rauchgraue Augen zogen sich zusammen. »Wo ist David?«

»Weiß nicht.« Felix bemühte sich, desinteressiert zu erscheinen, und kehrte den Felsen ihren Rücken zu. »Hält womöglich bei den Felsen Ausschau nach Seehunden.«

»Du siehst müde aus.«

»Ich schlafe schlecht.«

»Ich glaube, dass ich euch beide vergangene Nacht im Garten gehört habe.«

Felix setzte alles daran, eine gleichgültige Miene zur Schau zu stellen. »Vater sieht es nicht gern, wenn ich im Dunkeln noch draußen bin.«

»Aber ich habe doch Stimmen gehört.«

Felix zuckte mit den Achseln und überlegte krampfhaft, wie sie das Gespräch wenden konnte. »Hast du was von deiner Mutter gehört?«

Isabel sah sie finster an. »Warum?«

Sie wirkte nervös. Isabel sah ihre Mutter nicht oft, sagte David. Felix fragte sich erneut, was aus dem älteren Mädchen werden sollte, wenn sie alle von Fontwell weggingen. Sie schien keinerlei Pläne zu haben. Felix hatte von Mädchen gehört, die Arbeit in allen möglichen exotischen Bereichen fanden, aber Arbeit schien Isabel nicht zu gefallen, nicht einmal in Zeiten wie diesen.

»Komm, wir gehen und sehen nach, was mein Vetter im Schilde führt.« Isabel wollte schon losgehen.

»Nein.« Das ältere Mädchen blinzelte. Miss Isabel Parham, die Nichte des Gutsherrn, war es nicht gewohnt, dass Felicity Valance, die Tochter des Doktors, sich ihr widersetzte. »Tut mir leid. Aber ich möchte nach Orchideen suchen.«

»Ein wenig spät im Jahr, findest du nicht?« Ihre Lippen kräuselten sich leicht.

»Manchmal findet man sie auch noch spät im Jahr oben auf der Klippe.«

»Im Oktober habe ich noch nie welche gesehen.« Isabel bedachte Felix zu deren Überraschung mit einem halben Lächeln. »In St. Agatha sind sie ganz wild auf Botanik. Es war so ziemlich das einzige Fach, das ich mochte.«

Wieder dieses verdammte St. Agatha.

»Wie ist es da?« Felix wurde es beim Gedanken an diesen Ort ganz kalt im Bauch.

»Streng.« Isabel schielte auf Felix' glanzlose Sandalen mit ihren offenen Riemchen. »Das Essen war auch schauderhaft, immer nur Pflaumen und fette Fleischbrocken. Ich habe dem Gutsherrn immer gesagt, er könne nicht von mir erwarten, dass ich dieses Zeug esse. Wird jetzt vermutlich noch schlimmer sein wegen des Kriegs.«

Felix fand, sie könne genauso gut nach Hause gehen und sich in ihrem Zimmer einschließen. Die Sonne war verschwunden, und die Wellen glitzerten nicht mehr.

Isabels Gesicht wurde weich. »So schlimm ist es ansonsten gar nicht. Es macht Spaß mit den anderen Mädchen, wir haben uns immer was Neues ausgedacht. Als die Lehrer entdeckten, dass ich Pflanzen mag, ließen sie mich in den Gewächshäusern mithelfen.« Sie zog ihre Nase kraus. »War zwar schmutzig, dauernd mit der Erde und schmierigen alten Töpfen zu hantieren, aber besser als Unterricht. Die Rektorin meinte, ich solle mich auf nicht-akademisches Lernen konzentrieren.«

»Was wollte sie damit sagen?«

»Dass ich dumm bin, Schätzchen. Dumm, aber vorzeigbar.« Isabel schnippte ihr Haar zurück. »Ich habe ein Problem beim Lesen: die Buchstaben scheinen einer in den anderen zu fließen.«

Felix hatte Isabel Zeitung lesen sehen, wie sie eine Zeile nach der anderen mit dem Finger verfolgte und dabei leise die Lippen bewegte. Sie hatte das für eine von Isabels kleinen Marotten gehalten, wie die, ständig Weiß zu tragen. Dass man lesen schwer finden konnte.

»Also hat man mir beigebracht, wie man Anzeigen formuliert, wenn man Bedienstete sucht, wie man Servietten faltet und Sitzpläne schreibt. Sinnvoller für das Leben, das ich einmal führen werde.«

»Du musst doch Kriegsarbeit leisten, oder nicht?«

Isabel schnaubte. »Hast du schon mal eine von diesen uniformierten Frauen gesehen? Knöchel wie Milchkannen, Stimmen wie Nebelhörner.«

»Auch in Fabriken arbeiten Mädchen.«

»Und das soll lustig sein?«

»Du könntest ein Landmädchen werden.«

»Irgendwo in einem gottverlassenen, feuchten walisischen Tal? Das glaube ich nicht.« Isabels Augen wurden schmal. »Hast du deine Sachen für die Schule schon gepackt?«

»Ich möchte nicht weggehen.« Die Worte sprudelten aus Felix heraus. »Ich möchte hierbleiben.«

Isabels Blick erfasste die Wellen und die roten Klippen,

und ihr Gesicht wurde milde. Dann lachte sie. »Du bist eine richtige Landmaus. Ich kann es kaum erwarten, nach London zu kommen. Sobald meine Drüsen völlig ausgeheilt sind, werde ich tanzen gehen und alle möglichen Leute kennen lernen.« *Zukünftige Ehemänner*, meinte sie wahrscheinlich. »Wenn du ein bisschen älter bist, wirst du das genauso empfinden. Du kannst nicht ewig der kleine Wildfang bleiben, weißt du.«

»Papa sagt, dass Drüsenfieber wiederkommen kann.« Isabel hatte eine Abfuhr verdient, aber Felix hatte sofort ein schlechtes Gewissen, als sie sah, wie Isabels Gesicht einfiel. »Ich habe mir das mit den Orchideen überlegt, ich laufe doch lieber am Strand entlang.«

Isabel gähnte. »Wie du willst. Ich gehe jetzt nach Hause und ruhe mich aus.«

»Schon wieder.«

Isabel sah Felix wütend an. »Ich muss auf mich aufpassen. Ich war sehr krank, weißt du. Dein Vater meinte, einen so schweren Fall habe er noch nie erlebt. Zu viel Bewegung ist schlecht für mich.« Ihre vollen Lippen zogen eine Schnute.

Felix hatte den Mund schon auf, um ihr zu sagen, dass sie sich irrte, ihr Vater hatte oft betont, dass Kranke durch langsame Spaziergänge umso schneller wieder zu Kräften kamen. Aber was brachte es, mit Isabel zu streiten? Mit einem letzten argwöhnischen Blick in Richtung Meer ging das ältere Mädchen seiner Wege.

Ehe Felix kehrtmachte, wartete sie, bis Isabel die Anhöhe der Klippe erreicht hatte. Jetzt war auch David verschwunden, wahrscheinlich versteckte er sich mit Lew in der Höhle. Sie rannte über den Strand, um nachzusehen.

David saß, vom Strand aus nicht zu sehen, auf den Felsen, das Haar feucht abstehend. »Das war knapp.« Sein Gesicht war blass unter seiner Bräune. »Gut, dass du sie so lange in ein Gespräch verwickelt hast.«

»War ganz schön mühsam.«

David zog die Stirn kraus. »Das könnte schwierig werden. Aber wenigstens sieht Lews Knöchel nach dem Bad besser aus.«

»Ich werde ihn wieder bandagieren.«

»Er kann keinen Zug schwimmen, weißt du.«

»Wie Sam.« Aber Felix war in Gedanken woanders. »Wir müssen ihm was zum Mittagessen besorgen.« Sie klang wie Mrs Derby, die auch immer großes Aufhebens um die Mahlzeiten machte. »Zum Abendessen wird er auch was brauchen.« Wo sollten sie nur das Essen herbekommen? Sie konnten schließlich nicht einfach in den Dorfladen gehen und Lew Brot und Milch kaufen, nicht in diesen Zeiten, nicht ohne Lebensmittelkarte.

»Ich kann vielleicht was aus unserer Küche schnorren«, sagte David.

»Wir sollten im Lager anrufen und ihnen sagen, dass Lew hier ist«, wisperte Felix. »Hat er dir die Nummer gegeben?«

David schüttelte den Kopf. »Er hat immer noch Angst davor, zurückzukehren, sagt, man wird ihn in eine Zelle werfen. Offensichtlich springen sie mit den Schwarzen hart um.«

»Aber früher oder später muss er doch zurück, oder?«, meinte sie und runzelte dabei die Stirn.

»Ich denke schon.« David seufzte. »Ich mag Lew, aber …«

»Aber was?«

»Ist egal.« Er zog an einer Wellhornschnecke.

»Na los, sag schon.«

»Ich mache mir Sorgen, weil wir in das ganze Schlamassel mit hineingezogen werden«, meinte er achselzuckend. »Wenn wir dabei erwischt werden, dass wir ihm helfen, könnte es für die Kampagne des Gutsherrn schlecht aussehen.«

»Versucht er immer noch, die Evakuierung zu verhindern?«

»Er war in London, um dort mit Leuten aus dem Kriegsministerium zu reden, die er kennt. Hat ihnen vorgeschlagen, das Land um die Upper Farm zu benutzen und uns hier wohnen zu lassen. Aber sie sagen, sie brauchen den Zugang zum Strand. Und dahin kommt man nur über Fontwell.«

Sie schwiegen.

»Dann ist es also hoffnungslos«, platzte es aus Felix heraus. »Wir müssen weggehen.«

»Sieht nicht gut aus.« Er schluckte. »Komm, lass uns versuchen, das zu vergessen. Was sollen wir jetzt tun?«

»Gehen und was zu essen stibitzen, würde ich sagen.« Sie begann zu verstehen, warum Frauen wie Sams Mutter diesen Ausdruck ständiger Mattigkeit haben. »Es wird Stunden dauern, genügend zusammenzusuchen, um ihn über den nächsten Tag zu bringen. Ich begreife nicht, was diese Phoebe für ein Problem hat.«

David zuckte mit den Schultern. »Wer weiß? Es gibt eben Frauen, die gern klammern.«

10

Minna

»Ich fühle mich hier nicht willkommen.«

Tom sieht vom Laptop auf und runzelt die Stirn. Ich erzähle ihm von der Frau in Fontwell.

»Du darfst dir das nicht zu sehr zu Herzen nehmen. Du weißt doch, alte Leute können ziemlich unverblümt sein.«

Das stimmt, selbst meine verehrte Großmutter zögerte nicht auszusprechen, was sie dachte, sie war Amerikanerin und hatte kein Schuldgefühle, wenn sie Themen ansprach, die der Brite lieber unausgesprochen ließ. Aber der Ausbruch der Frau gestern war mir tiefer unter die Haut gegangen.

»Na gut.« Ich nehme meine Tasche, ein türkises Bastding, das ich mir gekauft habe, ehe alles passiert ist. »Ich habe keine Zeit, mir darüber Gedanken zu machen. Brauchst du was aus der Stadt?« Ich brauche eigentlich selbst nichts.

»Ich glaube nicht.« Als ich den Raum verlasse, spiegelt sich auf seinem Gesicht eine Mischung aus Tadel und Flehen. »Minna.«

»Ja?«

»Warum hast du bis heute gewartet, ehe du mir erzählt hast, was im Dorf passiert ist?«

»Ich weiß es nicht.« Ich weiß es wirklich nicht. Ein unsichtbares Klebeband bedeckt derzeit meinen Mund.

Touristen schwärmen durch die Kleinstadt, genießen die Sonne und sind auf der Jagd nach kaltem Bier und Grillkohle für ihre Barbecues. Ich warte auf dem Parkplatz des Supermarkts und verfolge, wie Autos ein- und ausparken. Endlich entdecke ich einen freien Platz und fahre vorsichtig an, da parkt ein alter Vauxhall rückwärts in die Lücke ein. Mein Londoner Raubtierinstinkt explodiert. Ich springe aus dem Auto, schlage die Tür und marschiere auf den Vauxhall zu. »Ich habe fünf Minuten auf diesen Parkplatz gewartet!«

Die Fahrerin kurbelt ihr Fenster herunter. Die Frau von gestern. Oh.

»Das tut mir leid.« Sie macht einen benommenen Eindruck und schnallt sich wieder an. »Ich werde wegfahren.«

»Nein.« Zum zweiten Mal in vierundzwanzig Stunden bedauere ich meine voreilige Zunge. Ich lege eine Hand auf ihr Fenster. »Bleiben Sie da. Ich werde einen anderen Platz finden. Ich wollte nicht unhöflich sein.« Ihre Augen blinzeln, als sie mich erkennt. »Wir hatten gestern einen schlechten Einstieg miteinander.«

»Tut mir leid, dass ich Sie so angefahren habe.« Sie grinst. »Ich habe mich schlecht gefühlt, vor allem als mir klarwurde, dass Sie so freundlich waren, mir zu erlauben, mich in Rosebank umzusehen.« Sie sieht was in ihrem Rückspiegel. »Wenn wir uns beeilen, könnte eine von uns den Platz neben den Einkaufswagen erwischen.«

»Den nehme ich.« Rasch sitze ich wieder im Wagen und besetze die Parklücke, ehe die nächste Welle hoffnungsvoller Parker mitbekommt, dass sie frei ist.

»Bravo!« Sie kommt zu mir, als ich aussteige. Sie hält

eine Sommerhandtasche aus Leder und Brokat fest, die einmal sehr teuer gewesen sein muss und sehr elegant aussieht. »Das war spritzig.«

»Londoner Training.«

»In London könnte ich nie Autofahren, da habe ich immer das Gefühl, zerquetscht zu werden.«

Ich schlucke. »Ich habe die Kormoranzeichnung aufs Regal zurückgelegt. Tut mir leid, dass ich sie weggenommen habe, aber ich fand sie interessant.«

Ihre Augen sind scharf. »Sind Sie Künstlerin?«

»Designerin, hauptsächlich Inneneinrichtungen. Warum fragen Sie?«

»Liegt an der Art, wie Sie die Zeichnung betrachtet haben. Und was sagt eine Designerin zu dem Kormoran?« Ihr Ton ist jetzt belustigt.

»Mir gefällt die Energie darin. Und die Schlichtheit. Haben Sie die gemacht? Sie erinnert mich an eine japanische Zeichnung.«

»Nein, sie ist nicht von mir.« Aber mein Lob scheint sie zu freuen.

»Wer immer sie auch angefertigt hat, hat eine gute Beobachtungsgabe.« Die alte Frau lächelt. »Wer war der Künstler?«

Felix scheint etwas auf dem Boden zu entdecken, das ihre Aufmerksamkeit fesselt. »Jemand, der vor Jahren ins Dorf kam.« Sie sieht aus, als wollte sie mir mehr erzählen. Noch vor sechs Monaten wäre ich vor Neugier geplatzt, jetzt empfinde ich nur schwaches Interesse. Eine Frau schiebt ein dösendes Baby im Kinderwagen vorbei, die Einkaufstüten baumeln am Griff. Ich schlucke und zwinge mich, etwas zu sagen, egal was, wenn es mich nur von dem Paar ablenkt.

»Fontwell ist seit einem halben Jahrhundert verlassen.«

»Ja.«

»Also müssen Sie den Künstler vor oder während des Kriegs gekannt haben.« Was um Himmels willen mache ich da, bedränge diese arme Frau, während voll beladene Einkaufswagen an uns vorbeizockeln. Und das, obwohl es mich eigentlich kaum interessiert.

»Man hat uns evakuiert.«

»Aber doch erst im November 1943.« Offenbar habe ich den Daten auf den Informationsschildern im Dorf doch mehr Aufmerksamkeit gewidmet, als mir bewusst war. Ich werfe ihr einen kurzen Blick zu. »Entschuldigen Sie. Normalerweise stecke ich meine Nase nicht in die Angelegenheiten anderer Leute. Offenbar ist mir langweilig.«

»Warum ist Ihnen langweilig?«

Die Frage sollte mich durcheinanderbringen, tut sie aber nicht. »Ich kann mich nicht einleben. Ich beschäftige mich zwar ständig, aber die Tage kommen mir doch lang vor.«

»Womit beschäftigen Sie sich?«

»Mahlzeiten planen, einkaufen, Gymnastik, mich auf dem Laufenden halten.« Ich dachte eine Sekunde lang nach. »Nun, eine Weile habe ich das getan. Aber ich habe mich auch gefragt, ob mich das alles noch was angeht.« Wieso verdammt erzähle ich das einer Fremden?

»Vielleicht sind Sie deprimiert. Wenn ich deprimiert bin, ist alles ohne Belang für mich. Dann bringe ich es kaum über mich, mir meine Schnürsenkel zuzubinden oder meine Haare zu bürsten.«

Meine Hand greift an meinen zerzausten Pferdeschwanz, der von einem der Gummis zusammengehalten wird, den der Postbote um den morgendlichen Poststapel für Tom zu wickeln pflegt.

»Er gehörte zu den Menschen, die wahrscheinlich gar nicht wussten, was eine Depression ist«, fährt sie fort.

»Der Künstler?«

Sie nickt.

»Ein glücklicher Mann«, erwidere ich trocken.

»Nicht ganz so glücklich.«

»Was wollen Sie damit sagen?«

Sie sieht aus, als hätte sie mehr gesagt, als sie sagen wollte. Dann entspannten ihre Züge sich, und sie lächelt eine Sekunde lang. »Gefällt Ihnen Rosebank?«

»Es ist wunderschön«, sage ich, ohne zu zögern.

Ich sehe ihr nach, wie sie über den Parkplatz läuft. Sie geht wie eine Katze, hält sich ganz aufrecht wie eine viel jüngere Frau. Sie dürfte in ihrer Jugend toll ausgesehen haben, mit diesen strahlend blauen Augen und den schlanken Beinen.

Wahrscheinlich geht sie jetzt nach Hause und erzählt ihrem Mann, dass ihr heute Morgen eine arme junge Frau begegnet ist. Ich, das arme, junge Ding. An meine neue Rolle habe ich mich noch nicht gewöhnt: Minna mit ihrer schrecklichen Erfahrung, über die man nur mit gedämpfter Stimme und Kopfschütteln reden darf.

11

Felix

Albträume treiben Felix immer schon in den frühen Morgenstunden aus dem Bett. Lew taucht nicht in ihnen auf, aber Johnson schleicht durch die Dunkelheit und brummt Drohungen, die sie nicht hören kann. Dann ist sie wieder daheim in Harrogate, das Dach fällt zusammen und begräbt sie unter Schindeln und Putzstaub. Ihre schon seit langem tote Mutter steht an der Schlafzimmertür und hält ein Baby in den Armen, mit dem etwas nicht stimmt – es war ein Tumor, der in ihrem Leib herangewachsen ist, nicht das lang ersehnte zweite Kind. Krebs tötete Martha Valance, ehe die Sträucher, die sie im Garten von Rosebank gepflanzt hatte, ausgewachsen waren.

»Tut mir leid, mein Schatz«, flüsterte sie, ehe man ihr die letzte Dosis Morphium verabreichte. »Ich lasse dich und Papa im Stich, nicht wahr?«

»Lass mich in Frieden«, murmelt Felix, ehe sie aufgibt und aufsteht. Wir haben Juli 2006 sagt sie sich. Nicht Oktober 1943. Manchmal dauert es eine Weile, bis diese Träume sich auflösen. Sie sucht in der Küche nach Becher und Teebeutel und wünscht sich, daheim in Harrogate zu sein. Wenn sie jemals wieder zur Flasche greifen sollte, dann in Zeiten wie diesen. Mein Gott, was hat sie in den Nächten und frühmorgens nicht alles getrunken, um zu vergessen: Lew, Johnson. David.

Vor allem David. Sie beugt sich in der Küche über ihren Tee, bis das Bild verschwindet, und sagt sich, dass die Hand, die sich hinter dem Chintzvorhang hin und her bewegt, nur eine Rose ist, die hochgebunden werden muss. Der tropfende Wasserhahn ist nur ein tropfender Wasserhahn, keine Nachricht, die ihr aus der Edelstahlspüle entgegentrommelt. Wie kann man nur so albern sein, sich mit fast siebzig noch vor der Dunkelheit zu fürchten. Das hat diese Rückkehr in den Süden aus ihr gemacht. Und die Zeichnung, die sie in den Händen der jungen Frau wiedergesehen hat. Sie hätte im kühlen Yorkshire in der Gesellschaft vernünftiger Landfrauen des Nordens bleiben sollen, die ihr rieten, doch nicht so töricht zu sein.

Ob David auch noch von Albträumen heimgesucht wird? Schwer vorstellbar, dass jemand, der so erfolgreich ist, von irgendwas gequält wird. Inzwischen ist er sicherlich pensioniert, aber er hat bestimmt noch diverse Ehrenämter bei den Berufsverbänden inne und tritt vor Gericht als Gutachter auf, wenn es um die Gesundheit von Kindern geht. Felix hat seinen Namen in der Zeitung gelesen.

Sie könnte ihn anrufen oder ihm schreiben. Womöglich hat er die Nachricht über Lew nicht gelesen. Die Lokalpresse hier unten hat die Geschichte ausgeschlachtet, aber anderswo dürfte sie nicht mehr als die kurze Mitteilung in der *Times* hergegeben haben, leicht zu übersehen. Aber was sollte sie ihm sagen? »Hallo David. Was meinst du, sollen wir die Wahrheit über Lew erzählen?« Wird er darauf sagen: »Felix, sie hat die ganzen Jahre mein Gewissen belastet. Komm, lass uns direkt zur Polizei gehen und eine Aussage machen.«

Wenn sie es zugeben wollten, dann hätten sie das wohl vor über sechzig Jahren getan, oder?

Reiß dich zusammen, Felix, du dumme alte Frau.

Das Mädchen mit dem dichten Haarschopf und den traurigen Augen wäre eine Zerstreuung. Als die Uhr eine annehmbare Zeit zeigt, nimmt Felix den Hörer in die Hand und erkundigt sich bei der Auskunft nach der Telefonnummer von Rosebank. Sie ist aufgelistet. Sie wählt ohne zu zögern, ehe sie es sich anders überlegen kann.

»Ich heiße Felicity Curtis, wir sind uns gestern auf dem Parkplatz begegnet«, sagt sie ohne Umschweife, als das Mädchen sich meldet. »Ich habe mir überlegt, ob Sie sich vielleicht im Dorf mit mir treffen wollen?«

Eine Pause.

Felix ergänzt: »Es hörte sich an, als wären Sie an lokaler Geschichte interessiert. Ich könnte Ihnen was über die Häuser erzählen, und wer darin gelebt hat.«

»In Ordnung.« Der Ton der jungen Frau lässt sich schwer einschätzen. »Ich heiße übrigens Minna, Minna Byrne.«

»Das ist ein ungewöhnlicher Name.«

»Ich vermute, Sie spielen auf Minna an. Kurzform für Wilhelmina, was ich nicht ausstehen kann, obwohl es der Name meiner Großmutter ist, die ich verehrt habe.«

»Wilhelmina. War Ihre Großmutter Deutsche?«

»Amerikanerin, die Familie kam ursprünglich aus Holland.«

»Ich bin Felix, Abkürzung für Felicity, was ich auch nicht ausstehen kann. Und ehe Sie irgendwas sagen, ich bin mir bewusst, dass Felix ein Jungenname ist.«

»Klingt, als hätten wir beide unter unseren Namen

gelitten«, sagt Minna. Der trockene Ton gefällt Felix. »Um vier Uhr könnte ich in Fontwell sein.«

»Die gleiche Bank, auf der wir uns das letzte Mal begegnet sind?«

»Wir treffen uns dort.«

Urlauber tragen T-Shirts und Shorts, aber Minna wickelt sich in eine Wolljacke. »Sollen wir einen Rundgang durchs Dorf machen?«, schlägt Felix vor.

Sie nickt höflich, aber Felix spürt einen Anflug von Neugier, hofft es jedenfalls. Es wäre ein schrecklicher Gedanke, wenn die junge Frau nur aus Nachgiebigkeit und Mitleid für eine einsame ältere Frau mitkäme. Sie führt sie die Laundry Lane hoch, auf das große Haus zu. Davor stehen Touristen mit klickenden Kameras.

»Erzählen Sie mir hiervon.« Minna deutet auf ein eingefallenes Haus. Felix merkt, dass sie sich große Mühe gibt, Interesse zu zeigen. Was mag nur passiert sein, dass sie sich derart abschottet? »Wer hat hier gelebt?«

»Zufälligerweise mein Freund Sam. Seine Mutter bekam Tbc und starb, kurz nachdem wir weggezogen waren. Meinem Vater hat das schwer zugesetzt.«

Minna guckt sie an. »Warum?«

»Er war der Dorfarzt.« Mit Blick auf die grauen Steine ergänzt Felix: »Er verzweifelte an der Feuchtigkeit in diesen Häusern.«

»Dann war es also kein verlorenes Paradies.«

Felix schnaubt. »Weit entfernt davon. An feuchten Februarnachmittagen hätte ich alles dafür gegeben, in einem Ort mit Kino zu leben. Aber die meiste Zeit habe ich das Dorf geliebt. Stundenlang habe ich am Strand gespielt, bis auf das Jahr, in dem man ihn gesperrt hatte.«

»Warum das?« Minna fragte mit einem dünnen Lächeln und antwortete selbst. »Natürlich für den Fall, dass die Deutschen landeten.«

»Zum Glück beschloss man, dass Fontwell Cove kein Sicherheitsrisiko darstellte, und wir durften den Stacheldrahtzaun wieder abbauen. Dadurch schien der Krieg noch weiter weg zu sein.«

»Kein Bombenalarm in der Nähe?«

»Nein. Es gab ein paar Einschläge in östlicher Richtung über Swanage und Poole. Ich erinnere mich, dass ich einen deutschen Bomber herunterkommen sah.« Sie beschreibt die Heinkel, die mit brennendem Bordmotor heulend angeflogen kam und eine Narbe in den Himmel brannte. Minna zeigt offenbar Interesse.

Felix wirft einen Blick in die Runde. »Es ist seltsam, diesen Ort so verfallen zu sehen, aber wenigstens hat man nicht das ganze Tal mit Campingplätzen oder Häusern für die Reichen zugepflastert. Bis jetzt jedenfalls noch nicht.«

»Es ist hinreißend«, meint Minna und klingt ein wenig verloren.

»Aber?«

»Ich vermisse London.«

»Ist Ihnen zu still hier.« Felix wirft ihr einen durchdringenden Blick zu. »Sind Sie wegen der Seeluft hergekommen?«

»Ich brauche eine Auszeit.« Ihr Blick ist verschlossen. »Ich soll hier wieder zu Kräften kommen.«

»Die Küste ist dafür bestens geeignet. Aber selbst David wurde hier manchmal rastlos, und er liebte das Land und die Küste.«

»David?«

»Entschuldigung – ich habe einen Gedankensprung gemacht. David war mein bester Freund. Ein wahrer Naturliebhaber.«

»Hat er den Kormoran gezeichnet?«

Felix kickt einen Stein beiseite, der sich aus der Wand gelöst hat. »Selbst wenn sein Leben auf dem Spiel gestanden hätte, hätte David keine Zeichnung zustande gebracht. Aber er liebte Vögel und Tiere, und er kümmerte sich um alles, was verwundet oder krank war. Wenn er die Tiere nicht heilen konnte und sie starben, schnitt er sie auf, um nachzusehen, woran sie gestorben waren.«

Das Mädchen schien noch blasser zu werden. »Scheint ein interessanter Junge gewesen zu sein.«

»War er auch.« Felix schüttelt den Kopf bei der Erinnerung, wie David als Junge war. »Trotz der Vogelskelette und Schafschädel, die er ständig in seinen Taschen mit sich herumschleppte.«

»Wissen Sie, dass wir ein menschliches Skelett am Strand gefunden haben? Offensichtlich einen Soldaten aus dem Krieg.« Minna sagt das ganz beiläufig, aber ihre zusammengedrückten Hände verraten sie.

Felix hält sich am Geländer vor Sams Haus fest.

»Ist alles in Ordnung mit Ihnen?« Minna sieht sie fragend an.

»Mir geht es gut. Es ist warm heute, nicht wahr?« Dieses Mädchen und ihr Ehemann haben also Lews Knochen berührt und ihn aus dem Sand gezogen. Niemals hätte sie Kontakt zu Minna aufgenommen, wenn sie das gewusst hätte, niemals. Felix hört das Blut in ihren Ohren rauschen. »Ich denke, ich habe mich ein wenig übernommen.«

»Soll ich Sie zum Wagen zurückbegleiten?«

»Nein, es geht schon.« Atme in den Bauch, entspanne deine Schultern. »Sehen Sie diese bleiverglasten Fenster? Die sind elisabethanisch. Die ältesten in diesem Teil der Welt. Nun natürlich alle zerbrochen.«

12

Felix 1943

»Ein einsneunzig großer Neger.«

Diese amerikanischen Militärpolizisten waren nichts im Vergleich zu Lew. Selbst wenn man die Hautfarbe außer Acht ließ. Und die Waffen in ihren Halftern. Der eine groß und schlaksig, der andere stämmig, erinnerten sie Felix an Dick und Doof.

Mrs Derby musterte Doof mit ihren kalten grauen Augen. »Es gibt niemanden im Dorf, der so aussieht.«

»Er wurde vor ein paar Tagen zuverlässig acht Kilometer von hier talaufwärts gesichtet, Ma'am.«

Ihre Lippen werden schmal, als wäre das Dorf beschuldigt worden, entflohene Geisteskranke zu beherbergen.

»Um das Dorf herum ist es ziemlich waldig«, bemerkte Dick. »Dort nachzusehen, könnte sich lohnen.«

»Mr Johnson ist sehr eigen, was den Wald angeht.« Mrs Derby verschränkte die Arme vor der Brust. »Er ist die meisten Nächte mit seinem Gewehr da oben. Und er wäre sicherlich nicht erfreut, wenn Sie seine Vögel stören.«

»Mr Johnson, hä? Wer soll das sein?«

»Der Wildhüter.«

Doof fragte verdutzt: »Wie bitte?«

»Er kümmert sich um die Fasane und Truthähne, die der Gutsherr schießt«, erklärte Felix.

»Und wo könnten wir diesen Mr Johnson finden?« Er zog ein Notizbuch aus seiner Tasche. Felix bekam Herzklopfen, denn das Letzte, was sie brauchen könnten, wäre Johnson auf der Pirsch nach einem Ausreißer.

Sie schlich sich zur Hintertür. Sie wollte den Militärpolizisten zuvorkommen und David warnen. Vielleicht fiele ihnen ja ein Ablenkungsmanöver für Johnson ein, sie könnten ihm beispielsweise erzählen, sie hätten im Wald einen streunenden Hund oder so gesehen.

Sie rannte die Einfahrt hinunter und die Laundry Lane entlang, fegte durch das Tor zum Gutshaus und erreichte atemlos und mit Seitenstechen die Hintertür. David saß in der Spülküche und kümmerte sich um einen der verletzten Vögel, die er dort verwahrte. »Die Militärpolizei ist da.« Sie beugte sich vor, um wieder Luft zu bekommen.

Er tupfte Jod auf den eingerissenen Flügel, setzte die Schwarzdrossel wieder in ihren Käfig und stellte ihn auf das Regal neben eine Schachtel, in der ein Igel saß. »Wer?«

»Militärpolizei.« Sie atmete tief durch. »Sie sind unterwegs, um mit Johnson zu reden.«

Er wirbelte herum. »Verdammter Mist. Eine Sekunde noch.« Er füllte den Deckel eines Marmeladeglases mit Wasser und schob ihn in einen Käfig, der ein regloses Kaninchen beherbergte. »Komm, wir gehen.« Felix rannte hinter ihm durch die Wiese und in den Wald, kaum dass sie nach ihrem Sprint von Zuhause richtig hatte Atem holen können. Im Wald roch es nach vermodernden Blättern. Kein Vogel sang. Sie trafen Johnson auf der Lichtung an, wo er sich um seine Elsternkäfige kümmerte. Ein toter Vogel lag neben ihm, und eine

Krähe schlug im Gras mit ihrem gebrochenen Flügel. David hielt die Luft an, als er sie sah. »Kann ich die mit nach Hause nehmen? Wenn sie geheilt ist, lasse ich sie auf den Feldern frei, damit sie nicht mehr hierher zurückkommt.«

Johnson reagierte darauf, indem er sie aufhob und ihr den Hals umdrehte. Er warf den toten Vogel neben seinen Gefährten auf den Boden.

Felix schluckte. »Warum haben Sie das getan?« Normalerweise hatte sie vor ihm zu viel Angst und wagte es nicht, ihn herauszufordern, aber heute war ihre Entrüstung stärker als die Angst.

Er sah sie an, seine Augen machten sich über sie lustig. »Warum in Dreiteufelsnamen sollte ich das nicht tun? Was wollt ihr Kinder hier überhaupt?«

»Mein Onkel hat nach Ihnen gesucht.« Davids Blick war noch immer auf die toten Vögel gerichtet, und seine Hände zitterten.

»Wo ist er?«

»Im Bootshaus.«

»Was?«, schimpfte Johnson.

Felix wollte kein Grund dafür einfallen, weshalb Davids Onkel sich im Bootshaus aufhalten sollte, einem Ort, der bis auf Isabel, die sich im Sommer dort aufhielt, wenn sie sich in träumerischer Stimmung im Kahn über den See treiben ließ, von keinem mehr aufgesucht wurde.

»Der Onkel möchte wissen, ob wir nicht versuchen sollten, das Angelzeug zu verkaufen, ehe wir weggehen.« Mit Bewunderung bemerkte Felix, wie rasch David sich etwas einfallen ließ. »Er möchte, dass Sie sich das mal ansehen.«

Angeln gehörte nicht gerade zu Johnsons Gebiet, es gab keine Forellenschwärme, die das Fischen in diesem Tal lohnend machten, aber früher war das anders, und im Lauf von fünfzig Jahren hatte sich eine Ausrüstung im Bootshaus angesammelt. Felix erinnerte sich, Gespräche über Reusen, Netze und die Überlegung, wohin diese gebracht werden sollten, wenn der Tag der Evakuierung da war, mitbekommen zu haben.

Johnsons Blick wechselte von den Käfigen zu David. »Das ist aber jetzt unpassend, Master David. Ich habe hier draußen alle Hände voll zu tun.«

Er hatte offenbar erraten, dass sie was im Schilde führten. Er würde seinen Wald nicht verlassen. Jeden Moment konnte die Polizei zwischen den Bäumen auftauchen, und Johnson würde Lew für sie aufspüren.

»Es wird nicht lang dauern.« Es gelang David sehr gut, autoritär und ruhig zu klingen, jeder Zentimeter der Neffe des Gutsherrn. Felix betete nur, seine Stimme möge nicht plötzlich schwanken oder krächzen. »Der Gutsherr sagte, es sei wichtig.«

Johnson schloss den Käfig und zog an seiner Kappe. »Das hoffe ich aber auch.«

David führte sie über einen Umweg zum Bootshaus. Felix wollte schon den Mund aufmachen und ihn korrigieren, aber dann wurde ihr klar, dass er sie für den Fall, dass die Militärpolizei bereits da war, nicht an der Eingangstür vorbeiführen wollte.

»Warum gehen wir diesen Weg?«, fragte Johnson.

»Ich glaube hier Fuchsspuren entdeckt zu haben. Jetzt bin ich mir aber nicht mehr so sicher.«

Johnson starrte ihn finster an. »Du vergeudest wohl meine Zeit?«

»Nein.« David hielt seinem Blick stand.

Was um Himmels willen würden sie Johnson erzählen, wenn sie das leere Bootshaus erreichten und dem Mann klarwurde, dass man ihn hereingelegt hatte?

David stieß die Tür auf, und sie sahen Isabel, die neben dem Kahn stand. Sie blinzelte, als das Sonnenlicht hereinflutete, als wäre sie ein Schattengeschöpf, das sich im Licht unwohl fühlte. Hinter ihr leuchteten Spinnennetze.

»Johnson?« Auf ihrem Gesicht spiegelten sich Überraschung und Verärgerung gleichermaßen. Und noch was anderes, das Felix aber nicht hätte beschreiben können.

»Miss Parham.« In Johnsons Ton lag eine Atemlosigkeit, obwohl er ein gut durchtrainierter Mann war, der meilenweit hinter einem Wilddieb oder einem verletzten Rotwild herlaufen konnte.

»Woher weißt du, dass ich hier bin?« Ihre Lippen verzogen sich zu einem schwachen Lächeln. »Bist du mir gefolgt?«

»Nein, Miss. Ich habe erwartet, Ihren Onkel anzutreffen.« Er sprach, als hätte er einen Kloß im Hals.

»Der nimmt den Rasenmäher auseinander. Bin ich dir nicht genug?« Sie schüttelte das Haar von den Schultern. Johnson entfuhr ein kleiner Seufzer.

David versuchte, sich Felix durch Mundbewegungen verständlich zu machen. Er nickte Richtung Tür, und sie schlüpften hinaus.

»Da haben wir aber Glück gehabt«, sagte er, als sie außer Hörweite waren.

»Was meinst du damit?«

»Er wird denken, wir haben das absichtlich getan,

damit er sie sehen kann. Er wird jetzt nett zu uns sein. Wir haben zwei Fliegen mit einer Klappe geschlagen.«

»Warum mag er sie wohl?«

»Es heißt, dass sie sehr schön ist. Onkel meint, sie wird in die Gesellschaft einheiraten, wenn der Krieg nicht alles durcheinanderbringt.«

»Warum zum Teufel ermuntert sie dann Johnson?«

»Offenbar gefällt es ihr, ihn nach ihrer Pfeife tanzen zu lassen. Als sie aus dem Internat kam, hat er sie anfangs kaum angesehen, nur seine Kappe gezogen und genickt. Dann fing sie an, ihn anzulächeln und ihn um Gefälligkeiten zu bitten.«

»Welcher Art?«

»Holzscheite reintragen, damit sie im Wohnzimmer den Kamin warm halten konnte. Oder das Tennisnetz flicken, damit sie ihren Aufschlag trainieren konnte. Und sie hat ihm Fragen zu den Fasanen gestellt.«

Felix blieb stehen. »Isabel wollte was über die Fasane wissen?«

»Sie ließ sich von ihm erklären, was es mit den Ställen auf sich hat, die er für Hennen macht.«

Felix schüttelte ungläubig den Kopf. »Ich verstehe sie nicht.«

»Das tut keiner von uns. Sie ist nicht wie die anderen. Der Gutsherr sagt, Isabel ist …«

»Was sagt er?«

»Sie muss sanft angefasst werden.« Er sah sie an. »Ich darf eigentlich außerhalb der Familie mit keinem über sie reden.«

»Nicht mal mit mir?«

»Nun komm schon, wir müssen gehen und Lew warnen, dass er sich gut versteckt hält. Wenigstens wird die Polizei jetzt genug damit zu tun haben, Johnson im Wald aufzuspüren.«

»Mag Isabel Johnson denn?« Felix wollte das Thema nicht einfach fallen lassen.

»Schwer zu sagen. Manchmal glaube ich, sie hasst alle.«

»Mich verachtet sie.« Da fiel Felix etwas ein. »Sie erzählte mir, sie habe uns vorletzte Nacht draußen gehört. Ich fand das seltsam, ihr Fenster war doch geschlossen. Vielleicht war sie auch draußen unterwegs?«

Sie erreichten das Tor. Sam stand auf der Straße. David blieb stehen. »Hallo.«

Sam grinste sie an. »Geht ihr zum Strand?« Felix bemerkte einen sehnsüchtigen Unterton in seiner Stimme.

»Ja.«

Er sah sie verlangend an.

»Kannst du denn nicht mit Philip spielen?« Philip war Sams älterer Bruder.

»Der hilft Papa.«

Wenn sie es schafften, Sam von der Höhle fernzuhalten, würde er nie etwas von Lew erfahren.

David runzelte zwar die Stirn, reagierte dann aber mit einem Achselzucken auf ihren fragenden Blick. »Warum nicht?« Er machte einen teilnahmslosen Eindruck. Felix warf ihm einen Blick zu, als sie Sam über den Klippenpfad nach oben folgten. Er bedachte sie mit einem schiefen Lächeln. »Ich muss ständig daran denken, wie wenig Zeit uns noch bleibt.«

Natürlich. »Ein Monat.« Jeden Tag fiel Felix etwas auf, das sie zum letzten Mal tat oder zum letzten Mal sah. Es gab auch Dinge, die einfach nicht mehr gemacht wurden. Keiner hatte das große Feld umgepflügt, das neben der Straße lag, die aus dem Tal führte. Ihr Vater hatte keine neuen Frühlingszwiebeln mehr im Garten eingepflanzt. Wenigstens war der Sommer vergangen, ohne dass dieses Leichentuch ihn getrübt hatte. Sie hatten nichts von der Evakuierung gewusst. Sie hatten sich nicht immerzu sagen müssen, dass die Pferde nun ein letztes Mal die mit Korn und Heu beladenen Wagen zogen, oder dass sie das letzte Mal obenauf mitfahren würden, den Blick den Schäfchenwolken zugewandt, den Duft von Leder und Pferdeschweiß in der Nase. Das letzte Mal, das letzte Mal. Immer schwerer fiel es, das Wissen um den Abschied in den hintersten Winkel ihres Gehirns zu schieben. Mrs Derby packte die Schrankkoffer und redete von der neuen Arbeit, die sie annehmen würde, wenn sie von Fontwell wegging. Felix' Vater suchte nach einer neuen Praxis im Norden Englands. Für ihre Schuluniform waren Namensschildchen bestellt worden. Sie schwieg, als die drei zur Höhle abstiegen.

»Kümmere du dich um Sam.« David nickte Richtung Höhle. »Ich sehe nach, ob alles in Ordnung ist.« Allem Anschein nach hatte er seine Besorgnis beiseitegeschoben, denn er schlenderte pfeifend, die Hände in den Hosentaschen, über den Sand. Nicht im Traum hätte Felix gedacht, dass er ein so guter Schauspieler wäre. Sie lernte neue Seiten an ihrem besten Freund kennen.

»Wirf den.« Sam reichte ihr einen flachen Kieselstein. Sie warf ihn locker aus dem Handgelenk, so dass er einmal, zweimal, dreimal, viermal übers Wasser hüpfte, ehe er sank. Sam war die Enttäuschung anzusehen. »Fünf schafft man nicht.«

»Nein.« David schon. Den ganzen letzten Sommer hatte Felix sich im Werfen geübt, aber ihre Kieselsteine sprangen nur viermal.

Sie planschten im Wasser, das wie ein Schock auf ihre Beine wirkte, bis die Nervenenden betäubt waren. Sam keuchte. Wieder wünschte Felix sich, sie hätte Geschwister. Sam und David waren wunderbar, aber sie gehörten nicht zur Familie.

»Erinnerst du dich, dass du und David mir versprochen habt, mir Schwimmen beizubringen?« Daran erinnerte er sie jedes Mal, wenn sie ihn sahen.

»Jetzt ist es zu kalt dafür, sieh nur, wie blau deine Beine sind.«

Sam dachte darüber nach. »Im nächsten Sommer?«

»Im nächsten Sommer sind wir nicht mehr hier.« Felix watete ans Ufer und rieb einen Fuß nach dem anderen an ihrem Pullover trocken, ehe sie Schuhe und Socken anzog.

»Mein Papa sagt, der Krieg wird bis dahin zu Ende sein, und wir werden wieder nach Hause kommen. Er sagt, die Amerikaner und die Russen werden die Deutschen zwischen sich zermalmen.

»Hoffentlich hat er recht.« Sie zog mit ihrer Schuhspitze ein Gesicht mit heruntergezogenen Mundwinkeln in den feinen Kies.

»Meine Mama sagt, sie möchte nicht zurückkommen. Sie möchte in einer Stadt wohnen.«

»Wegen ihrer Brust vermutlich.«

Sam nickte. »Sie hustet viel.« Er zog die Stirn kraus. »Aber du hast mir doch versprochen, mir schwimmen beizubringen? Ich bin sieben und kann es noch immer nicht.«

»Viele Leute können mit sieben noch nicht schwimmen.«

»Aber ich sollte es können, denn wenn man nicht schwimmen kann und ins Wasser fällt, ertrinkt man.« Er deutete aufs Meer. »Mein Papa sagt, jede Menge Schiffsbesatzungen sind dort draußen vor vielen hundert Jahren ertrunken. Er sagt, die Geister kommen die Felsen hochgeklettert.«

David winkte ihnen zu. »Du solltest zum Mittagessen nach Hause laufen, Sam.«

»Glaubst du mir das mit den Geistern nicht?«

»Nein. Ich meine, doch.«

»Warum schickst du mich dann nach Hause?«

»Wahrscheinlich kommen wir am Nachmittag noch mal her«, sagte Felix, um ihn aufzuheitern.

Er seufzte und stapfte über den Strand dem Klippenpfad zu. Sie sah zu, wie er ihn erklomm, und fragte sich, was wohl aus ihm wurde, wenn die Familie das Dorf verließ. Ihr Vater ging davon aus, dass Mr Fuller Arbeit in einer Munitionsfabrik annehmen würde. »Da verdient er doppelt so viel, dann können sie sich ein anständiges Haus mieten, das nicht das halbe Jahr über feucht ist. Mit Elektrizität«, hatte er mit einem missbilligenden Blick auf die Öllampe auf seinem Schreibtisch hinzugefügt. »Ja, aber…« Sie musste an die Böschung gegenüber dem Fullerhäuschen denken, die jedes Jahr im Februar weiß von Schneeglöckchen war.

Wer würde Sam in der Stadt Schwimmen beibringen?

Sie ging auf die Höhle zu. Der Herbst verlor seine anfängliche goldene Wärme und zeigte sich nun von seiner frischen Seite, was ihren Schritt beschleunigte. Sie fragte sich, ob es Lew wohl gelungen war, das Feuer in der Höhle über Nacht in Gang zu halten. Sie schloss die Augen und lauschte dem Plätschern des Meeres und ihren Schritten auf dem Kies und malte sich aus, wie sie als Forscherin in den Tropen durch eine Lagune watete, über ihr fächelnde Palmen und fliegende Papageien. Dann fiel ihr ein, dass sie hier genug Abenteuer hatte. Sie öffnete die Augen.

Er saß aufrecht und mit entspannten Schultern auf einem Felsen am hinteren Ende des Höhleneingangs, vom Klippenpfad aus unsichtbar, und warf wegen einer Bemerkung Davids vor Lachen den Kopf in den Nacken.

»He Missy, wie geht es denn?« Er zwinkerte ihr zu. Er war der Beschützte und sie seine Beschützerin, dennoch war er so locker, so sorglos.

»Sie werden von der Polizei gesucht.« Ihre Stimme klang wie die von Mr Derby, wenn sie mit den weniger angesehenen Patienten des Doktors sprach.

»Das hat David schon erzählt. Aber hier unten bin ich doch sicher, oder?« Er setzte eine wachsame Miene auf.

»Das hoffe ich.« Langsam wurde ihr die Tragweite ihres Handelns bewusst, als sie Lew versteckten.

David sah sie mit einem gepressten Lächeln an. »Es wäre besser, im Lager anzurufen und ihnen zu erzählen, was passiert ist.«

»Du hast recht. Aber ich kann mich einfach nicht von hier losreißen. Es ist das reinste Paradies hier.« Lew schaute aufs Meer hinaus. »Bevor ich mich zur Armee meldete und sie uns mit dem Schiff hierherbrachten, habe ich noch nie das Meer gesehen. Wenn ich die

Armee verlasse, werde ich mir ein Fischerboot kaufen und mir meinen Lebensunterhalt auf dem Meer verdienen.«

»Jetzt sieht es richtig ruhig aus. Aber im Oktober gibt es oft schwere Stürme.«

»Kaum zu glauben, Missy.« Sein Mund weitete sich zu einem entspannten Lächeln.

David blinzelte auf den Horizont. »Sehen Sie die Wolkenbank da draußen auf dem Meer?«

Lew kniff die Augen zusammen.

»Das Wetter ändert sich.«

»Sieht eigentlich nach nichts aus.«

»Onkels Barometer ist heute Morgen gefallen. Vielleicht wäre es für Sie doch besser, wenn wir Kontakt zum Lager aufnähmen.«

Lew dehnte seinen verletzten Fuß. »Sicher. Das Letzte, was ich möchte, ist Leute in Schwierigkeiten bringen. Wenn ich mich allein auf den Rückweg mache, glauben sie mir meine Geschichte vielleicht.«

»Dann wollen Sie also wirklich nicht in Betracht ziehen, sich der Militärpolizei zu stellen?«

Er riss die Augen auf. »Ihr ahnt ja nicht, was die mit uns machen.«

»Was wollen Sie damit sagen?«

»Ihr glaubt nicht, wie hart sie uns rannehmen. Und die Schneeflocken, die weißen MPs, das sind die schlimmsten.« Er schüttelte den Kopf. »Ich dachte, es ginge um unseren gemeinsamen Kampf gegen Hitler. Aber für sie ist alles beim Alten geblieben. Wenn nicht schlimmer geworden.«

»Ich verspreche, wir werden ihnen nichts sagen«, sagte Felix.

»Soll ich jetzt gehen?« Lew sah David an. »Ich kann, wenn ihr das wollt.«

»Sie können mit diesem Knöchel nicht laufen, er ist noch nicht richtig verheilt«, sagte Felix. »Wir kümmern uns schon um Sie, keine Sorge. Hier unten wird Sie keiner finden. Und wenn Sie zum Aufbruch bereit sind, wird David mit ihnen reden und ihnen klarmachen, dass es nicht Ihre Schuld war.« Sie verspürte den Drang, auf Holz zu klopfen, aber es war keins zur Hand.

David sah ihn fragend an. »Was ist mit Phoebe, wird sie sich nicht Sorgen um Sie machen?«

Lew seufzte. »Phoebe ist keine, die sich Sorgen macht, obwohl sie es vielleicht tun sollte.«

»Wieso denn?«

Achselzuckend meinte er: »Sie wird bald alle Hände voll zu tun haben.« Seine Augen verloren ihren Glanz. Er bemerkte, dass Felix ihn ansah und setzte ein Lächeln auf. »Ich wünschte nur, ich hätte ihr das verflixte Geld geben können.« Sein Blick ging an ihr vorbei.

»Ist sie sehr hübsch?«, erkundigte sich Felix.

Er nickte. »Haare wie Seide. Lippen wie Kirschen. Wie sie habe ich noch keine gesehen. Und freundlich ist sie auch. Alle lieben Phoebe.«

»Wie haben Sie sich kennen gelernt?«

»Ich war in einem Pub und habe mir die Swingband angehört. Phoebe war auch da. Sie forderte mich zum Tanz auf.« Bei dieser Erinnerung wurden seine Züge ganz weich. »Dann entdeckte sie, dass ich singen kann. Und schon verhandelt sie mit dem Bandleader, und er ruft mich hoch auf die Bühne. Danach sah ich Phoebe jeden Abend, bis sie uns nach Westen verlegten.«

»Haben Sie zu Hause viel Umgang mit weißen Mädchen?«, erkundigte sich David.

Lew brach in schallendes Gelächter aus. »Getrennte Geschäfte, getrennte Restaurants, alles getrennt. Wenn ich ein weißes Mädchen auch nur anschaute, gab es schon Ärger. Es ist ganz anders als in England. Als ich hier das erste Mal mit dem Bus fuhr, machte ich meinen Platz frei, als ein weißer Junge einstieg. Die Kondukteurin sagte mir, ich solle sitzen bleiben. Ich müsste lügen, wenn ich behaupte, dass wir von allen geliebt werden, aber es ist leichter als zu Hause. Hier sind wir Schokoladensoldaten, keine Nigger.«

David beobachtete etwas. Lew wendete seinen Kopf, um zu sehen, was es war. Ein Kormoran, bereit einzutauchen, mit leuchtenden Augen.

»Hat jemand ein Stück Papier und einen Bleistift?« Lew hatte seine Besorgnis so schnell abgeworfen, dass Felix kaum mitkam.

David drehte seine Innentaschen um und förderte dabei einen Vogelschädel, einen Bleistiftstummel und einen Notizblock zutage. »Den habe ich immer dabei.«

»Es macht dir doch nichts aus, wenn ich mir ein Blatt nehme?«

»Natürlich nicht. Nehmen Sie nur.« David reichte ihm Block und Bleistiftstummel.

»Danke.« Lews Hand flog über das Papier. Er schien eine Reihe scharfer Striche mit dem Bleistift zu machen. Der Kormoran tauchte ins Meer. »Verdammt. Aber ich glaube, ich konnte das Meiste von ihm festhalten.«

»Darf ich es sehen?« Er reichte Felix den Block, und da stand der Vogel auf dem Felsen, die Augen auf einen

Fisch gerichtet und wartete auf den richtigen Moment, um hinunterzutauchen.

»Das ist sagenhaft.« Der Vogel lebte. Sie konnte blinzeln und sich dabei vorstellen, dass er sich bewegt hatte.

»Behalt sie.« Er winkte ab. »Ein Dank für alles, was ihr für mich tut.«

»Wirklich?«

»Sicher.«

Sie riss das Blatt heraus und faltete es sehr vorsichtig, so dass es in ihre Rocktasche passte. »Wer hat Ihnen Zeichnen beigebracht?«

»Mein Vater hat abends gern Skizzen angefertigt, wenn er Papier und Bleistift hatte. Er hat es mir beigebracht. Mein Onkel, das ist der Pfarrer, hat darüber immer den Kopf geschüttelt und ihm gesagt, er solle mich lieber die Bibel lehren. Dort wo ich herkomme, sind die Leute nicht bekannt für besondere Fertigkeiten. Ausgenommen Quilts, alle Frauen nähen Quilts. Und alle singen.«

»Was für eine Art von Gesang?«, wollte Felix wissen.

»Gospel. Auch Jazz. Habt ihr mal von Paul Robeson gehört?«

David und Felix sahen ihn ausdruckslos an.

»Er ist ein Farbiger, der nach London ging, um zu singen und zu schauspielern. Ihm ist kein Ort verschlossen.« Lews Stimme schwoll vor Stolz an. »Daheim wäre das nicht möglich. Er ist mein Held. Mein Vater hat auch eine feine Stimme, ein wenig wie seine.«

»Was macht Ihr Vater?«, fragte David.

»Auf den Feldern arbeiten, wie alle Männer. Aber er kann lesen und schreiben und hat es mir beigebracht.

Er möchte, dass es uns Kindern besser geht. Aber dann kam der Krieg.« Lew schürzte seine Lippen. »Wie es aussieht, darf keiner mehr das tun, was er tun möchte. Doch wenigstens zahlt Uncle Sam regelmäßig Geld. Und es ist gar nicht so schlecht, Lastwagen zu fahren. Aber eigentlich möchte ich diese Nazis bekämpfen.«

Seine langen Gliedmaßen streckten sich anmutig über die Felsen. Was für eine Vergeudung, einen geborenen Krieger Essen und Munition herumschleppen zu lassen, überlegte Felix. Lew schien doppelt so groß zu sein, wie die meisten englischen Soldaten.

»Werden Sie Phoebe heiraten, wenn der Krieg vorbei ist?«, fragte David.

Über Lews Gesicht huschte etwas, das womöglich Überraschung war. »Ich würde sie morgen heiraten, wenn sie mich haben möchte.«

»Sie wandern immerhin meilenweit, um ihr Geld zu geben«, gab David zu bedenken. »Sie wird Sie sicherlich heiraten.«

Lew lächelte. »Einen Farbigen gern zu haben, ist eine Sache, ihn zu heiraten, eine andere. Selbst hier.«

»Ich würde Sie heiraten.« Felix war von ihren eigenen Worten überrascht. »Wenn Sie mich je darum bitten würden, meine ich. Was Sie aber nicht tun werden.«

Er lächelte sie an. »Das ist wohl das größte Kompliment, das mir je gemacht wurde, Missy.«

»Wir sollten jetzt gehen«, meinte David zögerlich. »Ich möchte sehen, wohin es diese Polizisten verschlagen hat.«

Lew winkte entspannt. »Dann vielleicht bis später.«

13

Minna

Ich rolle mich ganz still in einem Sessel zusammen. Lass Tom bitte nicht merken, dass ich zurück bin, lass ihn sich nicht verpflichtet fühlen, mit mir zu reden. Bitte lass mich nicht diesen Ausdruck auf seinem Gesicht sehen, so zurückhaltend, so besorgt. Wenn ich doch nur etwas tun könnte, irgendwas, damit er sich in meiner Gegenwart entspannt. Es ist, als wären wir auf diese Rollen festgelegt: ich, die zu Beschützende, die alles übel nimmt; er der Beschützer und Besorgte. Aber das Leben, oder die Natur oder wie auch immer man es nennen will, hat uns nicht für diese Rollen vorgesehen.

Ich versuche, die nötige Energie aufzubringen, um aufzustehen und ihm sein Abendessen zu kochen – Barsch, den ich heute in Swanham gekauft habe und der laut Fischhändler gestern erst hier gefangen wurde. Ich habe auch Kartoffeln aus Jersey bekommen und Spinat, den ich mit Sahne servieren wollte, der aber viel zu frisch und zart ist und besser ganz einfach gegessen werden sollte. Vielleicht lockt der Spinat ja meinen Appetit.

Tom wird diese Mahlzeit mögen und mich trotzdem mit Komplimenten überhäufen, sein angespanntes Lächeln aber wird mir verraten, wie mühsam er meine Gesellschaft findet. Ich werde in der kleinstmöglichen Portion herumstochern. Essen empfinde ich derzeit fast als eine Unmöglichkeit. Meine Kleider hängen langsam schlabberig an mir herunter. Früher hätte ich mich darüber gefreut, jetzt sehe ich das anders. Ich erinnere mich an die Mahlzeiten, die ich in der Vergangenheit gegessen habe: ausgedehnte, gemütliche Mittagessen in Frankreich, verweilen über der Käseplatte; chinesische Fertiggerichte, nach einem langem Arbeitstag gierig vor dem Fernseher hinuntergeschlungen. Ein anderes Leben.

Wochen sind vergangen, seit ich mir, abgesehen von ein wenig Wimperntusche, mit Make-up Mühe gegeben habe. Manchmal muss ich mich daran erinnern, dass mein Haar gewaschen werden muss. Zum Glück ist es jetzt lang genug, um es nach hinten zu binden und tagelang zu ignorieren. Früher habe ich es alle vier oder fünf Wochen schneiden lassen, um es zu bändigen. Benjys Haar war heller als meins, versprach aber, genauso widerspenstig zu werden. Seine Augen waren vom selben Blau wie die seines Vaters.

Das frühe Abendlicht ist nach Westen gezogen und scheint jetzt durch die französischen Fenster. Bei der Gestaltung der Innenräume von Rosebank hat man eine gute Wahl getroffen, wenngleich ich ein etwas intensiveres Gelb für diesen Raum ausgesucht hätte, vielleicht den Kamilleton, in dem sie den Flur gestrichen haben. Aber die karamellfarbenen Wände des Arbeitszimmers gefallen mir, und die roten Vorhänge und Sofas ergänzen diese satte Farbe hervorragend. Noch vor Monaten hätte ich im Geiste das ganze Haus neu gestaltet, auch ohne Notwendigkeit. Die wechselnden Farben des Meeres hätten mich in ihren Bann gezogen. Ich hätte mich mit einem Skizzenblock auf den Kiesstrand gesetzt und versucht festzuhalten, wie das Schiefergrau den verhangenen Himmel reflektiert oder das funkelnde Azur spiegelt, wenn die Sonne durchbricht, wie sich Tintenseen auf der Oberfläche bilden, wenn das Wetter sich ändert. Stundenlang hätte ich mit den Farben gekämpft, glückliche Stunden. Jetzt kann ich zwar die Farben des Meeres bewundern, empfinde sie aber nicht mehr als eine Stimmung. Blau ist nur noch blau.

Mir wird bewusst, dass ich nicht nur um meinen Sohn, sondern auch um mein früheres Selbst trauere, um die Frau, die glückliche einsame Tage in den Häusern anderer Leute verbracht und zum Radio singend Wände angestrichen hat. Ich gehörte nie zu der Art von Designern, die nie einen Malerpinsel in die Hand nehmen würden. Für mich war es ein Riesenspaß, wenn ich eine neue Dose Farbe öffnete, mein Herz schlug schneller, wenn ich die ersten Farbstriche auf eine jungfräuliche Wand auftrug. Dann blieb ich den ganzen Tag drinnen, ehe ich mich sauber machte und die U-Bahn zu Toms Büro nahm, wo ich dann am Empfang saß und mit den Kurieren flirtete, während ich auf ihn wartete.

»Nun, mit ihr ist es aus und vorbei«, sage ich laut.

Selbstgespräche. Na, großartig.

Ich wasche gerade die Jerseykartoffeln für das Abendessen, als Tom in die Küche kommt und sich sein Bier holt. Als er mich an der Spüle stehen sieht, erschrickt er ein wenig. »Wann bist du zurückgekommen?«

»Vor einer halben Stunde. Ich dachte, du hast zu tun, deshalb wollte ich dich nicht stören.«

»Das hätte mir nichts ausgemacht.« Sein Blick ist feierlich. »Minna …«

»Abendessen gibt es in etwa einer halben Stunde, warum nimmst du nicht vorher ein Bad? Ich werde dir ein Glas Wein hochbringen. Oder du könntest doch auch einen Spaziergang machen? Zu dieser Abendstunde ist es wunderschön auf der Landspitze.« Wenn ich weiterrede, kann er nicht sagen, was er sagen möchte, die Worte, die ich nicht mehr hören kann.

Er trinkt sein Bier fast in einem einzigen Zug aus. »Gut, ich mache jetzt einen kurzen Spaziergang.« Er bleibt an der Küchentür stehen. »Warum kommst du nicht mit?«

»Oh, ich kann unmöglich. Ich muss doch …« Meine Hand zeigt auf die Zutaten auf der Arbeitsplatte.

»Mir macht es nichts aus, aufs Abendessen zu warten. Ich könnte dir helfen, wenn wir zurückkommen.«

Mein Zögern dauert zu lange. Er lässt die Schultern fallen. »Okay. Ich bin nicht lange weg.«

Früher hätte sein kleines Lächeln mir das Herz gebrochen. Aber ich grüble nicht lange über ihn nach. Während ich schneide und brate und koche bewegt sich mein Geist auf vertrauten Pfaden. *Hör auf.* Ich zwinge mich, an den Kormoran und die alte Frau im Dorf zu denken. Warum ist sie zurückgekommen? Um eine nostalgische Rückkehr in das Heim ihrer Kindheit zu genießen? Nein. Etwas anderes hat sie hergebracht, etwas, das sie beinahe zu fürchten scheint.

Ich brate den Barsch in Butter und bestreue ihn mit Zitronenschale und gehacktem Dill. Auf den Teller gelegt, sieht er gut aus, fast in Restaurant-Qualität. Ich sehe zu, wie Tom durch den Garten zurückkommt, wo er stehen bleibt, um sich die Lupinen und Rittersporne anzuschauen.

»Das sieht ja fantastisch aus«, sagt er, als er das Essen

sieht. Eine Pause. »Du isst doch mit?« Er benutzt dabei den Tonfall, den er immer einsetzt, wenn er nicht allzu besorgt klingen möchte.

»Ich habe zum Tee ein Sandwich gegessen.« Er weiß sehr gut, dass ich lüge. Ich spüre seinen Blick auf meinem Gesicht und hebe meinen Kopf, um mich zu einem Lächeln zu zwingen, aber er hat sich bereits abgewandt. Wir tragen die Teller ins Esszimmer.

»Das schmeckt hervorragend.« Tom verdreht in übertriebener Zustimmung die Augen. »Bist du dir sicher, dass du nicht doch was davon kosten willst?«

»Ich esse etwas Nachtisch.« Und das tue ich auch: drei oder vier der frühen Himbeeren, die ich auf dem Markt bekommen habe. Ich hatte gar nicht vor, sie zu essen, und einen Moment lang überfällt mich Panik. Wenigstens war keine Sahne dabei.

»Als ich heute Nachmittag in der Stadt war, habe ich die Lokalzeitung gekauft«, sagt er schließlich. »Ich dachte, du möchtest vielleicht erfahren, ob mehr über unseren Freund am Strand drin steht. Sie liegt auf dem Flurtischchen.«

»Danke. Übrigens, ich bin heute Nachmittag mit dieser alten Dame, von der ich dir erzählt habe, im Dorf gewesen. Wir haben uns jetzt angefreundet.«

Seine Augen werden groß. »Die Geschichte dieses Orts fasziniert dich wohl?«

»Nicht wirklich.« Ich stehe auf, um das Blatt zu holen. »Vermutlich ist es nur eine Ablenkung. Und die Arme scheint einsam zu sein. Ich glaube, alle Leute, die sie hier als Kind gekannt hat, sind weg oder gestorben.«

Ich nehme mir den *Herald*. Im Innenteil wird in einem

Artikel erwähnt, dass der ertrunkene GI ein Schwarzer war, und über die Aufregung berichtet, die die Ankunft der farbigen Truppen 1944 ausgelöst hat. Offensichtlich haben die Einheimischen häufig gegen die Trennung protestiert, die von den weißen amerikanischen Offizieren auferlegt wurde. Eine alte Dame erinnert sich an den Druck, den man auf einen Gastwirt von Swanham ausgeübt hatte, damit er schwarzen GIs Lokalverbot erteilte. Dieser drehte den Spieß um und ließ keine weißen amerikanischen Soldaten mehr in sein Lokal. Ein Kino beschloss, Vorstellungen nur für Schwarze zu machen, woraufhin es Beschwerden von den einheimischen Mädchen hagelte, die nicht auf ihre dunkelhäutigen Freunde verzichten wollten, wenn sie ins Kino gingen. Ich wünschte, ich hätte mich mit meiner Großmutter über ihre Kriegserinnerungen unterhalten und sie gefragt, wie man in Amerika zu den Soldaten stand. Aber in den vierziger Jahren war sie nur ein New Yorker Schulmädchen gewesen und hatte vermutlich nichts mit Jim Crow, wie Tom die farbigen GIs nennt, zu schaffen.

Ich blinzele und sehe, dass ich eine Raute um das Wort »Leiche« in der Überschrift gemalt habe. Sie sieht wie ein Sarg aus.

»Freut mich zu sehen, dass du wieder zu deinen künstlerischen Talenten findest«, sagt Tom. Hoffentlich wirft er keinen genauen Blick auf mein Gekritzel.

»Da fehlt noch einiges.«

Er nimmt sein Mobiltelefon. »Ich muss noch ein paar Anrufe erledigen. Vielleicht muss ich diese Woche auch nach London.«

»Alles in Ordnung?«

»Nur ein paar Dinge, die ein persönliches Gespräch erforderlich machen.« Er bedenkt mich mit seinem beruhigendsten Lächeln, das ihm auch seine Klienten sichert.

»Hast du was dagegen, wenn ich an deinen Laptop gehe? Ich brauche das Internet.«

»Nur zu.« Er sieht mich neugierig an.

»Ich möchte mehr über die amerikanischen Truppen hier in der Gegend herausfinden.«

»Oh.« Seine bestmögliche neutrale Reaktion. »Ich dachte, du wärst nicht so sehr daran interessiert?«

»Ich möchte einfach gern wissen, was mit dem GI passiert ist«, sage ich so gleichgültig wie möglich.

»Ich hätte nie gedacht, dass du dich für Lokalgeschichte interessierst.«

»Scheint mir ein ungefährliches Gebiet zu sein.«

»Ungefährlich?«

»Es weckt keine Erinnerungen an andere Dinge.«

Als ich mich an unser Passwort zu erinnern versuche, wird mir klar, dass ich seit Monaten zum ersten Mal wieder online gehe. Tom dringt seit Wochen in mich, doch mal die Nachrichten zu lesen, die Freunde geschickt haben. Ich arbeite mich durch die Geschäftspost – Dutzende von Waymark, seinem größten Klienten –, um zu meinen E-Mails zu gelangen. Ich bin gerührt, fast überwältigt von den wenigen, die zu lesen ich mich aufraffen kann.

»Werde nur nicht wunderlich und zu landmädchenhaft bei diesem Aufenthalt«, schreibt Mikey. »Achte darauf, wenigstens drei Mal die Woche Stöckelschuhe anzuziehen. Und bring meinen Bruder dazu, dass er wandert, er muss mal runterkommen. Gareth lässt dich umarmen.«

Ich habe Heimweh nach Mikey und Gareth, Mikeys Lebensgefährten. Ich mochte sie seit unserer ersten Begegnung. Ich bin ein Einzelkind und genoss es, Ersatzbrüder zu bekommen. Vor allem welche, die Filme aus den dreißiger Jahren lieben und Kunstgalerien in obskuren Vierteln Londons besuchen.

Auch Kris hat eine Nachricht geschickt. »Ich würde so gern was von dir hören, Min.«

Ein paar Sekunden lang gebe ich mich entspannt Erinnerungen an meine Teenagerzeit mit Kris und unsere gemeinsamen Erlebnisse hin, wie wir Apfelwein in unsere Zimmer geschmuggelt haben, die Einkaufstrips, die endlosen Telefongespräche.

»Meine Arbeit beim IWM ist bald zu Ende«, schreibt Kris weiter. »Ich ziehe nach Norden – ein neuer Job in Leeds, wo ein Archiv aufgebaut wird. Der Gedanke, in der Stadt zu leben, ist mir unerträglich, ich werde mir was außerhalb suchen. Meine Wohnung habe ich noch nicht verkauft, also werde ich mir eine Weile was mieten müssen.«

Aber natürlich, Kris arbeitet an dem Ort, wo ich garantiert Antworten über den Hintergrund des Gefreiten Campbell finden werde: das Imperial War Museum. Ich verfasse eine kurze Antwort und teile ihr mit, dass mir die Seeluft zu bekommen scheint, und berichte ihr von der Leiche. Ich frage an, ob sie mir irgendwas über amerikanische Militärbasen in dieser Gegend sagen oder Bücher über schwarze GIs in England empfehlen kann.

Ich klicke auf senden und beschließe, dass es mir für diese Sitzung reicht. Aber dann entdecke ich Sara Frobishers Namen und klicke auf ihre Nachricht. Sara saß nach dem Unfall an meinem Krankenhausbett, wenn Tom zum Ausruhen nach Hause musste. Später, als ich wieder zu Hause war, brachte sie mir Rinderbraten und Apfelstreusel vorbei, um mich zum Essen zu verführen, und half Tom im Haushalt. Sie und Kris hätten mir keine größere Stütze sein können – wenngleich ich das nie anerkannt, oder auch nur bemerkt habe.

»Hier ist das Haus, Tom. Alles Liebe, H.« Und ein Anhang.

Ich öffne den Link und sehe die Details eines viktorianischen Reihenhauses in Wandsworth vor mir, es muss renoviert und neu ausgestattet werden, aber es hat laut Immobilienmakler großes Potenzial. Ich spüre, wie meine Stirn sich in Falten legt. Offenbar bin ich überhaupt nicht mehr auf dem Laufenden. Ziehen die Frobishers schon wieder um? Ihr Haus in Clerkenwell haben sie doch erst vor einem Jahr gekauft? Ich nehme mir vor, Tom danach zu fragen.

Ich suche dann noch im Netz nach den amerikanischen Militärstützpunkten im Süden von England während des letzten Krieges. Es gibt Dutzende von Links. Ich hole mir Stift und Papier aus der Schublade, um mir Notizen zu machen, und bin fast überwältigt. Es ist so lange her, dass ich meinen Verstand gebraucht habe. Ich beschließe, erst Kris' Antwort abzuwarten. Als ich den Laptop gerade herunterfahren will, meldet sich der E-Mail-Eingang mit einer neuen Nachricht. Eine Adresse namens *Computersonline*. Eine Rechnung für einen Laptop. Einen sehr teuren Laptop. Womöglich für Toms Londoner Büro, aber ich weiß, dass er dort die Computer gerade erst auf den neuesten Stand gebracht hat. Und seinen eigenen Laptop hat er erst vor einem Monat erworben. Dann sehe ich die Lieferdetails: »Sara Frobisher, 142 Rainshall Road, Clerkenwell.«

Ich bin viel zu benommen, um mir eine Erklärung dafür zu überlegen. Nachdem ich ausgeschaltet habe, gehe ich nach oben, um nach meinem Tröster zu schauen, der unter meiner Decke versteckt liegt.

Ich werde zeitig wach und weiß, dass ich keinen Schlaf mehr finden werde. Neben mir liegt Tom beinahe reglos. Ich schleiche nach unten und schalte den Laptop ein. »Schwarze GIs UK WW2« tippe ich in die Suchspalte. Eine Liste von Sites erscheint. Die erste zeigt Fotos von farbigen Soldaten. Keins davon ist groß oder scharf genug, um ein Gefühl dafür zu kriegen, was für eine Uniform Lew getragen haben könnte. Ich klicke eine Site nach der anderen an und lese Berichte von Mädchen, die von ihnen eingenommen waren, Einheimischen, die sich bezaubern ließen, Vorbereitungen für die Landungen am Tag X, bis mir die Augen brennen.

»Du wirst noch eine Koryphäe für GIs.« Tom steht mit zwei Bechern Tee neben mir.

»Entschuldige.« Ich schließe die Site.

»Mach nur weiter.«

»Nein.« Ich schalte den Laptop aus und komme mir vor wie ein Teenager, der sich in eine Pornosite eingeloggt hat. »Lass uns Frühstück machen.«

Er folgt mir in die Küche und sieht mir zu, wie ich Speck und Eier aus dem Kühlschrank hole »Du brauchst das alles nicht für mich zu tun, weißt du.«

»Es macht mir aber nichts aus.«

»Ich muss wieder mit Laufen anfangen.« Dabei tätschelt er seinen flachen Bauch. Tom hat das Gewicht, das er nach dem Unfall verloren hat, nicht wieder zugelegt. »Vielleicht sollten wir heute Nachmittag mal einen langen Spaziergang machen.«

»Gute Idee.« Ich kaue auf meinem Toast herum und wünschte, er würde mich nicht so genau beobachten, dann könnte ich ihn in den Abfall werfen. Ich überlege, wann ich Felix wiedersehen kann. Ich hätte gern, dass sie sich einige dieser Websites ansieht, wenn Tom seinen Laptop entbehren kann.

Als wir gefrühstückt haben, ist schon später Vormittag, und Kris hat mir eine Antwort gemailt.

»Habe keinen Beweis dafür gefunden, dass amerikanische Truppen bis 1944 an eurem Teil der Küste trainiert haben. Ich werde aber ein paar weitere Unterlagen überprüfen und mit ein paar Kontaktleuten in den Staaten zu reden versuchen. In der Zwischenzeit habe ich hier eine Bücherliste für dich. A.L. K«

Die alte Kris, der es widerstrebt, irgendetwas unversucht zu lassen. Ich gehe in die Küche zurück.

»Wir brauchen noch Milch.« Tom faltet das Geschirrtuch zusammen und hängt es ordentlich über die Hähne. »Ich würde selbst losgehen, aber ich muss erst mal das hier durcharbeiten.« Er deutet mit einem Kopfnicken auf den Haufen Bankauszüge und Rechnungen auf dem Tisch. »Außerdem braucht ein Klient bis Mittag einen Bericht.«

»Waymark?«

Er stöhnt. »Ja. Jeremy scheint keinen Schlaf zu kennen.«

Jeremy Wilson, Waymarks leitender Manager. Jung, ehrgeizig, energisch. Getrieben. Ich bin ihm erst einmal begegnet, aber ich erinnere mich an den Mann mit dem

Blackberry auf dem Friedhof. »Ich glaube, ich habe ihn im Dorf gesehen.«

»Er kommt gelegentlich runter, denn er kennt die Gegend gut. Er hat uns auch dieses Haus hier empfohlen.«

»Tatsächlich?« Natürlich kann ich mich nicht an irgendwelche Details erinnern, wie wir Rosebank gemietet haben. »Und was verbindet ihn mit diesem Teil der Welt?«, frage ich und versuche, Interesse zu zeigen.

»Ein mögliches Projekt, eigentlich nur eine Idee …«

Er scheint nicht geneigt zu sein, darüber zu reden, mein Kopf ist ohnehin zu voll von GIs, um das Thema weiterzuverfolgen.

»Ich kümmere mich um unsere Finanzen, und du machst mit deinem Bericht weiter. Danach gehe ich einkaufen.«

»Würdest du das tun?« Erleichterung ist auf seinem Gesicht zu sehen. »Ich möchte dich nicht von deiner Recherche abhalten. Warum lädst du Felix nicht mal hierher ein?«

Ich schüttele meinen Kopf. »So wichtig ist es mir nun auch wieder nicht.«

Er sieht mich scharf an. Ich habe das Gefühl, dass mir etwas vorgeworfen wird.

Ich sitze am Küchentisch mit den Kontoauszügen, Scheckbüchern und Rechnungen und hake die einzelnen Punkte ab, meine Stimmung wird von Minute zu Minute düsterer, als mir aufgeht, wie schlimm unsere Lage ist. Wie konnte das alles an mir vorbeigehen? Wir haben praktisch kein Geld mehr.

Ich stehe auf, der Stuhl knarrt auf den Fliesen. Ich

muss ins Freie. »Ich brauche nur frische Luft«, sage ich Tom, als ich am Arbeitszimmer vorbeikomme.

»Wie weit bist du gekommen?«

»Fast fertig.«

»Wenn wir wissen, wie hoch der Schaden ist, rufe ich die Bank an und handele anständige Darlehenskonditionen aus. Anders können wir nämlich die Überziehungszinsen nicht zurückzahlen.«

Ich könnte genauso gut in die Küche zurückkehren und meine Arbeit zu Ende führen. Und die Bank anrufen. Oder günstige Online-Darlehen ausfindig machen. Aber das tue ich nicht. Ich ziehe meine Strickjacke vom Haken und steuere auf dem Klippenweg, der oberhalb des Dorfes Fontwell anfängt, den Strand an.

Ich sitze auf den Kieseln, dort, wo wir das Skelett gefunden haben, und starre, nach dem flotten Marsch von fünfzehn Minuten ein wenig außer Puste, auf diese Stelle, als könnte ich dort eine Nachricht lesen. Der Wind zaust mir das Haar aus dem achtlos darumgewickelten Band. Ich lehne mich zurück, stütze mich auf meine Ellbogen und verfalle in Träumereien.

»Minna.«

Ich zucke zusammen. Tom steht hinter mir, atemlos und mit roten Wangen. Offenbar ist er mir nachgelaufen.

»Entschuldige. Ich war in Träumereien versunken.«

»Das sehe ich.« Er kniet sich neben mich.

»Ich wollte nur ein bisschen Meerluft schnuppern.«

»Und da bist du den ganzen Weg hierher an diesen speziellen Ort gelaufen?« Er richtet seinen Blick auf das Durcheinander, wo man die Überreste ausgegraben hat. Ich zucke mit den Schultern. »Du wolltest doch Milch holen, hast du das vergessen?« Die liegen gelassenen Finanzen erwähnt er nicht.

»Ich gehe jetzt wieder zurück. Und die Bank rufe ich an, sobald ich zurück bin«, verspreche ich.

Bei Sainsburys entdecke ich einen kerzengeraden Rücken und einen graumelierten Haarschopf. »Hallo.« Felix, die gerade Pflaumen in eine Plastiktüte füllt, hält inne. »Haben Sie Zeit zum Reden?«

»Was kann ich Ihnen denn noch erzählen?«

»Ich bin fasziniert von den ganzen Umständen, dem verlassenen Dorf, der Zeichnung. Dürfte ich Ihnen noch ein paar Fragen stellen? Gibt es hier was, wohin man gehen kann?« Ich höre mich selbst babbeln.

Sie legt ihre Pflaumen in den Einkaufswagen und wendet sich den Melonen zu, wobei sie mit ihrer Hand oben auf die Honigmelonen drückt, bis sie eine findet, die ihr gefällt. »In Swanham gibt es nicht viel. Manchmal glaube ich, es ist hier sogar noch langweiliger als in meiner Kindheit. Auf der anderen Straßenseite gibt es einen halbwegs anständigen Pub, den Cygnet. Geben Sie mir noch zehn Minuten, bis ich hier fertig bin.« Sie klingt leicht gereizt. Habe ich sie etwa wieder verletzt?

Ich nehme meinen Korb mit zur Kasse. Vor mir sitzt ein Baby im Einkaufswagen. Ich vermeide jeglichen Blickkontakt mit ihm und seiner Mutter. Ich kann gar nicht vorsichtig genug sein. Die Mutter sieht nett aus. Wahrscheinlich fragt sie sich, warum ich ihr kleines Mädchen nicht anlächele, das sich einen bestrumpften Fuß in den Mund schiebt.

Hinter mir kichern zwei Teenager. Ob sie wissen, was sich in mir abspielt? Wissen sie, was für eine Frau ich bin? Der Korb wackelt in meiner Hand, und eine Zitrone fällt zu Boden. Eins der Mädchen bückt sich und hebt sie für mich auf. »Hier, bitte.«

Ich nehme sie wortlos entgegen, verunsichert runzelt das Mädchen seine glatte, zarte Stirn. »Danke dir«, murmele ich verspätet. Sie haben mich bereits vergessen und kichern über ein Foto in einer Zeitschrift, die eine von ihnen kauft.

Als die Kassiererin meine Kreditkarte einschiebt, verweigert diese ihren Dienst. »Ich kann gern die Bank anrufen, wenn Sie möchten, damit Sie wissen, was los ist«, bietet sie mir an.

»Machen Sie sich keine Umstände.« Ich wühle in meiner Geldbörse. Ein Glück, dass ich am Wochenende am Bankautomaten war.

Wir sitzen einander im Saloon des Cygnet mit seinen Holzbalken gegenüber, Felix über einem Tomatensaft und ich über einem Sauvignon Blanc. »Sind Sie sicher, dass Sie nicht doch noch was dazu möchten?«, frage ich sie.

Sie zieht eine Braue hoch. »Mit mir kann man nicht gut in Pubs gehen. Aber ich habe eine Schwäche für Käse-Zwiebel-Chips, wenn Sie sich dann wohler fühlen.«

»Warum nehmen Sie nicht gleich ein Sandwich?« Ich stehe auf.

»Sie sind sehr großzügig. Schinken und Gurke. Danke.«

»Und Sie selbst nehmen gar nichts?«, fragt sie mich, als ich damit zurückkomme.

»Ich esse nichts zu Mittag.«

Sie sieht mich nachdenklich an, sagt aber nichts und beißt in ihr Sandwich. »Was wollten Sie mich fragen?«, sagt sie nach einer Weile.

»Wissen Sie irgendwas über den GI, den wir am Strand gefunden haben? Keiner scheint zu wissen, was er dort unten zu suchen hatte.«

Sie faltet ihre Papierserviette zu einem Rechteck und klemmt sie ordentlich unter den Aschenbecher. Ich sehe ihr an, dass sie die ganze Zeit nachdenkt und überlegt, ob sie mir trauen kann.

Endlich hebt sie ihren Kopf. »Ich brauche einen Kaffee. Soll ich Ihnen einen mitbringen?«

»Ja bitte.«

Sie geht zur Theke und kehrt mit den Tassen zurück.

»David und ich pflegten nachts aufzustehen und die Tiere im Wald zu beobachten. Er war ganz versessen darauf.« Sie beschreibt eine mitternächtliche Wanderung, um Fuchswelpen zu beobachten. Sie erzählt vom Wald, demselben Wald, durch den ich gehe, wenn ich das Dorf besuche. Beim Erzählen erweckt sie Fontwell zum Leben. Ihre Augen blitzen, als sie beschreibt, wie sehr sie und ihr Freund David den Wildhüter Johnson hassten. »Er bewegte sich so schnell, dass man nie wusste, wann er hinter einem auftauchen würde. Ich glaube, es hat ihm Spaß gemacht, uns Angst einzujagen.« Sie schüttelt den Kopf. »Dann fand David den GI.«

»Unseren GI?«

»Ja.« Eine Pause.

Ich spüre die Bedeutung dieses Geständnisses, als wäre meine Beziehung zu Felix dadurch intensiver geworden.

»Es war, als wäre etwas ganz Wunderbares geschehen, ein schwarzer Soldat, in unserem Wald. Er hieß Lew Campbell. Ich liebte ihn auf Anhieb.« Sie lächelt. »Ich hatte schreckliche Geschichten gehört, wie man die Leute aus Westindien behandelt hat, als sie in den fünfziger und sechziger Jahren zu uns kamen, aber damals im Krieg waren viele von uns in die schwarzen Amerikaner vernarrt. Sie strahlten eine solche Wärme aus, hatten so viel Sinn für Spaß.«

»Ich könnte mir denken, dass nicht alle Briten begeistert waren.«

Sie senkt ihren Blick. »Nicht alle.« Sie rührt ihren Kaffee um und gießt Milch aus dem Kännchen dazu. Ich verfolge, wie die dunkle Flüssigkeit heller und heller wird.

»Hat Lew erzählt, wie man ihn hier behandelt hat?«

»Er meinte, die Engländer seien freundlich. Insgesamt gesehen. Es gab einen Vorfall mit der Frau eines Pfarrers in der Nähe des Lagers.« Sie erzählt mir von dem Rundbrief an die einheimischen Frauen mit der Warnung, sich von den schwarzen GIs fernzuhalten.

»Aber Sie wollten auf ihn aufpassen?«

»Wir machten uns Sorgen um ihn. Er wirkte so... verletzlich.« Sie legt den Kaffeelöffel ab. »Eigentlich komisch, so groß und kräftig wie er war.«

Sie erzählt mir, wie sie ihn in die Höhle geschmuggelt und den Wildhüter abgelenkt haben. »Lew gefiel es am Strand. Dort unten zeichnete er auch den Kormoran.«

Ich setze mich auf. »Lew war der Künstler?« Ich kann es kaum glauben. Mir prickelt das Blut in den Adern. Vielleicht ist das der Grund, weshalb ich mich von der Skizze so angezogen fühle; dieser schon lange tote Soldat streckt durch die raschen Striche, die er auf einen Fetzen Papier gemalt hat, die Hand nach mir aus.

Sie lächelt. »Er hätte gelacht, wenn man ihn als Künstler bezeichnet hätte. Er war sehr bescheiden.«

»Und Sie haben ihn vor den Erwachsenen, vor den Behörden versteckt?«

»Wir hatten fürchterliche Angst, jemand käme dahinter, was wir getan hatten, denn dann wären wir in große Schwierigkeiten gekommen.« Sie lehnt sich in ihrem Stuhl zurück und zieht die Stirn kraus, als sie sich zu erinnern versucht. »Auch er hatte Angst und erzählte uns, wie schlecht das Militär die Schwarzen behandelte. Aber dann wurde das Essen ein Problem.« Sie verdreht die Augen. »Wir hatten keine Ahnung, dass Amerikaner so viel essen.«

14

Felix 1943

David und Felix brachten den Vormittag damit zu, Essen für Lew zu ergattern. In Rosebank fiel die Ausbeute mager aus, doch Felix gelang es, Mrs Derby dazu zu überreden, ihr statt der üblichen einen Scheibe Butterbrot zur Elf-Uhr-Jause zwei zu geben.

Die Haushälterin sah sie mit gefurchter Stirn an. »Du machst wohl gerade einen Wachstumsschub. Besser, ich erzähle es gleich deinem Vater, er wird dir eine zusätzliche Ration Lebertran geben wollen.«

Felix verfluchte Lew insgeheim und grapschte sich noch einen Apfel aus der Obstschale.

»Was für ein Tag«, sprach Mrs Derby weiter. »Ich bin nur am Hinundherlaufen, um die Tür aufzumachen.«

»Warum kommen denn alle zu uns?«

»Das Telefon funktioniert nicht, offenbar sind die Leitungen unterbrochen. Muss der Wind letzte Nacht gewesen sein.«

»Sämtliche Telefone?«

»Alle. Selbst dieser Elfenbeinapparat, von dem es heißt, dass Miss Isabel ihn in ihrem Schlafzimmer stehen hat.« Mrs Derbys Lippen kräuselten sich. »Jetzt kann sie ihre feinen Freunde in London nicht mehr anrufen.«

»Tut sie das?«

Mrs Derby strich ihre Schürze glatt. »Habe ich gehört. Sie ist sogar letzte Woche auf Besuch in die Stadt gefahren. In diesen Zeiten, hat man da noch Worte?«

David und Felix trafen sich am Tor des Gutshauses. Er hatte eine Papiertüte in der Hand, in der sich, wie er ihr stolz zeigte, Schinkenscheiben und zwei fast frische Scones befanden. Er klopfte auf seine Tasche. »Außerdem habe ich noch eine Flasche Ingwerlimonade aus der Speisekammer gemopst.«

»Das dürfte für ihn zum Mittagessen und auch fast noch zum Abendessen reichen«, sagte Felix.

»Das hoffe ich doch. Isabel sah mich ganz komisch an, als ich rauskam. Sie hat wohl die Tüte unter meinem Pullover bemerkt.«

Felix fiel ein, was Mrs Derby gesagt hatte. »Stimmt es, dass sie vergangene Woche hoch nach London gefahren ist?«

»Wer hat dir das erzählt?« Seine Stimme war wütend.

»Ich kann meine Quelle nicht preisgeben.« Der Satz gefiel ihr, er erinnerte sie an Spionagefilme.

»Dorfklatsch.« Er zog eine Schnute. »Warum können die Leute sich nicht um ihre eigenen Angelegenheiten kümmern?«

»Tut mir leid.« Ihre Wangen brannten.

»Du darfst es ruhig wissen. Aber sag's keinem weiter. Isabel hat versucht, ihre Mutter zu treffen.«

»*Versucht*?«

»Sie war nicht zu Hause. Jedenfalls sagte das Dienstmädchen das. Aber Isabel hat sie am Fenster gesehen.«

»Ihre Mutter wollte die eigene Tochter nicht sehen?«

»Scheint so.«

Arme Isabel.

»Macht ihr ein Picknick?« Sam war aus dem Nichts aufgetaucht. Offenbar hatte er ihnen hinter dem Telefonhäuschen aufgelauert. Felix hoffte, er hatte ihr Gespräch über Isabel nicht mitgehört.

»Nein, heute nicht.« David versuchte die Zurückweisung mit einem Lächeln zu mildern.

»Habt ihr gehört, die Leitungen sind tot?« Sam nickte Richtung Telefonhäuschen. »Der Sturm hat sie runtergeblasen, oder?«

Die Kirchenuhr schlug Mittag. »Deine Mutter erwartet dich sicherlich zum Mittagessen.«

Sam zog seine Nase hoch. »Ein Stück grauen Fisch, der nach Wal stinkt, nennt man so was Mittagessen?«

»Wir müssen uns beeilen.« David zog sie am Ellenbogen.

»Bis später, Sam«, sagte Felix.

»Immer geht ihr ohne mich weg.« Seine Worte folgten ihnen.

»Ich komme später und suche dich, das verspreche ich dir«, rief sie ihm über ihre Schulter zu.

Sie rannten den Weg in einem Tempo hinauf, dass ihr der Schweiß von der Stirn tropfte. Als sie zum Strand kamen, fiel ihr beim Anblick des Meeres auf, wie heftig dieses wogte und weiße Gischt über die Felsen sprühte. Die Brise, die ihre Wangen peitschte, war feucht und kalt.

Lew erhob sich wie ein Riese von den Felsen und begrüßte sie mit einem Grinsen. »Ich bin wahrlich froh, euch beide zu sehen.«

»Tut uns leid, aber es dauerte einige Zeit, das zusammenzusuchen.« David reichte ihm die zwei braunen Papiertüten.

»Hey, ein leckeres Mittagessen, besten Dank.«

Davids Wangen erröteten. »Sie können vielleicht was zum Abendessen aufheben.«

Lews Augen verloren ein wenig von ihrem Leuchten.

»Wir versuchen noch etwas mehr für Sie aufzutreiben«, tröstete ihn Felix.

Lew lächelte und begann zu essen. Wieder. Felix staunte, in welcher Geschwindigkeit das Essen verschwand. Bis auf einen Scone verputzte er alles, und diesen wickelte er in die Tüte, als hätte er Angst, ihm nicht widerstehen zu können, solange er in Sichtweite war.

»Sagt mal, wir haben gestern doch darüber gesprochen, im Lager anzurufen und auszurichten, dass ich hier festsitze?«

»Die Leitungen sind zusammengebrochen.«

Lew zuckte mit den Achseln. »Das war aber auch ein Sturm letzte Nacht. O ja.« Seine Augen wanderten über die Bucht. »Meinem Knöchel geht es besser. Am Abend kann ich damit sicher wieder laufen. Ich schleiche mich an den Polizisten vorbei.«

»Es gibt Schleichwege aus dem Tal, die sie nicht kennen. Am besten warten Sie, bis es dunkel ist.«

»Sicher.« Er grinste wieder und wandte sich dem Meer zu. Wie rasch seine Aufmerksamkeit von einem Gegenstand zum anderen zu springen schien. Felix beneidete ihn. Wie wunderbar wäre es, ihre eigenen Sorgen genauso schnell aus ihrem Gedächtnis tilgen zu können – St. Agatha, die Evakuierung.

»Was sehen Sie da?«, fragte sie.

»Das Meer ist voller Fische. Habt ihr jemals einen von diesen Felsen aus gefangen?«

»Ich habe nur Forellen im Fluss gefangen. Und das ist Jahre her, inzwischen gibt es keine mehr.« David sah ihn aus schmalen Augen an: »Haben Sie viel geangelt?«

»Gewiss, ich hab immer nach Katzenwelsen im Bach geangelt, mit einem Köder an der Leine. War ganz leicht. Dann hat Mamma sie für mich gebraten.«

»Ich könnte ein paar Angeln aus dem Bootshaus holen.« Diese Idee schien David zu fesseln.

»Das sind bestimmt nicht die richtigen, oder?« Felix hatte nicht viel Ahnung vom Angeln, konnte sich aber die Angeln des Gutsherrn nicht im Meer vorstellen.

David meinte achselzuckend: »Wahrscheinlich. Andere Rollen, Leinen und Köder. Doch einen Versuch wäre es wert. Wir könnten es auf jeden Fall probieren.«

Felix versuchte sich vorzustellen, wie sie die Angeln umrüsteten, und hoffte, dass man ihr ihre Zweifel nicht ansah.

»Als Köder könnten wir gepulte Krabben nehmen. Oder Würmer. Schadet doch nichts, wenn wir es versuchen. Dann könnten wir ein Feuer machen und grillen, was wir fangen.«

»Wie Piraten.« Diese Idee gefiel Felix. »Wir müssen nur vorsichtig mit dem Rauch sein.«

»Die denken doch sicherlich, wir spielen wieder Forscher, wie wir das im letzten Sommer auch gemacht haben.«

Wie lange das her zu sein schien. Das war nur Kinderkram gewesen.

»Im Gartenschuppen liegen alte Kochtöpfe und Gabeln, die darauf warten, dass einer sie holt und wegbringt, damit man sie für den Krieg einschmilzt.« David dachte laut nach. »Ich werde sie retten.«

Felix' Gesicht schien ihre Missbilligung zu spiegeln.

»Ich bringe sie ja zurück, wenn wir sie nicht mehr brauchen«, ergänzte er.

Lew rieb sich die Hände. »Jetzt brauchen wir noch Maisbrot und geeisten Tee, dann hätten wir ein Festmahl.« Er schielte hoch zu den Wolken, die von Westen angerast kamen. »Aber den Tee mit Eis lassen wir vielleicht lieber sein.«

»Tee mit Eis?« David sah ihn ungläubig an. »Gebt ihr Milch dazu?«

Lew verzog das Gesicht. »Milch in eisgekühlten Tee? Bist du verrückt, Junge?«

Nach dem Mittagessen zog David Felix mit ins Bootshaus, um sich die Angeln anzuschauen. »Ich weiß doch gar nichts vom Fischen«, protestierte sie.

»Die hier scheint in ganz vernünftigem Zustand zu sein.« Er zog eine Angel aus einer Leinentasche.

»Und wenn sie im Meer zerbricht?«

»Trag du doch das Netz runter an den Strand«, sagte er und drückte es ihr in die Arme. »Jetzt brauche ich noch ein paar Gewichte. Das hier könnte gehen.« Er nahm ein Stück alten Draht. »Ich kann ihn zu einem Ring biegen, das ist dann der Haken.«

»Was meinst du, werden wir überhaupt was fangen?« Sie zog die Nase hoch. »Das Netz stinkt.«

»Barsch. Offensichtlich haben die eine Vorliebe für Krabbenköder. Oder wir versuchen, Makrelen zu fangen. Oder Scholle.«

»Was weißt du denn schon von Schollen? Du hast doch noch nie im Meer gefischt.«

Davids Blick wich ihr aus. »Sam hat es mir gesagt.«

»Sam! Bist du verrückt, du kannst ihm doch nicht von unseren Plänen erzählen?«

»Hab ich auch nicht, ich traf ihn nur auf der Straße, kurz bevor du kamst, und habe ihn ganz beiläufig gefragt, ob er das schon mal gemacht hat, er erzählte mir, dass sein Bruder Krabben nimmt. Offenbar soll es die in Massen unter den Felsen bei der Höhle geben.« Er konnte ihr immer noch nicht in die Augen schauen.

»Ich hoffe nur, dass Sam nicht runterkommt, um zu sehen, was wir vorhaben. Oder Philip mitbringt, damit er dich berät.«

»Du bist doch diejenige, die Sam gestern im Schlepptau hatte.«

»Ich habe aber dafür gesorgt, dass er Lew nicht zu Gesicht bekommt.« Da fiel Felix etwas ein. »Verdammt! Ich bin nicht zurückgegangen und habe ihn gesucht, wie ich es ihm heute Vormittag versprochen hatte.«

David grinste. »Als ob ich das nicht wüsste. Er beklagte sich bitter über dein schäbiges Verhalten.«

»Wenn ich jetzt zu ihm gehe, nervt er uns wegen des Angelns. Er will sicher mitkommen.«

»Dann geh ihm aus dem Weg.«

»Dann komme ich mir aber gemein vor.«

»Wie du meinst.« David reichte ihr eine Angelrute. »Nimm die. Sieh mal, wenn wir genügend Fisch fangen, dann müssen wir heute Abend nicht mehr nach was Essbarem für Lew suchen.«

»Ich dachte, er wollte heute Abend aufbrechen?«

»Er muss noch was essen, ehe er geht.«

»Stimmt.«

Davids Rücken wurde steif. Im Türrahmen standen die beiden Militärpolizisten.

»Guten Tag«, sagte Dick.

»Guten Tag.«

»Wir haben Stimmen hier drin gehört. Angeln?« Dick deutete mit einer Kopfbewegung auf das Netz.

Felix hätte ihm gern zu seiner Scharfsinnigkeit gratuliert.

»Ich habe das auch mal mit Begeisterung gemacht.«

»Wir dachten, wir probieren es einfach aus, würde bei den Rationierungen helfen.«

»Gute Idee, mein Junge«, meinte Dick. »Und wohin soll's gehen?«

»Zu den Felsen.«

»Mit dieser Angel?« Doof sog die Luft durch seine Zähne ein.

»Wir wissen, dass es nicht die richtige Ausrüstung fürs Hochseeangeln ist.«

»Ihr werdet schon merken, wie mühsam das ist.« Dick schüttelte den Kopf.

»Ich weiß«, erwiderte David mit einem Grinsen, das eher eine Grimasse war, und gab dann Felix zu verstehen, ihm aus dem Bootshaus zu folgen.

»Vielleicht kommen wir später zum Strand runter, um zu sehen, wie ihr zurechtkommt.« Dick trat beiseite, um sie durchzulassen. »Dort waren wir nämlich noch nicht auf unserer Suche nach dem Ausreißer.« Die Männer wirkten entspannter, als Felix sie in Erinnerung hatte, als hätte das Meer sie in Urlaubsstimmung versetzt. »Ihr Kinder habt nicht zufällig unseren vermissten Soldaten da unten gesehen?«

»Nein.« Sie sahen die Männer direkt an. Über Davids Lippen glänzte ein Schweißfilm.

»Nun, dann wollen wir euch nicht weiter von eurem Fisch abhalten.«

»Ich wünschte, sie würden endlich abhauen«, murmelte Felix, als sie außer Hörweite waren.

»Ich auch.«

»Wir müssen zusehen, dass wir ihn von hier wegbekommen. All das hier«, und dabei deutete sie auf die Ausrüstung, »ist nur Zeitverschwendung. Angenommen, sie kommen wirklich runter, um dir beim Fischen zuzusehen?«

»Lew braucht was zu essen.«

»Es ginge schneller, einfach mehr Essen zu klauen.«

»Das glaube ich nicht«, und dabei machte er eine derart entschlossene Miene, wie Felix sie noch nie an ihm erlebt hatte. Sie stapften auf den Klippenpfad zu.

»Bis jetzt sind wir doch gut zurechtgekommen«, sagte sie, als sie mit dem Aufstieg begannen.

»Das ist sicherer.«

»Ist es nicht.«

Er blieb stehen, wirbelte herum und sah sie funkelnd an. »Wenn dich das so unglücklich macht, warum gehst du dann nicht einfach nach Hause, Felicity?«

Felicity. Sie ließ das Netz auf den schlammigen Boden fallen. »Nun, das werde ich auch! Trag doch dein Zeug selber runter zum Strand und such deine Krabben.« Sie machte auf dem Absatz kehrt. »Wir hätten ihn im Wald lassen sollen!«, rief sie ihm nach, als sie sich entfernte.

»Das ist nicht dein Ernst, Felix. Komm zurück.« Seine Worte prallten von ihrem Rücken ab, als sie voranschritt. Er folgte ihr nicht.

Sie verlangsamte ihr Tempo, als sie die Telefonzelle erreichte, und merkte, wie müde sie war. Seit Lew in ihr Leben getreten war, hatten sie kaum fünf Minuten Ruhe gehabt. Sie hielt Ausschau nach Sam, aber er war nirgendwo zu sehen. Erleichtert, aber zugleich auch voller Schuldgefühle steuerte sie Rosebank an und schlich sich über den hinteren Garten durch die Küchentür. Mrs Derby sortierte Dosen in der Speisekammer; Felix bekam mit, wie sie wegen der Lücken in den Regalen seufzte. »Sollen wir denn von Luft leben?«, sagte die Haushälterin im Selbstgespräch.

Felix huschte auf Zehenspitzen übers Linoleum, die tiefe Stimme ihres Vaters drang durch die geschlossene Tür seines Sprechzimmers nach draußen. Sie verweilte einen Augenblick.

»Ein trockeneres Haus … Ihre Brust …«

»Da haben Sie wohl recht, Doktor. Wenn ich nur aus diesem verfluchten Tal herauskäme, würde meine Lunge sich schon beruhigen.« Sams Mutter und ihr ständiger Husten.

In ihrem Zimmer streifte sich Felix die Schuhe ab und warf sich aufs Bett. Ihre Augenlider waren schwer. Sie schloss sie eine Sekunde lang.

Kochdüfte zogen zu ihr herauf, und sie sprang auf. Es war dunkel. Sie zog die Verdunkelungsrollos herunter und zündete die Öllampe neben ihrem Bett an. Halb sieben. Wie konnte sie den ganzen Nachmittag verschlafen? Die Lampe zischte beruhigend, und ihr Schein pulste sanft durchs Glas, als wäre es ein Lebewesen. Am liebsten wäre sie dageblieben, in der Sicherheit ihres bernsteinfarbenen Leuchtens.

Sie nahm sie in die Hand und ging nach unten. »Ich

leide ein wenig unter dem Wetter«, erklärte sie Mrs Derby, die gerade die Küchentür öffnete, um eine Schüssel mit Reispudding umzurühren. »Ich will gar nichts zu essen.« Ihr Magen widersprach dem grummelnd.

Mrs Derby schloss die Tür, blieb dort aufrecht stehen, und atmete, die Hand ins Kreuz gelegt, tief durch. Sie musterte Felix. »Du bist jetzt dreizehneinhalb. Vielleicht …?«

»Vielleicht was?«

»Ach nichts.« Sie ging zum Brotkasten und zog einen Laib heraus. »Nimm etwas Brot mit Margarine mit hoch ins Schlafzimmer. Ich mach dir eine Wärmflasche.«

»Nein danke.« Aber da fiel ihr Lew ein. Angenommen, sie fingen mit dieser schwachen Angelrute überhaupt keinen Fisch? Er hatte zum Abendessen nur einen einzigen Scone. »Ach, ich glaube ein Margarinebrot wäre doch ganz gut.«

»Nimm auch ein Aspirin.« Mrs Derby ging zur Schublade, wo sie Bindfadenreste und braunes Papier aufbewahrte und nun ein braunes Fläschchen hervorholte.

»Danke.« Es schien ihr einfacher zu sein, die Tablette zu schlucken, als zu widersprechen. Mrs Derby schenkte Felix ein Glas Wasser aus einem Krug ein.

»Dein Vater isst heute zeitig zu Abend, denn beim Pfarrer findet eine Sitzung statt.« Sie schüttelte den Kopf. »Es ist noch so viel zu tun, bevor wir evakuiert werden. Eine Schande, dass dieses verdammte Telefon nicht funktioniert.«

»Glauben Sie denn nicht daran, dass sie es sich vielleicht doch anders überlegen, und wir hier im Dorf bleiben können?«

Mrs Derby seufzte und nahm Felix das Glas ab, um es zu spülen. »Sehr unwahrscheinlich.« Sie trocknete das Glas und musterte Felix. »Der Doktor kriegt Zustände, weil er das Grab seiner Frau zurücklassen muss.«

Felix wusste, dass er es immer noch jeden Tag besuchte. »Ich gehe jetzt nach oben.« Sie nahm Teller und Lampe und stapfte hinauf. In ihrem Zimmer blies sie die Flamme aus und stopfte sich das Margarinebrot in ihre Tasche, ehe sie auf Strümpfen und Zehenspitzen wieder nach unten huschte und sich durch die Eingangstür hinausschlich. Mrs Derby lauschte bestimmt Tommy Handley, so dass keine Notwendigkeit bestand, am Blauregen nach unten zu klettern.

Der Schlaf hatte Felix' Lebensgeister geweckt. Sie rannte gegen den Wind und ließ sich nicht durch irgendwelche Schatten ablenken. Schnell ließ sie die Straße hinter sich und lief den Klippenpfad hinauf, auf dessen Scheitelpunkt sie ein paar Sekunden lang verschnaufte und zum Strand hinunterschaute. Auch ohne Mond sah man die weißen Schaumkronen der Wellen. Und sie konnte noch was anderes sehen: Rauch, der aus den Felsen aufstieg und sich um den verborgenen Eingang zur Höhle kräuselte. Ihr Mut sank. Sie rannte ohne Rücksicht auf Kaninchenlöcher und Wurzeln, die sie kopfüber zu Fall hätten bringen können.

Ihre Schritte knirschten über die Kiesel, bis sie auf den Felsen stand und zu David und Lew hinuntersah. »Ich konnte euren Rauch oben von der Klippe aus sehen.«

»Mach Platz für die Dame.« Lew schwang eine rostige Gabel, an deren Ende ein kleiner gegrillter silberner Fisch steckte.

David blickte auf. »Was willst du? Das haben wir doch schon mal gemacht, damals im Sommer, als wir Würstchen hatten.« Seine angespannte Miene verriet ihr, dass er ihren Wortwechsel von vorhin nicht vergessen hatte.

»Aber das war tagsüber. Du weißt doch, welche Strafe darauf steht, wenn man während der Verdunkelung Licht macht. Und diese Polizisten schleichen immer noch hier herum.«

David zuckte die Achseln.

Sie wollte keinen Streit vom Zaun brechen, also kletterte sie hinunter und gesellte sich zu den beiden. »Dann hattet ihr also Glück beim Angeln?« Die Angel lag in Einzelteilen auf dem Höhlenboden, zwei Bambusrohre und daneben ein Stück Bindfaden.

»Glück war da nicht im Spiel.« Lew zog den Fisch von der Gabel und hielt den Atem an, als er das heiße Fleisch in die Finger nahm. »Das ist für dich, Missy.« Im Bann seiner braunen Augen löste sich ihre Anspannung.

»Makrele, wie lecker.« Jetzt merkte sie, wie hungrig sie war.

David reichte ihr die braune Papiertüte, die sie für den Transport von Lews Mittagessen verwendet hatten. »Teller haben wir nicht.« Er wirkte zugänglicher, vielleicht weil er gemerkt hatte, dass sie nicht streiten wollte.

Der Fisch schmeckte süß. Sie zog die zarten, milchweißen Gräten heraus, schob sich zusammengedrückte Fischstücke in den Mund und überließ ihre Besorgnis zusammen mit dem Rauch dem Wind. »Wie habt ihr ihn gefangen?«

»Die Angel war zu leicht, anfangs konnten wir sie nicht mal in die Wellen werfen. Lew hatte Angst, sie würde entzweibrechen. Er schickte mich in den Gartenschuppen, um dort diese Bambusstecken zu holen und die Angel mit einer Schiene zu verstärken.« David machte einen selbstzufriedenen Eindruck. »Dann ist die Leine zweimal abgerissen. Aber wir haben es immer wieder versucht.« David schluckte. »Das einzige Problem waren die Krabbenköder.« Sie konnte sich gut vorstellen, wie zuwider es ihm war, sie zu pulen und Haken durch ihre Leiber zu treiben. »Lew hat die Köder aufgesteckt. Aber gefangen haben wir trotzdem nicht viel. Also gruben war nach Würmern.«

»Igitt.«

»Und schließlich schafften wir es, die Leine auszuwerfen. Danach saßen wir einfach nur auf den Felsen, warteten und redeten.«

»Junge, haben wir gequatscht.« Lew spießte eine weitere Makrele auf die Grillgabel. »Und einen Barsch gefangen.«

»Den haben wir gegessen, ehe du kamst, Felix.« David leckte sich die Finger. »Entschuldige.«

Auf einmal fühlte sie sich ausgeschlossen. Doch das war schließlich ihr Fehler. »Und worüber habt ihr geredet?«

Lew und David sahen einander an. »Ich habe vom Sommer zu Hause erzählt, wie die Hitze ein Teil von dir wird.« Lews gelöste Stimme war noch tiefer als sonst. »Ich erzählte ihm, wie die Frauen auf den Feldern singen, und von den Blumen und deren kräftigem Duft nachts in den Gärten. Und er erzählte mir, wie es hier ist. Wie ihr im Herbst Blumen und Grün an die Kirchenbänke bindet, Laternen an Weihnachten bastelt und in der kalten Zeit Lieder singt. Und obwohl sich das alles wie eine Welt fern von Georgia anhörte, kam es mir trotz allem nicht völlig fremd vor.« Er lehnte sich zurück an die Felsen. »David erzählte, ihr beide schleicht euch nachts hinaus, um die Tiere aus ihren Fallen zu befreien. Mein Bruder und ich, wir sind immer aus dem Fenster geklettert, um die Pfirsiche aus dem Garten einer weißen Dame zu stehlen. Hätte Mama das gewusst, dann hätte es was gesetzt.«

»Mein Vater würde auch ausrasten, wenn er dahinterkäme, dass ich nachts rausgehe.« Felix begegnete seinem dunklen Blick. »Sie haben recht, so verschieden sind wir gar nicht.« Ihre Augen wurden feucht. »Aber wir verlieren das alles.«

»Himmel, nein, ihr verliert das nicht. Es ist in dir, Mädchen, in deinem Blut, in deinen Knochen. Du trägst es mit dir, wohin du auch gehst. Ich bin schon seit über einem Jahr nicht mehr zu Hause gewesen, aber Georgia ist noch immer ein Teil von mir und ich noch immer Teil davon.« Sein Lächeln schien tief in sie zu dringen.

»Ich bin froh, dass wir Ihnen begegnet sind.« Sie wurde rot, es war nicht ihre Art, solche Dinge auszusprechen.

Er zwinkerte ihr zu. »Gib mir was zu trinken, Junge.« David warf ihm eine Flasche Bier zu. Dann hatte er also wieder die Speisekammer geplündert. Das war wie ein Fest. Sie spürte, wie sie locker wurde. David reichte ihr eine Flasche Ingwerlimonade. »Auf dich, Missy.« Lew hob seine Flasche. »Möge dein Exil kurz und fröhlich sein.«

»Sie jedenfalls wirken fröhlich, obwohl Sie so weit von zu Hause weg sind«, sagte Felix.

Er grinste. »Ich suche mir meinen Spaß, wo ich ihn finden kann. Meine Leute daheim haben harte Zeiten erlebt. Wenn wir uns amüsieren können, dann tun wir das.«

»Wie schade, dass wir Glück und Freude nicht für die Zukunft aufbewahren können.« Sie dachte dabei an das Internat.

Er schüttelte den Kopf. »Heute Abend erfreue ich mich an meinen Freunden. Morgen werde ich meine Strafe annehmen.« Lew tippte auf seine Tasche. »Ich werde euch dieses Geld für Phoebe geben, wie ihr das so freundlich vorgeschlagen habt. Und ich werde ihnen im Lager meinen Knöchel zeigen; vielleicht behandeln sie mich dann nicht ganz so schlimm. Wenn ich meine Strafe annehme und hart arbeite, gibt es immer noch eine Chance, dass sie mich Lastwagen fahren lassen. Oder sogar kämpfen. Ein paar Schwarze lassen sie an die Front.« Er lehnte sich zurück und starrte aufs Meer hinaus.

»Es wird sicher alles gut«, befand David.

»Seht euch nur diesen Mond an.« Lew zeigte durch den Höhleneingang zu dem großen gelben Kreis hinauf. »Man könnte fast hochgreifen und ihn ausdrücken wie eine Zitrone.« Er begann mit leiser Stimme zu singen. »Willst du den Mond und mit ihm spielen, willst du mit den Sternen ziehen?«

Felix starrte in den Himmel hoch.

»Siehst du, Missy, wenn du dein Dorf verlässt, kannst du immer noch hoch zum Mond am Himmel schauen. Das tue ich. Und ich stelle mir dabei vor, dass Mamma und Pop und meine Geschwister – ich bin der Älteste – draußen auf der Veranda sitzen und ebenfalls zu ihm hoch schauen. Mamma näht, und Pop schneidet sich ein Stück Kautabak ab, und die Kinder tollen lärmend umher.«

»Erzählen Sie uns von Ihrer Familie.« Wie immer, wenn von Geschwistern die Rede war, wurde Felix ganz wehmütig.

»Da wäre Tom, er ist ein Jahr jünger als ich und möchte zur Air Force. Mamma meint, er sei faul, aber sie kennt Tom nicht so gut wie ich ihn kenne, und ich sage dir, lass den Jungen was machen, wofür er brennt, dann zeigt er's allen. Es gibt jetzt auch farbige Jungs bei den Fliegern, wisst ihr.« Lew nahm einen Schluck Bier. »Dann ist da Leenie, sie ist fünfzehn. Hübsch. Auch klug. Könnte Lehrerin werden, sagt Mamma. Und Marcus, er ist das Baby.« Lews Lippen zuckten. »Mamma hat Marcus nach irgendeinem Römer aus einem Film benannt, den sie gesehen hat, und worin Streitwagen vorkamen.«

»Was macht Ihr Vater?«

»Er ist Pächter, das bedeutet, dass er Land pachtet und dem Bauern dafür einen Teil seiner Ernte gibt. Bei uns ist das meist Baumwolle oder Hafer. Mamma wäscht für andere und hilft in den Häusern der Weißen. Aber für mich hatten sie Pläne. Wollten, dass ich in einem Laden arbeite und abends Buchhaltung lerne. Und vielleicht irgendwann meinen eigenen Laden aufmache.« Lew gähnte.

»Würde Ihnen das gefallen?«

»Ich wäre lieber Sänger in einer Band. Aber vielleicht lerne ich Buchhaltung, um mich über Wasser zu halten, bis ich mir einen Namen gemacht habe.« Er gähnte wieder. »Ich hoffe jedenfalls, dass ich irgendwann all diese Dinge tun kann.«

Der große helle Mond über ihnen lächelte.

15

Minna

»Es muss sehr schmerzhaft gewesen sein, als Lew von Fontwell wegging«, sage ich. So wie sie das Picknick am Strand und Lews Berichte von seiner Heimat beschrieben hat, ist klar, dass Felix ihn sehr liebgewonnen hatte.

Sie blinzelt. »Ja.« Sie schiebt ihre Kaffeetasse beiseite, steht auf und greift nach ihrer Tasche. »Ich muss zurück und noch ein paar Anrufe erledigen. Sie glauben ja gar nicht, wie viel Zeit ich damit zubringe, einen Dachdecker für mein Haus zu finden.«

»Aber irgendwann nach dem Picknick am Strand ist er ertrunken.«

Sie senkt ihren Blick auf die Wagenschlüssel in ihrer Hand. »So stand es in den Zeitungen, nicht wahr?«

»Sie haben aber erst erfahren, was passiert war, als Sie die Geschichte im *Herald* gelesen haben?« Vielleicht hat sie damals schon geahnt, dass irgendwas schiefgegangen ist.

»Wie ich Ihnen schon sagte, wir haben danach das Dorf verlassen.« Irgendwas in ihrer Stimme sagt mir, dass ich sie zu sehr bedrängt habe.

Die Kellnerin räumt mit vorwurfsvollem Geklapper unsere Kaffeetassen ab. Zum ersten Mal fällt mir auf, wie leer es im Saloon geworden ist. Das Mobiltelefon in meiner Tasche schrillt, und wir zucken beide zusammen. »Verdammt. Entschuldigung.« Ich nehme das Telefon aus meiner Tasche, um es auszuschalten, sehe dann aber, dass Toms Nummer auf dem Display erscheint. »Da sollte ich besser drangehen.«

»Minna?« Tom klingt besorgt. »Was ist passiert?«

»Kommen Sie doch mal abends nach Rosebank«, sage ich zu Felix und decke dabei das Mundstück ab.

»Damit ich Ihren Mann kennen lerne? Ich weiß nicht.« Sie wendet sich ab. »Vielleicht muss ich auch nach Yorkshire zurück, um mich ums Dach zu kümmern.« Sie nimmt ihre Handtasche und nickt mir zum Abschied zu, ohne auf mein Handzeichen zu reagieren, mit dem ich sie zurückhalten möchte.

»Bitte«, rufe ich ihr nach.

»Hallo?«, höre ich Tom sagen. »Bist du noch dran?«

»Eine Sekunde mal.« Ich stopfe das Mobiltelefon in meine Tasche und laufe ihr hinterher. »Bitte sagen Sie, dass Sie kommen.«

Sie bleibt stehen und sieht mich durchdringend an. Plötzlich werden ihre Züge weich. »Morgen Abend?«

»Großartig!« Ich hole das Telefon wieder hervor. »Tut mir leid.«

»Minna? Was um Himmels willen ist da los? Wo bist du?« Tom klingt besorgt.

Felix winkt mir zum Abschied zu.

»Ich habe Felix getroffen, wir haben zusammen zu Mittag gegessen.«

Schweigen.

»Gute Nachrichten von den Frobishers«, sagt Tom schließlich mit erzwungener Fröhlichkeit. »Sie sind zurzeit in der Nähe von Lulworth, würden aber gern mal vorbeischauen. Ist das in Ordnung für dich?«

»Ausgezeichnet.«

Wieder eine Pause. Ich schaue immer noch Felix hinterher, die die Straße überquert. Wird sie morgen kommen? Oder wollte sie mich einfach nur loswerden?

»Ich möchte dir damit wirklich nicht auf die Nerven gehen, aber es wäre eine große Hilfe, wenn du heute Nachmittag unsere Finanzen klären könntest.«

»Entschuldige, bin schon unterwegs. Bin in zwanzig Minuten bei dir.«

Als ich Swanham verlasse, fällt mir der Wegweiser zum Panzermuseum in Bovington ins Auge. Ich frage mich, ob dort wohl Uniformen ausgestellt sind. Ich habe noch immer kein genaues Bild von Lew im Kopf. Was hat er wohl getragen? Das Lenkrad scheint von selbst zum Museum abzubiegen. Ich lass mich vom Auto durch unbekannte Straßen und Dörfer nach Norden fahren. Wir erreichen eine Kreuzung. Ich wache aus meiner Trance auf. Was zum Teufel tue ich da? Ich versprach Tom, auf direktem Weg nach Hause zu kommen. Aber das hier wird nicht länger als fünf Minuten dauern. Ich rufe ihn an, sobald ich dort bin.

Ich glaube nicht, dass viele allein stehende Frauen Armeemuseen besuchen. Ein alter Mann, der ein metallenes Ungetüm mit dem Namen Cruiser Mark III untersucht, beäugt mich mit höflichem Interesse. »Ihr Vater war wohl bei den Streitkräften?«

»Leider nicht; da war er noch ein Junge. Ich suche eigentlich nach Ausstellungsstücken von den GIs. Es gab in dieser Gegend doch recht viele amerikanische Stützpunkte, oder nicht?« Ich tätschle den Panzer, und mein Armreif klirrt gegen das Metall. Der alte Mann grinst.

»Bei uns wimmelte es nur so von Yankees. Im nächsten Raum steht ein Sherman Crab Minenräumer mit einem Yankeesoldaten als Modell daneben.«

»Danke schön.«

Der GI hat einen rosa Plastikteint und Augen in der Farbe von Kornblumen.

Lew hätte niemals eine Uniform wie diese getragen; er hat einfache Hilfsdienste geleistet. Wahrscheinlich gab man ihm einen Overall.

Ich latsche zum Wagen zurück. Als ich den Zündschlüssel umdrehe, fällt mir ein, dass Tom und ich heute Nachmittag einen Spaziergang machen wollten, nachdem ich die Auszüge durchgesehen habe.

»Wo bist du gewesen? Ich habe mir wahnsinnige Sorgen gemacht.« Toms Gesicht ist aschfarben.

»Entschuldige.«

»Du sagtest doch, du würdest gleich von Swanham abfahren.«

»Bin ich ja. Aber ich habe einen Umweg gemacht.«

»Wohin?«

»Zum Panzermuseum.«

»Du bist bis nach Bovington gefahren?«

»Ich wollte sehen, wie die GIs ausgesehen haben. Aber dort gibt es hauptsächlich Panzer.« Ich verdrehe die Augen und versuche zu lächeln. »Wie man schon vom Namen her vermuten könnte.«

Er schüttelt den Kopf. »Ich weiß nicht mehr, was ich von dem allen halten soll. Wenn es einen Ort in diesem ganzen verdammten Land gibt, wo ich dich niemals vermutet hätte …«

»Ich versuche eben meinen Horizont zu erweitern.«

Ich lege eine Hand auf Toms Ärmel. »Es ist großartig, dass die Frobishers vorbeikommen wollen.«

Überrascht blickt er auf meine Hand. Ist es schon so lange her, dass ich ihn berührt habe? »Sie bringen Marina mit. Ist das ein Problem für dich?«

Marina ist nur einen Monat älter, als Benjamin jetzt wäre. »Irgendwann müssen wir uns dem stellen, nicht wahr?« Meine Worte klingen sehr vernünftig. Er nickt. »Wann kommen sie?«

»Morgen um die Mittagszeit.«

»Ah.«

»Was ist?«

»Ich habe auch jemanden für den Abend eingeladen. Aber sie kommt wahrscheinlich erst, wenn die Frobishers schon wieder weg sind.«

»Diese Felix-Frau?«

»Sie ist interessant.« Ich erzähle ihm, was ich von Felix über Lew Campbell erfahren habe.

»Du machst Scherze.« Er schüttelt den Kopf. »Sie kannte ihn?«

»Ich weiß nicht, wie viel sie über seine letzten Stunden weiß.«

Ich kann in seinem Gesicht lesen, wie Ärger und Belustigung mit einer anderen Empfindung kämpfen: wahrscheinlich Mitgefühl.

»Es lenkt mich ab. Das ist doch gut, oder?«

»Ich weiß nicht.« Er mustert mich. »Ich weiß nicht mehr, was gut ist oder nicht.«

»Ich sehe zu, dass ich mit unseren Kontoauszügen zum Ende komme.«

Ich setze mich an den Tisch und nehme das Blatt auf, an dem ich vor dem Mittagessen gearbeitet habe.

Halb hoffe ich, dass ich einen Fehler gemacht habe und dass die Sollseite nicht fast leer ist. Aber seit Monaten scheint nichts mehr auf das Konto eingezahlt worden zu sein. Meine Augen starren durch die Zahlen hindurch.

16

Minna

»Und wie geht es?« Sara Frobishers vom Merlot gerötetes Gesicht nimmt den Ausdruck an, mit dem die meisten meiner Freunde mich seit jener Samstagnacht vor drei Monaten ansehen: schlecht verborgene Besorgnis.

»Gut. Das ist ein toller Ort.« Ich schrecke vor meiner beherzten Antwort zurück, fabuliere aber gleich weiter wild drauflos. »Ich gehe jeden Tag kilometerweit, während Tom arbeitet.«

»Du siehst gut aus.« Ihr Blick verrät jedoch ihre Beunruhigung.

»Danke.«

»Aber so dünn.« Diese Bemerkung kann sie sich doch nicht verkneifen.

Ich halbiere Brötchen für die Würstchen, die auf dem Grill schmoren. »Ja, nun, ich mache mir deswegen nicht allzu große Gedanken. Du weißt doch, wie sehr ich meine Schenkel immer gehasst habe.«

Tom sagte, der Fischhändler hätte keine große Auswahl gehabt, was ich merkwürdig finde, denn ich erinnere mich, noch gestern, als ich in der Stadt war, Barsch und Makrelen gesehen zu haben. Aber Würstchen haben wir genug, die guten, billigen, die sich so gut zum Grillen eignen.

»Neben dir fühle ich mich wie ein Pudding.« Sara

sieht tatsächlich üppig und weiblich aus. Neben ihr dürfte ich wie ein vertrockneter Stock wirken.

Ihre Augen verfolgen rastlos, wie Marina auf die Steinstufen zukriecht, die zum Steingarten führen, und dort am Rand ins Schwanken gerät. Meine Muskeln zucken; ich möchte hinlaufen und mich auf sie stürzen, um sie vor der Gefahr zu bewahren, aber ich weiß, dass ich das nicht tun darf. Wir halten den Atem an. Marina pflückt ein Gänseblümchen aus dem Rasen, macht auf ihrem Hinterteil eine Drehbewegung von hundertachtzig Grad und kommt zu uns zurück.

Ich spüre, wie Sara neben mir sich entspannt. »Ich darf sie keine Sekunde lang aus den Augen lassen. Heute Morgen hat sie es geschafft, durch die Eingangstür zu entwischen, während Mark den Wagen packte.«

»Sie ist ganz schön schnell.« Auch Benjamin würde jetzt krabbeln. Als wir ankamen, fiel mir die große Lücke unter dem Gartentor auf – ein Schlupfloch zu den Klippen. Dann fiel mir ein, dass ich mir um solche Dinge keine Gedanken mehr zu machen brauchte, und fühlte mich, als würde ich selbst auf Hände und Knie fallen und über den Rand kriechen.

»O Minna, hoffentlich macht es dir nichts aus, dass sie hier ist«, sagt Sara. Ich sehe echten Schmerz in ihren Augen, und mir wird klar, warum ich sie immer gern gehabt hatte.

Ich wende eins der Würstchen auf dem Grill. »Sie ist mein Patenkind. Sie soll Teil meines Lebens sein.«

»Wie erträgst du es, mich ständig von ihr plappern zu hören?«

»Du plapperst nicht.« Ich lege eine Sekunde lang meine Hand auf ihre, und ihre Augen werden feucht.

»Ich bin dir keine Hilfe.«

»Doch, das bist du. Das Wiedersehen mit dir hat mich an das Gute in meinem Leben erinnert.« Und das stimmt. Bei diesem Mittagessen empfinde ich den Schmerz nicht mehr ganz so stechend. Dann fällt mir das Haus in Wandsworth ein. »Ach, übrigens, warum hast du uns die Unterlagen von diesem Haus geschickt?«

Es folgt Schweigen. »Wie bitte?« Sie beobachtet noch immer Marina, die sich nun auf einen Topf mit Geranien zubewegt, aber ich kann die Falten auf ihrer Stirn sehen.

»Du hast uns detaillierte Angaben eines Immobilienmaklers geschickt. Ein Reihenhaus in Wandsworth?« Ich lege einen Spieß für sie auf den Teller.

Sara lacht. »Habe ich das tatsächlich? Ich bin einfach für E-Mails nicht zu gebrauchen.« Sie schiebt Fisch und Paprika vom Spieß und schiebt die Stücke mit der Gabel in ihren zarten, kleinen Mund. »Mmm. Das ist gut. Und du isst nichts?«

»Ich verteile erst mal. Dann war die E-Mail also ein Irrtum?«

Sie leckt sich einen Finger ab. »Richtig. Ich dachte, eine andere Freundin könnte sich für dieses Haus interessieren. Und habe es offensichtlich an die falsche Adresse geschickt. Tut mir leid.«

Sie konzentriert sich auf ihren Teller. Ich serviere den Männern ebenfalls Spieße und kehre dann in die Küche zurück, um das Essen warm zu machen, das Sara für Marina mitgebracht hat. Wenn ich ständig in Bewegung bin, kann Tom nicht nachprüfen, was ich esse oder nicht esse. Auf meinem Weg zurück zu unseren Gästen drehe ich die Lammkoteletts auf dem Grill um und beträufele sie noch mal mit Marinade, damit sie nicht austrocknen. Während Sara damit beschäftigt ist, Marina in ihren Hochstuhl zu setzen, träufele ich Marinade auf meinen Teller und mein Besteck, so dass es aussieht, als hätte ich gegessen. Ich hasse diese kleinen Täuschungsmanöver, aber sie ersparen uns Peinlichkeiten. Beim Nachfüllen von Saras Glas fällt mir auf, dass der Merlot nicht die von Tom sonst zum Grillen bevorzugte Marke aus Australien ist. Ich nehme einen Schluck aus meinem Glas und finde, dass dieser Wein dünner und schärfer auf der Zunge schmeckt.

»Wie geht es Tom mit seiner Arbeit?« Sara entfernt ein Stück Emmentaler aus ihrem Salat. Ich vergesse immer, dass sie im Moment kaum Milchprodukte oder rotes Fleisch isst.

»Er hat zu tun.« Ich fühle mich ertappt, denn ich weiß wirklich nicht gut über Toms Arbeit Bescheid.

Sara sieht mich fragend an: »Jeremy Wilson ist doch ganz schön in Verruf, oder?«

»Ist er das? Wofür denn?«

»Für seine schonungslose Härte.« Sie trinkt ihren Wein. »Ich weiß nicht, ich sehe in ihm einfach nicht den idealen Klienten für Tom.«

Ich sehe unsere Kontoauszüge vor mir. Vermutlich ist Tom erpicht auf jede Arbeit, die er kriegen kann. »Er erzählt nicht viel über Waymark. Entschuldige mich einen Moment.« Ich hole das aufgewärmte Hühnchenpüree für Marina. »Und was ist mit dir? Kommst du zum Arbeiten?«, erkundige ich mich bei Sara.

»Ich arbeite drei Tage in der Woche.« Sie arbeitet in

einer Kunstgalerie, in der die dort angestellten Frauen wie Models aus der *Vogue* aussehen und die Männer, als würden sie Kaviar zum Frühstück essen. »Dabei wird es im Moment wohl auch bleiben.« Marina klatscht ihre Faust in die Schüssel und bespritzt sich mit Hühnchen. Ihre Mutter seufzt, doch als Marina grinst, muss sie lächeln. Ich habe einen Kloß im Hals.

»Hast du zu Hause ein Büro?« Mir fällt der Laptop ein, der zu ihr nach Hause geschickt wurde.

Sie lacht. »Ich doch nicht. Wenn ich zu Hause bin, ist die Arbeit das Letzte, woran ich denke.«

»Dann hast du also nicht mal einen Laptop?«

»Ich brauche doch gar keinen. Warum auch?«

»War nur so ein Gedanke. Manchmal denke ich, ich sollte mir selbst einen zulegen.«

Ihre Augen ruhen noch auf ihrer Tochter, die sich nun kleine Brötchenstücke in ihren rosa Mund schiebt. »Ich habe die Notwendigkeit nie gesehen, aber bei deiner Art von Arbeit ist das was anderes.«

»Oh, an Arbeit habe ich gar nicht gedacht. Ich kann mich nicht aufraffen.« Ich habe noch nicht einmal meinen Malkasten geöffnet.

»O Minna.«

Ich gehe hinein, um Kaffee aufzusetzen.

Nach dem Mittagessen schlägt Tom einen Spaziergang auf dem Klippenhöhenweg vor. »Geht nur«, sage ich. »Ich mache hier Ordnung.«

»Bist du dir da sicher?«, fragt Mark.

»Absolut.«

»Möchtest du, dass ich bei dir bleibe?« Der liebe, gute Mark. Ich hätte wirklich gern, dass er bliebe. »Wir könnten Zeitung lesen.« Ein Stapel ungelesener Sonntagsausgaben liegt auf der Terrasse bereit – lauter Farbfotos farbloser Politiker an Stränden und schneller Kricketspieler, die triumphierend die Fäuste in die Luft strecken.

Sara hat Marina in die Rückentrage gepackt. »Ist sie dir auch bestimmt nicht zu schwer?« Mark spielt mit den nackten Zehen des Babys. Ich muss mich abwenden.

»Ich nehme sie, falls es nötig sein sollte.« Tom scheint ganz wild darauf zu sein, das Baby zu tragen. Ich frage mich, wie er wohl reagieren würde, wenn ich anböte, Marina zu tragen. Als ich mir sein entsetztes Gesicht vorstelle, huscht ein verschlagenes Lächeln über mein Gesicht. Der Schmerz macht aus manchen von uns bessere Menschen, mich hat er zur Wespe reduziert.

O ja, es wird Tom guttun, mal eine Stunde lang mit jemand anderem zusammen zu sein.

Mark und ich machen es uns in den Liegestühlen bequem. Während Mark sich in den britischen Sommer aus Sicht der Zeitungen vertieft – Abgeordnete mit Geliebten, angebliche Ballmanipulationen beim Kricketspiel und haarsträubende Geschichten von Tieren auf dem Bauernhof –, lasse ich mir Felix' Geschichte durch den Kopf gehen. Ich versuche mich als Dreizehnjährige aus einem behüteten Umfeld vorzustellen, die einem Mann wie Lew begegnet.

Mark hat seine Farbbeilage gelesen und lässt sie auf das Pflaster fallen. »Minna.«

Der Unterton in seiner Stimme lässt mich von dem Artikel über das Facelifting an einem Supermodel aufblicken, den ich zu lesen vorgab. Wird er jetzt das *Es-tut-mir-so-leid*-Spiel mit mir spielen? So nenne ich es, wenn gute Freunde in mit Bedacht gewählten Worten ihr Mitgefühl zum Ausdruck bringen. Ich hatte gehofft, Mark würde mich gut genug kennen, um mir das zu ersparen. Ich kenne ihn schon eine Ewigkeit, viel länger als Tom. Vielleicht kommt er aber auch mit der *Warum-isst-du-nicht*-Phrase?

»Was ist?«

»Meine Güte, ich sollte dich nun wirklich nicht damit belasten, aber ich weiß nicht, an wen ich mich sonst wenden soll.«

Ich setze mich auf. »Jetzt beunruhigst du mich aber.«

»Es geht um Sara.«

»Was ist mit ihr?«

»Irgendwas ist da im Busch. Sie redet nicht mit mir darüber. Ständig telefoniert sie oder schreibt E-Mails. Wir hatten nie Geheimnisse voreinander.«

»Frag sie.«

Er richtet seinen Blick auf die abgelegten Zeitungen. »Angenommen, es ist etwas, was ich lieber nicht hören möchte?« Ich starre ihn an. »Sie ist womöglich krank oder so. Und will es mir nicht sagen.«

Saras Mutter starb vor sechs Jahren an Brustkrebs. Ihre Schwester hat erst vergangenes Jahr die gleiche Krankheit überlebt. Die Spezialisten erklärten Sara, die Frauen in ihrer Familie trügen ein Gen, das eine Prädisposition für diese Krankheit schaffe. Deshalb vermeidet sie auch Milchprodukte und rotes Fleisch: Sara hat gelesen, dass diese Produkte krankhafte Zellmutationen begünstigen.

Das Gartentor klickt. »Hallo?« Ich drehe mich um und sehe Felix. Sie sieht Mark an und streckt ihre Hand aus. »Ihr Mann?«

»Ein Freund.« Ich stelle die beiden einander vor. Mark ist zu sehr in seiner Sorge gefangen, um sich für die ältere Dame zu interessieren, die auf Besuch gekommen ist. Wahrscheinlich hält er sie für das Mitglied des örtlichen Frauenvereins, das mich überreden will, bei einem Fest mitzuhelfen oder die Blumen in der Kirche zu arrangieren. »Ich koche Tee.«

Felix sitzt am Gartentisch, plaudert mit Mark und blättert die Buchbeilage der *Sunday Times* durch, während ich in die Küche gehe, um Wasser aufzusetzen. Ich löffele gerade Earl Grey in eine Kanne, als ich Stimmen und ein Baby schreien höre. Die Spaziergänger sind zurück. Sara sieht müde aus und wirkt ein wenig nervös. Was wurde da beredet? Ich stelle Tassen aufs Tablett und trage es auf die Terrasse hinaus.

»Wir müssen leider ganz schnell aufbrechen. Sie ist hungrig.« Sara stopft die Töpfchen und Löffel, die sie zum Füttern verwendet hat, in Marinas Wickeltasche.

»Fütter sie doch hier.« Ich entdecke in ihrer Tasche noch mehr Gläschen mit Babykost.

»Daheim geht das einfacher.«

»Aber wenn sie doch solchen Hunger hat?«

»Im Auto kann sie einschlafen. Sie ist erschöpft.« Sara gibt mir einen Kuss auf die Wange. »Das Mittagessen war fantastisch, besten Dank.«

»Es war schön, dich zu sehen.« Ich nehme Mark in den Arm, und der Kontakt dauert eine Sekunde länger als sonst. Beim Duft seines Aftershaves – Basilikum und Zitrus – könnte ich heulen. So nah war ich Tom schon seit Monaten nicht mehr; nachts kleben wir an unseren jeweiligen Bettseiten. »Wir hören voneinander«, sage ich leise, während Sara zum Wagen geht. »Und keine

Panik. Vermutlich ist es gar nicht das, was du denkst. Sprich mit ihr.«

Tom flüstert Sara etwas zu. Sie nickt und schielt dann zu ihrem Mann.

Wir winken ihnen hinterher, dann wende ich mich Felix zu, die sich die gemischten Rabatten ansieht. »Ich weiß nicht, was meine Mutter zu diesen rosa Geranien sagen würde.« Sie deutet mit ihrem Kopf auf die Terrakottapötte. »Der Garten wird sicherlich einmal sehr schön aussehen, wenn alles gewachsen ist.«

»Uns gefällt es«, sagt Tom. »Vor allem abends, wenn die Stockrosen und der Tabak am kräftigsten duften.« Er blättert die Zeitungen durch. »Ich nehme mir mal drinnen die Wirtschaftsseiten vor«, verkündet er, ohne mich anzusehen. »Entschuldigt mich.«

»Hier.« Ich reiche ihm eine Tasse Tee, als er an mir vorbeigeht. »War es nett mit Sara?« Dabei betone ich das letzte Wort ein ganz klein wenig, um zu sehen, ob ihr Name irgendeine ungewöhnliche Reaktion auslöst.

»Ja, danke. Aber Marina war aufsässig.« Er nimmt seinen Tee mit hinein. Felix hat sich zu uns umgewandt und sieht mich nun prüfend an.

»Ich bin zu früh gekommen«, sagt sie.

»Nein, sind Sie nicht.« Ich rücke ihr einen Stuhl zurecht.

»Komisch«, sie lächelt, »erst komme ich mehr als sechzig Jahre nicht mehr an diesen Ort, und dann bin ich gleich zweimal in der Woche hier.«

»Macht es Ihnen was aus, dass wir hier sind?«, frage ich sie.

Sie sieht mich überrascht an. »Überhaupt nicht.«

»Ihre Geschichte hat mich ganz gefangengenommen.«

Ich vermag ihren Gesichtsausdruck nicht zu deuten.

»Ich habe versucht, Louises Telefonnummer über die Auskunft zu erfragen«, sagt sie wie zur Antwort. »Aber sie ist nicht erfasst.«

»Louise?« Einen Moment lang habe ich vergessen, wer Louise ist. Dann fällt es mir wieder ein: Lews Tochter, das Kind, das Phoebe erwartete, als er nach Fontwell kam. »Warum möchten Sie sie sehen?«

Ihre Augen verweilen auf den Blumenbeeten, ehe sie antwortet. »Ich habe mir überlegt, ob wir ihr nicht den Kormoran geben sollten. Er könnte sie interessieren.«

Mir fällt auf, dass sie das Wort »wir« benutzt, und mir gefällt der Gedanke, Teil dieser Geschichte zu werden. Und wenn jemand weiß, was für ein Sog von einem Memento mori ausgeht, dann ich. Drücke ich nicht beim Einschlafen einen Babystrampelanzug an mich? Ich vergegenwärtige mir, dass Louise ihren Vater nie gekannt hat.

»Wir könnten versuchen, über die Zeitungsredaktion von Swanham dranzukommen«, schlage ich vor.

»Einen Versuch wäre es wert.«

Wir schweigen eine Weile. Irgendwo draußen auf dem Meer brummt ein Motorboot; seltsam, wie klar man abends die Geräusche hört.

»Hat denn sonst noch jemand von Lew erfahren, während er in Fontwell war?« Es muss sicherlich schwer gewesen sein, ihn versteckt zu halten, wenn auch nur für ein paar Tage.

Sie schweigt, und ich setze schon an, die Frage zu wiederholen.

»Ich habe Sie verstanden.« Ihre nächsten Worte kommen ganz leise. »Isabel ist ihm begegnet.«

»Die, die dem Wildhüter so nahe stand?«

»Genau die.« Felix lacht hohl. »Schlecht für uns, dass sie sich nicht mit dem Wildhüter zufriedengegeben hat, aber sie wurde misstrauisch. Sie entdeckte uns in der Höhle, mit Lew.

»Haben Sie nicht gesagt…?« Ich versuche, mich an das Ende unseres gestrigen Gesprächs im Pub zu erinnern.

»Sie tauchte auf, und das änderte alles. Typisch Isabel.«

»Sie scheint eine richtige Nervensäge gewesen zu sein.«

Felix streicht mit dem Finger über den Rand ihrer Teetasse. »Jahre später fand ich heraus, dass sie in ihren Teenagerjahren eine fürchterliche Depression durchlitt. Man hat ihr in der Schule übel mitgespielt, weil ihr das Lernen schwerfiel. Und allen Berichten nach war ihre Mutter eine absolut dumme Kuh, die sich jedes Mal, wenn Isabel versuchte, Kontakt zu ihr aufzunehmen, weigerte, sie zu sehen.«

»Das arme Ding.«

»Ja. Wenn man sie ansah, sah man nur ein schönes Mädchen – sie sah umwerfend aus, welliges, goldenes Haar, makellose Haut und diese leicht schräg stehenden Augen. Aber der Umgang mit ihr war nicht einfach. Sie war launisch und konnte unvermittelt auf einen losgehen. Selbst der Gutsherr und David bekamen das zu spüren. Und diese beiden bewunderte sie wirklich.«

Ich rutsche unruhig auf meinem Stuhl herum, weil

ich in dieser schwierigen jungen Frau mein neues Selbst entdecke.

»Sie war die Letzte, die hinter unser Geheimnis mit Lew kommen sollte. Als sie in der Höhle auftauchte, wusste ich, dass etwas schiefgehen würde.«

17

Felix 1943

»Das ist aber gemütlich hier.«

Ein dünner Taschenlampenstrahl tanzte über ihre Gesichter. David wurde im grellen Licht bleich. Felix drehte sich um, und sah Isabel auf einem Felsen hinter ihr. Wegen Lews Gesang hatten wir sie offenbar nicht kommen hören. Sie trug einen Regenmantel und auf dem Kopf ein Schiffchen, wie es die Matrosen der Marine trugen, um ihre Lippen spielte ein Lächeln. »Ihr werdet mich doch sicher eurem neuen Freund vorstellen?« Auf ihrem Gesicht lag der Ausdruck äußerster Anspannung. Ihre sonst so schläfrigen Augen schienen vor Interesse zu funkeln.

Durch das Schweigen hörte Felix die Wellen zunehmend kraftvoller gegen die Felsen schlagen. »Isabel.« David erhob sich. »Das ist der Gefreite Lew Campbell, unser amerikanischer Freund. Lew, das ist Isabel Parham, meine Kusine.«

»Sie sind aber weit weg von Zuhause, Gefreiter.« Isabel schüttelte ihm die Hand, legte dann ihre Finger auf ihr Haar und drehte an einer goldenen Locke, während sie ihn musterte. Sie schüttelte den Kopf, als wollte sie etwas abschütteln, und wandte sich an ihren Vetter. »Du bist nicht zum Abendessen erschienen. Ich sagte, du würdest im Meer angeln. Der Gutsherr schien dies für eine angemessene Entschuldigung zu halten.«

»Woher wusstest du das?«

»Dass du die Angel mitgenommen hast?« Isabel sprang von ihrem Felsen herunter. Für jemanden, der sich normalerweise bewegte, als sei die geringste Aktivität zu viel, tat sie dies mit großer Anmut, wie eine Katze, die vom Zaun springt. »Johnson ist es aufgefallen, der Gutsherr hat ihm nämlich gesagt, er könne die Ausrüstung verkaufen und das Geld behalten. Und so habe ich zwei und zwei zusammengezählt.«

»Und du hast nicht erzählt …«

»Johnson? Das brauchte ich nicht.« Felix' Magen zog sich zusammen. Isabel strich ihr Haar glatt. »Jetzt, wo du es sagst, er wird nach mir suchen.« Sie lachte nervös.

Lew ergriff das Wort. »Ich mache mich auf den Weg.« Er leerte seine Flasche.

»Offenbar haben Sie einen ziemlichen Eindruck hinterlassen.« Isabels blasse Augen schauten in die Runde. »Sie dürfen nicht vergessen, dass wir in diesem Teil der Welt nicht viele *Neger* zu sehen kriegen.« Sie sah ihn an, als wollte sie testen, wie er auf dieses Wort reagierte. Felix hatte den Eindruck, als sei sie weniger geschockt als fasziniert von Lews Hautfarbe.

Er lächelte. »Möchten Sie eine Makrele?« Er bot ihr die an, die er gerade gegrillt hatte.

»Nein danke, ich habe schon gegessen.« Da fielen ihr die Bierflaschen ins Auge. »Könnte ich vielleicht eine davon haben?«

»Du möchtest ein Bier?«, staunte David.

»Wieso nicht?«, erwiderte Isabel. Lew öffnete eine Flasche und reichte sie ihr. »Nun, ist das nicht lustig?« Sie trank. »Kalt.«

»Ich gehe wohl lieber.« Felix stand auf. »Auf Wiedersehen, Lew. Und viel Glück für den Rückweg.«

Er erhob sich ebenfalls. »Besten Dank, Missy.«

Isabels Blick ruhte auf Lew. »David kann mich nach Hause begleiten, wenn ich die ausgetrunken und mehr über unseren Besucher herausgefunden habe.«

»Wir sehen uns morgen früh«, sagte David leise zu Felix.

»Gute Nacht, Missy.« Lews Stimme klang plötzlich angespannt. Hatte er Angst vor Isabel? War ihm aufgefallen, wie seltsam sie war? Sie strahlte eine Fremdheit aus, die David und den Gutsherrn verwirrte und sie bei den Leuten im Dorf ins Gerede brachte. Aber dann betrachtete Lew Isabel und David, und Felix sah, dass sie sich geirrt hatte, denn nichts in seinem Ausdruck verriet Angst: Er musterte Isabel unverwandt, als hätte er gerade etwas entdeckt, womit er niemals gerechnet hätte.

Felix wusste nicht, warum, aber plötzlich spürte sie ein Stechen in den Augen. Sie rannte über die Kiesel und erklomm den Klippenpfad, an dessen Scheitelpunkt sie stehen blieb, um zur Höhle zurückzuschauen. Das Meer unter ihr toste, und die Wellen schlugen klatschend ans Ufer. Der Rauch war nun nicht mehr zu sehen. Bei solchem Wetter konnte man das Feuer unmöglich in Gang halten.

Isabel hatte Lew gefunden. Alles hatte sich verändert. Vielleicht wäre es jetzt an der Zeit, zum Gutsherrn zu gehen und ihm zu erzählen, was passiert war. Aber Lews lachende Augen hatten sich in ihr Herz gebrannt, und sie wusste, dass sie ihn nicht ausliefern konnte. Außerdem wäre er am Morgen gegangen. Im langen Gras neben dem Pfad regte sich etwas. Ihr schlug das Herz bis zum Hals.

Dann war alles still. Wahrscheinlich ein Fuchs. Oder eine Katze auf der Jagd. Sie zwang sich weiterzugehen. Wenigstens war der Mond wieder aus den Wolken aufgetaucht, um ihr den Weg zu beleuchten.

Als sie am nächsten Morgen wach wurde, empfand sie die Lage, in der sie steckten, als drückende Last, sie deckte sich das Gesicht mit der Daunendecke zu, um alles auszusperren. David, Isabel; zu viele Leute wussten von Lew. Gern wäre sie wieder in den Schlaf gesunken, um ihrer Sorgen ledig zu sein.

Der Vorhang wehte in den Raum und fegte ein Buch vom Fensterbrett. Sie stand auf, um es aufzuheben, und zog die Verdunkelung hoch. Von Westen her trieben graue Wolken über den Himmel. Die letzten Rosen am Spalier hatten sich von ihrer Stütze losgerissen und schwankten im Wind. Ein Hemd, das Mrs Derby zum Trocknen draußen gelassen hatte, hatte sich um die Leine gewickelt. Ein Unwetter zog auf. Sie zitterte und wünschte sich, ein Feuer in ihrem Schlafzimmer schüren zu dürfen, aber ihr Vater hatte ihr erklärt, es gäbe nicht genug Kohlen, wenn sie einen solchen Luxus haben wollte, müsse sie schon selbst losgehen und Feuerholz sammeln. Sie könnte wie Sams Mutter den Strand nach Treibholz absuchen.

Sie zog einen Wollrock und lange Socken an und holte eine Strickjacke aus der Kommode, um sie über ihre Weste und das Hemd anzuziehen. Turnschuhe sahen zum Rock zwar seltsam aus, waren bei diesem Wetter aber praktischer als Sandalen. Ihre Schnürschuhe waren ihr zu klein, und ihr Vater hatte gemeint, neue bekäme sie erst wieder, wenn sie zur Schule ginge.

Unten redete Mrs Derby dem Ofen gut zu, weil sie Wasser erhitzen wollte. »Das verdammte Ding mag es nicht, wenn der Wind aus dieser Richtung kommt, dann zieht er nicht richtig.« Sie erhob sich und massierte sich den Rücken. »Außerdem tut das Wetter meinem Ischias gar nicht gut. Und was machen deine Schmerzen?«

»Ich hatte gar keine.«

»Oh.« Sie nickte. »Gleich gibt's Porridge, muss nur noch serviert werden.«

Ihr Vater schaute über den Rand seiner *Times*, als sie ins Esszimmer kam. »Wie ich höre, hast du dich unwohl gefühlt. Ist es jetzt besser?« Die Augen des Arztes musterten sie eindringlich.

»Nur müde, Papa.« Sie schenkte sich Tee ein. »Liegt wohl am Wetterwechsel.«

»Daran wirst du dich gewöhnen müssen, der Winter steht vor der Tür.« Seine Augen wandten sich dem Kreuzworträtsel zu. Sie schlang Porridge und Tee hinunter, weil sie es kaum erwarten konnte, David zu suchen.

»Ich habe Mrs Derby gebeten, die Schulliste mit dir durchzugehen«, sagte er. »Es muss jede Menge bestellt werden, es wird nicht leicht, alles zu bekommen. Aber Isabel Parham meinte, sie habe ihre alte Uniform aufgehoben und gäbe sie dir gerne.«

Felix sank der Mut. In Isabels abgelegten Kleidern nach St. Agatha zu gehen, was für ein Start ihrer Schullaufbahn! Sie sah schon das süffisante Lächeln um Isabels Lippen, wenn sie ihr die Kleider aushändigte.

»Du musst Mrs Derby helfen, die Kleidungsstücke zu beschriften. Und sie möchte mit dir deinen Schrank und die Kommoden durchgehen, um zu sehen, was wir mitnehmen, wenn wir ausziehen.«

Bedrückt beendete sie ihr Frühstück und murmelte eine Entschuldigung. Draußen fuhr ihr der Wind ins Haar und wehte es ihr über die Augen, sie reagierte auf die kalte Luft mit einer Gänsehaut. Hätte sie doch nur Hosen. Mrs Derby war dagegen, dass Mädchen Hosen trugen, und hätte ihr nie eine genäht, selbst wenn sie den Stoff besorgen könnte.

Sam stand, die Hände in den Taschen, auf der Straße. Als er sie sah, stutzte er. »Hallo«, begrüßte sie ihn.

»Hallo.« Er richtete seinen Blick auf die Rosskastanien in seiner Hand. »Gehst du wieder zum Strand?«

»Genau.« Sie blieb stehen und wartete darauf, dass er sie fragte, ob er mitkommen könne, gleichzeitig überlegte sie sich eine Ausrede. Aber er starrte sie nur an und sagte nichts. »Dann bis später.«

»Tschüss«, sagte er mit leiser Stimme.

Während des Gehens spürte sie, wie etwas ihren Rücken traf. Sie drehte sich um und blickte zu Boden, wo sie einen kleinen Stein liegen sah. Sam stand auf der Straße, die Schulbücher unter seinen verschränkten Armen, die Unterlippe nach vorne geschoben.

»Warum hast du das gemacht?«

Er zuckte mit den Achseln. »In den letzten Tagen hattest du nie Zeit für mich.«

»Wir sind einfach sehr beschäftigt.«

»Was macht ihr?«

»Irgendwas.«

Er schnaubte wütend, bevor er loslief.

»Sam!«

Er blieb stehen. »Was willst du?«

»Ich verspreche dir, dass ich mich nach dem heutigen Tag ändern werde.«

»Das hast du gestern auch schon gesagt.« Er zog davon. Erschüttert ging sie weiter. David wartete am Ende der Einfahrt zum Gutshaus auf sie.

»Lew ist immer noch am Strand.« Er blickte finster und müde drein. »Isabel ist begeistert von ihm. Ich bin um neun Uhr aufgebrochen, aber sie blieb.«

»Warum?« In Felix brannte Eifersucht.

»Sie hat ihm alle möglichen Fragen über Phoebe gestellt.«

»Was für Fragen?«

»Wie er ihr begegnet ist. Wie sie aussieht, welche Kleider sie trägt, was sie mit ihren Haaren macht.«

»Und das hat ihm nichts ausgemacht?«

»Anfangs sah er sie ein wenig überrascht an. Dann lehnte er sich zurück und fing zu lachen an.«

»Zu lachen? Über Isabel?« Sie konnte sich das gar nicht vorstellen. »Und wie hat sie darauf reagiert?«

»Sie lachte auch, meinte, sie sei nun mal neugierig, könne es aber nicht ändern«, berichtete David kopfschüttelnd.

»Hat sie sich, du weißt schon, in ihn verliebt?« Warum machte dieser Gedanke sie nur so wütend?

»Weiß ich nicht. Aber sie wirft auf jeden Fall sämtliche Pläne, was seinen heutigen Aufbruch angeht, über den Haufen. Er sprach bereits davon, noch ein wenig warten zu wollen.«

»Er ist absolut wahnsinnig. Die Polizei …«

»Du brauchst mir nichts von der Polizei zu erzählen.«

Felix schauderte. »Sie werden ihn monatelang in eine

Einzelzelle sperren. Erinnerst du dich noch, wie er sagte, die schwarzen Soldaten behandele man besonders barsch.«

»Lass uns zum Strand runtergehen, mal sehen, ob wir ihn wegbefördern können, solange sonst noch keiner unterwegs ist.«

Felix hörte Schritte von hinten.

Nie war ihr Johnsons Gesicht so eingefallen erschienen. Er hatte dunkle Ränder unter seinen Augen. Er blinzelte, als hätte er sie gar nicht bemerkt.

»Master David.« Er hustete. »Haben Sie Miss Isabel heute Morgen gesehen?«

»Nein. Warum brauchen Sie sie?«

»Ich wollte nur wissen, ob sie mehr Feuerholz benötigt. Es ist heute kühler.«

»Wenn ich sie sehe, frage ich sie.« David nickte ihm zu.

»Sie sollte bei diesem Wind nicht draußen sein«, meinte Johnson und schüttelte dabei den Kopf. »Sie ist zart.«

»Wahrscheinlich ist sie noch auf ihrem Zimmer«, sagte David.

»Ist sie nicht.«

David zog die Stirn kraus. »Woher wissen Sie das?«

Röte stieg in Johnsons bleiche Wangen. »Der Gutsherr meinte, sie sei nicht im Haus.«

»Na gut.« David sah Felix an. »Wenn wir sie sehen, richten wir es ihr aus.« Er legte ein Tempo vor, mit dem Felix kaum Schritt halten konnte. Sie spürte Johnsons Augen, die sich in ihren Rücken brannten. Als sie die Klippenhöhe erreichten, hätte eine Windböe sie fast umgeweht. Sie hielt sich an Davids Arm fest.

Die Natur war an diesem Morgen schlecht gelaunt, der Wind wühlte das Meer auf und blies ihnen Sand in die Augen. Lew stand am Höhleneingang und hielt Ausschau. David hatte ihm ein Rasiermesser mitgebracht, er hatte sich rasiert und eine Möglichkeit gefunden, seine Stiefel zu polieren und seine Uniform zu waschen. Nun war er jeder Zoll Soldat und groß wie die Elemente, die um ihn herum tobten. Felix' Wunsch, sie wären ihm nie begegnet, wurde mit den Böen davongeweht.

Er lächelte. »Wir hatten eine lange Nacht. Isabel …« Er blickte verwirrt zu Boden, aber Felix hatte bereits bemerkt, dass er das »Miss« vor Isabels Namen hatte fallen lassen.

David kletterte hinunter. »Wir müssen zusehen, dass Sie wegkommen, Lew. Es wird zu gefährlich, zu viele Leute wissen von Ihnen.«

Lew nickte. »Ich hole meine Sachen. Die Höhle habe ich bereits aufgeräumt.« Er hielt inne. »Aber ich habe Isabel versprochen, mich zu verabschieden.«

»Verabschieden? Was glauben Sie denn, was das hier ist, Urlaub oder was?« Felix hatte David noch nie so autoritär erlebt.

»Wohl eher nicht.«

»Binnen einer Stunde werden sie hier herumstreichen. Wenn wir Sie aus dem Dorf herausbekommen, gibt es eine Chance, querfeldein zur Hauptstraße zu gelangen. Von dort nimmt sie vielleicht jemand mit.«

Lew streckte eine Hand aus und berührte Davids Schulter. »Ihr Kinder wart gut zu mir, glaubt nicht, ich wüsste nicht, welches Risiko ihr eingegangen seid.«

»Das war nicht der Rede wert«, sagte David.

Lew warf seine Jacke über. »Lasst uns gehen.«

Schritte stapften auf dem Kies hinter ihnen. Felix drehte sich um.

»Was zum Teufel geht hier vor?«

Es dürfte das erste Mal seit ihrer Internatszeit sein, dass Isabel vor neun Uhr morgens aufgestanden war, die grauen Linien unter ihren müden Augen unterstrichen ihre blasse Schönheit. Wieder hatte sie sich unbemerkt angeschlichen. So viel also zu der Annahme, Lew sei hier sicher. Mit finsterer Miene stand sie vor ihnen. »Hast du vergessen, was du mir versprochen hast, Lew?«

Er schüttelte den Kopf und gab ein leises Lachen von sich, starrte dabei aber zu Boden.

»Ich habe mir jedenfalls den Wecker gestellt.« Sie kletterte auf die Felsen und stellte sich neben ihn. »So.« Sie bedachte David und Felix mit bösen Blicken. »Könnten wir vielleicht zehn Minuten für uns allein haben?«

Felix kochte vor Wut. Isabel kanzelte sie ab, als wären sie ihr im Weg, dabei war sie selbst der Eindringling, nicht sie und David. Was war geschehen? Hatte Lew sie geküsst? Sicherlich nicht, er war doch verlobt!

»Dafür ist keine Zeit.« David sprach wie ein Mann und nicht wie der vierzehnjährige Junge, der er war. »Wenn die Polizei uns mit Lew erwischt, stecken wir alle im Schlamassel, und da du von Rechts wegen die einzige Erwachsene bist, wird man dich zur Verantwortung ziehen, Isabel.«

Isabel sah David mit ihrem trägen Lächeln an. »Nun, du wirst wohl nie die Verantwortung für irgendwas übernehmen, oder? Wie der Vater, so der Sohn.«

»Was meinst du damit?«

Eine Sekunde lang sah sie aus, als bereute sie, etwas

gesagt zu haben, doch dann sprach sie weiter. »Der alte Lüstling in Kenia, der Mann, der nie was anderes getan hat, als neben seinem Pool zu sitzen und die Huren zu begutachten. Ganz genauso passiv wie dein Papa.«

Felix wurde sich bewusst, wie wenig sie über Davids Eltern wusste: Die Mutter lebte in London, sie schrieb ihm ein oder zwei Mal im Jahr, der Vater in Afrika, ihn erwähnte er kaum je.

David ballte die Fäuste. »Lass ihn aus dem Spiel.«

»Führt ein Luxusleben unter der Sonne, während der Rest von uns sich mit dem Krieg arrangieren muss.«

»Und das sagst ausgerechnet du!«

»Ich bin krank gewesen.«

»Das ist mein Vater auch. Der Gutsherr hat es mir erzählt. Seine Tbc kommt wieder durch.«

»Oh.« Das schien sie aus der Fassung zu bringen. »Das wusste ich nicht.« Aber ihre Verwirrung schien sich rasch wieder zu legen, sie drehte sich um und lächelte Lew an. »Wie war die Nacht? Hast du gut geschlafen?« Sie hörte sich wie die Gastgeberin eines Wochenendes auf dem Lande an.

»Danke, gut, Ma'am.« Er schaute David und Felix fragend an.

»Ich habe dir doch gesagt, dass du mich nicht so nennen sollst, das ist so pingelig. Nenn mich Isabel.«

»Ja – Isabel.« Aber in seinem Gesicht flackerte dabei etwas auf. Felix dachte, es könnte Belustigung sein, aber sicherlich wagte es keiner, Isabel komisch zu finden? Warum vergeudeten sie so viel Zeit?

»Lew sollte jetzt gehen.« Felix' Stimme hörte sich vor dem Klangteppich der Wellen schrill an. »Es wird langsam gefährlich.«

»Was weißt du denn schon?«, meinte Isabel mit hochgezogener Braue zu ihr. »Ach, übrigens, sorg dafür, dass eure Haushälterin zu mir kommt und meine alten Kleider abholt; wie ich hörte, brauchst du sie für die Schule.«

Ihre Wangen brannten. David drückte ihren Arm als Warnung, nicht darauf zu reagieren.

»Man braucht sich nicht zu schämen, was Abgelegtes zu tragen«, mischte Lew sich mit sanfter Stimme ein, als würde er einem kleinen Kind was erklären. »Ich habe immer die Sachen von meinem Vetter Titus aufgetragen. Dann wurden sie an meine Brüder weitergegeben. Erst als ich mich bei Uncle Sam meldete, habe ich zum ersten Mal neue Kleidung bekommen.«

In diesem Moment liebte Felix Lew.

Isabel blinzelte und biss sich auf die Lippe. »Du brauchst mich nicht zurechtzuweisen.« Die Worte waren kaum zu verstehen.

»Mir kommt es aber so vor, als müsste das mal jemand tun.« Etwas hatte sich verändert, sein Ton war nun bestimmter.

Felix wartete auf die Explosion und wagte nicht einmal, Isabel anzuschauen. Die Luft schien zu knistern.

»Hey, jetzt fange ich schon an zu predigen.« Lew lachte schallend. »Meine Familie stirbt lachend.« Er schielte von David zu Felix. »Ihr habt recht, ich gehe jetzt lieber. Das ist für alle das Beste.«

Isabel ging auf den Mann zu und legte ihre Hand auf seinen Arm. »Warte bis zur Dämmerung. Dann sieht dich keiner. Das ist sicherer.«

Lew seufzte. »Es wird zu heiß hier, Süße. Ich habe diesen Kindern so viel zu verdanken, ich möchte sie nicht in Schwierigkeiten bringen.«

»Sie! Und was ist mit mir!« Ihre Stimme zitterte ein wenig.

»Du bist Lew gerade erst begegnet, er schuldet dir gar nichts«, erinnerte Felix sie.

»Für wen hältst du dich eigentlich, Felicity Valance?« Isabels Unterlippe bebte. »Du bist ein Nichts. Dass dein Vater seine Praxis behalten konnte, verdankt er nur meinem Onkel.« Sie stoppte und biss sich auf die Lippe.

David sah sie finster an.

»Was willst du damit sagen?« Felix machte einen Schritt auf sie zu.

»Nun, die Leute im Dorf waren nicht sonderlich begeistert, einen Trunkenbold zum Arzt zu haben. Bis der Gutsherr herumging und mit allen redete und sie bat, ihm eine zweite Chance zu geben.«

Felix hatte ein Würgegefühl im Hals. »Was meinst du damit?« Sie brachte kaum die Worte heraus.

»Als deine Mutter starb, fing dein Vater zu trinken an.« Isabel täuschte Mitgefühl vor. »Hast du das nicht bemerkt?«

Lew sagte etwas, aber diesmal hörte Isabel nicht auf ihn.

»Der gute Doktor war das Gespött der Gemeinde. Aber der Onkel hat alle bösen Zungen beschwichtigt und ihn ermahnt, doch vorsichtiger mit dem Brandy umzugehen. Wenigstens während der Sprechstunden.«

»Felix.« David war neben ihr, seine Hand griff nach ihrem Arm. »Es war nicht so, nicht wirklich. Dein Vater war sehr deprimiert nach dem Tod deiner Mutter. Was nur natürlich ist. Er hatte einfach eine Pechsträhne, mehr nicht.«

Sie schüttelte den Kopf, weil sie wusste, sie musste weg. Sie löste Davids Hand von ihrem Ärmel und kletterte über die Felsen.

»Felix!«, schrie er ihr nach. »Warte.«

»Ich hatte keine Ahnung.« Diese langen Winterabende, die ihr Vater in den Monaten, nachdem ihre Mutter gestorben war, allein in seinem Sprechzimmer verbracht hatte, da hatte er also getrunken? Ihr fielen die leeren Flaschen auf dem Apothekenregal ein, und sie wandte sich zu David um. »Wissen das alle?«

Er ließ den Kopf hängen.

»Dein Vater ist wirklich ein sehr beliebter Mann, Felix. Seit er im Dorf ist, hat er viele Leben gerettet.«

»Aber sie haben Mitleid mit ihm.« Hatten wahrscheinlich auch Mitleid mit ihr. Die arme mutterlose Felicity Valance, die in den Kleidern eines anderen Mädchens zur Schule gehen muss und einen Vater hat, der gern zu tief ins Glas schaut. Ihre Wangen brannten.

»Sie respektieren ihn, der Gutsherr sagt immer wieder, was für gute Arbeit er leistet.« Er streckte wieder die Hand nach ihr aus. »Hör zu, Isabel versucht, einen Keil zwischen uns und Lew zu treiben. Sie schlägt zu, wenn sie irgendwo Schwäche sieht.«

Erst jetzt sah sie, wie verletzt er war. Isabels Worte hatten auch ihn getroffen.

»Ich würde sie am liebsten umbringen.« Wenn sie doch Isabel ins Meer schubsen und ihren Kopf unter diese grauen Wellen drücken könnte.

»Sie ist deinen Hass nicht wert, glaub mir, ich weiß das.« Mitten im Satz kippte seine Stimme, und er stöhnte verärgert und legte eine Hand an seine Kehle. »Wenigstens werde ich sie los, wenn ich nach Harrow gehe.«

Da fiel Felix wieder ein, dass das ihre letzten Wochen im Paradies waren. »Ich wünschte, sie ginge.«

»Das muss sie auch bald. Der Krieg holt auch sie ein. Die Leute sind nicht bereit zuzusehen, wie ein gut gebautes Mädchen einen Wildhüter anschmollt.« Er ließ den Kopf hängen. »Ich sollte nicht solche Sachen über sie sagen, schließlich ist sie meine Kusine. Und sie hat in den letzten Monaten auch ihre Probleme gehabt.«

»Ihre Mutter wollte sie nicht sehen?«

»Der Gutsherr war wütend, als er herausfand, dass sie diese Reise gemacht hatte. Erklärte ihr, dass sie sich damit nur selbst schadet und unglücklich macht.« Er zwang sich zu einem Lächeln. »Komm, wir verabschieden uns von Lew.«

Sie ließ sich von ihm zu den beiden zurückführen.

»Geht es wieder, Missy?« Lews Augen sahen sie unglaublich sanft an.

»Ja, danke.«

»Was für ein Theater wegen ein paar familiärer Wahrheiten.« Isabel vermied es, sie anzusehen. »War ja wohl an der Zeit, dass du das über deinen geliebten Papa erfährst.«

Das Blut in Felix' Adern kochte. »Für wen verdammt noch mal hältst du dich eigentlich?«

Isabels Kopf schoss herum.

»Du findest dich wohl großartig, was? Dabei hast du nichts aus deinem Leben gemacht.«

»So kannst du nicht mit mir reden.« Isabels helle Haut schien noch bleicher zu werden. Sie schielte zu David, als erhoffte sie sich Unterstützung von ihm. Er verschränkte seine Arme und sagte nichts.

»Ich sage, was ich will.«

»Oh, jetzt bist du mutig. Noch vor zehn Minuten hattest du Angst wegen der Polizei.«

»Ich habe Angst um Lew.«

»Wenn du dir schon solche Sorgen machst, warum kehrst du nicht ins Dorf zurück und siehst nach, was sie machen?«

»Was meinst du damit?«, fragte David sie.

»Ich habe gesehen, wie die Polizisten von Keystone mit Mrs Fuller redeten. Offenbar hat ein Landmädchen von der Upper Farm behauptet, sie habe Lew vor zwei Tagen dort gesehen.«

»Warum hast du das nicht schon eher gesagt?«, wollte David wissen.

»Ich habe doch gesagt, dass Lew lieber bis zum Abend warten soll. Kein Grund zur Panik.«

Lew packte seine Jacke. »Panik oder nicht, ich bin hier weg.«

»Den Pfad kannst du nicht nehmen, die Polizei ist noch im Dorf«, sagte Isabel. »Sie haben mich gefragt, wohin ich bei dem Regen wollte.«

»Und was hast du gesagt?«

»Ich sagte, mein Onkel schickt mich, meinen Vetter zu suchen, weil wir zu Mittag essen wollen. Sie fragten mich, ob ich den Flüchtigen gesehen habe.« Sie sah Lew an. »Ich sagte ihnen, dass sie ihre Zeit vergeuden.«

»Lew könnte um die Felsen herum in die Gull Cove gelangen«, schlug Felix vor. »Von dieser Höhle aus führt ein Weg auf die Klippen.«

»Wir haben jetzt Flut.« David schüttelte den Kopf. »Sieh nur, wie hoch das Wasser steht.«

Felix überlegte. »Ich könnte doch hochgehen und die Polizisten ausspionieren? Dann können wir Lew bis zum Abend im Schuppen unterbringen. Von dort ist es leicht, ihn aus dem Tal zu bringen.«

»Sie werden aber merken, dass was im Busch ist, wenn sie dich kommen und gehen sehen.«

»Ich kann die Klippe hochklettern. Dann sehen sie mich nicht.«

David riss die Augen auf. »Bist du verrückt?«

»Tu das nicht, Missy.« Lew ergriff sie an der Schulter. »Lass mich mein Glück versuchen, aber kletter du nicht da hinauf.«

»Ich klettere wie eine Katze«, sagte sie ihm.

»Aber das hast du doch noch nie gemacht.« David verschränkte seine Arme.

Felix ging zur Klippe und nahm sie in Augenschein. An diesem Teil des Strandes war sie nicht ganz so hoch – höchstens wie drei aufeinandergestapelte Häuser. Die ersten fünf Meter stiegen ganz sanft an. Dann kam ein Stück, das jede Menge Halt für die Füße bot. Richtig schwierig wurde es dann über gut sechs Meter im letzten oberen Drittel. Sie musterte die rotgraue Oberfläche und glaubte kleine Furchen zu erkennen, in denen sie Halt finden könnte.

»Ich möchte nicht, dass du das riskierst.« Lew packte sie wieder an der Schulter.

»Das geht.« Sie schüttelte ihn ab, knöpfte ihre Strickjacke zu und fing zu klettern an, was an den unteren Felsen auch ohne Probleme ging.

»Sei vorsichtig, Felix«, sagte David.

Das steile Stück befand sich jetzt nur noch einen knappen Meter über ihr. Felix streckte ihre Hand aus, fand eine Einkerbung, die ihr zusagte, bewegte ihren rechten Fuß und schob ihre Zehen in eine Spalte. Unter ihr hörte sie erhobene Stimmen und Schreie. Sie hielt inne, überprüfte ihren Halt und drehte sich um, um sie zu verstehen. »Du bist verrückt, Felix!«, schrie David. »Du kannst da nicht hochklettern!«

Felix linker Fuß rutschte. Sie stieß mit ihren Zehen gegen den Fels und fand wieder Halt.

»Wenn sie das kann, kann ich das auch«, sagte Isabel.

»Aber Felix klettert ständig.«

»Pass mal auf.«

Unter Felix' rechter Hand bröckelten kleine Felsstücke und fielen nach unten. Sie bewegte ihre Finger und fand wieder eine Spalte. Isabel würde nach den ersten zweieinhalb Metern aufgeben, wenn sie sah, wie steil die Klippe anstieg. Felix setzte ihren Aufstieg fort. Ihre Stimmen verloren sich, bis sie nur noch das Meeresrauschen hörte.

Isabel kreischte. Felix blickte hinab und sah etwas Weißes fallen, hörte Steine, die auf den Kieseln aufschlugen. Dann Stille.

Sie begann mit wild klopfendem Herzen hinunterzuklettern, wobei sie sich immer wieder ermahnte, ja nichts zu überstürzen, egal was mit Isabel passiert sein mochte. Als sie das leichte Stück erreicht hatte, ließ sie sich auf die Kiesel fallen. Wo waren sie? Sie rannte zu den Felsen. Dort saßen sie beisammen, Lew hielt Isabels Hand fest. Sie blickte auf, als Felix sie erreichte.

»Tut mir leid.«

Felix traute ihren Ohren nicht. »Was ist passiert?«

»Ich bin gestürzt. Ich dachte, ich würde sterben.« Sie schluckte. »Lew fing mich auf, er hat mir das Leben gerettet.«

»Da wäre ich mir nicht so sicher, wahrscheinlich hättest du dir nur einen Knochen gebrochen«, sagte er.

»Du bist ein Dummkopf, Isabel.« David stand auf.

»Ich weiß.« Sie legte eine Hand auf ihren Mund, und ihre Schultern zitterten. Isabel weinte? Aber dann sah Felix, dass es keine Tränen waren. »Entschuldigung. Ich lache nicht, nicht wirklich. Ich kann nur nicht umhin, mich zu fragen, wie ich wohl ausgesehen haben mag, als ich mit bis zur Taille hochgerutschtem, wehendem Rock so durch die Luft flog.«

Lew drückte ihre Hand. »Warum hast du das gemacht?«

Sie zuckte die Achseln.

David berührte Felix' Arm. »Lass uns zum Mittagessen zurückgehen.«

»Was ist mit der Polizei?«

»Sie denken hoffentlich, wir kommen zum Essen heim.«

»Und wenn sie nun hier herunterkommen?«

»Sie sehen Lew und Isabel nicht, wenn sie die Köpfe einziehen. Die Höhle kann man nur sehen, wenn man weiß, wohin man schauen muss.«

»Und Isabel, kommt sie zurecht?«

Er schniefte.

»Die kommt zurecht.« Kopfschüttelnd ergänzte er: »Nicht im Traum hätte ich daran gedacht, dass sie zu so was den Nerv hat. Komm mit.« Sie steuerten den Klippenpfad an.

Felix konnte es nicht fassen. Wieso bekam Isabel, die aus knappen zwei Metern Höhe in Lews Arme gefallen war, so viel Bewunderung, sogar mehr als sie, die fast bis ganz nach oben geklettert war? Ob das immer so bliebe?

Ihre Arme schmerzten. Jetzt erst merkte sie, wie anstrengend das Klettern war.

»Lew muss noch ein wenig hierbleiben.« David lächelte sie voller Bewunderung an. »Aussichtslos, dass er die Klippe so erklimmt, wie du das getan hast.« Schweigend setzten sie ihren Weg fort, Felix sonnte sich in seinem Lob. Wortlos erreichten sie die Anhöhe und stiegen dann ins Dorf ab. Von der Polizei war nichts zu sehen. Vielleicht hatten sie die Suche nach Lew aufgegeben. David schien ihre Gedanken zu lesen. »Ich glaube nicht, dass die Kerle weit weg sind, wahrscheinlich in einem der Häuser, um Fragen zu stellen oder sich eine Tasse Tee und ein Brot zu erbetteln.«

»Sollen wir nicht runterlaufen und Lew rausholen, während sie abgelenkt sind?«

Er schüttelte den Kopf. »Zu riskant. Wir warten besser und sehen, was am Nachmittag passiert. Wenn sie dann immer noch herumstreichen, dann warten wir bis zum Abend. Komm nach dem Mittagessen zu mir.«

Sie winkte und ging. Als sie Rosebank erreichte, verputzte sie eine doppelte Portion Eintopf und eine große Schüssel Birnenkompott. »Ich lese in meinem Zimmer ein Buch«, teilte sie ihrem Vater mit.

18

Minna

»Dann war Eifersucht also der Grund, weshalb Isabel all diese schrecklichen Dinge sagte?«, frage ich Felix.

»Ja, das hat sie behauptet«, lacht Felix. »Aber auf mich brauchte doch niemand eifersüchtig zu sein. Ich war klein, knochig, verlottert. Isabel hätte zum Film gehen können.«

Mein Augenmerk wendet sich wieder Lew zu. »Haben Sie ihn nach dem Mittagessen noch mal gesehen?«, frage ich sie, als über uns der Donner grollt. Vielleicht hatte Lew in einem verzweifelten Fluchtversuch allein die Klippe zu erklimmen versucht. Fühlte Felix sich schuldig, ihn auf diese Idee gebracht zu haben?

Ein Windstoß fegt die restlichen Blätter der Zeitung vom Tisch und reißt eine Tasse mit. Ich kriege sie gerade noch rechtzeitig zu packen, ehe sie auf die Pflastersteine fällt. Die Blätter verfangen sich in den Geranien und Fingerhüten.

»Ich sollte Sie damit in Ruhe lassen.« Vielleicht hatte sie meine Frage nicht gehört. »Kommen Sie mit rein und nehmen Sie noch einen Drink, ehe Sie gehen.«

»Ich trinke nicht.« Ein Blitz zerreißt den Himmel. »Aber vielleicht könnte ich noch zwanzig Minuten hier abwarten, bis das Gewitter vorübergezogen ist.«

Ich führe sie hinein. Tom arbeitet an seinem Laptop.

»Möchtest du ein Glas Wein?«, frage ich ihn, als wir an seinem Arbeitszimmer vorbeikommen.

Er wendet den Kopf und lächelt uns zu. »Ich habe mittags schon genug getrunken.« Tatsächlich waren es nur ein oder zwei Gläser gewesen.

Felix und ich setzen uns mit einer Flasche Mineralwasser in den Wintergarten.

»Was man mit dieser Seite des Hauses gemacht hat, gefällt mir.« Ihre Augen wandern über den neuen Fußboden und die Wandfarbe. »Meine Mutter hatte große Pläne für den Wintergarten, aber als sie nicht mehr war, hat sich keiner mehr richtig um die Pflanzen gekümmert, und er wurde zur Abstellkammer.« Draußen ist der Himmel anthrazitfarben. Die Zeitungen versuchen nun, die Rittersporne zu ersticken. Die Hintertür schlägt zu, und Tom kommt heraus, vermutlich um nach dem Sportteil zu suchen. Er sieht die Blätter ums Blumenbeet tanzen und jagt ihnen hinterher. Gerade versucht er, eine Farbbeilage zu erwischen, da wirbelt sie davon und taumelt über den Rasen. Felix grinst mitfühlend. Ich ertappe mich dabei, dass ich Tom beobachte, als wäre er eine Filmfigur. Auf unspektakuläre Weise sieht er gut aus, und dank seiner immer noch athletischen Figur hat sein Sprint über den Rasen etwas Graziöses.

Er schnappt sich seine Beilage, rollt sie zusammen, und klopft sich, als er ins Haus zurückkehrt, damit gegen seinen Schenkel, wie um sich zu schelten.

»Warum kommen Sie beide nicht miteinander klar?« Felix' alarmierende Augen bohren sich in meine, und ich widme mich der Betrachtung des Stiels meines Weinglases, um ihnen auszuweichen.

»Wir haben ein Kind verloren.« Ich höre meine matte Stimme und schaudere. Wird meine Stimme jemals wieder Gefühle ausdrücken?

Sie sagt nichts.

»Offenbar gelingt es uns nicht, darüber hinwegzukommen.« Ich korrigiere mich. »Mir jedenfalls nicht.« Tom hat womöglich seinen eigenen Weg gefunden weiterzumachen.

Ihr Blick ruht noch immer auf mir. »Wie alt war Ihr Kind?«

»Fünf Monate. Es ist, als hätte alles seinen Sinn verloren. Tom hat seine Arbeit. Ich bin seit dem Unfall nicht in der Lage, irgendetwas zu tun.«

»Wann ist es passiert?«

»Vor drei Monaten.« Der Wind peitscht eine Rosenranke gegen die Scheibe, und die Dornen kratzen übers Glas. Im Osten hört man noch Donnergrollen.

»Das ist nicht lang. Bei einem großen Verlust wie diesem, werden Sie lange Zeit nicht wissen, wohin. Das kann einem schon bei einem viel kleineren Verlust passieren. Nachdem wir Fontwell verließen, ging David nach Dorkwell, um dort bei seinem Onkel zu wohnen, und ich besuchte das Internat. Fast ein ganzes Jahr lang verfiel ich in eine Art Katatonie. Ich hatte keinerlei Empfindungen mehr.« Ihre Hand berührte kurz die meine. »Das ist nicht dasselbe, das weiß ich. Ich wollte damit nicht den Tod Ihres Babys abwerten.«

»Tun Sie auch nicht.« Die Worte bleiben mir im Hals stecken. »Erzählen Sie mir davon, wie Sie von hier weggegangen sind. Es muss schrecklich gewesen sein.«

»Ich kam mir vor, als hätte man mich aus dem Garten Eden vertrieben.« Sie blinzelt. »Gleichzeitig war es fast eine Erleichterung, als es endlich so weit war.«

»Eine Erleichterung?«

»Das Leben war sehr intensiv geworden.«

Das Murmeln des Windes schwillt zu einem beharrlicheren Stöhnen an.

19

Felix 1943

Morgennebel lag noch über dem Dorf, so dass nur die nächsten Gegenstände erkennbar waren. Der Raureif löste sich auf und ließ die Blätter feucht und glitschig zurück. Felix konnte Sams Häuschen auf der anderen Straßenseite erkennen, aber der Kirchturm war noch verhüllt. Felix' Vater zitterte. »Ein Beerdigungstag.« Er war bereits auf dem Friedhof gewesen, um die letzten Dahlien auf das Grab ihrer Mutter zu legen.

Felix trug ihre Taschen und Schachteln aus dem Haus. Mrs Derby überprüfte, ob noch was in den Zimmern zurückgeblieben war. Der Doktor ging noch mal hinein und brachte eine Schachtel mit leeren Flaschen aus seiner Apotheke. »Diese abgelaufenen Arzneimittel lohnen das Mitnehmen nicht. Ich lasse sie hier in der Einfahrt stehen.«

»Lass mich das machen.« Sie streckte die Hände nach der Schachtel aus.

»Nein danke, ich schaff das schon.« Er riss die Schachtel beiseite.

Noch immer war nichts von dem Lastwagen zu sehen. Felix sehnte sich danach, den Strand noch einmal zu sehen. Sie machte sich auf den Weg, rechnete aber damit, zurückgerufen zu werden. Schweigen. Sie erreichte das Ende der Straße, lief am Tor des Gutshauses, am Telefonhäuschen und dem Dorfladen vorbei, der nun mit Brettern vernagelt und dunkel war. Fünfzehn Minuten brauchte sie, um den Strand zu erreichen, fünfzehn Minuten für den Rückweg. Sie rannte durch den Nebel und verließ sich dabei auf ihre Erinnerung, die ihr sagte, wie der Pfad sich wand. Ihre Füße merkten aufgrund der Senke, dass sie den Scheitelpunkt der Klippe erreicht hatte, und sie verlangsamte ihren Schritt.

Der Nebel verbarg das Meer, ein sanftes Murmeln war der einzige Hinweis, dass es da war. Die Herbststürme waren nur noch Erinnerung; die feierliche Gelassenheit des Winters war an ihre Stelle getreten. Sie ging ans Wasser, das Knirschen ihrer Schritte auf den Kieseln wurde zu einem Knistern, als sie den feinen Kies erreichte. Sie ließ eine Hand zu Boden baumeln, eine Welle netzte sie.

In der letzten Woche hatten die Träume angefangen, in denen Lew nach Rosebank hoch kam, um sie zu fragen, warum sie nicht mehr zu den Felsen hinunterging. »Ich habe Angst vor der Dunkelheit«, erklärte sie ihm. Er erwiderte nichts darauf, sondern starrte sie vorwurfsvoll aus seinen dunklen Augen an. Manchmal brachte er eine der Angelruten mit und ließ diese über ihrem Bett baumeln. »Einen riesengroßen Fisch ziehe ich heraus«, sagte er. »Hoffentlich hast du eine Pfanne, die groß genug ist, um ihn darin zu braten.« Dann kam Mrs Derby ins Zimmer und schimpfte mit Lew, weil er auf dem Bett eines weißen Mädchens saß. »Sprechen Sie ja nicht in diesem Ton mit mir, Ma'am«, sagte er. »Mein Onkel ist nämlich Pfarrer.«

Ihre zehn Minuten waren vorüber. Sie kehrte dem Meer den Rücken und rannte zur Klippe zurück. Nur einmal hielt sie kurz an, um einen Kieselstein aufzuheben. Ihre Finger bekamen einen kleinen glatten Stein zu fassen, sie steckte ihn sich in die Tasche.

Sie wollte noch einen letzten Blick auf den Strand werfen, doch als sie sich umdrehte, war nichts zu sehen.

Schneller als sie je zuvor gerannt war, lief sie nun und kam gerade rechtzeitig bei dem Stapel von Schachteln und Koffern vor dem Haus an, als der Lastwagen eintraf und Mrs Derby nach draußen gelaufen kam, um Vater beim Einladen zu helfen. Der Lärm dämpfte das Hufgetrappel, und erst als der Heuwagen des Gutsherrn auf gleicher Höhe war, blickte Felix auf und sah Isabel neben dem Fahrer sitzen. Isabel trug einen Nerzmantel mit Nerzhut. Als sie Felix sah, überzog leichte Röte ihre bleichen Wangen, und sie wandte sich ab.

Mrs Derby zog Felix in ihre Arme. »Auf Wiedersehen, mein Liebling.« Felix atmete ihren Duft nach Brot, Milch und Kohlenstaub ein. Der Fahrer sprang herunter, um ihre Taschen aufzuladen, und half dann der Haushälterin hinauf, die sich neben Isabel setzte, die wiederum aufrückte, um Platz zu schaffen. Wo war David? Wohl schon mit dem Gutsherrn vorgefahren zu dem Haus, das sie in Dorking in Surrey gemietet hatten, einer Stadt, in der der Gutsherr einst als Kind gelebt hatte. David würde zur gleichen Zeit wie sie mit der Schule anfangen. Wann würde sie ihn wohl wiedersehen?

»Hallo!« Sam kam angerannt und winkte dem Wagen zu. »Wir ziehen in ein Haus mit elektrischem Licht!«, schrie er. Sams Mutter war inzwischen sehr krank. Fast jeden Tag war der Doktor bei ihr gewesen, hatte sie in ihrem Häuschen besucht, damit sie ihre schlimme Brust nicht der Dezemberluft aussetzen musste. Die Familie zog in eine Sozialwohnung in Swanham.

Felix' Vater kritzelte etwas auf ein Stück Schreibpapier, ein Koffer diente ihm als Schreibtisch. Dann nahm er das Blatt und heftete es an die Eingangstür. Felix ging hoch, um es zu lesen.

BITTE ACHTET AUF DIESES HAUS.
WIR GEBEN ES ZUM WOHLE UNSERES LANDES AUF. WIR WERDEN ZURÜCKKOMMEN, WENN WIEDER FRIEDEN HERRSCHT.

Wir werden zurückkommen.

Felix lief zur Rückseite des Hauses und betete dabei, die Tür möge unverschlossen sein. Sie war es. Doch es blieb keine Zeit mehr, in ihr Zimmer zu gehen. »Felix!« Von vorne rief ihr Vater sie. Sie rannte in die Apotheke und zog die Kormoranskizze aus ihrer Tasche, um nach oben zu greifen und sie auf ein Regal zu legen. »Du gehörst hierher«, sagte sie im Stillen. »Ich werde zurückkommen und dich holen, sobald ich kann.«

Dann lief sie wieder nach draußen.

»Entschuldigung, Miss, aber wir warten auf dich.« Der Sergeant half ihr auf die Ladefläche des Lastwagens, auf dem sie neben ihrem Vater und Sam eine letzte langsame Runde durchs Dorf drehten. Eine schwache Sonne brach durch den Dunst, als sie das steile Stück der Straße bei der Upper Farm erklommen, und sie lehnte sich hinaus und erhaschte beim Zurückschauen für eine Sekunde einen Blick auf den Kirchturm, ehe sie hinter der Hügelkuppe verschwanden.

TEIL II

20

Minna

Felix' Geschichte hat eine große Lücke, als hätte jemand ein Kapitel in einem Buch übersprungen. Aber ich werde sie ermutigen, mir von St. Agatha zu erzählen. Vielleicht können wir uns von dort aus zu Lews Tod zurückarbeiten.

»Dann hat man Sie also auf die Schule geschickt?« Ich konnte früher von Internatsgeschichten gar nicht genug bekommen, vermute aber, dass es in Felix' Bericht von ihrer Zeit dort keine lustigen Anekdoten von mitternächtlichen Festen und Streichen gibt.

Sie rümpfte die Nase. »Ich fing im November an. St. Agatha. Ein grässlicher Ort. Als Erstes überlegte ich mir mögliche Fluchtrouten. Für alle Fälle.«

»Nach Ihrem Privatunterricht dürfte das ein ziemlicher Kulturschock gewesen sein.«

»David und ich liebten unseren Unterricht bei Mr Stewart, wenn wir nur zu dritt gemütlich in der Bibliothek saßen.« Sie erzählt mir von ihren Stunden: wie sie in dem holzgetäfelten Raum bei einem Feuer im Kamin gelernt hatten. Er hatte ihnen inhaltlich ziemlich freie Hand gelassen: David zeichnete und beschriftete die Knochen eines Vogels, während sie aus einem Bergsteigerbuch die Nordseite der Eiger-Nordwand abmalte und deren geologische Merkmale beschrieb. Dann kam womöglich ein Kätzchen aus dem Stall angelaufen und legte sich auf den Teppich vor dem Kamin und spielte mit dessen Fransenkante. Worauf Mr Stewart ein etwas gewagtes lateinisches Gedicht über Katzen rezitierte.

Gelegentlich plagte ihn sein Gewissen, und er setzte Algebra oder sogar Griechisch auf den Stundenplan, aber diese Episoden waren nur von kurzer Dauer.

»In St. Agatha war man nicht annähernd so entgegenkommend. Wie gesagt, ich ergriff jede sich bietende Gelegenheit zur Flucht. Als ich nach Weihnachten wieder in die Schule zurückkam, erfuhr ich von Isabels Hochzeit. Ich fragte mich, ob David wohl auch dort wäre.« Sie trinkt ihr Wasser.

»Sie hatten nichts von ihm gehört?« Er hat doch sicherlich einer so engen Freundin eine Weihnachtskarte geschickt?

»Nein.«

Das überrascht mich. Wie konnten zwei so gute Freunde derart den Kontakt abbrechen? Oder waren zwei oder drei Monate Schweigen gar nicht so überraschend, nachdem sie gerade erst in ihren neuen Internaten angefangen hatten?

»Ich wollte ihn unbedingt sehen, also beschloss ich, für diesen Tag wegzulaufen und die Schule zu schwänzen.«

Felix 1944

Den Mädchen von St. Agatha war es gestattet, die *Times* zu lesen, um sich über die Kriegsereignisse auf dem Laufenden zu halten. Felix, die die Mittelstufe besuchte, durfte die Zeitung erst lesen, wenn die Mädchen der

Oberstufe damit fertig waren. Für gewöhnlich war sie stundenlang mit Hausaufgaben beschäftigt, weil sie es nicht gewohnt war, *être* zu konjugieren und sich mit Logarithmen herumzuschlagen. Jetzt musste sie den Preis dafür bezahlen.

»Man kann nicht behaupten, dass du dumm bist, Felicity«, ließ die Mathelehrerin sie wissen. »Nur zurück.« Die Mädchen im Klassenzimmer kicherten.

Eines Samstagmorgens Ende Januar gelang es ihr schließlich, die ihr aufgegebenen Gleichungen zu lösen, und sie holte sich die Zeitung vom Vortag. Sie blätterte die fettigen Seiten durch, die schon ein Dutzend Mädchen in der Hand gehabt hatten, bis sie zum Gesellschaftsteil kam. Dort las sie das Aufgebot für Isabels Hochzeit. Felix traute ihren Augen nicht und las sie ein zweites Mal, da stand es Schwarz auf Weiß: Isabel würde am folgenden Mittwochnachmittag einen Sir Reginald Barrington heiraten.

Mittwochnachmittag. Doppelstunde Hockey. Heimspiele für alle Jahrgänge. Felix hatte so viele Sportstunden versäumt, dass sie zweifelte, ihrer Sportlehrerin überhaupt bekannt zu sein. Monat für Monat hatte sie sich mit einer Wärmflasche und einem Aspirin ins Krankenzimmer zurückgezogen. Sie hatte die perfekte Entschuldigung. »Mir ist noch nie ein Mädchen begegnet, das so heftig unter Periodenschmerzen leidet«, hatte die Mutter Oberin zu ihr gesagt. Diese meinte es gut, aber die Sportlehrerin argwöhnte bereits einen Mangel an Teamgeist.

Sicherlich wäre David auf der Hochzeit. Sie sprach mit keinem über die bevorstehenden Hochzeitsfeierlichkeiten – einer der Vorteile, keine Freunde zu haben, war der, Geheimnisse für sich behalten zu können. Es war nicht schwer, beim Mittagessen – einem Teller Hammeleintopf, der einem gefluteten Friedhof glich – hormonell begründete Appetitlosigkeit vorzutäuschen. Felix legte ihr Besteck ab und machte sich daran, die Mahlzeit in den Abfalleimer zu entsorgen.

»Dafür bekommst du eine Strafarbeit«, warnte die Aufsichtsschülerin.

»Nein, Magenkrämpfe.«

»Diese Mahlzeit hast du der Handelsmarine zu verdanken.«

»Nein, ein alter Hammel hat sich geopfert.«

Die Aufsichtsschülerin sah sie finster an.

Sie ging nach oben auf die Krankenstation und stellte sich dort der Oberin vor. »Ich fühle mich etwas schwach«, sagte sie. »Dürfte ich eine Wärmflasche und ein Aspirin bekommen?«

Die Oberin hatte eine Woche mit Masern hinter sich, ihre Betten waren belegt, und ihre Helferin hatte sich zu den Wrens gemeldet. »Bedien dich.« Sie nickte Richtung Spülstein, wo Gummiwärmflaschen wie schlappe orange Fische vom Regal baumelten.

Nachdem die Oberin noch mit einem Thermometer angesaust gekommen war, stürzte Felix ins Treppenhaus, doch nur um unten die Direktorin im Gespräch mit der Französischlehrerin zu erspähen. Verdammt. Sie beobachtete die beiden und betete, sie mögen nach draußen gehen und sich das Spiel ansehen. Die Französischlehrerin machte eine abwehrende Geste mit ihren Händen, und die Direktorin gab missbilligende Geräusche von sich. Wahrscheinlich beklagten sie sich wieder über die Rationierungen.

Sie ging ins Büro der Oberin zurück und zog ein Schiebefenster hoch. Ein Regenrohr führte auf das Flachdach über dem Fahrradschuppen. Keine Menschenseele weit und breit. Felix spuckte sich in die Handflächen und schwang sich aus dem Fenster, um am Regenrohr hinunterzugleiten, bis ihre Füße auf dem Dach Halt fanden. Mit einem raschen Blick vergewisserte sie sich, dass sie unbeobachtet war. Sie rollte sich auf den Bauch, schob ihre Beine über die Dachkante und sprang dann ins Blumenbeet darunter. Gebrüll von der anderen Seite des Gebäudes sagte ihr, dass die eigene Mannschaft gepunktet hatte. Gut. Keiner würde die Eingangstore bewachen.

Beim Hinausgehen knisterte ein Bündel Banknoten in der Tasche ihres Regenmantels. Seit sie an die Schule gekommen war, war Phoebes Geld unter ihrer Matratze versteckt gewesen. Gott sei Dank hatte es keiner entdeckt. Sicherlich hätte man ihr unterstellt, es gestohlen zu haben oder auf dem Schwarzmarkt zu handeln. Und erzählen, wie sie zu dem Geld gekommen war, konnte sie ja schließlich keinem, oder?

Sie schätzte, Zeit bis zum Tee zu haben, ehe man sie vermisste. Wenn die Oberin sie nicht mehr auf der Krankenstation antraf, würde sie davon ausgehen, dass es ihr besser ging und sie nach draußen gegangen war, um wie die gute St.-Agatha-Schülerin, die sie nicht war, ihr Schulteam anzufeuern. Die anderen Mädchen dachten, sie läge noch immer mit einer Wärmflasche auf dem Bauch im Bett.

Sie hatte ihr für Süßigkeiten gedachtes Taschengeld für Notfälle gespart und kaufte sich damit nun eine Fahrkarte nach Paddington. Es war noch genug übrig, um sich am Bahnhofsbüfett ein Sandwich anstelle des nicht gegessenen Mittagessens zu kaufen. Sie saß in dem verwahrlosten Abteil und wünschte, sie hätte daran gedacht, sich ein Bergsteigerbuch einzustecken. Zugfahrten waren bestens dafür geeignet, über das Himalajagebirge zu lesen, ohne dass ignorante Mädchen einen hämisch ansahen.

Die Hochzeitszeremonie sollte in einem Standesamt in Holborn stattfinden. Felix hatte die älteren Internatsschülerinnen von St. Agatha belauscht und dabei herausgefunden, dass dies so gehandhabt wurde, wenn einer der beiden Partner schon einmal verheiratet gewesen war. Interessant. Machte es Isabel nichts aus, auf die kirchliche Trauung verzichten zu müssen?

Felix konnte sich kein Taxi leisten und kannte das Londoner Transportsystem nicht gut genug, um sich dem Labyrinth der U-Bahn anzuvertrauen, also ließ sie sich in Paddington den Weg beschreiben und marschierte dann in östlicher Richtung los.

Ein kalter Wind schlug ihr ins Gesicht. Hätte sie doch nur den Wintermantel anstatt ihres Regenmantels an, aber David wiederzusehen, war jede Unannehmlichkeit wert.

Sie war seit Jahren nicht mehr in London gewesen. Die Zeitungen hatten nicht über das volle Ausmaß der Zerstörungen durch die Luftangriffe berichtet. Sie stand am Bahnhofseingang und schaute ungläubig auf die oberen Stockwerke der Häuser und Geschäfte, deren Wände eingerissen waren.

»Weiter, Miss, weitergehen«, schrie jemand sie an. Sie folgte dem Strom und hoffte, dass er in die richtige Richtung ging. Junge Ärzte, blass und mit müden Augen, standen rauchend auf den Stufen des St. Mary's Krankenhauses. Davor wartete eine Flotte von Krankenwagen. Felix bog in die Edgware Road ein und war entsetzt, wie viele Schaufenster dort zugenagelt waren, wie schmutzig die Klinkermauern und wie pockennarbig von den Schrapnellen die Gebäude waren. Hausfrauen zerrten müde Kinder und leere Einkaufstaschen von einem Laden zum nächsten. Am Marble Arch blieb sie stehen und erkundigte sich bei einer Frau mittleren Alters nach dem Weg nach Holborn. Diese deutete auf die Oxford Street und sagte ihr, sie müsse sie in ganzer Länge hinuntergehen.

Felix schielte in Schaufenster, sah aber nur leere Regale oder ein paar staubige Waren. Vielleicht war London doch nicht die goldene Stadt, nach der Isabel sich gesehnt hatte. Die Oxford Street schien sich unendlich lang hinzuziehen. An den Kreuzungen Tottenham Court Road und Charing Cross Road blieb sie stehen, überzeugt, sich verlaufen zu haben. Sie lief in südlicher Richtung weiter, bemerkte ihren Irrtum und blieb vor einem Tabakladen stehen, wo ihr ein kanadischer Soldat erklärte, sie müsse umkehren und nach rechts in die New Oxford Street einbiegen.

Felix wusste wenig über London, erinnerte sich aber, dass ihr Vater ihr von den Galgen erzählt hatte, die einst an den Kreuzungen gestanden und Massen von Zuschauern angezogen hatten. Die Londoner hätten, wie er meinte, ihre öffentlichen Hinrichtungen, ihre Hunde- und Bärenkämpfe mit Begeisterung verfolgt, jetzt komme für ihre Nachfahren mit den Bombenangriffen der Tod aus dem Himmel. Schaudernd ging sie so rasch sie konnte weiter.

Das Standesamt lag in einer Seitenstraße von Holborn, und sie fand es erst, nachdem sie dreimal nach dem Weg gefragt hatte. Das Gebäude präsentierte sich der Öffentlichkeit mit einer rußgeschwärzten Fassade. Es sah eher wie ein Ort aus, den man aufsuchte, um einen Personalausweis oder Lebensmittelkarten abzuholen, und nicht um den seligen Bund fürs Leben zu schließen. Sie hatte sich immer vorgestellt, dass Isabel in einer Kathedrale heiratete, unter Glockengeläute und mit vielen glänzenden Autos und Kutschen. Draußen warteten ein paar Taxis, deren Fahrer an den Kühlerhauben lehnten und Zigaretten rauchten. Jemand hatte Glasscherben zu einem Haufen zusammengefegt, so dass ein Pfad über das staubige Pflaster vom Bordstein zu den Stufen führte. Im Rinnstein lag eine vollgesogene Zeitungsseite.

Sie zog den Mantel über ihre Knie und stieg mit einer Miene, die, wie sie hoffte, ihre Berechtigung, hier zu sein, glaubwürdig machte, die Treppe hoch.

»Kann ich dir helfen, Miss?« Der Mann am Eingangsschalter schien nicht überrascht zu sein, ein Schulmädchen zu sehen.

»Die Parham-Barrington Trauung?«, brachte sie über die Lippen.

»Raum 3, gleich den Flur hinunter. Wenn du dich beeilst, kommst du gerade noch rechtzeitig.« Sie hatte nicht die Absicht, die Zeremonie zu verfolgen, denn sie traute es Isabel durchaus zu, sie hinauswerfen zu lassen. Stattdessen setzte sie sich auf eine polierte Holzbank vor der Tür und schlug die *Evening News* auf, die sie am Bahnhof gekauft hatte. Standesamtliche Trauungen dauerten offenbar nicht lang; sie hatte eben erst angefangen, einen Artikel über ein Zugpferd zu lesen, das den Bombenangriff auf die Molkerei von Chiswick überlebt hatte, als die Tür knarrte und sie leises Gemurmel hörte. Isabel kam am Arm ihres Gatten nach draußen geeilt. In Felix' Vorstellung trug Isabel immer ein elfenbeinfarbenes, mit Juwelen besetztes Kleid zu ihrer Hochzeit, aber sie trug ein kremfarbenes Kostüm, dessen Rock kurz über ihren Knien aufhörte, dazu eine kleine Pillbox auf ihren hellen Haaren. In ihrem Arm lag ein Strauß weißer Lilien, die so perfekt aussahen, dass Felix dachte, sie seien aus Seide, bis ihr exotischer Duft sie erreichte.

Isabels Gesicht war blass wie die kleinen Wolken, die an Sommernachmittagen über der Küste schwebten. Felix musterte sie, ob sie Schuldgefühle zeigte. Sie hatte mit Johnson und mit Lew geschäkert, nun heiratete sie diesen Sir Reginald. Nichts zu sehen. Aber Isabel sah auch nicht wie eine strahlende Braut aus dem Film aus, keine zärtlichen Blicke, kein sanftes Erröten. Ihr Blick war gesenkt, und ihre Hand hing schlaff im Arm ihres frisch Angetrauten. Felix erinnerte sich, wie Isabel Lews Schulter berührt und wie ihr Gesicht jedes Mal geleuchtet hatte, wenn er sie ansah.

David konnte sie unter den Gästen nicht erkennen. Sie hatte also den ganzen Weg umsonst gemacht. Vielleicht wollte Isabel keine Zeugen ihrer Missgeschicke am Meer dabei haben? Der Gutsherr folgte dem Brautpaar, er sah fern von seinem Zuhause viel blasser aus, als würde sie ihn in Schwarz-Weiß sehen. Die anderen Gäste kannte Felix nicht, sie waren allesamt mittleren Alters und abgestumpft – keinesfalls die glamourösen Freunde, von denen Felix sich vorgestellt hatte, dass

Isabel sie um sich scharte. Im grauen Licht sahen ihre Kleider trotz des Schmucks, den die Frauen trugen, fahl aus. Keiner trug Uniform. Felix fühlte sich betrogen: Wo waren die jungen Offiziere und Debütantinnen?

Ihr prüfender Blick richtete sich auf Isabels Ehemann. Sie hatte immer an jemand wie Errol Flynn oder Lawrence Olivier gedacht, aber Sir Reginald war klein, erreichte gerade mal die Größe der Braut. Seine Lippen waren schmal, und seine Augen sehr hell. Dünnes Haar war sorgfältig über die hohe Stirn gekämmt. Was für ein Kontrast zu Lews kräftigen Wangenknochen und dem vollen Mund.

Wohin sie wohl alle gingen? Sicherlich gab es einen Empfang, Krieg hin oder her. Sie schaute auf die Uhr. Halb vier. Wenn sie jetzt nicht aufbrach, verpasste sie ihren Zug, und in der Schule gäbe es Stunk.

Sie schob sich an den verweilenden Gästen vorbei und achtete darauf, nicht in das Blickfeld des Gutsherrn zu geraten, dann trat sie über die Treppe auf die Straße. Keiner schien sie zu bemerken. Ein Taxifahrer öffnete Isabel die Wagentür, und ihr Ehemann half ihr hinein. Der Wagen fuhr los, und das Brautpaar fuhr an Felix vorbei. Sie schlug die Zeitung auf und versteckte sich dahinter. Als sie vorbeikamen, erhaschte sie einen Blick auf Isabel, die, ihren Kopf auf eine Hand gestützt, mit gesenktem Blick dasaß.

Felix sah dem Wagen nach, bis er um die Ecke in den Queensway bog und verschwand. Phoebes Geld lag schwer in ihrer Tasche.

Der Gutsherr schaute mit ausdrucksloser Miene in die Richtung, die das Taxi genommen hatte. Das war ihre Chance, er hatte sie immer gemocht und ihrem Vater nahegestanden. Aber wie um Himmels willen sollte sie formulieren, was sie ihm sagen wollte? Er würde sie für verrückt halten, wenn sie ihm was von farbigen GIs am Strand erzählte. Er würde es ihrem Vater erzählen, der Schule mitteilen. Womöglich glaubten sie, sie hätte das Geld gestohlen. Vielleicht riefen sie sogar die Polizei. Wenn doch David nur da wäre. Er hätte gewusst, was zu tun war.

Felix machte kehrt, trottete davon und überlegte kurz, die Geldscheine in den nächsten Bombentrichter zu werfen, sollte der glücklich werden, der sie fand.

21

Minna

Ich sehe Felix fragend an. Irgendetwas ergibt da keinen Sinn. »Wann gab Lew Ihnen denn die Geldscheine?«

»Am Strand.«

»Aber Sie haben es nicht erwähnt.« Vielleicht spielte das Alter Felix' Erinnerung einen Streich.

Sie wendet sich ab. »Das habe ich wohl vergessen. Er dachte, das Geld sei bei uns sicherer aufgehoben. Er wusste, dass wir begriffen, wie wichtig es für Phoebe war. Und für das Baby – Louise, meine ich.«

Louise. Wir kommen zu dieser Frau zurück, die keiner gesehen hat.

»Was haben Sie dann mit dem Geld gemacht?«

»Es wieder unter der Matratze versteckt, als ich in die Schule zurückkam.«

»Aber inzwischen muss Phoebe doch gewusst haben, dass Lew was zugestoßen war.«

»Jede Menge Soldaten wurden monatelang bei Einsätzen vermisst. Sie wird wohl gehofft haben, dass er in Gefangenschaft geraten war und nach angemessener Zeit wieder auftauchte.«

»Hat sie denn nicht Kontakt zum Truppenstützpunkt aufgenommen?«, frage ich.

»Womöglich hat sie das getan, aber man wird ihr wahrscheinlich nichts erzählt haben. Sie war nicht verheiratet oder offiziell mit ihm verlobt. Die ganze Zeit gab ich die Hoffnung nicht auf, einen Weg zu finden, um mit ihr in Kontakt zu treten.«

Felix 1944

Die Wochen schleppten sich dahin, bis die Osterferien kamen. Zum ersten Mal fuhr Felix nach Yorkshire, in einem ungeheizten Zug mit einer Toilette, die in so üblem Zustand war, dass sie ihre Beine zusammenpresste und hoffte, der Zug möge keine Verspätung haben.

Das Haus in Harrogate war größer als das, das sie aufgegeben hatten. Es hatte einen Stromanschluss und lag mit Blick auf einen großen Park, der nun für den kriegswichtigen Anbau von Gemüse umgegraben war.

»Wenn deine Mutter das hätte sehen können.« Felix' Vater saß in einem Ledersessel und zog seine Augenbrauen in Richtung der hohen Zimmerdecke mit der Hohlkehle.

»Mama liebte Fontwell.« Am Nachmittag ihres Todes hatte sie Felix gebeten, die Vorhänge aufzumachen, damit sie über das Tal zur Kirche schauen konnte. Die Kastanienkerzen blühten noch und ebenso der Weißdorn.

Ihr Vater nickte, und sein Gesicht nahm einen entrückten Ausdruck an. Felix hätte sich in den Hintern treten können; so viel zu Taktlosigkeit. Es klingelte.

»Ah.« Er warf ihr einen verstohlenen Blick zu. »Das wird Mrs Murdison sein.«

»Mrs Murdison?«

»Eine der Matronen aus dem Dorf. Sie kümmert sich um den Haushalt.« Er zog ein Gesicht. »Sie scheint zu denken, ich könne mich nicht um mich selbst kümmern.«

»Ich setze mal den Wasserkessel auf.« In der Küche war es warm, und Felix schwitzte in ihrer Turnhose aus Serge. Keins ihrer Kleider, die sie außerhalb der Schule tragen konnte, passte mehr, und sie hatten nicht viele Kleiderkupons. Sie überlegte, ob der Koffer mit Mamas Kleidern aus Dorset mitgekommen war. Vielleicht könnte sie einen ihrer Röcke oder Sommerkleider tragen? Oder würde das ihren Vater aufregen? Beinahe wünschte sie, wieder in dem verhassten St. Agatha zu sein, wo sie sich keine Gedanken um Gefühle machen musste und sich in ihrer kleinen Welt der Erinnerungen einigeln konnte. Das Geldbündel hatte sie mit nach Hause genommen, weil sie die Hoffnung noch nicht aufgegeben hatte, einen Weg zu finden, es Phoebe geben zu können, wie unwahrscheinlich dies auch sein mochte.

Als sie wieder zurückkam, saß Mrs Murdison, eine große, dürre Frau mit einer runden Brille auf dem Sofa. »Du bist also Felicity.« Sie musterte sie von oben bis unten.

»Guten Tag.« Felix schüttelte ihr die knochige Hand.

»Das ist aber schön, dass dein Vater jetzt jemanden hat, der sich um ihn kümmert.« Mrs Murdison nickte wohlwollend. »Er erzählte mir, du seiest mit den Parhams befreundet gewesen, als ihr in Dorset wohntet.« Ihre Augen glitzerten.

»Ja.«

»Isabel Parham hat wohl eine gute Partie gemacht.«

Felix dachte an Isabels Bräutigam und unterdrückte ein Schaudern.

Mrs Murdison beugte sich vor. »Haben Sie schon von dem Baby gehört?«

»Nein.« Der Doktor beugte sich ebenfalls vor.

»Eine gute Freundin, die in Belgravia wohnt, erzählte mir, dass Isabel – Lady Barrington – es im Juli erwartet.« Mrs Murdison lächelte hinter vorgehaltener Hand. »Die arme Isabel, sie muss doch wissen, dass die Leute Kalender haben.«

Ihr Vater warf Felix einen verlegenen Blick zu. »Isabel Parham war meine Patientin.«

Mrs Murdison wurde rot. »Oh, natürlich, da können Sie natürlich nichts sagen, ärztliche Schweigepflicht und all das.«

»Ich denke, ich mache mich mal frisch«, verkündete Felix.

In ihrem neuen Zimmer zog sie sich einen Baumwollrock an, der zu kurz und zu eng war. Würde das Unglück über die Familie Parham hereinbrechen? Der Abend, als sie den Fisch am Strand gegrillt hatten – wie lange waren Lew und Isabel da allein gewesen, nachdem David gegangen war? Lew hatte so einen aufrechten, ehrenhaften Eindruck gemacht.

In der Schule hatte Felix die Mädchen über Fehltritte reden hören, die ihre älteren Schwestern begangen hatten. Die Mädchen glaubten, in dieser turbulenten Zeit leichter davonzukommen und ein freieres Leben fern der wachsamen Augen ihrer Eltern führen zu können. Und ihre jüngeren Schwestern lauschten begeistert ihren Gesprächen und gaben Fetzen davon weiter, wenn sie in die Schule zurückkehrten. Felix hatte im letzten Trimester eine Menge erfahren. Sie wusste, dass es in Kriegszeiten eine weniger große Schande war, sich für eine Nacht mit jemandem einzulassen. Selbst Mädchen aus sehr gutem Hause taten das – *vor allem* Mädchen aus sehr gutem Hause. Sie trafen Offiziere in Nachtklubs und nahmen sie mit in die verlassenen Stadthäuser ihrer Eltern.

Isabel war schließlich kein Unschuldslamm. Da war auch Johnson gewesen. Die Röte, die ihm ins Gesicht stieg, wenn er Isabel ansah. Ihr Ausdruck, geringschätzig, aber wissend …

Andererseits konnte das Baby auch von Sir Reginald sein. Die Tatsache, einen Titel zu haben, bedeutete schließlich nicht, dass man über den Dingen stand. Wann genau war Isabel ihrem Gatten zum ersten Mal begegnet?

Felix kehrte in Gedanken zu Lew zurück.

Sie wartete ein paar Tage, bis sie die Frage stellte, die sie bewegte. Zum Glück hatte sie einen Vater, der einem offenen Gespräch nicht aus dem Weg ging. »Wenn ein Schwarzer und eine weiße Frau Kinder haben, welche Farbe haben die dann?«

Er legte seine Zeitung ab. »Meine Güte, Felicity, wen kennst du denn in dieser Situation?«

»Keinen. Aber es gibt doch kein Gesetz, das das verbietet, oder?«

»Nein, es sei denn, du lebst in Deutschland oder in manchen Gegenden im tiefen Süden von Amerika. Rassenmischung nennen sie es. Aber gemischtrassige Kinder haben für gewöhnlich eine sehr anziehende Kaffeefarbe.« Er sah sie besorgt an. »Pass auf, mit wem du über derartige Dinge redest. Manche Menschen sind etwas eigen, wenn es um die Rassenfrage geht, sie verbreiten allen möglichen Unsinn.«

Die Geburtsanzeige erschien, als sie in den Sommerferien wieder zu Hause in Harrogate war. »BARRINGTON, Sir Reginald und Mrs Isabel, ein Sohn, Justin«. Ob sie die Ankunft von Baby Justin auch öffentlich gemacht hätten, wenn er die Farbe von Kaffee hätte? Vielleicht hätten sie es dann eisern geleugnet. Felix musste das Baby sehen. Wieso sollte sie es nicht erfahren? Wären sie und David nicht gewesen, hätte Isabel Lew niemals kennen gelernt.

»Ich würde gern zwei Tage früher zur Schule zurück, wenn es dir nichts ausmacht«, sagte sie zu ihrem Vater. »Eine Freundin hat mich zu sich eingeladen. Sie lebt auf dem Land in der Nähe der Schule.«

Er blickte von seiner Zeitung auf. »Ihre Mutter hat sich nicht bei mir gemeldet.«

»Dann muss der Brief in der Post verloren gegangen sein.« Verdammt, sie hasste es, so zu lügen. Aber er würde ihr sonst nie erlauben, nach London zu fahren.

Eine Weile schwieg er. Sie drückte die Daumen. »Nun, ich bin froh, dass du Freundinnen gefunden hast. Du bist alt genug, und ich traue dir zu, dass du vernünftig bist.«

Sie wandte sich rasch ab, damit er ihre errötenden Wangen nicht sah.

Seit ihrer letzten heimlichen Reise nach London hatte sie ihr Taschengeld auf die hohe Kante gelegt, aber es war nicht viel. Sie hatte genau vier Shilling. Und keine Ahnung, wo sie bleiben sollte, wenn sie nach London kam. Oder wie sie sich was zu essen besorgen sollte. Die Londoner Lebensmittelhändler würden ihre Lebensmittelkarte nicht akzeptieren.

Die fallenden Bomben, von denen am nächsten Morgen in den Nachrichten die Rede war, brachten sie auf eine Idee. Die morgendliche Sprechstunde hatte begonnen, und sie traf ihren Vater an seinem Schreibtisch an, wo er Berichte schrieb.

»Verbringen die Londoner die Nächte wieder in den Bunkern?«, fragte sie ihn so beiläufig wie möglich.

»Wird wohl so sein.«

»Bekommen sie da unten auch was zu essen?«

»Ich habe gehört, dass es Tee und Brötchen geben soll.«

Freie Kost und Logis in einem Bunker, mit fallenden Bomben darüber. Verglichen mit dem langweiligen alten Harrogate und seinen Frauen, die sich mit ernsten Gesichtern für ihre Butterration anstellten, klang das gar nicht so schlecht. Zum ersten Mal war sie froh, dass Mrs Derby mit ihren strengen Fragen nicht mehr da war. Die Haushälterin lebte nun in Bexhill bei der Familie eines Zahnarztes.

Der Arzt runzelte leicht die Stirn. »Du passt aber auf, meine Liebe, nicht wahr? Ich bin mir sicher, dass Mrs Murdison mich für sehr leichtsinnig halten würde, dich in Zeiten wie diesen einfach losziehen zu lassen.«

»Was geht sie das an?«, murmelte Felix.

»Wie auch immer«, fuhr er fort, »ich bin mir sicher, dass die Familie deiner Freundin gut auf dich aufpasst. Wie heißt sie übrigens?«

»Phoebe Lewis.« Sie schaute zu Boden.

Er schüttelte den Kopf, als er die Karte vor sich sah. »Weißt du, Mr Crabbe würde es viel besser gehen, wenn er sich nur dazu überreden ließe, jeden Tag ein klein wenig Obst zu essen…«

Felix packte einen kleinen Koffer mit dem Notwendigsten und sagte ihrem Vater, sie brauche ihre Schuluniform erst, wenn die Schule offiziell anfing.

»Ich werde dich vermissen«, murmelte er auf dem Bahnsteig, gab ihr einen unbeholfenen Kuss und schob ihr eine Zehn-Shilling-Note in die Hand. Sie versuchte, nicht die Nase zu rümpfen, als sie den Geruch schalen Brandys in seinem Atem roch. Er hatte ihr *People's Friend* zum Lesen gekauft. »Streng dich in Algebra und Latein an und achte darauf, mindestens zwei Flaschen Wasser am Tag zu trinken, damit deine Verdauung gut funktioniert.«

Die Frau neben Felix schnalzte missbilligend mit der Zunge.

»Wir sehen uns an Weihnachten«, sagte Felix durchs Fenster, aber als der Zug aus dem Bahnhof fuhr und seine Gestalt immer kleiner wurde, wurde ihr weh ums Herz. Er hatte ihr bereits gesagt, dass er sie in der Halbzeitpause des Trimesters nicht besuchen könnte. Und irgendwoanders konnte sie nicht hin. Sie hatte überlegt, ihn zu fragen, ob nicht der Gutsherr sie für einen kurzen Ferienaufenthalt in Dorking aufnehmen könnte, aber es schien ihr dann doch anmaßend zu sein, nachdem die Familien so lange keinen Kontakt zueinander gehabt hatten.

Als sie am King's Cross den Bahnhof verließ, kamen ihr die Straßen noch kaputter vor als im Januar. Ihr Budget erlaubte kein Taxi, also brach sie zu Fuß in südliche Richtung zum Belgrave Square auf. Sie besaß keinen Stadtplan und den ihres Vaters wollte sie sich nicht ausleihen, weil sie befürchtete, dass er dadurch auf ihren Plan aufmerksam würde. Also hatte sie sich den

Weg eingeprägt. Westlich entlang der Euston und dann der Marylebone Road. In südlicher Richtung in die Oxford Street nach Mayfair. Über Green Park und vorbei am Buckingham Palace. Dann waren es nur noch ein paar Häuserblocks bis zum Belgrave Square.

Dieses Mal hatte sie sich auf einen langen Fußmarsch eingestellt. Zu ihrer Enttäuschung heulten keine Sirenen, als sie die weiten Flächen von Regent's und Hyde Park umrundete, die man zum Großteil für den Gemüseanbau umgegraben hatte und als Weidefläche für Schafe benutzte. Sie wünschte, sie hätte sich was zum Trinken gekauft, und war froh, als sie im Green Park einen Trinkbrunnen entdeckte. Am Buckingham Palace verweilte sie ein paar Minuten lang im Schatten einer Kastanie, schaute hoch zur Standarte am Fahnenmast und wunderte sich, wie nah sie König und Königin war. Als sie die ramponierte Pracht des Belgrave Square erreichte, war sie außer Atem, und der Griff ihres Koffers hatte einen roten Striemen in ihre Hand gegraben.

Sie hatte keine Ahnung, in welchem der Häuser Isabel lebte, und setzte sich auf eine der Türstufen, um einen Plan auszuarbeiten. Mit etwas mehr Weitsicht hätte sie vorab im Telefonbuch nachgesehen, aber hier gab es keine öffentlichen Telefonzellen, und der Gedanke, sich auf den Weg zu einer Bibliothek oder einem Postamt zu machen, schreckte sie ab. Sie hatte Kopfschmerzen. Was für ein Idiot war sie nur. Wie groß war ihre Chance überhaupt, Baby Justin zu Gesicht zu bekommen? Das Beste wäre, gleich zur Schule zu fahren. Dort wäre man zwar überrascht, sie zu sehen, aber ihr fiele sicherlich eine Ausrede für ihr frühes Eintreffen ein.

Ein Lieferjunge auf einem Fahrrad verlangsamte sein Tempo und sprang ab. Als sie ihn fragte, wo die Barringtons wohnten, beäugte er ihre schäbigen Sandalen und ihre Bluse aus gelochtem Baumwolltrikot und deutete mit dem Kopf auf die andere Seite des Platzes. »Rote Tür.«

Es war Nachmittag. Ob Isabel oder ihr Kindermädchen – Isabel hatte sicherlich ein Kindermädchen – ihren Spaziergang nach dem Mittagessen schon beendet hatte, den wohl jeder, der Babys hatte, zu machen pflegte? Wo mochte das Baby jetzt sein, in einem Kinderwagen unter einem Baum im Garten mitten auf dem Platz? In seinem Kinderzimmer für die Nachmittagsmahlzeit? Sie wanderte durch die Gärten, die nun mit Stangenbohnen und Kartoffeln bepflanzt waren, und starrte auf die rote Tür.

Eine Sirene heulte, und wie zur Antwort kam aus dem St. James' Park ein Sperrfeuer. Die Leute in den Gärten gaben missbilligende Laute von sich und verdrehten die Augen, sammelten ihre Zeitschriften, die Strickarbeit und die kleinen Kinder ein. Keiner schien in Eile zu sein. Da war er also – ihr erster Luftalarm. Vielleicht sah sie ja einige dieser unbemannten Flugzeuge, von denen alle sprachen. Irgendwo in der Nähe musste ein Bunker sein. Sie hielt Ausschau nach einem Hinweisschild. Nichts. Sie sollte fragen. Die kleine Landmaus, die nicht wusste, wie es in der Stadt zuging. Sie sah ein Mädchen ihres Alters, das an der Leine eines Cockerspaniels zog. Das Mädchen warf einen Blick auf Felix' abgewetzte Sandalen und zog eine Braue hoch.

»Komm, Wilberforce, wir gehen runter in den Keller.«

Die Sirene klang jetzt dringlicher, und der Platz hatte sich geleert.

Als sie ein paar Häuserblocks entfernt eine Explosion hörte, rannte Felix in eine Seitenstraße und an ein paar Läden vorbei, um einen Unterschlupf zu suchen.

»Wir werden alle sterben!« Ein Betrunkener lugte lüstern aus einem Torweg und blies ihr seinen Fuselatem ins Gesicht. Sie lief in eine Gasse, stolperte auf dem holprigen Pflaster und riss ihren Arm, mit dem sie sich an ihren Koffer klammerte, hoch, um nicht zu fallen. Über ihr rumpelte es. Felix blickte hoch und sah die Silhouetten der Flugzeuge. Sie schlich zurück zum Platz. Isabel würde sie doch gewiss ins Haus lassen?

Ein paar Straßen weit weg donnerte es. Eine Reihe schwächerer Schläge folgte, Mauerwerk fiel zu Boden. Auf dem Gehweg waren die Erschütterungen zu spüren.

Sie erreichte Isabels rote Eingangstür, sprang zur Türglocke hoch und hämmerte gleichzeitig mit dem Türklopfer gegen die Tür.

Keine Antwort.

Über ihr kam das Heulen der Flugzeuge näher und näher. Gleich würde ihr übel. Sie nahm ihren Koffer, rannte wieder auf den Gehweg und weiter zum Kellergeschoss hinunter. Vielleicht hatte die Familie unterhalb des Straßenniveaus Schutz gesucht und konnte sie nicht hören.

Sie legte eine Hand auf den Griff der Kellertür. Wieder wackelte das Pflaster, und eine Explosion knallte Felix in den Ohren. Die Tür flog auf, und sie fiel hinein, den Koffer immer noch fest im Griff. Sie schlug die Tür zu und ließ sich auf Hände und Knie fallen, kroch über die schwarz-weißen Fliesen, bis sie den Küchentisch erreichte.

Das wilde Herzklopfen hörte auf. Zwar konnte eine Bombe auf das Dach des Hauses fallen, sie hatte gehört, dass kein Gebäude einem direkter Treffer standhielt, aber sie fühlte sich jetzt sicherer. Ein Wasserhahn tropfte in eine Emaillespüle, tröstend, alltäglich. Eine Uhr tickte. Felix bemerkte, dass sie sich ihre rechte Wade aufgeratscht hatte. Jetzt hatte sie zu bluten aufgehört. Über ihr polterte eine neue Explosionswelle. Dann wurde das Wimmern der Motoren schwächer. Das Sperrfeuer dauerte noch ein paar Minuten an, dann wurde es eingestellt.

Wieder eine Sirene. Nun kamen sie alle aus den Bunkern und Kellern. Was würde Isabel wohl sagen, wenn ihre Bediensteten Felix hier unten wie ein verängstigtes Tier entdeckten? Sie stand auf und schüttelte beschämt den Ziegelstaub aus ihrem Haar. Sie war nach London gekommen, um das Baby zu sehen, und genau das würde sie nun auch tun. Wenn sie schon mal hier war, konnte sie doch auch Isabels schickes Haus in Augenschein nehmen, oder? Wäre doch interessant zu sehen, ob es groß genug war, um Sir Reginald aufzuwiegen.

Sie versteckte ihren Koffer unter einem Haufen Zeitungen in der Speisekammer. Irgendwo im Haus musste es Fotos von dem Kind geben. Wenn sie sich beeilte, könnte sie eins finden und aus dem Haus sein, ehe jemand zurückkam.

Sie zog ihre Sandalen aus und nahm sie in die Hand, um auf Zehenspitzen die Treppe zur Diele hochzusteigen. Die meisten Leute hatten ihre Bediensteten wegen des Kriegsdienstes entlassen, deshalb rechnete sie damit, dass nur ganz wenige Bedienstete im Haus waren. Außerdem dürfte dies eine recht ruhige Tageszeit für sie sein: Das Mittagessen war vorüber, zum Nachmittagstee war es noch zu früh. Das hatte sie jedenfalls von ihren Beobachtungen des Personals auf Fontwell Manor in Erinnerung behalten. Sie legte ihr Ohr an die zweite Tür, an der sie vorbeikam. Stille. Sie öffnete die Tür, die ins Wohnzimmer führte, das wegen der geschlossenen Blendläden düster war. Zwei Fotos auf dem Bernstein-Flügel, beides Hochzeitsfotos von dem Tag auf dem Standesamt.

Sie lief hoch zum oberen Treppenabsatz. Eine der Türen stand ein wenig offen, ihr Blick fiel auf einen mit Duftwässern und Puderdosen überladenen Ankleidetisch. Auf diesem Tisch stand inmitten von Mitsouko und Guerlain das in Silber gerahmte Bild eines Kindes mit blasser Haut und hellem Haar.

Was für ein Narr war sie doch gewesen, sich was anderes einzubilden. Als sie nach unten sah, entdeckte sie, dass ihre aufgerissene Wade wieder blutete. Sie wollte nachsehen, ob Isabel in ihrer Kommode ein sauberes Taschentuch hatte. Sie zog die oberste Schublade auf. Die Kante eines in Leder gebundenen Buchs schaute heraus. Felix' Herz klopfte aufgeregt, als sie es herauszog.

Das Tagebuch von jemand anderem durchzublättern, war das Schlimmste, was man tun konnte. Sie tat es auch erst nach reiflicher Überlegung. Außerdem wollte sie auch nicht die Einträge lesen, sondern nur sehen, welchen Zeitraum sie umfassten.

Das erste Datum lag nur einen Monat zurück.

»Letzte Nacht habe ich sein Rasiermesser genommen. Ich sagte ihm, ich würde mir meine Pulsadern aufschneiden, wenn er mich nicht ans Meer fahren lässt. Oder wenigstens aufs Land. London bringt mich um. Und er hasst mich. Er meinte, ich solle nicht hysterisch sein. Ich ritzte meine Haut mit der Klinge, und es kam ein wenig Blut. Er packte das Rasiermesser und schlug mich ins Gesicht. Der Arzt kam und gab mir was zur Beruhigung. Ich schlief nahezu 24 Stunden und fühlte mich sehr krank, als ich wach wurde. Habe Justin zwei Tage lang nicht gesehen. Die Kinderfrau sagt, ich würde ihn durcheinanderbringen.«

Felix überflog die folgenden Seiten: Gäste zum Abendessen, ein erfolgloser Versuch, Salat im Garten auf der anderen Straßenseite anzubauen, Isabel ertrug es nicht, die letzten Rosen aus dem kleinen Garten hinter ihrem Haus herauszureißen, sie erinnerten sie an Fontwell. Es gab Spaziergänge mit der Kinderfrau und dem Baby zu verschiedenen Londoner Parks und Beschreibungen des Wiedereinsetzens der Luftangriffe. Isabel fand die Hauptstadt schmuddelig, war jedoch erleichtert ob der großen Auswahl an wunderbaren Friseuren.

Der letzte Eintrag sah interessanter aus.

»Habe versucht, sie wiederzusehen. Ich nahm ein Foto ihres Enkels mit. Aber die Fenster waren verrammelt, und das Dach hatte ein Loch. Vielleicht ist sie tot. Oder verletzt. Was kümmert es mich? Sie hat mich abgelehnt. Ich sollte sie vergessen, wie der Gutsherr es mir geraten hat. Ich wünschte, ich könnte wieder bei ihm leben. Aber Reginald sagt, das gehe nicht –

ich würde ihn im Stich lassen, wenn ich wegzöge. O Lew. Du warst nur ein Junge vom Land aus Georgia, warst nie irgendwo anders, ehe du nach England kamst… Als ich Fontwell verließ, nahm ich den ersten Mann, den ich finden konnte. Ich war so traurig und wirklich verzweifelt. Du hast mir Selbstrespekt beigebracht. Du wolltest mich nicht einmal küssen, sagtest, es sei nicht recht, da du zu Phoebe gehörst. Wenn sich die Dinge anders entwickelt hätten, wäre ich vielleicht ein Landmädchen geworden, wie Felicity Valance das vorgeschlagen hat. Die kleine Felix mit den funkelnden Augen und der Grazie einer Katze. Was für ein Schlamassel. Warum habe ich ihn gewählt? Es ist, als hätte ich den einzigen Menschen gefunden, der mich garantiert dazu bringt, Ekel vor mir selbst zu empfinden, als wäre ich wirklich genauso schlimm, wie meine Mutter das immer von mir behauptet hat. Am liebsten würde ich schreien.«

Felix schlug das Buch zu, ließ es auf den Nachttisch fallen und rannte aus dem Zimmer. Sie holte sich ihren Koffer aus dem Keller und lief dann auf die Straße hinaus, wo es schon dunkelte.

Ein Polizist zeigte ihr den Weg nach Paddington und versicherte ihr, dass ein weiterer Bombenangriff in dieser Nacht unwahrscheinlich sei. »Zufallsangriffe bei Tag, das haben wir jetzt«, sagte er. »In Paddington kann dir nichts passieren. Geh zu den Damen von der Heilsarmee, die machen dir bestimmt einen Kakao. Vielleicht findest du sogar was zum Schlafen.«

22

Minna

Tom steckt seinen Kopf durch die Tür des Wintergartens. Die ganze letzte Stunde über habe ich gemerkt, wie er in der Küche herumhantierte, abspülte und vom Grillen alles wegräumte. Ich hatte Gewissensbisse. Aber nicht stark genug, um mich von Felix wegzureißen. »Ich gehe jetzt zu Bett.« Er nickt Felix zu. »Schön, Sie kennen gelernt zu haben.«

Sie knöpft ihre Strickjacke zu.

»Ich gehe auch.«

»Nein.« Mein Ton ist schrill. Sie sehen mich beide überrascht an. »Noch nicht.« Felix setzt sich wieder.

»Ich lass euch dann allein.« Tom verschwindet.

»Entschuldigung.« Ich spüre, wie meine Wangen erröten. »Ich möchte nicht penetrant sein. Aber mir scheint, wir haben ein ganzes Stück der Geschichte ausgelassen.«

»Es ist schmerzhaft.« Ihr Seufzer ist bei dem Sturm kaum zu hören. »Ich habe das alles so viele Jahre geheim gehalten. Und nie damit gerechnet, wieder hierherzukommen.«

»Bis Tom und ich die Leiche fanden.«

Unsere Blicke treffen sich. »Ja. Sie wurden Teil der Geschichte.« Sie faltet die Hände. »Also gut, ich fahre an der Stelle fort, als wir Lew und Isabel mittags am Strand zurückgelassen haben. Wir wussten, dass die

Militärpolizei noch immer Fragen stellte. Ich blieb am Nachmittag zu Hause.«

Felix 1943

Es klopfte an der Tür, gerade als Mrs Derby die Verdunkelungsrollos herunterzog. »Geh du für mich, meine Kleine.«

Die zwei ungleichen Militärpolizisten standen auf der Schwelle.

»Dürfen wir reinkommen, Miss?«, fragte Dick. Felix trat beiseite, um sie in die Diele eintreten zu lassen. »Wir haben heute Nachmittag weitere Gerüchte über den Negersoldaten gehört, der sich in diesem Tal aufhält. Hast du was gesehen, als du angeln warst?«

Sie schüttelte den Kopf. Mrs Derby kam aus der Küche. »Ihr Vater ist unterwegs. Sie sollten ohne seine Erlaubnis nicht mit ihr reden.«

»Das ist eine ernste Angelegenheit, Ma'am. Wir brauchen unseren Soldaten wieder.«

Mrs Derby schüttelte den Kopf. »Herrgott noch mal, ich habe Ihnen doch schon gesagt, dass ich seit gut zwanzig Jahren niemand so Exotischen mehr hier gesehen habe. Nicht seit Bailey's Zirkus. Auf der Gemeindewiese von Swanham war das. Damals, das war 1923, hatten die einen Fakir dabei, der über ein Nagelbett lief.«

»Warum wollen Sie ihn zurückhaben?« Die Worte gingen Felix über die Lippen, ehe sie wusste, dass sie sie ausgesprochen hatte. »Damit Sie ihn foltern können? Ihn zusammenschlagen? In einer Zelle einsperren?«

»Felicity!«

»Ist schon gut, Ma'am.« Dick lächelte Felix an. »Wir misshandeln unsere Soldaten nicht, Miss. Egal welche Hautfarbe sie haben.«

»Da habe ich aber was anderes gehört.«

Sie sahen einander an. »Dann hast du ihn also gesehen?«

Felix starrte auf das Abzeichen an seiner Kappe, bis es an den Rändern verschwamm. *Sie* würde man doch wohl nicht foltern, oder? Sie war britischer Untertan. Das Telefon läutete.

»Na, das kann ja nicht wahr sein, sie haben die Leitung wieder gerichtet.« Mrs Derby ging ins Arbeitszimmer. »Sie entschuldigen mich, das könnte ein Patient sein, der den Doktor braucht.«

Doof wartete, bis sie die Tür geschlossen hatte. »Miss, jeder Tag, der verstreicht, macht die Lage für den Gefreiten Campbell nur noch schwieriger. Du würdest ihm damit einen Gefallen tun.«

»Das würdest du tatsächlich«, bekräftigte Dick die Worte seines Partners. »Du möchtest doch sicher nicht, dass er hart bestraft wird.«

»Haben Sie nicht gerade gesagt, so etwas tun Sie gar nicht?«, erwiderte sie aufbrausend.

»Soldaten brauchen Disziplin. Vor allem in Kriegszeiten. Aber wir brauchen den Gefreiten Campbell. Er ist zu nützlich, um ihm durch schlechte Behandlung Schaden zuzufügen. Gerade jetzt brauchen wir jeden Mann, den wir kriegen können.« Doofs Augen hielten die ihren fest, so dass sie nicht einmal zu blinzeln wagte. »Du weißt, was hier auf dem Spiel steht, Miss.«

»Sie lassen die schwarzen Soldaten nur Jeeps fahren

und Vorräte transportieren. Sie dürfen nicht einmal kämpfen.«

Seine Augen verweilten auf den ihren. »Du glaubst wohl, es sei unwürdig, Jeeps zu fahren und Versorgungsgüter zu transportieren? Hast du gesehen, was passiert, wenn Armeen nichts mehr zu essen haben? Wenn die Männer nicht die Ausrüstung bekommen, die sie brauchen?« Er schüttelte den Kopf. »Jeder Soldat zählt. Ob er nun Kisten mit Trockenmilchpulver stapelt oder die Deutschen aufspießt. In Italien kämpfen amerikanische Neger gegen die Deutschen. Es ist nicht ausgeschlossen, dass der Gefreite Campbell Vergleichbares tun kann. Aber er muss zurückkommen.«

Sie klammerte sich ans Geländer.

»Wir werden ihm nicht wehtun. Eine disziplinarische Maßnahme müssen wir durchziehen, das verstehst du doch?« Sein Blick hielt stand. »Aber je länger er wegbleibt, desto schwieriger wird es für ihn.«

»Er war auf dem Rückweg. Er hat sich den Knöchel verletzt. Es war ein Unfall.« Jetzt plapperte sie drauflos.

Doof nickte. »Wir wissen, dass er ein guter Mann ist.« Seine Stimme war nun leise und respektvoll.

»Ich habe versprochen, keinem was zu sagen.«

»Es ist zu seinem Besten.« Dick verschränkte seine Arme. Felix hörte die Uhr an der Wand ticken.

»Das ist deine Chance, dich als seine wahre Freundin zu erweisen«, sagte Doof. »Denk nur an die Karriere, die er bei uns machen könnte. Überleg doch, was er wegwirft.«

»Er ist am Strand.« Sie hörte die Worte, als kämen sie von jemand anderem. »In einer Höhle am hinteren Teil des Strandes.«

Er lächelte. »Danke, Fräulein.«

»Und Sie versprechen, dass Sie ihm nichts antun?«

»Das verspreche ich«, er machte einen Schritt auf sie zu und legte ihr die Hand auf die Schulter, »du bist ein gutes Kind.«

Felix wartete, bis sich die Tür schloss, wirbelte dann herum und rannte zur Küche.

»Wohin gehst du?«, wollte Mrs Derby wissen, die gerade aus dem Arbeitszimmer kam.

»Davids Eulen füttern.« Felix stürzte durch die Hintertür und rannte so schnell wie noch nie in ihrem Leben. Sie musste Lew sagen, was sie getan hatte, ihm und David versichern, dass es das Richtige war. Die Lichter des Motorrads mit den Militärpolizisten leuchteten vor ihr. Sie würde die Abkürzung durch den Wald nehmen und wäre vor ihnen auf dem Klippenpfad.

23

Minna

»Sie haben es ihnen gesagt?« Ich kann nur hoffen, mich nicht anklagend anzuhören. Ich kann Felix' Entscheidung verstehen. Die Militärpolizei war Lew auf der Spur, es war nur noch eine Frage von Stunden, von höchstens einem Tag, ehe sie ihn ohnehin erwischt hätten.

Sie nickt. »Gott helfe mir.«

»Mir scheint dies eine vernünftige Entscheidung gewesen zu sein. Vor allem, nachdem das Wetter sich verschlechterte.« Ich überlege mir meinen nächsten Satz sehr genau. »Dann kam die Polizei also zum Strand, und Lew versuchte zu entkommen?«

Sie sagt nichts.

»Das war doch nicht Ihr Fehler.«

Sie schweigt noch immer.

»Sie haben es in der besten Absicht getan.«

Sie lässt den Kopf hängen. »David hat es nie so gesehen.«

»Er machte Ihnen Vorwürfe?«

»Er hasste mich für das, was ich getan hatte.«

»Er war noch ein Junge.«

Sie hebt ihr Gesicht, und ich sehe, wie die Erinnerung an Davids Vorwurf sie quält. »Jahrelang hat er nicht mehr mit mir gesprochen. Obwohl ich versucht habe, Lew aus dem Wasser zu helfen.«

Jetzt bin ich wirklich baff. »Sie waren dabei, als es passierte?«

Ein Nicken. Sie greift nach ihrem Glas Wasser und spült es hinunter wie eine Angeklagte im Zeugenstand, die unter dem Kreuzverhör zusammengebrochen ist.

»Ich verstehe nicht, warum Sie darüber Stillschweigen bewahrt haben?«

Ihre Hand umklammert das Glas. Als sie mich ansieht, sitzt vor mir das verängstigte Mädchen und nicht eine Frau in den Siebzigern.

»Ich hatte Angst.«

Felix 1943

Felix klopfte das Herz bis zum Hals. Sie fegte über den Strand, die Kieselsteine spritzten hoch und brannten an ihren Waden. Gelächter drang zu ihr. »Lew!«, schrie sie. Die Stimmen hielten inne. Lews Kopf guckte über die Felsen. Sein Gesichtsausdruck sagte ihr, dass er um den Ernst der Lage wusste.

»Was ist los?« Isabels Kopf mit ihren wie ein lockerer Seidenschal auf ihren Schultern liegenden Haaren tauchte ebenfalls auf, sie blinzelte, als wäre sie geweckt worden. Aber ihre Augen waren schärfer als Felix sie jemals gesehen hatte. »Es kommt jemand, nicht wahr?«

»Die Militärpolizisten. Sie werden in wenigen Minuten hier sein.«

Isabel betrachtete sie aus schmalen Augen. »Du hast es ihnen gesagt, nicht wahr? Du hast ihn verpetzt?«

»Es ist alles gut.« Felix sah Lew an. »Sie haben versprochen, ihn fair zu behandeln.«

»Du kleines Miststück.« Isabels Stimme war eisig. Sie schubste Lew an der Schulter. »Lauf los.«

»Nein, bleiben Sie, es ist besser, sich von ihnen mitnehmen zu lassen«, flehte Felix ihn an. Lew schaute von einem zum anderen.

»Warum hast du es ihnen erzählt, Missy?«

»Sie sagten, es wäre alles in Ordnung. Wenn Sie jetzt mit ihnen zurückgehen, wird man Sie nicht schlecht behandeln.«

Lew runzelte die Stirn. »Vielleicht hast du recht. Früher oder später werden sie mich doch erwischen.«

»Sie sagen, Sie sollten an Ihre Zukunft denken, was aus Ihnen werden könnte in der Armee.« Felix packte ihn am Arm. »Denken Sie darüber nach, Lew.«

»Ich finde nach wie vor, dass du weglaufen solltest«, meinte Isabel verzweifelt. »Versteck dich für eine Weile. Vielleicht könnte der Gutsherr dir helfen, das Land zu verlassen, nach Irland oder sonst wohin.«

»Irland?« Felix lachte. »Bist du jetzt völlig verrückt? Was sollte Lew denn in *Irland*?«

Ein Stück weiter am Strand hoch knirschte Kies. »Sie sind da!«, sagte David.

»Geh!«, sagte Isabel.

Felix sah stecknadelgroße Lichter: die Lichtstrahlen der Taschenlampen der Militärpolizisten.

Lew kletterte auf die Felsen hinter ihnen, der Fluchtinstinkt schien ihn plötzlich von der Polizei wegzutreiben wie ein von Terriern aufgescheuchtes Kaninchen.

»Gehen Sie nicht!« Felix kletterte ihm hinterher. »Es wird alles gut. Sie haben es versprochen.« Sie konnte Lews schemenhafte Gestalt vor sich auf den Findlingen sehen, aber er hatte bereits einen Vorsprung, bewegte sich schneller als sie es konnte. Dann verschwand er. Sie blieb stehen und starrte in die Dunkelheit. Füße sprangen auf die Felsen neben ihr. David zog sie zu Boden. »Wo ist er?«, zischte er.

»Er ist einfach verschwunden. Gerade habe ich ihn noch gesehen, dann war er weg.«

Isabel sah sie mit finsterer Miene an. »Diese Polizisten sind direkt hinter uns. Legt euch flach.«

Felix hob ihren Kopf. »Nein, wir sollten …«

»Halt den Mund!« Isabel packte Felix' Taschenlampe und schaltete sie aus.

Von hinten drangen Fetzen des Gesprächs zwischen Dick und Doof zu ihnen: »… ich dachte, ich hätte ein Licht gesehen …«

»… ich habe nichts gesehen …«

Jetzt drückte auch David Felix nach unten und hielt ihren Arm umklammert, so dass es wehtat. Er legte einen Finger an seine Lippen. Felix hörte die Stiefel knirschend näher kommen. Jetzt mussten sie die Höhle erreicht haben.

»Ist da jemand?«

Sie versuchte, sich David zu entwinden, aber er hielt sie fest.

»Sag ja nichts«, fauchte er. Der Wind hatte sich gelegt, so dass man hören konnte, was sie sagten.

»Leuchte doch mal mit der Lampe um die Felsen«, rief Dick.

»Da ist eine Art Höhle.«

»Und sieh mal – Gräten.«

»Dann hat das kleine Mädchen also die Wahrheit über unseren Nigger gesagt?«, meinte Doof.

»Ja. Aber der Vogel ist ausgeflogen.«

»Verdammter Kerl.« Sie schnüffelten noch eine Weile herum.

»Lass uns von hier weggehen.« Dick klang müde.

Felix hörte, wie sie sich knirschend entfernten.

»Wenn's fünf Tage lang regnet, und der Himmel ist so dunkel wie die Nacht«, sang Doof im Weggehen, *»dann weißt du, dass ein Unglück übers Tiefland kommt bei Nacht.«*

»Hab gar nicht gewusst, dass so viel Blues in dir steckt…« Ihre Stimmen verloren sich.

Endlich schaffte Felix es, sich freizukämpfen. »Wo ist Lew? Kannst du ihn sehen?«

»Ich weiß nicht.« David zog sie hoch. »Komm.«

»Gib mir meine Taschenlampe zurück«, herrschte sie Isabel an, die sie ihr zuwarf.

Ihre Kleider waren durchweicht und lagen kalt und schwer wie Ketten um ihren Körper. Zitternd folgte sie den beiden. »Lew! Lew! Sie sind weg, wo sind Sie?«

David erklomm einen großen Felsen und blieb stehen. »Da ist er! Im Wasser!« David verschwand auf der anderen Seite.

»Er kann nicht schwimmen. O Gott!« Isabel legte die Hand auf den Mund.

»Warte.« Felix kletterte über den nassen Stein, ihre Füße in den Turnschuhen tasteten sich über Löcher und Spalten. Unmöglich zu sagen, wo glitschiger, gefährlicher Seetang lag. Mehrmals rutschte sie ab und gewann ihr Gleichwicht nur, indem sie sich am Fels festhielt und sich die Hände an den scharfen Kanten aufriss. Ihre schwache Taschenlampe war so gut wie nutzlos, sie stopfte sie in ihre Tasche. Die Wellen umbrandeten sie tosend, und ihre Kälte pumpte ihr die Luft aus den Lungen. Ihre Lippen schmeckten salzig. Sie sah David, der sich über ein großes dunkles Wasserloch beugte, sich ausstreckte, um eine formlose schwarze Gestalt unter ihm zu packen zu bekommen. Er drehte seinen Kopf ein wenig, als sie halb kletternd, halb fallend neben ihm landete.

»Er ist schwer, ich kann ihn nicht halten.« Sie warf sich neben ihm zu Boden und packte Lews durchweichten Mantel.

»Lass dich nicht reinziehen, Missy«, schrie er. Ein Schleier schien auf seinen Augen zu liegen, und er zitterte.

»Das wird nicht passieren, Lew.«

»Wenn du glaubst, du fällst, lässt du los, hörst du?« Aber seine Worte waren jetzt schwach und beim Donnern der Wellen kaum noch zu hören.

Sie nickte.

»Tut mir leid, Lew, es tut mir so leid.«

»Ist nicht dein Fehler.« Eine Welle brach an ihm, und er tauchte unter die Oberfläche. Jetzt konnte sie nur noch sein Käppi sehen.

»Zieht ihn raus!«, schrie Isabel hinter Felix.

»Er ist schwer.« Sie griff noch tiefer hinab, und es gelang ihr, ihre Hände unter Lews Arme zu schieben und David somit etwas von seiner Last zu nehmen.

»Auf drei. Eins, zwei, drei«, sagte David mit angespannter Stimme.

Lews Oberkörper hob sich langsam aus dem Wasser. Die nächste Welle brach sich an ihm und spülte ihn nach oben. Felix' Arme zitterten vor Anstrengung. Gemeinsam zogen sie ihn aus dem Wasser und legten ihn auf den flachen Fels, beide keuchten vor Erschöpfung.

Hinter sich hörte Felix ein Stöhnen, Isabel hatte sie eingeholt.

David warf seinen Kopf auf Lews Brust. Er lauschte einen Moment, dann hob er ganz langsam seinen Kopf. »Er ist tot.«

»Das kann nicht sein!«, schrie Isabel.

»Er war zu lange unter Wasser.«

Felix legte eine Hand in Lews Nacken und suchte nach einem Puls unter der kalten Haut.

Sie sprang auf. »Ich hole jetzt meinen Vater, er rettet ihn.«

David zerrte sie zurück. »Es ist zu spät.«

Sie ertrug es nicht, in Lews Gesicht zu sehen.

»Wir können ihn nicht so liegen lassen«, flüsterte Felix.

»Er ist tot.«

»Nein.« Er konnte unmöglich tot sein. Nicht nachdem er mit ihnen im Sand gesessen und ihnen gesagt hatte, sie sollten das Leben genießen. Nicht nachdem er den Kormoran gezeichnet und ihnen von Maisfeldern und vom Mond vorgesungen hatte.

David zog sie an der Schulter. »Komm schon.«

Sie berührte Lews Wange, nur um sicherzugehen, aber sie fühlte sich an wie Stein an einem Wintermorgen. »Wir müssen es jemandem erzählen.«

»Überlassen wir ihn dem Meer.«

»Er hat Familie in Amerika, eine Mutter, einen Vater; sie werden nie erfahren, was mit ihm passiert ist.« Felix stellte sich eine alte dunkelhäutige Frau vor, die auf ein Telegramm, einen Brief wartete und jedes Mal aufsprang, wenn jemand an der Tür klopfte, in der Hoffnung, er könnte Nachrichten von ihrem Sohn bringen.

»Schade, dass du dir das nicht überlegt hast, ehe du alles ausgeplaudert hast«, giftete Isabel sie an.

»Wir müssen ihnen erzählen, was passiert ist.«

»Man wird seine Erkennungsmarke finden und seine Familie ausfindig machen. Wenn sie uns mit ihm zusammen entdecken, stecken wir alle in Schwierigkeiten«, sagte David. »Sie werden glauben, du seiest heruntergekommen, um ihn zu warnen, dass sie ihm auf der Spur sind.«

»Sie wissen bereits, dass wir ihm Essen und Unterschlupf gegeben haben.« Sie ließ sich von ihm auf die Füße ziehen.

»Isabel hat vielleicht noch ein wenig mehr als das getan.«

»Halt's Maul.« Isabel zitterte. »Haltet jetzt beide den Mund.«

»Wir sollten sein Geld nehmen«, schlug David vor. »Er wollte, dass Phoebe es bekommt. Wenn sie es bei ihm finden, wissen sie nicht, dass es für sie ist.«

»Wie kann man jetzt nur an so etwas denken?«, empörte sich Isabel.

»Er hat recht.« Felix beugte sich hinab und fummelte in Lews Jacke, bis sie in einer seiner Taschen das Bündel Scheine fand, feucht, aber noch als solche zu erkennen. »Das ist das Einzige, was wir noch für ihn tun können.«

Der Wind beruhigte sich, säuselte nur noch, anstatt zu heulen, und die Wolken zogen weiter und gaben den Blick auf einen Lichtstreifen über der dunklen Masse des Meeres frei, als würde der Himmel sich öffnen, um Felix die Absolution zu erteilen. Sie musste an Lews sanft schaukelnden Körper denken, beugte sich vor und übergab sich. David zog Isabel hoch, sie gingen bereits los, ließen Felix am Kiesstrand allein zurück. Sie öffnete ihre Lippen, um sie zu bitten, auf sie zu warten, schloss sie dann aber wieder.

24

Felix 1943

Am nächsten Morgen kam Felix um halb neun Uhr zum Frühstück herunter und hoffte inbrünstig, dass ihr Vater seins bereits beendet hatte.

»Felicity?« Sie fluchte insgeheim. »Du stehst spät auf, Kind. Hast du schlecht geschlafen?«

»Ja.«

Die Augen ihres Vaters ruhten besorgt, aber freundlich auf ihr, als wäre sie eine seiner Patientinnen. »Ich erhöhe die Dosis deiner Eisentabletten. Du brauchst sie, jetzt, da du in die Pubertät kommst.«

Sie senkte den Blick auf ihre Schuhe, die von ihrer nächtlichen Kletterei über die Felsen abgescheuert waren.

»Mrs Derby sagte, du seiest gestern Abend Hals über Kopf aus dem Haus gerannt. Als wären die Hunde hinter dir her, meinte sie.«

»Ich hatte vergessen, den Eulen Wasser zu geben.« Wie rasch ihr in letzter Zeit die Lügen über die Lippen gingen.

Jemand klopfte an der Tür, und im selben Augenblick läutete das Telefon.

»Gütiger Gott im Himmel, kann es denn nicht einen Moment lang friedlich sein? Mrs Fuller kann es nicht sein, die habe ich gestern gesehen. Vielleicht Mr Days entzündeter Fußballen? Mrs Gants wunder Finger?«

Mrs Derby ging ans Telefon. »Warten Sie, ich hole den Doktor«, hörten sie sie sagen.

Felix stand auf. »Ich werde die Tür aufmachen.« Er nickte zum Dank, als sie aufstand und öffnete.

Dick und Doof standen draußen.

»Oh.«

»Guten Morgen, Miss. Wir müssen dir ein paar Fragen stellen.« Dick sah müde aus.

»Warst du gestern Abend am Strand«, erkundigte sich Doof und bohrte seine Augen in ihre.

Sie schüttelte den Kopf.

»Sieh mal, wir sind da runtergegangen, um nach unserem Mann zu suchen, nachdem du uns gesagt hast, er sei dort. Wir glaubten ein Licht zu sehen, aber wir haben niemanden gefunden.«

»Vielleicht hat er Sie kommen hören und ist weggerannt.«

»Über die Felsen?«

Sie zuckte die Achseln.

Doof schüttelte den Kopf. »Dieser verrückte Teufel – entschuldige bitte, Miss. Es hat ihm offenbar nichts ausgemacht Kopf und Kragen zu riskieren.«

»Ich wollte nur, dass er sicher ist«, sagte sie.

»Das wissen wir, Missy.« Doofs Hände berührten ihre. »Das hat er sich selbst zuzuschreiben.«

Sie brachte kein Wort heraus.

»Wir suchen weiter. Pass gut auf dich auf.«

Sie hörte ihren Vater die Sprechzimmertür öffnen. »Das mache ich.« Sie zwang sich zu einem Lächeln und schloss die Tür.

»Wer war das?«

»Militärpolizei.«

»Suchen die immer noch nach ihrem Mann?« Ihr Vater seufzte. »Ich frage mich, warum sie es nicht mal woanders versuchen, hier ist er doch offensichtlich nicht.« Wenn sie ihm doch nur erzählen könnte, was passiert war, und er für sie wieder alles ins Lot brächte.

»Ich muss los zu meinen Hausbesuchen. Wenigstens funktioniert das Telefon wieder.« Er gähnte. »Die letzte Nacht war hart. Ich war bis zwei Uhr morgens auf.« Er nahm seine Tasche und tätschelte ihr den Kopf.

War er bei einem Patienten gewesen? Sie hatte ihn nicht weggehen hören, doch als sie endlich einschlief, war es ein tiefer, erschöpfter Schlaf gewesen. Mrs Derby holte den Besen aus dem Schrank und begann die Diele zu fegen. Keine Chance, das Haus ungefragt verlassen zu können, und Felix wollte mit keinem außer David reden. Sie könnte ihm doch sicherlich begreiflich machen, warum sie mit Dick und Doof gesprochen hatte? Sie rannte nach oben, öffnete ihr Schiebefenster und schwang sich auf die übliche Weise auf den Blauregen hinaus. Demnächst wäre sie zu schwer dafür, bereits jetzt sah sie, wie sich die Zweige vom Mauerwerk lösten. Aber bis es so weit war, würde sie hier natürlich schon gar nicht mehr wohnen. Ihre Beine waren so bleiern und kalt, dass sie sie kaum über den Rasen trugen. Sie brauchte fast zwanzig Minuten, um zum Gutshaus zu gelangen. Am Tor hielt sie inne und beschloss, zur Hintertür zu gehen, für den Fall, dass die Militärpolizisten noch herumhingen.

Sie klopfte leise, und Schritte näherten sich. Davids Augen zogen sich zusammen, als er sie sah. »Was willst du?«

»Ich wollte dir alles erklären.«

Er verschränkte seine Arme vor der Brust.

»Sie sagten, es sei das Beste, denn je länger er wegbliebe, desto schlimmer würde er bestraft. Ich habe nicht gedacht, dass es so endet.«

»Offensichtlich hast du überhaupt nicht nachgedacht«, sagte er.

»Wenn er nicht vor ihnen weggerannt wäre, würde er jetzt noch leben.«

»Willst du damit sagen, dass es mein Fehler ist?«

»Nein!« Sie hörte die Wildheit in ihrer Stimme. »Natürlich nicht.«

Jemand im Haus rief. »Ich muss gehen, Isabel ist krank. Der Schock.« Sein Gesichtsausdruck machte deutlich, dass er ihr auch dafür die Schuld gab.

»Hat sie was …«

Er schüttelte den Kopf. »Aber man hat gerade deinen Vater rufen lassen. Sie hat versucht, eine Überdosis zu nehmen. Der Gutsherr befürchtet, dass er sie entmündigen lassen muss.«

Felix warf einen Blick über ihre Schulter, obwohl sie wusste, dass ihr Vater durch die Vordertür eintreten würde.

Es schien David schwerzufallen, ihr in die Augen zu schauen. »Felix«, sagte er schließlich sehr leise. Sie starrte ihn an und wusste bereits, was er sagen würde, wusste, dass sie es nicht ertragen konnte. »Wir dürfen uns nicht mehr sehen.«

»Warum?«

»Wir müssen uns unsichtbar machen, damit sie uns vergessen. Wenn sie Lews Leiche finden, wird es schwer, zu erklären, was passiert ist. Es wird eine gerichtliche Untersuchung geben. Wir werden vor Gericht angehört.«

»Angenommen, Sam quatscht?«

»Er glaubt nur, dass wir da unten geangelt haben. Er hat Lew nie gesehen.«

»Er weiß, dass wir ihn ausgeschlossen haben.« Sie erinnerte sich an das Schmollgesicht des Jungen.

»Sam wird nichts ausplaudern.«

Im Gegensatz zu dir, vollendete sie den Satz für ihn.

»Du darfst nie, niemals ein Wort über Lew verlieren. Versprichst du mir das?«

Sie hob ihren Blick. »Aber die Polizei weiß doch bereits, dass ich bei ihm war.«

»Aber sie wissen nicht alles. Sie wissen nicht, dass auch Isabel unten am Strand war.«

»Ich verspreche es.«

»Sorg dafür, dass du diesmal Wort hältst.«

»David!« Das Gebrüll des Gutsherrn füllte den Durchgang. »Komm und bring Wasser für Isabel!«

»Ich muss gehen.« Er biss sich auf die Lippe. »Ich hielt dich immer für eine gute Freundin.«

Ihre Lippen öffneten sich, um ihn anzuflehen, aber kein Laut drang heraus. Er wandte sich ab. Sie lief zum Tor zurück, unter ihren Füßen raschelten tote Blätter.

25

Minna

Das Unwetter zieht nun vorüber und lässt einen pechschwarzen Himmel ohne Mond und ohne Sterne zurück, nur Dunkelheit. Ich schalte eine Lampe an. Da ich keine Uhr trage, habe ich keine Ahnung, wie spät es ist, aber es dürfte spät sein. Über mir höre ich Wasser durch die Leitungen rinnen. Tom macht sich bettfertig. Ich ertrage es nicht, mit ihm allein zurückzubleiben. Felix darf nicht gehen.

»David war unglaublich ungerecht.«

»Wahrscheinlich nicht mehr als ich verdient hatte.«

»Wohl kaum. Sie konnten das doch nicht vorhersehen.« Ihren Augenausdruck kann ich nicht erkennen. »Sie haben über Lew Stillschweigen bewahrt?«

»Ich habe nichts gesagt. Ich versuchte zu vergessen. Manchmal gelang es mir. Aber dann tauchte er plötzlich wieder auf, meist in der Nacht, in meinen Träumen, aber manchmal glaubte ich ihn auch bei hellem Tageslicht zu sehen.«

Ein oder zwei Mal in den letzten Monaten bin ich vom Garten ins Haus gelaufen, überzeugt, Benjy drinnen schreien zu hören, deshalb finde ich das, was sie mir erzählt, überhaupt nicht merkwürdig.

»Es wurde ziemlich beunruhigend.«

Felix 1944

Lew saß auf dem Pult vor Felix und begann über den am Himmel aufziehenden Mond zu singen. Trotz aller Bemühungen, ihn zu verdrängen, verhinderten die tiefen Töne, dass die Erklärung der Lateinlehrerin an der Tafel zu ihr durchdrang.

»Vielleicht möchte Feliciy Valance uns ja den Ablativ erklären, da sie es offenbar nicht nötig hat, dem Unterricht zu folgen.« Die schimpfende Lehrerin verschränkte ihre Arme und sah Felix mit hochgezogener Braue an. Die Klasse kicherte. Felix' Wangen brannten.

Geh weg, sagte sie lautlos zu Lew. *Ich kann mich nicht gleichzeitig mit dir und Latein befassen*. Er nickte und glitt vom Felsen ins Wasser, geschmeidig wie ein Seehund.

Felix versuchte die Kiesel abzuschütteln, die sie unter ihren Füßen spürte, und ihre Augen vor dem Plätschern der Wellen zu verschließen, die so laut waren, dass sie sich wunderte, warum der Rest der Klasse sie nicht hören konnte.

Wenn abends die Lichter ausgeschaltet wurden, kehrte Lew zurück.

»Du machst nachts einen fürchterlichen Lärm«, teilte ihr die Aufsichtsschülerin am nächsten Morgen mit missbilligender Miene mit. »Du schreist und stöhnst. Vielleicht solltest du mal zur Schwester Oberin gehen, Felicity.«

»Tut mir leid.« Felix mochte die Oberin mit ihrer Pillen- und Tränkleinsammlung, aber sie konnte sich nicht vorstellen, dass diese stämmige Frau mittleren Alters in ihrer weißen Schürze ihr irgendwas geben könnte, was die Schuld von ihr nahm.

Gelegentlich schrieb ihr Vater ihr und schlug vor, in den Ferien ein Mädchen mit nach Hause zu bringen.

»Ich komme lieber allein nach Hause«, antwortete sie ihm. »Ich habe während des Trimesters schon genug mit ihnen zu tun.«

»Es gefällt dir also nicht auf dem Internat?«, fragte er sie in seinem nächsten Brief.

»Ich habe nichts gegen Geschichte und Geografie.«

Man musste aufpassen, was man schrieb, denn die Lehrer lasen ihre Briefe, ehe sie sie abschickten.

»Ich dachte, es sei das Beste für dich«, schrieb er zurück. »Ich werde über Alternativen nachdenken, aber das kann einige Zeit dauern.«

Ihr Herz machte einen Freudensprung und klammerte sich an die Aussicht auf Erlösung.

Als sie das nächste Mal nach Hause kam, fiel ihr auf, dass er zu trinken aufgehört hatte. Das Weiß seiner Augäpfel, die sie als gelblich oder von roten Äderchen durchzogen in Erinnerung hatte – manchmal beides – war klar. Oft hörte sie ihn frühmorgens pfeifen. Anfangs machte sie den Erfolg der Landung der Alliierten dafür verantwortlich; im Juni 1944 wirkten alle viel fröhlicher. Aber als sich der Krieg ohne absehbares Ende hinzog, hielt die gute Laune ihres Vaters an. Eine Frau? Wenn die neue Liebe seines Lebens Mrs Murdison hieß, würde sie von zu Hause weglaufen.

Eine Woche nach ihrer Rückkehr schickte er sie mit einer halben Crown und einem Lebensmittelbuch los, um etwas Gebäck zum Tee zu besorgen. »Es gibt da jemand, den du kennen lernen sollst.«

Felix lief auf der Suche nach Kuchen durch die Straßen von Harrogate und entschied sich schließlich für ein paar Scones aus einer Bäckerei fast am anderen Ende der Stadt. Daheim legte sie diese in der Küche auf einen Teller und klopfte dann mit pochendem Herzen an der Wohnzimmertür.

Eine kleine pummelige Frau mit breitem Lächeln saß neben ihrem Vater auf dem Sofa. »Köstliche Scones!«, sagte sie. »Oh, wie werden wir verwöhnt.«

Durch Rebecca Wheatley, die 1945 Felix' Stiefmutter wurde, entwickelte sich eine viel größere Nähe zu ihrem Vater als in den Jahren nach dem Tod ihrer Mutter. Sie waren sich so nah, dass Felix manchmal überlegte, ob sie ihm nicht die Sache mit Lew anvertrauen sollte. Aber sie hatte David ein Versprechen gegeben und hatte vor, es zu halten.

Becky zog in das Haus in Harrogate ein und sorgte mit ihren mitgebrachten hellen Läufern und Teppichen und den warmen Farben, in denen die Wände gestrichen wurden, für Behaglichkeit. »Es tut mir leid, das sagen zu müssen«, sagte sie, als sie die braune Tapete in Felix' Zimmer ablöste, »aber wie die meisten Männer hat auch dein Vater überhaupt keine Ahnung in Einrichtungsdingen.« Sie setzte sich mit gefurchter Stirn auf ihre Hacken, um die freigelegte Wand zu begutachten. »Ich dachte an Lavendel für diesen Raum. Und wie wäre es mit ein paar neuen Vorhängen?«

»Wir bekommen doch niemals den Stoff dafür, oder?«

»Wir können die nehmen, die ich aus meinem alten Esszimmer mitgebracht habe. Sie sind aus pflaumenfarbenem Samt. Hübsch.«

Zwei Jahre vergingen. Ihr Vater sprach von Fontwell. Der Feind war endlich besiegt, jetzt wollte er sein Haus zurück. Hohe Räume und Elektrizität reichten nicht aus, um seine Sehnsucht nach dem Tal zu mildern. »Yorkshire mag ja ganz schön sein, aber es war immer nur als Übergangslösung gedacht«, erklärte er Becky.

»Ich habe keine Probleme damit, an der Südküste zu leben«, sagte sie. »Ich bin in Poole zur Schule gegangen.«

»Würdest du das hier nicht vermissen?«, sagte Felix mit Blick auf die frisch gestrichenen Wände.

Becky zuckte mit den Schultern. »Mir fällt es leicht, neu anzufangen.«

»Und du meine Süße, würdest du nicht auch gern wieder nach Hause zurückkehren?«, wandte ihr Vater sich an Felix.

Sie zwang sich zu einem Lächeln.

Becky beobachtete sie. »Weißt du, ich denke Felix braucht ihre Zeit in London.«

»London?« Beim Doktor klang es wie Gomorrha.

»Es ist jetzt absolut sicher. Und es wird dir gefallen, was meinst du, meine Liebe?«

»Ja.« Felix war selbst überrascht, dass sie sich für diese Idee begeistern konnte. »Vielleicht könnte ich einen Kurs oder so etwas belegen.«

»Ich wollte, dass du auf die Universität gehst«, sagte ihr Vater.

»Ich möchte arbeiten. Sekretärinnen verdienen gutes Geld.«

Er musterte sie eine Zeitlang. »Ich erinnere mich, wie sehr du diese alten Bergsteigerbücher geliebt hast. Ich hatte davon geträumt, dich in die Schweiz zu schicken, damit du dort die Schule beendest. Dort könntest du Ski fahren und klettern. Aber der Krieg hat dem allen ein Ende gesetzt.«

»Der Krieg hat vielem ein Ende gesetzt«, entgegnete sie kurz angebunden.

Er sah Becky an und meinte dann achselzuckend: »Es ist deine Entscheidung.«

26

Felix 1947

Felix' rechte Hand tappte nach dem Fensterbrett und verfehlte es. Eine Sekunde lang glaubte sie den Halt zu verlieren und wappnete sich schon für den sieben Meter tiefen Fall auf die Straße. Was würde ihr Vater sagen, wenn er erfuhr, dass sie in den Tod gestürzt war, nur weil sie wieder ihren Schlüssel für die Eingangstür vergessen hatte? Wie verdammt blöd konnte man aber auch sein! Ihre linke Hand klammerte sich an das Abflussrohr, und sie konnte ihre Position an der Wand wieder sichern. Dann hob sie ihren rechten Fuß auf einen Ziegelstein und schob die Zehen in die Lücke, wo der Verputz abgebröckelt war. Die kriegsbedingten Schäden am Mauerwerk hatten auch was Gutes.

Jetzt erreichten ihre Finger auch das Fensterbrett. Sie atmete durch. Sie schob den Topf mit Geranien zur Seite. Eine kurze Ruhepause, dann würde sie sich hineinschwingen.

Unter ihr kamen Schritte um die Ecke. Die Vermieterin. Verdammt. Sie würde wieder runtergeputzt, weil sie beim Einsteigen erwischt worden war. Keine Zeit, Atem zu holen. Sie legte alle Kraft in ihre Arme, zog sich hoch, wand sich durchs Fenster und landete kopfüber auf ihrem Bett. Gott sei Dank. Sie schielte aus dem Fenster. Ein junger Mann starrte zu ihr hinauf. Sie riss die Augen auf.

»Felix dem Namen nach, und Felix dem Wesen nach. Was um Himmels willen machst du da?«

»Hab mich ausgesperrt.« Sie war überrascht, dass ihr ihre Stimme gehorchte.

»Und vom An-die-Tür-Klopfen hältst du wohl nicht viel?«

Sie grinste ihn an. »Die Vermieterin wird immer gleich sauer.« Da fiel ihr ein, dass Mrs Auden scharfe Ohren hatte, und zuckte zusammen. Aber es kam kein tadelnder Kopf aus dem Erdgeschossfenster.

»Wie hast du das geschafft?«, wollte David wissen.

»Ich bin auf meinen Fahrradsattel geklettert«, sie zeigte mit dem Kopf auf das Fahrrad, das an der Wand lehnte. »Dann auf den Fenstersims im Erdgeschoss. Auf die Veranda und dann hoch zu diesem Fenster.« Unterhielten sie sich wirklich so, wie Freunde? Er hasste sie doch, oder nicht?

»Eine Katze könnte es nicht besser machen.«

»Komm hoch.« Sie rechnete damit, dass er Ausflüchte fand.

»Gern.«

Sie schloss das Fenster und lehnte sich an die sich lösende Tapete, bis ihr Herzschlag sich wieder beruhigt hatte.

London überraschte sie zwei Jahre nach Kriegsende immer noch mit seinem Bauschutt und den versengten Ziegeln. Seine Bewohner wirkten noch abgerissener und müder als damals bei ihrem geheimen Besuch in Isabels Haus. Felix hatte sich in der Unterkunft eingelebt, die Becky für sie in einem Haus nahe der Goodge Street organisiert hatte.

»Es liegt in Fitzrovia«, erklärte Becky ihr mit stolzer Miene. »Eine Literatengegend. Vermutlich werden dir Dichter und Schriftsteller über den Weg laufen.« Schon nach wenigen Wochen in ihrem neuen Zuhause stand für Felix fest, dass dieser Ruf übertrieben war. Die Jowett Street machte einen recht verwegenen Eindruck – Mülleimer, die auf dem Gehweg standen, wild wuchernde, verstaubte Blumenkästen. Die viktorianischen Einfamilienhäuser und Wohnblöcke mit ihren roten Ziegeln hätten ganz hübsch aussehen können, wenn sich jemand die Mühe gemacht hätte, die Fenster zu putzen und die Treppen zu fegen. Aber selbst Mayfair und Belgravia wirkten dieser Tage heruntergekommen mit den Bretterverschlägen vor den Fenstern und den fehlenden Eisengeländern. Der Krieg war vorbei, aber London schien seine Schwermut nicht abstreifen zu können. David klopfte an die Tür, und sie öffnete ihm.

»Es ist lange her.« Ihre Stimme war zittrig. Hoffentlich bemerkte David das nicht.

»Zu lange.«

»Komm rein.«

Die Wärme in den Räumen verstärkte den würzigen Duft der Geranien auf ihrem Fensterbrett, ihre Bromley-Seife und den leicht unangenehmen Geruch der Milch, die sie heute Morgen in den Spülstein geschüttet hatte, ohne richtig nachzuspülen.

»Entschuldige, dass es so unaufgeräumt ist«, sagte sie. »Ich habe irgendwie nie genug Zeit, Ordnung zu machen.« Sie fing den Blick auf, mit dem er den Stapel Zeitungen auf dem Fußboden und ihr nicht abgewaschenes Frühstücksgeschirr auf dem Tisch betrachtete. »Lass mich das hier schnell wegräumen.« Sie packte das

Bündel korallenfarbener Unterwäsche und Strümpfe, das auf dem Wohnzimmerboden lag.

Er ging zu dem verschmierten Fenster und sah hinaus. »Ich gehe diese Straße ziemlich oft entlang, wenn ich in der Stadt bin.«

»Ich mache einen Sekretärinnenkurs.«

»Und wie gefällt dir das?«

Sie rümpfte die Nase. »Es sind ein paar nette Mädchen darunter. Ich habe gehört, du studierst Medizin, wie gefällt es dir?« Sie hörten sich an wie Leute, die sich gerade erst begegnet waren.

Sein Gesicht begann zu leuchten. »Ich bin begeistert. Und ganz fantastisch ist, dass ein guter Freund aus der Schule an derselben Uni Klassische Philologie studiert.«

»Ich war mir immer sicher, dass diese ganze Tierpflege mal zu was Großem führen muss.«

»Es war ein guter Einstieg, um mir grundlegende medizinische und anatomische Kenntnisse anzueignen.«

»Was ist aus deinem Tierkrankenhaus geworden?« Das hatte sie sich oft gefragt.

Sein Gesicht verdüsterte sich. »Die Eulen habe ich in Surrey freigelassen. Hab sie nie wieder gesehen. Der Igel ist auf der Reise gestorben, ist verdurstet. Das Kaninchen lahmte noch immer so sehr, dass ich es nicht freilassen konnte, also nahm ich es in einer Kiste mit nach Harrow. Eines Nachts hat es jemand zum Spaß rausgelassen. Da fiel es dem Jack Russel des Hausmeisters zum Opfer.«

»Du musst dieses Internat gehasst haben.« Felix konnte sich nicht vorstellen, wie er es dort aushalten konnte. Sie hatte St. Agatha nur mit Widerwillen besucht, und war ihrer Meinung nach immer die Zähere von ihnen beiden gewesen.

»Anfangs habe ich jede Sekunde dort verabscheut. Wenn ich mich nicht mit Charlie angefreundet hätte – er ist derjenige, der auch mit mir nach Cambridge gegangen ist –, wäre es schrecklich gewesen. Aber mit Charlie hat man viel Spaß.«

»Ich war auf Isabels Hochzeit. Ich dachte, du wärst dort.« Seine Augen wurden groß. »Sie hat mich nicht gesehen, ich habe mich hinter einer Zeitung versteckt.«

Er schüttelte den Kopf, und ein Grinsen breitete sich auf seinem Gesicht aus.

»Du hast Nerven, Felix.«

»Ich bin von der Schule abgehauen. Es ist ihnen gar nicht aufgefallen, dass ich weg war.« Sie erzählte ihm, wie sie sich zur Abendessenszeit in die Schule geschlichen und sich dabei den Jubel wegen eines Schulsiegs zunutze gemacht hatte, um unbemerkt in den Schlafsaal zu kommen.

Das Grinsen war zu einem Strahlen geworden. »Ich ziehe den Hut vor dir. Ich bekam in dieser Woche eine Mandelentzündung und landete im Krankenhaus. Ansonsten wäre ich auch auf dem Standesamt gewesen.«

»Schade«, sagte sie leichthin. Von dem Bündel Geldscheine, das sie mit nach Holborn genommen hatte, erzählte sie ihm lieber nichts. Sie wollte auch nicht über Isabel und deren Affären reden; sie wollte, dass David auf sie, auf Fontwell zu sprechen kam.

»Wie fandest du Sir Reginald?«

Sie suchte krampfhaft nach einer diplomatischen Formulierung.

Er lachte. »Ich sehe das auch so. Ich bin mir nicht sicher, ob diese Ehe wirklich sehr glücklich ist.«

»Lass uns was trinken«, schlug Felix vor. »Ich habe irgendwo ein paar Flaschen Bier. Aber erzähl es nicht meiner Vermieterin.«

»Versprochen.«

Sie holte sie aus einem Schrank, während er es sich auf dem durchgesessenen Sofa bequem machte, das sie à la Becky unter einem alten Schal zu verstecken versuchte. »Das ist gemütlich.« Er klang fast neidisch.

»Tut mir leid, dass dein Glas angeschlagen ist.« Für sich holte sie einen Becher, weil sie nur das eine Glas hatte.

»Wäre mir gar nicht aufgefallen.« Er trank einen großen Schluck. »Großartig, genau das habe ich jetzt gebraucht.« Seine Stimme senkte sich. »Felix?«

»Was?«

»Es tut mir leid, was ich in dieser schrecklichen Nacht in Fontwell zu dir gesagt habe.« Seine Augen schienen sie anzuflehen. »Ich hoffe, du kannst mir verzeihen.«

Ihre Wangen brannten. »Ich hatte es wohl verdient.«

»Nein, du hattest recht anzunehmen, dass Lew sicherer wäre, wenn er sich selbst stellt. Ich weiß auch nicht, warum ich mir so sicher war, dass er besser weglaufen sollte. Er wirkte plötzlich so verängstigt, wie ein Hase, der vor Hunden davonläuft.« Er ließ die Schultern hängen. Sie schwiegen.

»Die Militärpolizisten machten einen vertrauenswürdigen Eindruck.« Sie sah noch immer die Gesichter von Dick und Doof vor sich.

»Das waren sie sicherlich auch. Wenn sie Lew gefangen genommen hätten, hätten sie damit nur ihre Pflicht getan. Es war grausam von mir, dir Vorwürfe zu machen. In dem Moment waren wir wohl alle überfordert. Und dazu kam noch die Sorge um Isabel.« Er trank sein Bier aus und schielte zu ihr. »Sind wir wieder Freunde?«

»Natürlich.« Sie streckte ihre Hand aus und hoffte, dass ihre Augen sie jetzt nicht im Stich ließen und losheulten.

Er drückte sie. »Gott sei Dank.« Er seufzte. »Ich möchte dich zum Abendessen einladen, um das zu feiern. Ein paar Häuserblocks weiter ist ein zypriotisches Lokal, das gar nicht so schlecht ist.«

Auswärts essen gehen. Sie war nun schon seit Monaten in London und war noch nie in einem Restaurant gewesen, abgesehen von den Lyons Corner Houses, wo sie mittags manchmal einkehrte. Sie ging in Gedanken ihren Schrank mit den wenigen Kleidungsstücken durch, die darin hingen. Felix hatte eine Liebe zu Kleidern entdeckt, aber die ließ sich nicht umsetzen, solange es noch Kleidermarken und wenig Angebot gab.

»Es ist alles ganz ungezwungen.« Er hatte seine Fähigkeit, ihre Gedanken zu lesen, nicht verloren und beruhigte sie.

»Ich mache mich nur noch frisch.« Ihr Magen machte verrückte Dinge. Das hier war David, ein Freund aus Kindertagen, der Junge, der sie schmutzig und zerzaust gesehen hatte. Warum hatte sie nun das Gefühl, sich das Haar bürsten und Lippenstift auftragen zu müssen?

»Lass dir Zeit.« Er lehnte sich zurück und nahm die im Atelier entstandene Sepia-Aufnahme ihrer Mutter in die Hand. Kaum zu glauben, dass sie nun schon neun

Jahre tot war. Wenn Felix die Augen schloss, war sie wieder im Schlafzimmer ihrer Eltern, um ihr einen Abschiedskuss zu geben, klammerte sich an ihren Vater, während Mamas Atemzüge immer mühsamer wurden und schließlich aufhörten. Wenigstens hatte sie den Krieg nicht mehr miterlebt; Tod und Aufruhr wären Martha verhasst gewesen.

Felix schob dieses Bild von sich und fand noch eine saubere Bluse in dem Haufen neben ihrem Bett.

Als sie zu dem Restaurant in der Charlotte Street schlenderten, betrachtete sie ihn heimlich. Sein Haar hatte immer noch die kräftige Kastanienfarbe, die sie aus der Kindheit kannte, und sein Lächeln war genauso warmherzig, aber sie bezweifelte, dass in seinen Taschen heute noch Vogelskelette und Bindfadenstücke steckten. Sie konnte sich gut vorstellen, wie ihn die klugen und weltgewandten Frauen in Cambridge umschwärmten. Wahrscheinlich hatte er eine Schar von Freundinnen, die alle unvorstellbar gelehrte Fächer studierten. David führte sie an einer Reihe verrammelter Cafés vorbei und blieb vor dem Restaurant stehen. Er hielt ihr die Tür auf und plauderte mit dem Restaurantbesitzer, der ihn gut zu kennen schien.

»Dann bist du also übers Wochenende gekommen?«, fragte sie ihn, als man ihnen einen Ecktisch zuwies.

Nach kurzem Zögern sagte er: »Das ist richtig.«

»Was für ein Zufall, dass du einfach so die Straße herunterkommst.«

Er hantierte mit dem Besteck. »Ich habe deinen Vater gefragt, wo du wohnst. Ich dachte, es sei an der Zeit, dass wir uns wieder vertragen.«

»Ich bin froh, dass du es getan hast. Erzähl mir von der Schule.«

»Als ich ankam, war ich ein Krüppel.«

»Wegen Lew?«

Er schielte über seine Schulter. »Ja.« Dann schüttelte er den Kopf. »Ist doch verrückt, oder? Ich rechne immer noch damit, dass die Polizei an meine Tür klopft und mich fragt, warum ich seinen Tod nicht gemeldet habe.«

»Mir geht es genauso.« *Und Lew sitzt manchmal auf meinem Bett*, wollte sie noch hinzufügen. Aber sie hatte Angst, David könnte sie für verrückt halten.

»Komisch, da haben wir einen Weltkrieg miterlebt, und der Tod eines einzelnen Menschen lässt uns nicht mehr los.«

»Mein Freund Charles sagt oft, dass das Besondere mehr zählt als das Universelle.« Davids Augen nahmen einen träumerischen Ausdruck an. »Wie die Kriegsbabys – jeder hat gelesen, dass seit 1939 die Rate der unehelichen Geburten gestiegen ist, aber das sind nur Zahlen. Bis man dann an einzelne Kinder denkt.« Er biss sich auf die Lippe.

Sie legte ihre Gabel ab. »Was?«

»Phoebe war doch schwanger, oder? Deshalb hat er doch auch versucht, ihr das Geld zukommen zu lassen.« David zählte es an den Fingern ab. »Sagen wir, das Kind wurde im Frühjahr 44 geboren, dann wäre es jetzt etwa vier.«

Das war es also, was Lew mit den Problemen von Frauen gemeint hatte. Wie begriffsstutzig sie gewesen war. Lew hatte ein Kind gezeugt, aber es war das von Phoebe, nicht das von Isabel. Sie lachte kurz auf. »Komisch, Lew war in so vieler Hinsicht ein Gentleman.« Sie erinnerte sich, wie er von seinem Predigeronkel erzählt hatte.

»Lew war ein guter Kerl, aber er war ein Soldat in Kriegszeiten, weit weg von zu Hause bei einem Mädchen, das ihn bewunderte. Die englischen Mädchen waren ganz aus dem Häuschen wegen der farbigen GIs. So viel Aufmerksamkeit zu widerstehen, dürfte nicht leicht gewesen sein.«

Felix kaute an ihrem Lamm, das die Konsistenz von Teppichgewebe hatte, und trank den dünnen Wein. Phoebe hätte ganz schon zu kämpfen, ihr Kind großzuziehen, ohne zu wissen, was aus dem Vater geworden ist. Wie hatte sie das wohl geschafft, ohne Lews Geld? Felix beschloss, dem Gespräch eine andere Richtung zu geben. »Hast du schon eine Idee, für welche medizinische Fachrichtung du dich entscheiden wirst, wenn du deinen Abschluss hast?«

Davids Gesicht entspannte sich. »Ich bin mir noch nicht ganz sicher. Vielleicht Allgemeinmedizin wie dein Vater. Aber Charles meint, ich sollte mich spezialisieren.«

Charles schien zu vielen Themen eine Meinung zu haben.

Nach den ersten Schlucken schmeckte der Wein gar nicht mal so schlecht. Sie hielt ihr Glas hoch, um sich nachschenken zu lassen. »Papa war immer gern Allgemeinmediziner, aber der Gesundheitsdienst greift in seine Arbeitsweise immer mehr ein.«

David rollte ein Stück Brot zwischen seinen Fingern. »Mir gefällt die Idee, dass zwischen Arzt und Patient kein Geld mehr im Spiel ist.«

»Vater meint, es gab immer Wege, sich um arme Patienten zu kümmern. Denk doch nur daran, wie er Sams Mutter behandelt hat. Obwohl er sie am Ende doch nicht retten konnte.« Mrs Fuller war etwa ein Jahr, nachdem sie von Fontwell weggezogen waren, gestorben. Aber Felix wollte nicht daran denken, dass Sam seine Mutter verloren hatte, nicht an einem Abend wie diesem.

»Hast du das von Sam gehört?«

»Nein.« Die Kälte in ihrer Brust sagte ihr, dass schlimme Nachrichten kamen.

»Nachdem seine Mutter gestorben war, schickten sie ihn und Philip, du weißt schon, seinen Bruder, auf einem Dampfer nach Amerika.«

Felix wusste, was er ihr jetzt erzählen würde.

»U-Boote?«

»Es war wirklich großes Pech, damals hatten die Angriffe schon weitestgehend aufgehört.«

»Aber Sam …?« Auf ihren Augen lag ein Schleier.

»Sein Bruder sah ihn im Wasser, nachdem das Boot gesunken war, aber er hat ihn aus den Augen verloren, als sie sie in die Rettungsboote zogen. Als ein Rettungsschiff sie aufnahm, war er verschwunden.«

Sie biss sich auf die Lippe. »Ich habe ihm nie schwimmen beigebracht. Obwohl er ständig gebettelt hat. Ich habe ihn immer nur vertröstet.«

David drückte ihr die Hand. »Das Wasser war eiskalt – es hätte auch nichts gebracht. Und sie hatten Schwimmwesten an. Wahrscheinlich ist er an seinen Verletzungen gestorben.«

Sie schüttelte den Kopf. »Trotzdem. Ich hätte es ihm beibringen sollen.« Felix ließ ihr Lamm stehen.

»Du isst ja gar nichts.« Er sah sie besorgt an.

Sie stocherte in ihrem Salat. Was für eine Freude, Kopfsalat zu sehen, ein rarer Leckerbissen in der Hauptstadt. Aber sie konnte nur ein paar Gabeln essen.

David beobachtete sie. »Möchtest du einen Nachtisch? Hier gibt es ein griechisches Baklava fast wie vor dem Krieg.«

»Fast?«

»Eigentlich ist es wie Linoleum bedeckt mit Motoröl.«

Sie bekam Heimweh nach Mrs Derbys Bread-and-butter Pudding oder Beckys Sirupbrötchen in Vanillesauce. »Dann lieber doch nur einen Kaffee.«

Er begleitete sie durch die erleuchteten Straßen zurück, wo die Amseln in den knospenden Bäumen ihre herzzerreißenden Lieder sangen. »Erinnerst du dich an Fontwell in Nächten wie dieser?«, fragte sie ihn.

Er seufzte. »Der Mai war dort am schönsten; Mai oder der zeitige Juni, wenn die Blätter so grün waren, dass es schon fast dekadent aussah.«

»Wir reden so, als gäbe es diesen Ort gar nicht mehr.«

»Vielleicht ist das ja auch so, wenn wir nicht dort sind.«

Sie schwiegen wieder. Ihr fiel ein, wie um diese Jahreszeit die Hundsrosen über Nacht erblühten, wie die späten Schwertlilien in Miss Foss' Garten im Wind ihre Köpfe wiegten. Wie das ganze Tal nach frisch geschnittenem Gras duftete. Wie das Meer so früh im Jahr noch den Winter in sich trug – man musste bis Juli oder August warten, um bei angenehmer Temperatur zu schwimmen. Das Bild von Sam, der im kalten, tintenblauen

Wasser kämpfte, tauchte unvermittelt vor ihr auf, und sie schluckte. Noch ein Geist.

Vor ihrer Unterkunft blieb David stehen, legte seine Hände auf ihre Schultern und zog sie an sich. »Ich vermisse dich so sehr«, flüsterte er. »Ich habe mir nie verziehen, was ich zu dir gesagt habe.«

Etwas geschah mit ihrem Körper, sie fühlte sich schwerelos und benebelt. Jede Ader ihres Körpers schien zu prickeln. Sie hob ihr Kinn. Er küsste sie leicht auf ihre Lippen, ließ seine Hände fallen und packte sie dann um die Taille.

»Warum nicht, Teufel noch mal?«, murmelte er, als wolle er sich vor sich selbst rechtfertigen. Der zweite Kuss hatte gar nichts Leichtes mehr.

Der Sommer verging. Als am Trinity College das Trimester zu Ende war, kehrte David nach Dorking zurück, von wo aus er mindestens zweimal die Woche den Zug nahm, um zu ihr hochzufahren. In der Zwischenzeit wartete er, ob er mit dem Medizinstudium beginnen konnte, oder ob er erst zum Militärdienst einberufen wurde.

Ihr Sekretärinnenkurs ging zu Ende, aber sie blieb in London. »Ich muss mich nach einer Stelle umsehen«, schrieb sie ihrem Vater. »Es ist besser, ich bin hier vor Ort, falls sich plötzlich was ergeben sollte.«

Sie hatte sich mit Maureen Smith angefreundet und in ihr nun eine Gefährtin für Spaziergänge im Park während der Mittagspause, und für Kinobesuche unter der Woche. Wenn David nicht in der Stadt war, gingen sie am Samstagabend manchmal im Hammersmith Palais tanzen. Wenn sie doch nur David überreden könnte, mal dorthin mitzukommen, aber er zog es vor, bei ihr in der Wohnung zu bleiben oder in eins der schäbigen Restaurants in Soho oder Fitzrovia zu gehen.

»Du hast mich nie nach Cambridge eingeladen«, sagte Felix an einem feuchten Juliabend, als sie von dem zypriotischen Restaurant zurückkamen. »Ich würde so gern mal im Stocherkahn fahren. Und finden dort nicht wunderbare Bälle statt?« Sie hatte Fotos von der Universität gesehen und fand, es sah dort schöner aus als in jeder anderen Stadt, die sie kannte.

»Meine kleine Romantikerin.« Er zwirbelte eine Haarsträhne von ihr.

»Das überrascht dich wohl?«

»Es gibt immer noch einen Teil von mir, der sich liebevoll an dich in Shorts und Baumwolltrikotbluse erinnert.« Er strich mit seiner Hand über ihre Strümpfe. »Die sind schön.«

»Es hat Monate gedauert, die zu bekommen. Ich musste mich in eine Warteliste eintragen.«

»Die sind wirklich betörend, aber ich ziehe dich fast in der Wildfangausrüstung vor.«

»Auf Bäume klettern lässt es sich damit sicherlich leichter.« Aber sie war enttäuscht, dass er nicht mehr auf ihre Strümpfe einging oder eine Bemerkung zu ihrer die Figur betonenden neuen Bluse machte, die Maureen ihr hatte schneidern helfen.

»Und Dachse aus Fallen befreien.« Sie schwiegen, weil sie wohl beide an Johnson dachten.

»Aber du schaffst es doch vielleicht, nach Harrogate zu kommen, während ich dort bin?« Sie hatte ihrem Vater versprochen, vierzehn Tage Urlaub in Yorkshire zu machen. Damals hatte sie sich auf diese Unterbrechung gefreut; jetzt bedauerte sie es, Zeit fern von David zu verbringen.

Er streichelte wieder ihren Strumpf. »Ja.«

»Becky würde sich freuen, dich kennen zu lernen.«

»Wie es aussieht, habe ich mich für den zwölften schon Charles verpflichtet.« Er schauderte. »Ich hasse dieses Massenschlachten von Moorhühnern. Aber Charlie meint, ich sei zu pathetisch.«

»Ich esse gern Moorhühner«, gab sie zu. »Verglichen mit einigen der Sachen, die wir bekommen, ist das ambrosisch.«

»Mir geht es auch so.« Sie grinsten sich an.

»Wir leben beide von Mordopfern.«

Die Hand fiel auf ihren Schenkel.

»Entschuldige.« Sie richtete sich auf. »Manchmal vergesse ich einfach, was passiert ist, und es rutscht mir was heraus.«

»Du brauchst dich nicht zu entschuldigen. Wir können nicht immer über die unschuldigsten Wörter stolpern.«

Sie griff nach der Flasche Whisky, die David aus Cambridge mitgebracht hatte, und schenkte ihnen beiden noch ein Glas ein, nachdem sie ihres in wenigen Schlucken geleert hatte. »Wird das denn immer so sein? Vielleicht sollten wir einfach jetzt zur Polizei gehen und dort melden, was passiert ist.« Irgendwo in der Ferne hörte man Donnergrollen.

»Was werden die wohl dazu sagen, dass wir fast fünf Jahre gewartet haben, bis wir es ihnen erzählen?«

Sie zuckte die Achseln und schielte wieder auf die Flasche. David folgte ihrem Blick. »Möchtest du noch einen Drink haben?«, fragte sie.

»Mir ist gar nicht aufgefallen, wie viel wir getrunken haben.« Regentropfen trommelten an die Scheibe.

Er trat vor den Spiegel, um sich sein Haar zurückzukämmen.

»Gehst du?«

Er kam zu ihr und setzte sich. »Und wenn ich bliebe?« Die Frage klang ganz beiläufig, aber sie wusste, worum er sie bat, und richtete sich auf.

»Wir müssen vorsichtig sein.« Gott sei Dank hatte ihr Vater ihr all diese Bücher zum Lesen gegeben, obwohl die Beschreibung der Vorkehrungen, die verheiratete Frauen treffen konnten, um eine Schwangerschaft zu verhindern, sehr vage war. Beckys Rat war sehr einfach gewesen. »Warte, bis du verlobt bist, meine Liebe.« Aber David hatte nie von Verlobung gesprochen.

Der Wind wehte den Vorhang ins Zimmer, der eine Haarbürste vom Fenstersims schubste, die mit einem Knall zu Boden fiel.

Sie streckte ihm einen Arm entgegen. »Ach, hör auf zu reden und komm ins Bett zurück.« Der Regen peitschte gegen das Fenster. Die Vorhänge blähten sich wieder und warfen nun das Foto ihrer Mutter von der Fensterbank. Davids Lippen wanderten über ihren Hals hinunter zu ihren Brüsten, und sie spürte, wie ihr Blut durch die Adern jagte, und begann zu keuchen. Eine Sekunde lang blitzte Lews Gesicht vor ihr auf, aber sie schob sein Bild von sich und zog ihre Bluse aus, damit Davids Mund sich noch tiefer vorarbeiten konnte. Dann gab es nur noch sie beide, wie in Fontwell, wenn sie zusammen den Klippenpfad hinunterfegten, mit Herzklopfen, teils vor Aufregung, teils vor Angst, einen falschen Schritt zu tun und auf die Felsen unter ihnen zu stürzen. Er schob sich in sie, und sie öffnete den Mund, um ihm zu sagen, dass es ihr nicht gefiel, doch dann war alles wieder gut, und sie entdeckte, dass sie es genoss. Sehr genoss.

Aber da zog er sich bereits zurück, murmelte etwas, ehe er aus dem Bett stieg, und rannte dann zur Schlafzimmertür. Sie hörte die Toilettenspülung. Kurz darauf kam er sehr blass wieder. »Ich weiß nicht, was los ist, Felix. Vermutlich das Hähnchen im Restaurant.«

Ihre Kenntnisse in Sexdingen waren nicht ausreichend genug, um zu wissen, ob sie den Akt nun vollzogen hatten oder es nur eine Art Vorspiel war. War sie technisch gesehen noch Jungfrau? »Nimm einen Mund voll Whisky, damit du den Geschmack loswirst.«

Er schüttelte den Kopf und begann sein Hemd anzuziehen. »Ich glaube, ich muss das einfach ausschlafen.«

»Du kannst jetzt nicht gehen, es regnet noch.«

»Ich komm schon klar.« Er brachte ein Lächeln zuwege. »Ich möchte dich nicht auch noch anstecken.«

»Das würde mir nichts ausmachen.« Sie stand auf und schlang ihre Arme um seinen Nacken. »Bitte bleib.«

»Lieber nicht.« Er küsste sie auf ihren Scheitel und war schon weg.

Sie saß inmitten der zerwühlten Laken und lauschte, aber sie hörte weder seine Schritte auf der Treppe, noch das Öffnen der Eingangstür. Wegen der Vermieterin achtete er darauf, keinen Lärm zu machen.

Sie stand auf und schenkte sich noch einen Whisky ein, um Schlaf zu finden.

27

Felix 1947

»Post für Sie, Miss Valance.«

Ihre Vermieterin reichte ihr einen weißen Umschlag mit der vertrauten ordentlichen Handschrift darauf. Seltsam. Offenbar hatte David ihn persönlich vorbeigebracht, während sie mit Maureen aus war. Wie es aussah, unternahm er mit Charles eine kurze Reise nach Wales.

»Sein Vater hat dort ein Haus, das seit dem Krieg keiner mehr bewohnt hat. Wir wollen nachsehen, wie groß der Schaden ist, und es dann den Sommer über herrichten. Wenn wir zum Militärdienst müssen, haben wir dafür keine Zeit mehr. Tut mir leid, dass ich dir das nicht eher sagen konnte, Felix, aber es hat sich ganz plötzlich ergeben.
Alles Liebe, David.«

»Er ist ein Mann.« Maureen nahm Blickkontakt zur Kellnerin auf und bestellte noch mal zwei Kaffee. Sie hatte Felix zum Lyon's Corner House mitgenommen, um sie aufzuheitern. »Männer tun so etwas, sie sind unzuverlässig.«

»Es hat sich was verändert, als …« Die Art und Weise wie er aufs Klo gerannt ist.

Maureen zog ihre Brauen hoch.

»Ich kann es nicht genauer beschreiben. Ich bin mir nicht sicher, ob er, du weißt schon, fertig war, als er zur Tür rannte.«

»Fertig war?«

»Fertig war, als er mit mir schlief. Felix rutschte auf dem Stuhl herum.

»Du meinst, ob er gekommen ist?«

Diesen Ausdruck hatte Felix noch nie gehört.

»Nun, das kannst du beim ersten Mal natürlich nicht wissen.« Maureen zündete sich ihre Player's an und sah sie fragend an.

»Es ist dieser verdammte Charles.« Eine Träne kullerte aus Felix' Augenwinkel. »Er hat David gegen mich aufgebracht.«

»Du ruinierst dein Make-up. Hier.« Sie reichte Felix ihr Taschentuch. »Unter diesen Umständen gibt es nur eins, was du tun kannst.«

»Und das wäre?«

»Mit jemand anderem ausgehen, natürlich.« Maureen lächelte. »Du siehst nicht schlecht aus, Felix.« Sie unterbrach sich und verzog das Gesicht. »Aber du solltest dich bei deinem richtigen Namen nennen, Felicity ist viel weiblicher. Ein bisschen dünn bist du ja, und deine Haare könnten einen Schnitt vertragen.«

»Auch ein schwaches Lob kann vernichtend sein.«

»Ich dachte dabei eigentlich an diesen Freund meines Bruders ...«

»Nein. Ich möchte mit keinem außer David ausgehen.« Sie knüllte ihr Taschentuch zusammen, erinnerte sich dann aber ihrer Manieren. »Entschuldige. Ich bin mir sicher, dass der Freund deines Bruders sehr nett ist.«

»Ist er auch.« Maureen griff nach ihrer Handtasche. »Eins fünfundachtzig groß. Geschäftsführer des Gaumont in Wembley, er kann dir Tickets für jeden Film besorgen, den du sehen möchtest. Dein Pech.« Sie schnippte sich die Fransen aus der Stirn. »Komm, lass uns gehen. Ich wollte mal bei Peter Robinson vorbeischauen, ob es dort anständige Schlüpfer gibt.«

Eine Postkarte von David: »Liebste Felix, es war entsetzlich von mir, so von dir weg wegzulaufen. Es tut mir leid, und ich hoffe, du kannst mir verzeihen. Ich werde dich in Harrogate besuchen.«

Felix wurde warm ums Herz.

Beckys Augen wanderten über ihre Stieftochter, und ihre Stirn kräuselte sich wie glattes Leinen, in dem man einen Faden zieht. »Du hast dich verändert.« Sie trat zurück, um sie genauer in Augenschein zu nehmen. »Irgendwie bist du erwachsener geworden. Dein Gesicht sieht ums Kinn herum anders aus.«

Felix warf in ihrem Zimmer einen Blick in den Spiegel und sah, was sie meinte. Zudem fiel ihr auf, dass ihr Merinopullover über der Brust spannte, die weitaus üppiger als noch vor ein paar Monaten war.

David tauchte an dem Morgen auf, an dem sie zu dem Schluss gekommen war, dass sie schwanger war.

»Ich habe dich vermisst.« Sein Kuss auf ihre Wange fühlte sich fast trotzig an. »Charlie musste seiner Mutter einen Besuch abstatten, sie wohnt etwa acht Kilometer außerhalb der Stadt, und so habe ich ihn begleitet. Ich fahre mit dem Mittagszug in den Süden zurück.«

»Ich habe dich auch vermisst, aber du bist ein Mistkerl, einfach so von mir abzuhauen.«

Bei dem Wort musste er blinzeln. Maureen hatte ihr einige ausgewählte Ausdrücke beigebracht. »Ich kann nicht erklären, was in mich gefahren ist. Es war unverzeihlich.« Er war dünner, auch blasser, obwohl er Ferien hatte.

»Ich dachte schon, ich hätte was falsch gemacht.« Sie gab sich im Geiste eine Ohrfeige. »Zeig einem Mann gegenüber nie eine Unsicherheit«, sagte Maureen immer. »Wenn du sein Interesse an dir aufrechterhalten möchtest, dann gib nichts preis.« Aber Maureen wusste nichts von dem Baby.

David legte seine Arme um sie. »Du? Etwas Falsches? Niemals.« Sie kuschelte sich in seine Umarmung und verfluchte das Brennen in ihren Augen. Wurde man durch eine Schwangerschaft gefühlsseliger?

»Du bist so abrupt aufgebrochen.«

»Ich habe Panik bekommen, war mir nicht sicher, ob wir das Richtige tun.« Seine Hand streichelte ihr Haar. »Dein Haar glänzt wunderbar, die Luft in Yorkshire scheint dir gutzutun.« Er lächelte sie an. »Ich musste dich sehen. Um die Wahrheit zu sagen, ich bin mit Charlie nicht gut ausgekommen. Es ist eine Erleichterung, wieder nach Dorking zurückzufahren.«

»Was ist denn passiert?«

Er senkte seinen Kopf und fummelte am Gürtel ihres Rocks herum. »Er ist ein wenig besitzergreifend.«

Sie sah ihn verdutzt an. »Tatsächlich? Wie kindisch. Ihr seid doch keine Schuljungs mehr.«

»Nein, das sind wir gewiss nicht mehr. Erzähl mir, was bei dir los war, Felix.«

»Ich habe die Sekretärinnenschule beendet, ich habe einen ziemlich guten Abschluss gemacht, weißt du, ich …« Sie holte tief Luft. »Es gibt da etwas, was du wissen musst.« Würde er nun wütend auf sie?

»Und was ist das?« Er ließ sie los. »O Gott, du hast einen anderen gefunden, nicht wahr?« Er biss sich auf die Lippe. »Was ich dir nun aber wirklich nicht vorwerfen kann.«

»Das ist es nicht.«

Er zog sie in seine Arme zurück. »Dann ist alles andere egal, oder? Du und ich gegen den Rest der Welt, genau wie in Fontwell.«

»Das ist gut …« Sie schluckte und wappnete sich.

Es klingelte an der Tür. Beckys Absätze klapperten über die Marmorfliesen der Diele. Felix hörte eine Männerstimme, tief und drängend; dann die von Becky, überrascht. Es klopfte an der Tür, und sie steckte ihren Kopf durch die Tür. »Jemand namens Charles ist für Sie hier, David.«

Felix verspürte den Drang, ihre Stiefmutter zurückzuhalten. Aber was sollte schon passieren? David und sie würden sich der Welt entgegenstellen, aber sie wünschte, sie hätte ihm von dem Baby erzählen können, ehe es an der Tür klingelte. Becky führte einen kleinen Mann mit dunklen Haaren herein, die fast seinen Kragen berührten. Er trug ein Hemd, wie Felix es schon seit Jahren nicht mehr gesehen hatte, eins, das man wohl im Ausland kaufen musste. Seine Fingernägel waren ordentlich gefeilt, und seine Hand lag weich in ihrer.

»Nun.« Charles musterte sie von oben bis unten. »Das also ist Felicity.« Er klang amüsiert. »Nicht das, was ich mir vorgestellt habe.«

»Was willst du, Charles? Ich dachte, du wolltest heute Morgen eine Autofahrt machen?« David stand nun, auf seinem Gesicht lag eine Entschlossenheit, wie Felix sie noch nicht an ihm gesehen hatte.

»Ich bin gekommen, um meine Karten auf den Tisch zu legen.«

»Welchen Tisch? Es ist vorbei. Das habe ich dir heute Morgen gesagt.«

Was war vorbei? Felix schaute von einem zum anderen.

»Mag sein.« Charles warf einen Blick über seine Schulter und ging dann, um die Tür zu schließen. Felix hätte Becky am liebsten wieder zurückgerufen. »Aber ich sehe nicht ein, warum ich dich mit diesem kleinen Ding hier abhauen lassen soll, nach unserer gemeinsamen Geschichte.«

»Welcher Geschichte?« Felix wandte sich an David, um eine Erklärung zu bekommen. Sein Blick war auf Charles fixiert, das Gesicht weiß wie eine Wand, die Hände vor der Brust geballt. Sie setzte sich. »Das ergibt keinen Sinn.« War dieses kleine Quieken ihre Stimme?

Charles lächelte. »David und ich sind ein Liebespaar, seit wir fünfzehn sind. Bis du uns in den Weg kamst.«

»Wovon redet ihr?«

»Ein Unschuldslamm. Wie rührend.« Charles sah David an. »Hast du es ihr nicht erzählt?«

»Oh, er hat mir alle Einzelheiten erzählt.« Verdammt sollte sie sein, wenn sie sich von Charles überrumpeln ließe. Sie und Maureen hatten einmal einen Film über eine Löwin gesehen, die ihre Familie vor eine Hyäne in Schutz nahm. Dieselbe Wut spürte sie nun auch: David war der Ihre, Lews Tod hatte sie verbunden. »Ich habe ihn zuerst gekannt!«

»*Ich habe ihn zuerst gekannt*«, äffte er sie im Falsett nach.

»Geh.« David öffnete wieder die Tür. »Du hast nicht das Recht, hierherzukommen und diese Dinge zu Felix zu sagen.«

»Vielleicht sollte ich dieser sehr ehrbar aussehenden Harrogater Matrone, die mir die Tür geöffnet hat, sagen, dass die kleine Felix mit einem Schwulen schläft.«

»Sie würde das nicht glauben«, sagte sie voller Selbstvertrauen. »Sie würde Sie für krank halten.« Gott sei Dank hatte Maureen sie über Homosexuelle aufgeklärt. Maureens Freund Dom war schwul. Maureen sagte, er sei der witzigste Mann in Soho. Aber Felix hatte keine Ahnung was Dom und seine Freunde im Bett machten. Maureen meinte, darüber breite man am besten einen Schleier des Schweigens und genieße die amüsante Gesellschaft. Wie lächerlich von Charles zu behaupten, David sei schwul.

Charles blinzelte. »Angenommen, ich gehe zur Polizei und erzähle ihnen von einem gewissen Vorfall am Strand von Dorset im Herbst 1943?«

Sie sah David an. »Du hast ihm von Lew erzählt?«

David setzte sich. »Ja.« Er wandte sich ab. »Es tut mir leid.«

Felix starrte ihn fassungslos an. »Ich habe es nie einer Menschenseele erzählt. Keiner einzigen. Nicht einmal meinem Vater. Du sagtest, das seien wir Isabel schuldig.«

Eine Sekunde lang trafen sich ihre Blicke. »Mein Gott, ich wünschte, ich hätte es nicht getan.«

»Zu spät, mein Süßer, um das jetzt zu bedauern. Ich denke, ich werde auf den Kaffee verzichten. Denk dran, was ich gesagt habe, Davie, wenn du nicht möchtest, dass mir was rausrutscht, hältst du dich von ihr fern.« Sie hörte seine Schritte die Diele queren und dann leise die Tür ins Schloss fallen.

»Warum macht er das?« Sie sah David an.

»Er ist eifersüchtig und möchte nicht, dass ich mich mit jemand anderem einlasse, wenn er mich nicht haben kann.«

»Er ist verrückt.« Sie hörte ihre eigenen Worte wie Schüsse, die von der hohen Decke widerhallten.

Becky kam mit dem Kaffeetablett. »Ist Ihr Freund schon gegangen?«, fragte sie mit enttäuschter Miene.

»Er musste mir nur kurz was sagen.« Felix sah David an, dass er Mühe hatte, ein Lächeln aufzusetzen.

»Nun, das ist aber schade.« Sie schenkte Kaffee ein. »Dann lasse ich euch beide allein, wenn es euch nichts ausmacht. Im Radio läuft ein gutes Hörspiel.«

Felix wartete, bis Becky die Tür wieder geschlossen hatte. »Du glaubst also, er würde wirklich zur Polizei gehen?«

»Charlie hat schon andere erpresst. Er würde ihnen alles erzählen, um uns zu ärgern.«

»Wie um Himmels willen kam es zu eurem Verhältnis?« Wie konnte der sanfte David sich mit so jemandem anfreunden?

»Er war in der Schule gut zu mir. Ohne ihn hätte ich nicht überlebt. Aber er möchte mich kontrollieren.«

»Bist du wirklich, du weißt schon …?« Sie warf einen Blick auf sein bedrücktes Gesicht. »Entschuldige, natürlich bist du es nicht.« Sie musste unwillkürlich ihren Bauch unterhalb des Nabels berühren und seine leichte Rundung spüren.

David kaute an seinen Fingernägeln und konnte ihr offenbar nicht in die Augen schauen. »Ich weiß nicht, was ich tun soll«, sagte er schließlich.

»Soll er es doch sagen.« Ihre eigene Kühnheit erstaunte Felix. »Wir werden dann sagen, wie wüssten nicht, wovon er spricht. Wie soll die Polizei denn irgendwas beweisen?«

»Es ist zu riskant, Isabel würde hineingezogen werden; ihre Ehe …«

»Oh, die blöde Isabel!«

»Ich darf sie nicht im Stich lassen.«

»Ich verstehe nicht, warum du dich nicht gegen Charlie wehrst.« David hatte immer so selbstsicher gewirkt, immer versessen darauf, sich für die Benachteiligten einzusetzen. Wie konnte er sich von einem Mann wie diesem übervorteilen lassen?

Er ließ den Kopf hängen. »Sie gehört zur Familie, Felix.«

Wieder Isabel. »Zähle *ich* denn gar nicht.«

»Jede Menge.« Aber sein Kopf war noch immer gesenkt.

»Dann sag Charles, er soll sich zum Teufel scheren!« Sie trank mehr Kaffee und fühlte sich stolz, so selbstsicher aufzutreten.

Er hob den Kopf. »Du verstehst das nicht, hättest du Geschwister, könntest du es begreifen.«

Sie sah ihn fragend an: »Was meinst du damit. Du hast selbst doch auch keine Brüder oder Schwestern.« Er stellte seine Tasse ab. »Sie ist nur eine Kusine. Und du magst sie nicht einmal.«

»Du verstehst es nicht«, wiederholte er.

»Und zu Recht nicht.«

»Isabel ist meine Schwester.«

Ihr schossen tausend Fragen und Proteste durch den Kopf, aber sie sagte kein Wort, sondern starrte ihn wie einen von Johnsons Füchsen an, verdutzt und in die Ecke gedrängt.

Der Gutsherr hatte zwei jüngere Brüder. Beide waren an Tuberkulose erkrankt und mussten in milderes Klima ziehen. Jahrelang hörte man nichts von Ronnie und Gerald, bis auf Geldforderungen und gelegentliche Gerüchte von Affären und Spielskandalen. Der Gutsherr, der es in seiner Jugend toller getrieben hatte, als Felix sich das jemals hätte vorstellen können, verbrachte viel Zeit in London und genoss dort die Freuden des Gesellschaftslebens. Als er erfuhr, dass er nicht nur eins, sondern gleich zwei uneheliche Kinder gezeugt hatte, hätte er da einen einfacheren Weg finden können, als den, ihnen »Väter« zu geben, die im Ausland lebten? Ronnie und Gerald erfuhren vermutlich nie, dass ihre Namen für diesen Zweck benutzt worden waren. Beide starben, ohne je nach England zurückgekehrt zu sein. Isabel und Davids jeweilige Mütter – beide in Sorge vor dem Zorn ihrer Ehemänner – waren dankbar für die fortgesetzte Unterstützung des Gutsherrn und hielten die Fiktion nur allzu gern aufrecht. Sie waren froh, dass ihre unehelichen Sprösslinge die meiste Zeit in einem einsamen Haus in Dorset verbrachten, fern aller Klatschmäuler.

Als Isabel heranwuchs, grub sie mehr Informationen über Ronnie und Gerald aus, las die wenigen Briefe, die diese dem Gutsherrn schickten, und stellte ihm bohrende Fragen. Über die Verfehlungen von Ronnie, ihrem angeblichen Vater, bewahrte sie Stillschweigen, aber sie gab David gegenüber begeistert zum Besten, was sie über Geralds Geliebte und seine gescheiterten Geschäfte wusste.

»Sie hat mich immer wieder gern mit Gerald aufgezogen und mir erzählt, was für ein Nichtsnutz er war, wie unfähig als Kaffeepflanzer und Pferdezüchter, und dass er nur auf reiche Frauen aus war. Wenn der Gutsherr das mitbekam, sagte er ihr, sie solle das Thema fallen lassen, aber normalerweise wartete sie, bis er außer Hörweite war.«

»Wann hast du die Wahrheit erfahren?«

»Als ich nach Harrow kam. Der Gutsherr führte mich zum Abendessen zu Simpsons aus und sagte, er wolle, dass ich das Gutshaus erbe, auch wenn er dazu sämtliche Anwälte von London einspannen müsse.« Ein ironisches Lächeln huschte über sein Gesicht. »Das war zu einer Zeit, als wir noch dachten, es gäbe ein Gutshaus zu vererben. Er wollte mich sogar adoptieren, falls dies erforderlich sein sollte.«

»Und Isabel?«

»Ihr erzählte er es, kurz bevor sie heiratete. Wie du weißt, weigerte ihre Mutter sich, ihre Existenz anzuerkennen. Meine schreibt mir gelegentlich, lädt mich auch schon mal zum Tee in ihre Wohnung am Regent's Park ein, wenn ihr Gatte nicht da ist.« Er schnitt ein Gesicht. »Isabels nervliche Probleme haben ihren Ursprung in der Zurückweisung durch ihre Mutter. Als Lew starb, nahm sie eine Überdosis Schlaftabletten.«

»Ich erinnere mich.« Felix beugte sich vor.

»Dein Vater hat ihr das Leben gerettet, indem er ihr den Magen auspumpte. Wir riefen ihn noch in derselben Nacht. Als du am Morgen zu mir kamst, erwarteten wir ihn, weil er noch einmal nach ihr sehen wollte. Er war sehr einfühlsam. Schade, dass sie ihn nicht gebeten hat, ihr was für die Schwangerschaft zu geben«, fuhr er fort. »Dann hätte sie Barrington nicht heiraten müssen.«

»Was soll das heißen?«

»Sie war bereits mit Justin schwanger. Er muss von Johnson sein.«

Doch Johnson.

Sie verfolgte eine Biene, die summend gegen das Fenster flog und die Blumen und Sträucher zu erreichen versuchte, die sie draußen erblickte. »Das heißt, du und ich …?« Sie ertrug es nicht, die Frage zu stellen.

Er sah ihr offen in die Augen. »Es tut mir leid, Felix. Aber ich glaube wirklich, dass Isabel sich umbringen würde, wenn das mit ihr, Lew und Johnson herauskäme. Sie ist noch immer nicht gefestigt. Und ich glaube nicht, dass ich auch noch ihren Tod auf mein Gewissen laden könnte.«

Wie den von Lew, meinte er.

Die Uhr auf dem Kaminsims tickte sehr laut.

Sie erhob sich. »Dann ist es wahrscheinlich das Beste, wir sehen uns nicht mehr.« Ihre Worte schienen von ganz weit her zu kommen.

»Wahrscheinlich.«

»Versprichst du mir, dass du Charles nicht mehr siehst?« Irgendwie bedeutete ihr das genauso viel wie alles andere.

»Wenn ich diesen kleinen Scheißkerl sehe, schlage ich ihm wahrscheinlich den Schädel ein.« Er blickte zu Boden. »Ich glaubte ihn zu lieben. Bis ich dich wiedertraf. Ich liebe dich, werde dich immer lieben.« Seine Arme lagen auf ihren Schultern. »Du bist mutig, und du bist loyal.«

»Aber Isabel zählt mehr.«

»Sie ist verletzlich. Du bist stark.«

»Und die Starken müssen den Schwachen immer nachgeben?«

Seine Augen füllten sich mit Tränen. Sie stieß ihn weg.

»Das ist ein Abschied, macht es dir gar nichts aus?«

»Ich bin daran gewöhnt. Es ist nicht das erste Mal, dass du mich zurückstößt, erinnerst du dich?«

Er zuckte zusammen. »Du darfst das nicht so sehen. Vielleicht geht Charlie ins Ausland, wenn die Währungsbeschränkungen aufgehoben werden. Dann könnten wir wieder zusammen sein.«

»Das wäre dann zu spät.«

»Was willst du damit sagen.«

»Nichts. Bitte geh jetzt.« Sie schloss ihre Augen und öffnete sie erst wieder, als sie die Eingangstür ins Schloss fallen hörte. Sie starrte auf den Fleck, wo er gestanden hatte.

Becky kam herein. »Ist David schon wieder weg?«

»Er musste noch was erledigen.«

Sie seufzte. »Ich hege immer noch romantische Hoffnungen, was dich und ihn betrifft. Sag mir, dass ich eine dumme alte Närrin bin.«

Felix hielt sich die Hand vor den Mund. »O Gott, ich muss mich übergeben.« Da ergoss es sich schon über ihre Bluse.

Becky riss alarmiert die Augen auf. »Bist du krank, mein Schatz?«

»Ich muss mich hinlegen.«

Wie lange konnte sie noch weitermachen, sich unterhalten, atmen, leben, nachdem ein riesiger Stein sich in ihrer Brust einquartiert hatte und sie zu ersticken drohte?

»Du Arme. Ein Glück, dass dir das nicht vor David passiert ist.« Sie legte eine Hand um Felix' Taille und schob sie zur Tür. »Lass deine Bluse vor der Tür liegen, ich wasche sie für dich aus. Du willst sicherlich kein Mittagessen, nehme ich an?«

28

Felix 1947

Als Becky zu Betty's Tearooms ging, um sich dort mit ihren Freundinnen zu treffen, und Felix' Vater zu seinen Hausbesuchen unterwegs war, machte Felix sich auf die Suche nach dem Mutterkorn. Es stand nicht bei den anderen Flaschen in seiner Apotheke, er hatte es in einer kleinen, verstaubten Schachtel versteckt, die hinter einer Reihe von Verbandszeug stand. Für das, was sie im Sinn hatte, schien nur diese kleine Flasche infrage zu kommen. Sie erinnerte sich daran, wie David ihr erzählt hatte, dass eine Vergiftung mit Mutterkorn bei Weidevieh einen spontanen Abort auslöste.

Sie hielt die kleine braune Flasche in ihrer Hand und erwog die Folgen. Wenn das schiefging, und man das Mutterkorn zu ihrem Vater zurückverfolgte, könnten die Behörden ihn dafür verklagen, einen Schwangerschaftsabbruch durchgeführt zu haben. Dann würde David dahinterkommen, dass sie sein Kind getötet hatte. Vergiss David. Sie konnte es sich nicht erlauben, sich auf mehr als eine Sache zu konzentrieren. Sie musste in die Anonymität von London zurückkehren. Aber ihre Rückreise war erst in fünf Tagen geplant. Felix wusste, dass sie nicht mehr so lange warten konnte. Dies hier musste so bald wie möglich getan werden.

Ob ihr eine Ausrede einfiele, die eine frühere Anwesenheit in London erforderlich machte? Ein Bewerbungsgespräch? Ihr Vater und Becky wussten, dass sie für den Herbst etwas Interessantes suchte. Angenommen, sie sagte, eine Freundin habe angerufen, während sie weg waren, und habe sie auf eine freie Stelle aufmerksam gemacht?

Felix ließ die Flasche in die Tasche ihres Morgenmantels gleiten und stellte die Schachtel wieder hinter die Bandagen. Als Becky von ihrem Nachmittag bei Teekuchen und Klatsch nach Hause kam, lag sie wieder in ihrem Bett.

Lügen und das Organisieren von Fahrscheinen waren Ablenkungen, die die graue Decke zurückzuhalten vermochten, die sie zu ersticken drohte. Solange sie zu beschäftigt war, um nachzudenken, solange konnte sie funktionieren.

»Du kommst mir so rastlos vor«, sagte ihr Vater und warf ihr über seiner Curry-Fleischsuppe einen prüfenden Blick zu.

»Sie wird wohl wegen ihres Bewerbungsgesprächs aufgeregt sein.« Becky drängte Felix, doch mehr Brot mit Butter zu essen. »Hast du keinen Hunger? Erzähl uns doch mehr über diese Firma, Schatz? Eine Spedition, sagtest du?«

»Import und Export.« Felix zog die Worte aus ihrem Gedächtnis.

»Wie aufregend! Ich frage mich, ob du auch auf Reisen gehen wirst.«

»Wenn die Währungsbeschränkungen aufgehoben sind, vielleicht?« Ihr Vater nickte zustimmend. »Aber wir dürfen uns nicht mitreißen lassen, womöglich bekommt Felix die Stelle gar nicht.«

»Das denke ich schon, sie ist so klug.«

Ihr Vater seufzte. »Ich denke immer noch, du solltest auf die Universität gehen, meine Liebe.«

»Das hätte ich vielleicht tun sollen. Aber jetzt ist es zu spät.« Sie half Becky beim Tischabräumen und fand auf einmal alles unerträglich. Ihr Vater nahm seine Zeitung und wanderte in sein Arbeitszimmer, um dort das Kreuzworträtsel zu lösen. »Hast du fünf Minuten Zeit für mich?«, fragte sie und folgte ihm.

»Natürlich.« Er schubste die Katze von seinem Sessel, damit sie sich setzen konnte. »Was kann ich für dich tun?« Wieder fiel ihr auf, wie sehr er sich verändert hatte und in nichts mehr an den hohlwangigen Mann erinnerte, der die Nächte mit einer Flasche Brandy in der Apotheke von Fontwell zugebracht hatte. Beckys Zuneigung und Küche, die trotz der Lebensmittelknappheit ausgezeichnet war, hatten ihn wieder aufblühen lassen.

Er würde ihr doch sicherlich helfen? Wenn er dieses Zeug schon in seinen Regalen aufbewahrte, wenn er es tatsächlich Sams Mutter verabreicht und damit riskiert hatte, ins Gefängnis zu wandern und beruflich entehrt zu werden, dann konnte er wohl die Bitte seiner Tochter um Hilfe nicht ausschlagen?

»Ich brauche Hilfe.« Die Worte stürzten aus ihr heraus.

Er zog eine Braue hoch. »Bist du krank, Kind. Du bist blass.«

»Nicht richtig krank …«

»Erzähl es mir.« Seine Hand klammerte sich so fest

um seinen Füllfederhalter, dass seine Knöchel weiß wurden.

Sie sah ihm in sein besorgtes Gesicht. »Ich bin ein wenig knapp bei Kasse und habe überlegt, ob du mir vielleicht fünf Pfund leihen könntest?«

Am nächsten Morgen saß sie im Zug und drückte den Essenskorb an sich, den Becky ihr mitgegeben hatte. Felix versuchte, nicht an die Sardinen, das sauer eingelegte Gemüse und das kostbare Stück kalten Braten im Fettpapier zu denken. Sie wollte nicht noch einmal die Toilette aufsuchen müssen, deren Gerüche sich immer wieder unter die von Ruß und heißem Metall mischten und zu ihr drangen.

Der Zug gab den Rhythmus an, der sie leitete: *Du solltest das nicht tun, du solltest das nicht, du solltest das nicht tun*. Sie stopfte sich die Finger in die Ohren, um das Geräusch zu ersticken.

Sobald sie in ihrem Schlafzimmer war, in dem es nach den vierzehn Tagen, die sie weg gewesen war, muffig roch, und das ihr nach der Villa in Harrogate schäbig vorkam, nahm sie das Mutterkorn. Sie hatte keine Ahnung, wie sie das Zeug einnehmen sollte, und so nahm sie einen Teelöffel voll. Die Flüssigkeit schmeckte schwach nach Orange. Vielleicht hatte ihr Vater eine dieser seltenen Früchte bekommen und ihren Saft dazu verwendet, das Mutterkorn genießbarer zu machen. Nichts geschah.

Sie setzte sich aufs Bett und überlegte, was sie machen sollte. Sie versuchte zu lesen, warf das Buch auf den Boden, lief in dem kleinen Raum auf und ab. Sie war ganz alleine schuld, und sie hatte versagt. Es war ein

Zeichen: Sie würde das Baby behalten und die Sache durchstehen.

Eine Hand quetschte ihren Unterleib und wühlte in ihren Eingeweiden. Es dauerte keine zwanzig Minuten, sie musste sich ans Kopfende ihres Betts klammern und biss sich auf die Lippe, während ihr der Schweiß übers Gesicht lief, ihr Herz wie wild pochte und die Hand sich in ihr mit eisernen Nägeln festkrallte. Ihr Magen verknotete sich mehrmals und trieb sie aus dem Bett auf die Toilette, wo sie das Dosenfleischsandwich herauswürgte, das sie im Zug gegessen hatte. Nachdem sie drei Mal hin und her gerannt war, befand sie, dass es einfacher war, den Nachmittag gleich auf der Toilette zu verbringen, abwechselnd zitternd und schwitzend. Um sechs Uhr ging ein Krampf durch ihren Uterus, der sie fast vom Toilettensitz geschleudert hätte, und drückte etwas von der Größe einer Garnele in die Kloschüssel. Felix griff nach oben und zog an der Kette.

»Ist alles in Ordnung mit Ihnen, Miss Valance?«, rief Mrs Auden, als sie endlich wieder auftauchte.

»Jetzt geht es wieder, danke«, rief sie zurück. »Hab ein verdorbenes Sandwich im Zug gegessen.«

Im Schlafzimmer stopfte sie sich zwei Badetücher zwischen ihre Beine und ging mit einer Flasche Gin zu Bett, die sie sich auf dem Weg von King's Cross in einem Spirituosenladen gekauft hatte.

Lew tauchte am Ende ihres Betts auf, schüttelte den Kopf, als er den Gin sah und ermahnte Felix, tapfer zu sein, schließlich seien sie im Krieg.

»Der verdammte Krieg ist zu Ende«, erklärte sie ihm. »Das ist der glorreiche, blöde Frieden.«

»Achte darauf, was du sagst, Missy«, schimpfte er. »Denk dran, ich bin der Neffe eines Pfarrers.«

»Das hast du aber vergessen, als du Phoebe geschwängert hast. Lass mich in Ruhe, du zerstörst mein Leben.«

29

Minna

Der Wind hat sich gelegt. Es ist so still, dass ich Felix beinahe atmen hören kann.

»Dann haben also auch Sie ein Baby verloren.«

Sie winkt ab. »Nicht so wie sie. Es war noch ganz am Anfang der Schwangerschaft. Mein Fehler, meine Entscheidung.«

»Haben Sie es bereut?«

»Jeden Tag meines Lebens. Vor allem, als ich heiratete und sich herausstellte, dass ich keine Kinder mehr bekommen konnte.«

»Wegen des Abbruchs?« Ich verwendete dieses Wort, weil es nicht so hart klingt wie *Abort*.

»Weil ich selbst einen illegalen Abort herbeigeführt hatte, ja. Theo, mein Ehemann, ging sehr gut damit um.«

»Sie erzählten ihm die Wahrheit?«

»Ja. Er sagte, er könne es verstehen, es sei nur schade, dass ich ihm nicht begegnet sei, als ich in Schwierigkeiten war. Er hätte mich geheiratet und das Baby als sein eigenes aufgezogen.«

Die Balken über uns knarren, als das Haus sich für die Nacht einrichtet, aber ich kann sie noch nicht gehen lassen.

»Erzählen Sie mir, wie Sie Theo kennen gelernt haben«, fordere ich sie auf.

»Maureen brachte uns indirekt zusammen. Sie war ein Engel, ihr verdanke ich, dass ich nicht verrückt geworden bin.«

Ich erinnere mich daran, wie wunderbar meine Freunde sich um mich gekümmert haben, und ließ den Kopf hängen, als ich an meine Undankbarkeit dachte.

»Sie ließ nicht zu, dass ich in meinem Unglück badete.«

Felix 1947

»Ich bin's nur.«

Felix warf einen Morgenmantel über und öffnete die Tür. Maureen platzte herein und sah sich um.

»Himmel noch mal, du siehst aber schlecht aus, was ist denn los?«

Sie erzählte es ihr, ohne auf Lew und Isabel einzugehen, und erklärte ihr, David habe die Beziehung beendet, weil Charles gedroht habe, ihn als Homosexuellen bloßzustellen.

»Dieser dreckige kleine Mistkerl. Dem sollte man einen Schürhaken in den Arsch schieben.« Sie blähte die Wangen auf. »Ich wette, David ist gar nicht richtig schwul, es lag nur an dieser Schule, auf die man ihn geschickt hat. Aber er hat dich in Schwierigkeiten gebracht, nicht wahr. Mistkerl.«

»Er wusste nicht, dass ich schwanger war.«

Maureen sah sie fragend an: »Warum hast du ihm das denn nicht gesagt?«

»Es wurde alles zu kompliziert.« Wie sollte sie erklären, dass sie sein Mitleid nicht wollte?

Maureens grüne Augen, sonst oft so stechend, waren sanft. »Was wirst du jetzt tun, Mädchen?«

»Weiß nicht.« Felix streckte die Hand nach ihrer treuen Freundin, der Ginflasche, aus. »Ich habe für diese Woche die Miete bezahlt. Möchtest du einen Drink?«

»Nicht um drei Uhr nachmittags. Und was wird nächste Woche?«

Felix zuckte mit den Achseln. »Da muss ich wohl nach Hause gehen.« Heim zu ihren Eltern, wie ein kleines Mädchen, nicht mehr wie die selbstsichere Erwachsene, die sie bis vor einer Woche noch war.

»Du brauchst Arbeit, Mädchen«, meinte Maureen kopfschüttelnd. »Aber sieh dich mal an, deine Chancen, ein Bewerbungsgespräch zu bestehen sind so groß wie meine, auf einen Tee in den Palast eingeladen zu werden.«

»Ich habe nicht richtig geschlafen«, murmelte sie. »Und ich kann nichts drin behalten.«

Maureen musterte sie mit schmalen Augen. »Ich habe einen Plan.« Sie sprang auf und riss das Fenster auf.

Felix stöhnte. »Welchen?«

»Ich kluges Mädchen habe zwei Jobangebote. Du kannst den Job haben, den ich nicht will.«

»Aber man wird dahinterkommen, dass ich nicht diejenige bin, die ausgewählt wurde.«

»Da irrst du dich.« Maureens Augen glühten. »Der Mensch, der mit mir das Gespräch geführt hat, ist die Frau, die ich ersetzen soll. Sie geht am Freitag, weil sie heiratet.«

»Was ist das für eine Firma?«

»Eine Werbefirma. Nette Leute. Aber sie zahlen nicht

ganz so viel wie bei dem anderen Job.« Sie zog die Nase kraus.

»Und wo ist der?«

»In einer schrecklich drögen Bank. Wo es aber lauter Kerle gibt, die gutes Geld verdienen. Ich möchte ruhiger werden.«

Zum ersten Mal seit Wochen lächelte Felix wieder. »Du? Ruhiger werden?«

Maureen strich ihren Rock glatt. »Ein Reihenhaus in einem netten Vorort, zwei Kinder und einen Typen, der für mich sorgen kann. Ich habe genug vom Herumtreiben.«

»Ich glaube nicht, dass wir damit durchkommen.«

»Natürlich werden wir das.«

»Und was ist, wenn sie mich nach meinem Ausweis oder so fragen?«

»Werden sie nicht. Sie sind ganz schlecht organisiert. Bitte darum, dass man dich bar bezahlt, sag, du hast noch kein Bankkonto.«

Felix lachte. »Du hättest einen guten Doppelagenten abgegeben.«

Auch Maureen lachte. »Schön, dich wieder fröhlich zu sehen, Felix. Als ich reinkam, hast du mir richtig Angst gemacht, du sahst aus, als wolltest du dich umbringen.«

»Den Gedanken hatte ich auch schon.« Felix schauderte, als sie an die lange Nacht dachte, in der sich das Schlafzimmer um sie drehte, den endlosen Morgen, als sie hörte, wie alle anderen zur Arbeit oder zur Schule oder zum Schlangestehen vor den Läden aufbrachen. Und sie, allein in einem abgedunkelten Raum, fragte sich, wofür sie noch leben sollte.

Maureen sah sie aus großen Augen an. »Nicht für einen Mann, Felix.«

»Ich habe das Gefühl, nie mehr glücklich sein zu können.« Der Stein in ihrer Brust dröhnte wieder. Irgendwann würde er herausplatzen und die Welt verschlingen. Sie kämpfte, bis er sich setzte.

Maureen nahm ihre Hände. »Du hast das Richtige getan. Meine Kusine hatte ein uneheliches Baby. Man hat sie in ein Heim für ledige Frauen im Norden geschickt, sie unter Drogen gesetzt, um sie bewusstlos zu machen, während sie gebar. Als sie wach wurde, hatte man ihr das Kind bereits weggenommen. Sie erfuhr nicht einmal, ob es ein Junge oder ein Mädchen war. Sie las unentwegt die Todesanzeigen in der Zeitung. Jedes Mal, wenn sie las, dass ein Baby gestorben war, sagte sie, es sei ihres.«

»Damit wäre ich nicht klargekommen.« Manchmal fragte sie sich, ob sie sich die ganze Episode nicht nur eingebildet hatte, und das machte ihr mehr Angst als alles andere.

»Nein.« Maureen drückte ihre Hand. »Genug davon, lass uns in deinem Schrank nachsehen, was du anziehen kannst.« Sie warf einen missbilligenden Blick in den Raum. »Und wenn du schon mal dabei bist, kannst du auch einige dieser leeren Flaschen wegwerfen und dieses ekelhafte Glas sauber machen. Und da liegen Kleider auf dem Fußboden, die eine Wäsche vertragen könnten.«

Der Mann mit dem Papagei auf seiner Schulter reichte Felix ein Stück Papier mit Gekritzel darauf. »Das brauche ich getippt in dreifacher Ausfertigung bis Mittag.

Entschuldigen Sie die Schnabelkerben, aber Rommel gefällt dieser Bericht nicht.«

Sie vermutete, dass er den Vogel meinte, und erinnerte sich dunkel daran, dass der gleichnamige deutsche General während des Kriegs Zyanid genommen hatte. »Warum nicht?«

Er sah sie ein wenig überrascht an; vielleicht sollten Schreibkräfte keine Konversation machen. »Der Kunde hat eine Auswahl seiner Produkte mitgebracht, und Rommel mochte den Geruch nicht, als man die Dosen öffnete. Gott allein weiß, was heutzutage in Stiefelpolitur drin ist.« Er beäugte sie. »Sie sind nicht ganz das, was wir erwartet hatten.«

Ihr Herz setzte einen Schlag lang aus. »Oh?«

»Carrie, die mit Ihnen das Gespräch geführt hat, sagte, sie seien mollig und fröhlich.«

»Lebensmittelvergiftung. Eine schlechte Dose Lachs.« Sie überlegte rasch. »Ich bin sicher bald wieder munter.« Der Papagei legte seinen Kopf schief und pfiff, und Felix grinste.

»Das ist schon besser.« Rommels Besitzer zwinkerte ihr zu.

»Ich habe noch nie einen Papagei in einem Büro gesehen.« Dann fiel ihr ein, dass sie noch nie in einem Büro gearbeitet hatte.

»Sie sorgt für Ordnung in der Truppe.«

»Sie?«

»Nachdem ich ihm den Namen gegeben hatte, sagte mir jemand, dass es ein weiblicher Papagei sei.«

»Hätten Sie den Namen nicht ändern können?« Sie verfluchte sich innerlich. Zu viel Fragen lenkten die Aufmerksamkeit auf sie.

»Er passt zu ihr. Sie hackt nach den Kunden, wenn sie unvernünftige Änderungen in den Anzeigen vornehmen.«

»Anzeigen?«

Er lächelte. »Das schreiben wir, meine Liebe, Anzeigentexte. Hat Ihnen Carrie das nicht erklärt, als sie mit Ihnen sprach?« Er ging.

Felix verwandelte sein Gekritzel in ordentliche schwarzweiße Maschinenschrift und legte sie ihm auf den Schreibtisch. Gleich darauf kam er mit gerunzelter Stirn zurück, Rommel schwankend auf seiner Schulter. »Das ist großartig, aber warum haben Sie den letzten Satz verändert?«

»Habe ich das?« Ich nahm ihm das Blatt aus der Hand.

»Ich schrieb ›gibt Ihren Schuhen Glanz‹. Sie hingegen haben ›bringt Glanz auf Ihre Schuhe‹ geschrieben.«

Ihr war nicht einmal aufgefallen, dass sie das getan hatte. Sie errötete. »Ich habe das einfach so verändert, es tut mir schrecklich leid, Mr Curtis.«

»Braucht es nicht, Maureen. Ihre Version ist griffiger als meine.« Rommel hüpfte auf ihren Schreibtisch und musterte Felix mit schiefem Kopf.

Sie streckte ihre Hand aus und strich ihm über die grauen Federn.

»Mein Gott, vorsichtig! Dem Letzten, der das versucht hat, hat sie in den Finger gebissen.«

»Ich mag Vögel.« Sie hatte sich in Fontwell so oft mit Vögeln befasst, wenn sie David in seinem Tierkrankenhaus half, dass sie sich sicher bei ihnen fühlte. Sie blinzelte. »Mr Curtis?«

»Ja?«

»Man nennt mich eigentlich Felix. Nicht Maureen.«

Er nickte. »Ich werde Sie nicht fragen, warum Sie das vorziehen, Felix ist ungewöhnlich. Es passt zu Ihnen.«

30

Minna

»Sie haben den Chef geheiratet.«

»Theo Curtis war nett. Selbst als er dement wurde, war er noch lustig. Zwischendrin konnte er allerdings auch ganz fürchterlich sein.« Felix lacht.

»Tut mir leid.« Ich kann mir nicht vorstellen, mit einem demenzkranken Ehepartner umzugehen. »Lebt er noch?«

»Er ist schon seit Jahren tot. Ein Segen und eine Erleichterung für alle. Vor allem für ihn.«

»Aber haben Sie ihn geliebt? Ich meine, geliebt, wie Sie David geliebt haben?«

Sie denkt über die Frage nach. »Ich mochte ihn. Ich mochte seinen Papagei. Und langsam merkte ich, wie gut ich mich bei ihm fühlte. Natürlich musste ich ihm dann meinen richtigen Namen sagen und dass wir die Agentur ausgetrickst haben, um mich anzustellen.«

»Hat es ihm was ausgemacht?«

»Er meinte, ich sei sehr einfallsreich. Schließlich führten wir die Agentur gemeinsam sehr erfolgreich. In unserer Blütezeit hatten wir Kunden aus ganz Europa, hauptsächlich Getränkefirmen.« Sie zieht eine Grimasse. »Das war ein wenig problematisch für mich, bis ich zu trinken aufhörte.«

»Mir ist aufgefallen, dass sie immer Softdrinks bestellen.«

Ohne mit der Wimper zu zucken, sagt sie: »Ich bin Alkoholikerin. Die Anonymen Alkoholiker haben mir geholfen. Theo hat mich dabei unterstützt.«

»Sie tranken wegen der Sache mit David?«

»Vermutlich. Vielleicht gab es dafür aber auch eine genetische Disposition. Aber ich habe gelernt, dass Entschuldigungen nicht helfen.«

»Sie hätten aber das Recht, welche zu suchen.« Ich denke dabei an den Verlust von einem Zuhause, das sie liebte, das Ertrinken Lews am Strand, den Verlust von David.

»Andere haben in den Vierzigern Schlimmeres durchgemacht und sind auch nicht bei der Flasche gelandet.« Sie lächelt. »Und was hat Sie an Tom angezogen?« Ist sie so entgegenkommend, weil sie spürt, dass man mich heute Nacht nicht allein lassen kann?

»Er gab mir das Gefühl, stark zu sein.« Meine Lippen kräuseln sich, als ich diese Ironie ausspreche.

Unsere Blicke trafen sich im letzten Wagen der in westlicher Richtung fahrenden Piccadilly Line an der U-Bahnstation Covent Garden. Ich schätzte ihn als jemanden ein, der mich unter anderen Umständen hätte interessieren können. Aber ich war mit einem anderen zusammen, nicht dem Richtigem, aber einem, den ich für den Richtigen hielt: Hugo. Penthouse auf dem Barbican-Gelände. Jaguar. Erlesener Geschmack, was Restaurants betraf.

Es war warm. Ich zog meine Jacke aus, schlug meinen *Evening Standard* auf und vergrub mich im Tratsch über einen britischen Filmstar, der mit seinem Kindermädchen schlief. Ein langer Tag. Meine Hände stanken noch nach Farbe. Wo die Abbeize durch meine Gummihandschuhe gedrungen war und meine Haut verätzt hatte, ehe ich sie abwaschen konnte, brannte es. Meine Augen brannten ebenfalls, weil in dem Bürogebäude der Strom nicht eingeschaltet und es in der letzten halben Stunde schon zu dunkel zum Streichen gewesen war.

Ich sehnte mich nach einer Dusche, einem Glas Wein bei hochgelegten Füßen und irgendwas Geistlosem im Fernsehen. Hugo würde ich später anrufen. Wir kamen durch die Station Hyde Park, wo ich verschwommen Touristen und müde Pendler auf dem Nachhauseweg wahrnahm. Was machte Tom? Ich glaube mich zu erinnern, dass er in sein Filofax kritzelte. Vielleicht ist das aber auch eine Erinnerung, die ich später ergänzte.

Ein Schlag. Der Wagen flog eine Sekunde lang über dem Gleis. Meine Zeitung breitete ihre Seiten über dem Boden aus. Dann erfolgte der nächste Stoß und ein Geruch wie ein zu lang angelassenes Bügeleisen breitete sich aus. Schreie. Meine Augen begegneten denen des Mannes in dem schicken Leinenjackett, und ich wusste, er dachte, was ich dachte. Es war ein Jahr der Entgleisungen und Zusammenstöße, voll mit Bildern verbogenen Metalls, verstreuter Aktenmappen und Laptops. Blutige Gesichter. Bahren. Weinen. Jetzt waren wir an der Reihe.

Meine Seite des Wagens schlug gegen die Tunnelmauer, und ich flog, dabei schloss ich meine Augen und wusste, dass ich starb. Dann saß ich errötend auf jemandes Schoß und hatte jemandes Arme um mich.

»Es ist alles gut.« Er grinste. »Wir haben angehalten.«

Ich sah mich um. Kein Blut. Eine Frau, die am anderen Wagenende weinte. Geknister aus dem Lautsprecher, der Fahrer, der uns mitteilte, wir hätten eine kleinere Entgleisung gehabt. In Kürze werde das Personal der Londoner Verkehrsbetriebe eintreffen und uns durch den Tunnel nach Hyde Park zurückführen. Ich erhob mich und bedankte mich mit einem Kopfnicken bei dem Mann. Dabei fiel mir auf, wie blass er war. Er studierte ein paar Sekunden lang sein Filofax und steckte es dann in seine Aktenmappe. Ich hatte ihn verlegen gemacht. Wir hatten geglaubt, eine Katastrophe, eine Tragödie zu erleben, aber es war nur ein Abenteuer.

»Ich sammle wohl lieber mal meine Sachen zusammen.« Ich bückte mich, um die Blätter des *Evening Standard* und meinen Rucksack aufzuheben. Überprüfte, ob mein Mobiltelefon noch in meiner Jeanstasche steckte. Setzte mich, um auf die Bahnpolizei zu warten.

Die Lichter gingen aus. Von gegenüber hörte ich ein Stöhnen. »Sind Sie verletzt?«

»Klaustrophobie.« Der Mann versuchte zu lachen. »Ich mag es nun mal ganz und gar nicht, an dunklen Orten eingesperrt zu sein. Was in einem Tunnel natürlich ein Problem ist.«

»Haben Sie ein Mobiltelefon?«

»Das wird hier unten wohl kaum funktionieren, oder?«

»Wenn Sie es einschalten, können sie es wie eine Taschenlampe verwenden.« Ich schaltete meins an, um es ihm zu zeigen. Du liebe Güte, ich werde wieder ganz zu dem rechthaberischen kleinen Pfadfindermädchen, das ich mit acht Jahren war. »Hält nur nicht lange vor.«

»Besser als nichts.«

»Dann fiel mir meine Jacke ein, die zerknautscht auf dem Boden lag. Ich hob sie auf und zog sie an. »Gehen Sie einfach hinter mir her. Darin können Sie mich nicht übersehen.« Mein silberner Regenmantel. Gekauft in einem Anfall von Wahn. Zu auffällig, sagte Hugo. Zu sehr achtziger Jahre. Zu sehr Abba. Aber nützlich bei diesem Wetter, und weil er alt war, machte es nichts aus, wenn die Ärmel Farbspritzer abbekamen. Was brachte es schon, gute Klamotten zur Arbeit anzuziehen.

Ein Lachen. »Das ist der beste doofe Mantel, den ich je im Leben gesehen habe.«

Als sie uns später halfen, aus dem Wagen zu springen, und uns versicherten, dass der Strom aus war, spürte ich die ganzen zehn Minuten lang, die wir zum Hyde Park zurückliefen, seine Augen im Rücken.

»Zeit, den nächsten Bus zu erwischen«, erklärte ich ihm.

»Nein, Zeit, um im Pub was zu trinken.« Er berührte meinen Silberärmel. »Das Mindeste, was ich tun kann.«

Ich war nicht naiv. Ich hatte von dem Experiment auf der Hängebrücke gelesen, wo sämtliche Männer sich in die nur mittelmäßig attraktive Frau verknallten, die ihnen auf halbem Weg Fragen stellte. Ich wusste, dass wir uns zu Fremden hingezogen fühlen, wenn wir uns unter gefährlichen Umständen begegnen. Also wies ich Tom darauf hin, dass ich erst meinen Freund anrufen müsste.

Hugo war in einer Sitzung, als ich anrief. Ich hinterließ eine Nachricht auf seiner Voicemail, und plötzlich war mir zum Heulen. Tom beobachtete mich. »Da ist die Bar.« Er führte mich am Arm. »Mein Bruder und sein Partner gehen immer hierher. Es ist ziemlich tuntig. Macht Ihnen das was aus?«

Tuntig wäre jetzt tröstlich. »Ich mag das.« Noch hielt sich meine Neugier für den Mann in Grenzen, dessen Akzent so weich und doch so kernig war und den Worten eine Schwere gab, wie ich das bei der Stimme eines Engländers noch nie erlebt hatte.

Ich würde einen Drink nehmen und mich dann entschuldigen. Ein langes heißes Bad. Zeitig zu Bett gehen. Die Bar war voller Männer. Ein junger Mann im schönsten Hemd, das ich je gesehen habe, in der Farbe von Sonnenuntergängen, tanzte allein, beobachtet von einem Mann in den Dreißigern, der ein Bier trank. Eine Reihe pastellfarbener Papierlaternen hing über der Bar und tauchten die Gesichter der Trinkenden in Rosa, Blau und Grün.

Tom deutete mit einem Kopfnicken auf die Szene. »Wunderland.« Und dann Richtung Lautsprecher. »Und gute Musik.«

Wir tanzten stundenlang. Anfangs hielt ich noch ein, zwei Schritte Abstand von ihm und fühlte mich unbeholfen. Als das erste Stück endete und das nächste begann, kam ich ihm beim Tanzen immer näher. Und empfand dabei auch keine Schuldgefühle mehr. Wir sprachen kein einziges Wort. Ich spürte die Hitze seines Körpers, die Frage in seinen Augen. Ich wusste, wenn ich seinen Blick erwiderte, würde ich mich verraten. Also blickte ich auf den Parkettboden.

Es gelang mir, die Trance zu durchbrechen, um auf die Toilette zu gehen, wo ich von meiner Wange einen grauen Schmierfleck entfernte und einen alten Lippenstift in meinem Rucksack entdeckte. Als ich in die Bar zurückkam, packte Tom mich am Arm. »Ich möchte Sie meinem Bruder vorstellen.« Er zog mich zu dem Jungen im Sonnenuntergangshemd. »Mikey, das ist ...?«

»Minna«, ich streckte ihm die Hand hin.

»Minna?«

»Kurzform für Wilhelmina. Meine Großmutter.«

»Guten Tag, Minna-Kurzform-für-Wilhelmina.« Er hatte den gleichen Akzent wie Tom, nur weicher. »Ich bin Michael und das ist mein Partner Gareth. Ich verstecke ihn hier drin, damit er nicht losziehen und mit den anderen übers Krankenhaus reden kann. Diese Ärzte können so langweilig sein.«

»Gott allein weiß, wie Gareth sich selbst erträgt«, sagte Tom.

»Wir können nicht alle so aufregende Klienten haben wie du.«

»Klienten?«, fragte ich.

»Ich bin PR-Berater. Das bringt mich mit den unterschiedlichsten Leuten in Kontakt.«

»Exponenten, nennen Gareth und ich sie.« Mikey zwinkerte mir zu und kehrte dann wieder zu seinem einsamen Tanz zurück.

»Mikey ist der Paradiesvogel in der Familie«, verkündete Tom stolz.

Um halb zehn Uhr brachen wir auf. Er winkte mir ein Taxi heran, ließ sich meine Mobilnummer geben und schickte mich allein nach Hause. Ich fragte mich, ob ich ihn wohl wiedersehen würde. Mein Anrufbeantworter blinkte, als ich meine Wohnung betrat: Meine Mutter hatte die Abendnachrichten gesehen und war außer sich. Hugo hatte die Nachricht hinterlassen, er hoffe, ich sei gesund zu Hause angekommen, natürlich habe er von den Problemen der Piccadilly Line gehört. Er werde mich morgen anrufen, nach seiner Frühstücksbesprechung.

Um Viertel vor acht am nächsten Morgen hinterließ Tom eine Nachricht auf meinem Handy.

Ich heiratete ihn fast genau auf den Tag ein Jahr nach der Zugentgleisung.

»Wir hätten es wissen müssen«, sage ich.

Felix zieht die Stirn kraus. »Was wissen?«

»Dass die Art und Weise, wie eine Beziehung beginnt, oft ahnen lässt, wie sie enden wird.« *In meinem Anfang liegt das Ende*. Ich hatte T. S. Eliot für die Abschlussprüfung studiert. Tom und ich dachten, unsere Begegnung sei schicksalhaft gewesen.

So wie Felix ihre Augen zusammenkneift, glaube ich, sie weiß, was ich mit der Ahnung meine.

Ich schaue auf meine Uhr. Fast ein Uhr morgens. »Doch das ist eine Geschichte für ein andermal, ich war selbstsüchtig, Sie zum Reden hier festzuhalten.«

»Ich habe es genossen.« Sie gähnt, zu höflich, um mir weitere Fragen zu stellen. Mir fällt auf, dass unsere Rollen sich mischen. Eigentlich sollte ich diejenige sein, die Fragen stellt, und sie diejenige, die erklärt. Jedes Mal, wenn sie mir mehr erzählt, scheint die Geschichte komplexer zu werden. Doch etwas fehlt immer noch: Einzelheiten, die nicht zusammenpassen, aber mein Hirn ist zu müde, um herauszufinden, wo die Lücke ist. »Ich werde Sie anrufen.« Ich winke ihr hinterher und sehe zu, wie die Wagenlichter sich die Einfahrt hinunterschlängeln.

Ich bringe die Gläser und Tassen weg, um sie in den Geschirrspüler zu stecken. Während ich im Arbeitszimmer nach leeren Gläsern suche, fällt mir auf, dass Tom seinen Laptop nicht ausgeschaltet hat. Ich will gerade abschalten, als mir der kleine Briefumschlag auffällt, der den Eingang einer neuen E-Mail meldet. Normalerweise würde ich nicht reinschauen, aber ich erkenne Saras Adresse. Ich klicke auf den Umschlag, um die Nachricht zu öffnen.

»Es war wunderbar, dich heute zu sehen. Wir müssen uns bald treffen, es gibt so vieles zu klären. Kannst du dich wegschleichen? Ich bin mir sicher, dass Mark nichts gemerkt hat.«

Ich starre die Worte auf dem Bildschirm an und blinzele, rechne halb damit, etwas anderes zu lesen, wenn ich noch einmal hinschaue. Aber die Nachricht bleibt dieselbe. Gewiss nicht die Worte einer Frau, bei der eine lebensbedrohliche Krankheit festgestellt wurde. Doch du hast hundert Prozent recht mit deiner Vermutung, dass etwas nicht stimmt, Mark. Aber bei der Diagnose, worum es sich bei diesem Etwas handelt, liegst du absolut daneben.

In einem der Gläser ist noch ein Tropfen Wasser. Während ich stehe und die E-Mail noch einmal lese, kippt meine Hand, und ein paar Tropfen fallen auf den Holzboden.

31

Minna

Tom leert seinen Kaffeebecher. »Zurück an die Arbeit.« Mir fällt auf, wie müde er aussieht. Auch ich habe das Gefühl, zu wenig geschlafen zu haben. Als ich endlich einschlief, träumte ich, wieder im U-Bahn-Tunnel zu sein. Nur dass ich diesmal allein war und die Tunnelwände mir immer näher kamen. Ich rannte auf die Lichter der Haltestelle zu, die aber unerreichbar blieben, weil die Ziegel mich bereits zerquetschten. Kurz vor dem Morgengrauen wurde ich wach und sehnte mich anfangs nach Toms tröstender Umarmung, war dann aber froh, dass er weiterschlief.

Ehe er das Zimmer verlässt, holt er sein Mobiltelefon hervor, um seine Nachrichten abzurufen.

»Tom.« Ich muss es wissen.

»Ja.« Er hebt seinen Kopf.

»Ist alles in Ordnung?«

Er schaltet sein Telefon aus und kommt zurück. »Waymark hält mich auf Trab.«

»Es ist nur…«

»Was?« Er setzt sich. »Willst du mit mir reden?«

»Findest du denn, dass wir reden sollten?« Ich genieße diese Gegenfrage.

»Oh, ich denke schon.« Er deutet auf das Frühstück, das ich hinunterzuwürgen versuchte. »Du könntest damit anfangen, mir zu erzählen, was das bedeutet.«

»Das ist eine Grapefruit.«

»Warum hungerst du?« Seine Augen hätten den Raum in Brand setzen können.

»Das ist nicht meine Absicht«, murmele ich. »Ich habe einfach keinen Appetit.« Hat er meinen Verdacht bemerkt? Versucht er nun, den Spieß umzudrehen?

»Du kochst mir diese wunderbaren Mahlzeiten, aber…« Er schluckt.

»Was?«

»Es ist, als versuchtest du, etwas zu beweisen.«

Ich gehe hoch. »Ich weiß nicht, wovon du sprichst.«

»Tatsächlich? Es gibt mir das Gefühl, als wolltest du mir sagen, ich sei herzlos, weiterhin zu essen und weiterzuarbeiten.«

»Das denke ich aber nicht.« Aber die Worte klingen selbst in meinen Ohren hohl. »Wir müssen weitermachen, das weiß ich.«

»Weißt es, aber glaubst es vielleicht nicht.« Er nimmt meine Hand. »Du brauchst Hilfe, Minna. Du musst zulassen, dass ich dir jemanden suche, mit dem du reden kannst.« Seine Augen sind immer noch wütend und beschützend. Gäbe es da nicht diese E-Mail von Sara, würde ich nie glauben, dass er mich betrügt.

»Vielleicht. Wenn wir nach London zurückkehren, werde ich darüber nachdenken.« Es macht mir nichts aus, Pläne für die ferne Zukunft zu schmieden, die womöglich gar nie kommt.

»Sara kennt da jemand ganz Wunderbaren. Sie sagt…«

»Oh, *Sara*.« Ich stehe auf. »Seit wann ist sie eine Expertin?«

Er lässt mein Handgelenk los. »Sie hat sich Sorgen

gemacht, als… nun, als es passiert ist. Und diese Anorexie…«

»Ich bin nicht magersüchtig«, schreie ich.

»Wie nennst du es dann, wenn jemand aufhört zu essen?«

»Magersüchtige wollen Gewicht verlieren. Mir könnte mein Gewicht nicht gleichgültiger sein. Ich möchte…«

»Was?«

Mich bestrafen. Für meine Schuld büßen, indem ich weniger Raum einnehme. Ein Element in einem Leben kontrollieren, das völlig außer Kontrolle geraten ist. Ich weiß nicht.

»Sara sagt, sie kann uns an eine Klinik vermitteln.«

Meine Wut braust wieder auf. »Ich wünschte, sie würde sich um ihre eigenen Angelegenheiten kümmern.«

»Was meinst du damit? Sie ist eine deiner besten Freundinnen.«

Ich fange an, die Teller zusammenzustellen.

»Als du nach dem Unfall im Krankenhaus warst, ist sie jeden Tag gekommen, um dir das Haar zu bürsten und dir das Gesicht zu befeuchten. Sie hat dich sogar mit deinem Lieblingsparfüm angesprüht.«

»Die wunder-, wunderbare Sara. Die perfekte Frau.« Ich halte inne. »Und Mutter.« Wie konnte Tom diesem üppigen Weib rosa-weißer Mutterschaft widerstehen? Zwei zum Preis von einer. Sara würde das Sorgerecht bekommen, obwohl Mark ein wunderbarer Vater ist. Gerichte bevorzugen immer die Mütter. Was für eine süße kleine Familie: Tom, Sara und Marina.

Sein Gesicht verdunkelt sich zu einem wütenden Violett. Ich bringe Teller und Besteck in die Küche und stelle sie in den Geschirrspüler. Dabei merke ich, dass ich zittere. Ich kehre an den Frühstückstisch zurück und lege eine Hand auf Toms steife Schulter. »Entschuldige.« Indem ich mich so verhalte, treibe ich ihn in ihre Arme. Dabei will ich ihn immer noch. »Ich werde mich bemühen, mehr zu essen.«

Seine Muskeln entspannen sich ein wenig. »Felix war gestern Abend sehr lange hier.«

»Ich habe mich von ihren Geschichten aus der Vergangenheit mitreißen lassen.«

Er spielt mit einem Kugelschreiber. »Du wirkst heute Morgen viel lebhafter.« Er versucht ein Lächeln. »Das ist gut. Auch wenn das bedeutet, dass es mich womöglich den Kopf kostet.«

»Es tut mir leid«, entschuldige ich mich noch einmal.

»Ist schon gut. Offenbar wachst du wieder auf.« Er zwinkert. »Ich hatte ganz vergessen, wie unheimlich du sein kannst.« Er sieht mich so liebevoll und offen an wie immer. Hätte ich doch bloß nicht diese blöde E-Mail gelesen.

Ich gehe ins Schlafzimmer hoch, um nachzusehen, ob das Bett glatt gestrichen und ordentlich ist. Als ich die Kleider und Handtücher wegräume, beschließe ich, dass es an der Zeit ist, einige der Dinge zu tun, die ich mir für die Zeit unseres Aufenthalts an der Küste vorgenommen habe.

Auf der Schachtel mit den Wasserfarben liegt eine Staubschicht. Ich hole meinen Rucksack aus dem Schrank und ziehe die Staffelei unter dem Bett hervor.

»Ich gehe hinaus«, teile ich Tom mit. »Zu Mittag kannst du mich zurückerwarten.«

Er wirbelt herum und strahlt, als er die Malsachen sieht. »Ausgezeichnet. Mach dir keine Gedanken wegen des Zurückkommens, wenn du zu vertieft sein solltest.« Sein Lächeln ist aufmunternd, aber mein Argwohn bekommt neue Nahrung. Möchte er mich aus dem Haus haben? Ich versuche, den Gedanken von mir zu schieben. Ich habe keinen Beweis, was Sara betrifft.

»Bis dann.« Ich ziehe los. Das Morgenlicht wirft seinen Schein über die Klippen. Ausgezeichnet. Das Unwetter hat die Erde rein gewaschen, und Wiesenduft steigt mir in die Nase.

Ich bleibe stehen, ziehe mein Mobiltelefon hervor und wähle Felix' Nummer. »Kann ich vorbeikommen? Oder ist es noch zu früh?«

Felix' Ferienhäuschen ist sehr geschmackvoll eingerichtet. Aber sie scheint sich im Wohnzimmer nicht wohlzufühlen, wo sie auf der Sofakante hockt, als rechne sie jeden Moment damit, abgeworfen zu werden.

Die einzigen Dinge, die ihr zu gehören scheinen, sind ihr Mobiltelefon und das Fotoalbum, das sie mir zeigt. Ich betrachte die Bilder an der Wand, Landschaften, aber keine hiesigen, und die Porzellanhunde auf der Fensterbank. Felix und ich haben uns entschlossen, fern von zu Hause und der Gegenwart unserer eigenen beschützenden, doch auch verräterischen Einrichtung, die Schleier fallen zu lassen.

Was würde unser Haus in Clapham Felix über mich erzählen? Ich denke an unser Wohnzimmer mit den geschliffenen Dielen, den senffarbenen Wänden und den Gemälden von den Bahamas, die ich während unserer

Flitterwochen gemalt habe, dem Sofa, das Tom am liebsten zum Sperrmüll bringen würde, weil die Sprungfedern kaputt sind, dessen bronzefarbener Bezug mir aber immer noch gefällt, und Toms Stutzflügel.

»Haben Sie David jemals wieder gesehen?« Ich bewundere die Fotografie des großen Jungen mit den sanften Augen und den weichen Stirnfransen. Nach dem morgendlichen Streit mit Tom möchte ich von wieder vereinten Liebenden und beigelegten Streitigkeiten hören. Und ich möchte mehr über Lews Kind, Louise, erfahren. Falls es über sie noch mehr Informationen gibt.

»Er kam zur Beerdigung meines Vaters. Ich hatte nicht damit gerechnet, dass David kommen würde, aber er und mein Vater standen sich damals in Fontwell sehr nah. David konnte loyal sein.« Felix hält inne. »Im Guten wie im Schlechten.«

32

Felix 1983

In der Kirche bemerkte Felix David noch nicht. Erst als man draußen den Sarg in die Erde senkte, wurde sie seiner Anwesenheit gewahr. Der Doktor hatte gebeten, auf dem Friedhof der Gemeindekirche von Swanham begraben zu werden, der geweihten Erde, die Fontwell am nächsten lag. Diese Wahl hatte die Trauergäste dezimiert, denn die meisten seiner Patienten in Harrogate waren schon älter, so dass ihnen eine Reise in den Süden des Landes zu beschwerlich war. Becky stand dünn und gebeugt neben Felix und klammerte sich an ihren Arm. Nun würde sie ganz allein in dem Haus in Harrogate vor sich hin werkeln. Felix wollte versuchen, ihre Stiefmutter zu überreden, zu ihr zu ziehen.

Die große Gestalt neben der Eibe kam ihr vertraut vor, und sie wünschte, sie hätte daran gedacht, ihre Brille in die kleine Kunstlederhandtasche zu stecken, die sie trug. Der Pfarrer beendete seine Gebete am Grab. Die Trauergäste gingen zu den Autos und Taxis, die sie zum Empfang in Swanhams einzigem Hotel bringen würden. Der große Mann kam näher. Sie sah, dass es David war, der an den Schläfen ergraute, dessen Schultern ein wenig schlaff waren, der aber immer noch der Erinnerung entsprach, die sie in den letzten vierzig Jahren von ihm bewahrt hatte. Auch Becky entdeckte ihn. »David.« Sie streckte ihm die Hand entgegen. »Das ist aber lieb, dass Sie kommen.« Sie blinzelte die Tränen zurück und lächelte Felix an.

»Becky.« Er ergriff ihre Hand, sein Blick glitt zu Felix. »Hallo, Felix. Es tut mir so leid.«

»Danke für deinen Brief.« Die vertraute ordentliche Handschrift hatte sie aufgewühlt.

»Dein Vater war ein ganz besonderer Mensch.«

»Es ist wunderschön, Sie zu sehen.« Becky strahlte David durch einen Tränenschleier an. »Sind Sie mit dem Wagen hergekommen?«

»Bin ich. Kann ich jemanden mit zum Empfang nehmen?«

»Sie könnten Felix fahren.« Becky schob sie zu ihm.

»Ich dachte, wir würden zusammen hingehen«, sagte Felix.

»Ich möchte fünf Minuten allein am Grab sein.« Sie lächelte. »Das verstehst du doch, oder?«

»Hier lang.« David deutete auf einen Mercedes.

»Dann geht es dir also gut?«

»Die letzten Jahre waren gute Jahre.« Er machte eine Pause. »Was die Arbeit angeht.«

Sie hatte nicht vor, ihn auszufragen. »Ich habe auch geheiratet, weißt du.« Wie dumm von ihr; sie hörte sich geradeso an, als müsse sie ihm versichern, dass ein anderer Mann sie einer dauerhaften Bindung für wert befunden hatte, auch wenn David das nicht getan hatte.

»Das hat Becky mir erzählt.« Er bedachte sie mit einem traurigen kleinen Lächeln. »Es tat mir leid, das von deinem Mann zu erfahren. Demenz ist grausam.«

»Wir hatten einige gute Jahre, ehe er ins Heim kam.« Jetzt war nicht der richtige Zeitpunkt, sich bei diesen letzten Monaten aufzuhalten, in denen Theo immer verwirrter und unglücklicher wurde und nicht mehr der fröhliche Gefährte von einst war.

David sagte etwas.

»Entschuldige, ich habe dich nicht verstanden.«

»Ich sagte, du hast eine glückliche Ehe verdient.« Er errötete. »Entschuldige. Das zu sagen, steht mir nicht zu. Verzeih mir.«

»Ich hatte eine. Und du?«

»Ich habe geheiratet. Sie heißt Barbara.« Sein Gesicht behielt die Röte bei. »Ich lernte sie etwa ein Jahr, nachdem ich meine erste Stelle bekommen hatte, kennen. Sie wäre heute mitgekommen, wenn unser Sohn nicht mit Drüsenfieber von der Universität nach Hause gekommen wäre.«

Dies schien offenbar eine Familienkrankheit zu sein. »Tut mir leid. Wie viele Kinder hast du?«

»Zwei. Einen Sohn, eine Tochter.«

»Freut mich.« Sie war froh, dass ihr Herz schon vor Jahren zu Stein erstarrt war und keinen Schmerz mehr empfinden konnte. »Und Charles, hast du noch Kontakt zu ihm?« Unmöglich, einen gewissen Unterton zu vermeiden. Wie dumm.

»Charles starb vor Jahren an irgendeinem exotischen Virus in New York. Sein Lebensstil wurde immer zügelloser. Ich kann mir weiß Gott nicht vorstellen, wie er beim Militär zurechtkam.«

»Er wurde eingezogen?«

David lachte. »Er wollte in das ›Education corps‹, aber er bekam einen stinknormalen Infanterieposten. Zwei Jahre lang Latrinen leeren.« Er sah sie an. »Du fragst dich vermutlich, was mit mir ist. Ich bin mit meiner Sexualität ins Reine gekommen. Als ich mein Medizinstudium beendet hatte, wusste ich, dass ich nicht schwul bin.« Er runzelte die Stirn. »Was er uns angetan hat, konnte ich ihm nie verzeihen.«

Schweigen legte sich auf sie. »Und hat die Medizin alle deine Erwartungen erfüllt?«, fragte sie schließlich.

Er zuckte die Achseln. »Manchmal meine ich, ich halte es nicht aus, noch mehr Leid zu sehen.«

Das konnte sie nicht glauben. »Aber du konntest doch so gut mit verletzten Tieren umgehen.«

»Als ich jung war, war das anders. Jetzt zerreißt es mich, wenn ich Leute sehe, die Schmerzen haben.« Sein Gesicht war verschlossen, als er den Zündschlüssel umdrehte. Sie fuhren durch die Kleinstadt, vorbei an Geschäften und Gebäuden, die Felix seit frühester Kindheit kannte. Komisch, wie klein jetzt alles aussah.

»Wie geht es Isabel?«

Er warf ihr einen kurzen Blick zu. »Du weißt schon, was mit ihr passiert ist?«

»Nein, was denn?«

»Sie hat Barrington nach dem Krieg verlassen.« Er grinste. »Nahm das Baby und brach ihre Zelte ab und lebt nun in einem Haus in Sussex.«

»Aber sie wünschte sich doch nichts mehr, als in London zu leben.«

»Ich weiß. Wer hätte das gedacht. Es stellte sich nämlich heraus, dass sie tatsächlich ein Händchen für den Gartenbau hat. Eine Weile hat sie eine Gärtnerei geführt, bis der Gutsherr starb und jedem von uns etwas Geld hinterließ.« Sie waren beim Hotel angekommen, und David bremste den Mercedes ab. »Ich lasse dich hier raus und suche dann einen Parkplatz.«

In der Lounge ging sie auf direktem Weg zum Tisch

mit den Getränken und griff nach einem Glas Sherry, ehe ihr klarwurde, was sie tat. Sie schob das Glas zurück, nahm stattdessen ein Glas Tomatensaft und entfernte sich damit, ehe sie schwach werden konnte. Wäre es immer so, sobald sie was Alkoholisches sah? Ein Schwarm Pensionisten nahm sie in Beschlag und überschüttete sie mit Erinnerungen an ihren Vater. Sie sah David im ernsten Gespräch mit Becky, während silberhaarige Männer und Frauen in Erinnerungen an die Windpockenepidemie von 1934 und den falschen Diphtheriealarm von 1937 schwelgten.

Er kam zu ihr, um sich zu verabschieden, was wiederum gemeinsame Erinnerungen an die Gewinner von Blumen-und-Gemüse-Wettbewerben wachrief und die Frage aufwarf, ob es im ersten Kriegssommer nun ein Dorffest gegeben hatte oder nicht. Endlich hatte Felix ihn für sich. »Ich wünschte, wir hätten mehr Zeit zum Reden gehabt«, sagte er. »Aber ich habe für heute Abend schon Termine.«

»Schade.«

»Du bist der einzige Mensch, der versteht.«

»Ja.«

»Wenn du jemals nach Dorking kommen solltest, schau vorbei.« Er blinzelte und schenkte ihr sein sanftestes Lächeln.

»Ich nehme dich beim Wort.« Sie wussten beide, dass sie niemals nach Dorking kommen würde, um Barbara und seine Familie kennen zu lernen.

Sie sah ihm hinterher, als er zur Tür ging, und drückte das Glas mit Tomatensaft an sich.

33

Minna

»Und da haben Sie David zum letzten Mal gesehen?«, frage ich. Felix braucht nicht zu nicken. Ein paar Minuten sitzen wir ganz still und hören nur die Amsel, die draußen im Garten singt.

»Minna?« Sie sieht mich direkt an. »Erzählen Sie es mir.«

Ich könnte so tun, als wüsste ich nicht, wovon sie spricht.

Aber ich weiß, was sie will. Ich fange zu reden an und kann nicht mehr aufhören. Die Worte sprudeln heraus. Ich erzähle ihr, was auf dem Heimweg von der Party passiert ist.

Als ich Tom endlich von seiner Unterhaltung mit dem Amerikaner in dem teuer aussehenden Kaschmirpullover losgeeist hatte, regnete es. »Komm, noch einen Tanz mit mir.« Er legte seine Arme um meine Taille.

»Es ist zu spät.« Benjamin, der in der Diele in seinem Autositz lag, drehte seinen Kopf hin und her und stopfte sich die Faust in den Mund. »Er hat Hunger. Schade, dass ich mit den Fläschchen angefangen habe, sonst könnte ich ihn füttern.« Ich zog meinen Mantel an. Tom entdeckte noch einen Freund aus Studententagen, bewegte sich auf ihn zu und begann, ihn ausführlich zu begrüßen. Benjamin öffnete die Augen und warf mir einen Blick zu, der Ärger versprach, wenn er nicht gleich sein Fläschchen bekam. »Komm jetzt, Tom.« Ich zog an seinem Ärmel. »Er wird gleich schreien.« Ich legte die Decke auf das Baby.

»Einem Mann darf man seine Flasche nicht vorenthalten.« Tom gab seinem Freund einen Klaps auf den Rücken und fing dann an, unter dem Kleiderrechen voller Mäntel nach seiner Jacke zu wühlen. Dann dauerte es wieder fünf Minuten, bis wir uns bei unseren Gastgebern bedankt hatten. Inzwischen war Benjamin richtig wach, quengelte leise, strampelte mit seinen Füßen, alles Vorwarnungen auf das zu erwartende Gebrüll. Ich zog Tom auf die Straße hinaus, wo es in Strömen regnete. Er nahm die Schlüssel aus seiner Tasche und schloss die Tür auf.

»Du hast doch hoffentlich nicht vor zu fahren.« Ich nahm ihm die Schlüssel aus der Hand.

»Ach komm schon, Mins, ich hatte doch nur zwei Gläser.«

»Drei.«

Er stöhnte und händigte mir die Schlüssel aus. »Gib mir Benjamin, der wird ja pitschnass.« Er nahm die Babyschale und öffnete die Beifahrertür. Ich sah, wie er den Gurt um den Sitz legte. Hat er die Spannung überprüft, wie man das jedes Mal machen soll? Hat er überprüft, dass die Gurte fest genug um Benjys Brust saßen? Ich bin mir nicht sicher. Ich setzte mich hinters Steuer, erleichtert, aus dem strömenden Regen zu sein, und darauf bedacht, nach Hause zu kommen, ehe das Baby zu schreien anfing.

Tom sprang neben mir hinein, und ich fuhr los. Inzwischen prasselte der Regen gegen die Windschutzscheibe.

Der Wagen schwankte im Sturm. »Ein richtiges Unwetter.« Tom beruhigte sich. »War das nicht großartig, sie alle wiederzusehen?« Er gähnte. »Wir sollten öfter ausgehen. Und es war sehr nützlich, mit Jeremy bekanntgemacht zu werden.«

»War er das in dem Kaschmirpullover?«

»Jeremy liebt seine schicken Klamotten. Aber wir hatten ein gutes Gespräch, ich denke, es gibt für mich einiges für Waymark zu tun.«

Benjamin fing zu brüllen an. Im Rückspiegel erhaschte ich einen Blick auf seine winzigen Handgelenke, die in der Luft wedelten. Mein Fuß drückte aufs Gaspedal. »Vorsichtig«, warnte Tom mich.

»Du hast gut reden, lässt dich an meinem ersten Abend, an dem ich weggehe, volllaufen.«

Er grinste. »Tut mir leid.«

War ich tatsächlich so wütend auf ihn wie in meiner Erinnerung? Ich bin mir nicht sicher. Wahrscheinlich war ich einfach erschöpft. Und müde. Das Baby schlief die Nächte selten durch. Jetzt würde es schwer, ihn dazu zu bringen, dass er die Flasche nahm. Er würde mich haben wollen. Und es dauerte mindestens eine Stunde, ehe wir ihn beruhigt hatten und an Schlaf zu denken war. Es war ein Fehler gewesen, ihn mitzunehmen und damit seinen Rhythmus durcheinanderzubringen. Das nächste Mal würden wir uns einen Babysitter nehmen.

Diese Gedanken beschäftigten mich noch, als der Lieferwagen herauskam. Ich hatte keine Chance, das jedenfalls sagten Tom und die Polizei mir. Keiner hätte den Zusammenstoß verhindern können. Ich sollte mir keine Vorwürfe machen.

Ich schaltete die höchste Wischerstufe ein, aber der Regen lief über die Scheibe und blendete mich.

Der weiße Lieferwagen kam vor mir aus einer Seitenstraße. Ich trat in die Bremsen. Das ABS-Bremssystem ruckelte ein paar Mal, und wir wurden langsamer. Aber nicht langsam genug. Der Wagen rutschte immer noch über die Straße.

Tom murmelte etwas. Jetzt füllte der Lieferwagen die Windschutzscheibe. Ich konnte die seitliche Beschriftung lesen – G JONES FENSTERPUTZDIENST.

Der Zusammenprall war nicht so laut wie erwartet. Ich hatte gerade noch genug Zeit, das festzustellen, als mein Kopf an die Scheibe flog und die Welt sich in silbergraue Fragmente auflöste. Ehe ich das Bewusstsein verlor, hörte ich den Aufschrei Toms.

Der Lieferwagen war mit Baumaterial vollgepackt: Steinplatten, Metallträger, säckeweise Zement und Ziegel, die der Fahrer von einer Baustelle gestohlen hatte. Wegen seines Gewichts konnte er nicht wegrutschen, als wir zusammenprallten, und so fing unser leichteres Auto die Wucht der Kollision ab. Der Fahrer des Lieferwagens sprang unverletzt heraus, wie man mir berichtete. Offensichtlich rief er mit seinem Mobiltelefon die Ambulanz und versuchte, Benjamin wiederzubeleben, während wir auf den Krankenwagen warteten. Er konnte nicht wissen, dass Benjamins Hals bereits gebrochen war.

Der Fahrer bekam zwei Monate Gefängnis. Ohne unseren Zusammenstoß wäre er mit seinem Diebstahl davongekommen. Hätte er nicht angehalten und versucht zu helfen, hätte er der Polizei entkommen können. Seine Frau hatte gerade eine Fehlgeburt gehabt, er hatte seinen Job verloren, und er brauchte unbedingt Geld, um mit ihr in Urlaub fahren zu können.

Als ich nach dem Unfall aufwachte, befand ich mich in einem Nebenraum, der sich drehte und einfach nicht scharf werden wollte. Ich blinzelte und begriff, dass Tom neben mir war, etwas Weißes um seinen linken Arm. Er sah, dass ich zu ihm hinschaute, und lächelte. »He, bist du wieder bei uns.« Eine Schwester erschien.

»Mrs Byrne.« Sie griff nach meinem Handgelenk, fühlte meinen Puls und leuchtete mir dann mit einer Taschenlampe in die Pupillen. »Gut. Sie sind auf dem Weg der Besserung. Ich hole nur rasch den Arzt.«

Der Raum drehte sich immer noch, aber jetzt etwas langsamer. Langsam begannen meine Augen Gegenstände wahrzunehmen: Rosen in einer Vase neben mir, Karten, meinen Waschbeutel – wer hatte das alles hergebracht? Das weiße Etwas um Toms Arm war ein Gipsverband. »Bist du verletzt?«

»Ein kleiner Bruch. Nicht Besorgnis erregend.« Er lächelte wieder, und mir fiel auf, wie grau seine Haut war. Etwas war passiert. Ich wusste, dass ich wusste, was es war, aber ich konnte mich nicht daran erinnern. Ich schloss meine Augen wieder und ließ die letzten Sekunden unserer Heimfahrt noch mal an mir vorbeiziehen. *Der Lieferwagen kommt vor mir aus der Seitenstraße. Ich bremse, die Airbags springen heraus, der Wagen schlittert weiter über die Straße, der Lieferwagen bewegt sich nicht von der Stelle, und es kommt zum Aufprall.* Und was dann? Ich erinnere mich an Blaulicht, den jungen Mann mit der Kapuze, der in der

Wagentür steht – der Dieb, dessen Auto ich gerammt habe. Und er sagt was über unser Baby. Unser Baby. Benjamin. Ich öffnete die Augen wieder und richtete mich auf.

»Wo ist er?« Er werfe die weißen Laken und Decken ab. »Ich möchte ihn sehen. Oder ist er bei Mama? Es geht mir gut, ich kann mich jetzt selbst um ihn kümmern.«

»Minna ...« Tom versuchte mich aufzuhalten. »Du kannst nicht ...«

»Wo ist er?« Und da kam etwas Schreckliches auf mich zu wie ein graues Ungeheuer, das mich niederzuwalzen drohte. Ich wusste, wo Benjy war, oder besser, wo er nicht war. Ich schrie, und der Lärm füllte den Raum, erfüllte die ganze Welt.

Sie ließen mich Benjamin in seinem kleinen Sarg in der Aufbahrungskapelle sehen. Ich konnte keine Verletzung an seinem Körper erkennen. Er sah aus wie eine Wachspuppe, auf eine Weise unberührt, wie er lebend nie ausgesehen hatte.

Tom stand neben mir. »Ich habe ihm den rot-weißen Anzug angezogen, weil ich dachte, dass du den am liebsten magst.« Mikey und Gareth hatten ihn aus einem Designerladen in Mailand mitgebracht: dreiviertellange Hose und ein langärmeliges Top mit einem Zug darauf. Dazu gab es auch eine passende Mütze, die aber immer irgendwie schräg auf Benjamins Ohren rutschte und ihm etwas Piratenhaftes gab.

»Er sitzt ein wenig stramm nach seinem letzten Wachstumsschub.«

»Ich fahre zurück und hole was anderes.«

»Nein, es ist gut so.«

»Ich wusste nicht, ob ich auch die Mütze mitbringen sollte.«

»Trägt man im Sarg Mützen?«

»Weiß nicht.« Tom wirkte wie ein kleiner unsicherer Junge. »Aber ich werde nach Hause fahren und sie holen, wenn du möchtest.« Ich spürte, wie unerträglich es ihm war, hier neben mir zu stehen.

»Wir haben ihn nicht taufen lassen.« Wenn ich mir doch nur mal Gedanken darüber gemacht hätte, die Zeremonie zu organisieren. »Er wird nun für immer und ewig im Zwischenreich schweben.« *Zwischenreich*? Woher kam das? Ich hielt mich nicht für einen religiösen Menschen. Ich war nicht einmal katholisch, obwohl wir in einer katholischen Kirche geheiratet haben, um Toms Familie glücklich zu machen.

»Vergiss diesen Unsinn. Daran glaubt nicht mal meine Mutter.« Toms Mutter ist daheim in Belfast eine regelmäßige Kirchgängerin, sie hat in fünfzig Jahren noch kein einziges Mal die Sonntagsmesse verpasst.

Tom suchte einen Priester mit Liverpooler Akzent für mich, einen Schulfreund von Gareth, der versuchte, mich wegen des Zwischenreichs zu beruhigen, und meinte, selbst der Vatikan glaube nicht länger daran. Er erinnerte mich daran, dass Jesus das Leid auf sich nahm, damit die Kindlein zu ihm kommen konnten. Und ich lächelte und nickte.

Ich war so sehr davon überzeugt, meinen Sohn einem ewigen Warteraum überantwortet zu haben, dass ich mich nicht einmal um eine Beerdigung kümmern wollte, wozu auch? Aber Tom bestand darauf, und der

Liverpooler Priester hielt den Gottesdienst in derselben Kirche ab, in der wir geheiratet hatten. Trotz der Versicherung, man werde Benjamin nicht in ungeweihter Erde bestatten, ließ mich diese Vorstellung nicht los. Und so brachte ich Tom dazu, einer Verbrennung zuzustimmen.

Die Asche habe ich mit herunter an die Küste gebracht und die Urne auf das Regal über dem Fernseher gestellt. Ich frage mich ständig, was ich damit tun soll. Ich weiß nicht, ob ich mich davon trennen möchte.

Anders als die meisten anderen Menschen zuckt Felix nicht zusammen oder zeigt auf andere Weise, wie unangenehm es ihr ist, sie beeilt sich auch nicht, mir zu versichern, wie leid es ihr tut. Ihre Augen ruhen unverwandt auf mir. »Wie stehen die Dinge zwischen Ihnen und Tom jetzt?«, fragt sie schließlich.

»Schlecht.« Allein es auszusprechen, macht mir klar, wie schlecht.

Sie schweigt wieder, fast kann ich hören, wie sie nachdenkt. »Sie müssen es versuchen und mit ihm reden.«

»Ich glaube, er hat etwas mit einer anderen angefangen, einer Freundin von uns.« Verzweiflung erfasst mich, und da es für mich eine so neue Erfahrung ist, ein Gefühl zu empfinden, klammere ich mich an meiner Stuhlkante fest, um mich zu beruhigen. »O mein Gott, wenn er mich nun verlässt?« Tom, mein Geliebter, mein Gefährte. Mein Freund. Den ich übergangen, vernachlässigt und so lange weggestoßen habe.

»Umso mehr Grund, mit ihm zu reden.«

»Ich kann nicht.« Ich klinge fast panisch. »Und er hat so viel zu tun.«

Felix' Mobiltelefon klingelt. Ihr Gesicht fällt beim Zuhören zusammen. »Nein, es war richtig, mich anzurufen«, sagt sie. »Ich rufe die Dachdeckerfirma an und sage, sie sollen sofort anfangen.«

»Schlechte Nachrichten?«, frage ich, als sie das Telefon ablegt.

»Mein Dach. Ich verliere schon eine ganze Weile Dachpfannen, aber der Nachbar, der meine Pflanzen gießt, sagt mir, dass es jetzt leckt.« Plötzlich sieht sie so alt aus, wie sie ist.

»Wird das eine große Reparatur?«

Sie nickt. »Ich hätte das Haus schon vor Jahren verkaufen sollen, wenn ich ehrlich bin. Aber da ich ein sentimentaler Dummkopf bin, hänge ich daran. Ich habe schon Rosebank verloren und mein eheliches Zuhause, der Verkauf war notwendig, als Theo ins Heim musste.« Ihre Hände fallen resigniert in ihren Schoß.

»Die eigenen vier Wände bedeuten den meisten Menschen sehr viel.«

Das Schweigen zwischen uns ist kameradschaftlich und tief. Ich muss an die vielen Menschen denken, die Felix verloren hat – Freunde, den Geliebten, den Ehemann, die Eltern. »Haben Sie eigentlich herausgefunden, was aus Phoebe wurde?«

»Sie war einfach nicht aufzutreiben. Ständig musste ich an sie und das Kind denken. Wenigstens wissen wir jetzt, dass Louise groß geworden ist. Aber sonst wissen wir nichts. Ich würde sie so gern sehen.«

»Warum?«

»Ich möchte ihr beichten, Minna. Ihr sagen, was mit ihrem Vater wirklich passiert ist.«

»Warum jetzt? Nach all den Jahren?«

Ihre Schultern sackten zusammen. »Als Sie seine Leiche fanden, war das, als würde er mir sagen, es sei an der Zeit, unter die ganze Sache einen Schlussstrich zu ziehen. Aber das kann ich nur, wenn ich die Wahrheit sage.«

»Der Polizei?«

»Wie kommen Sie darauf?« Ihre Augen werden groß.

»Einfach so.«

»Man hat seinen Schädel nie gefunden, oder?«

»Ich glaube nicht. Wir haben ihn jedenfalls nicht gesehen, als wir den Rest seines Körpers fanden.« Warum fragt sie nach Lews Schädel? Kommt Felix langsam irgendwie durcheinander? Ich erinnere mich an die letzten Monate meiner Großmutter, einem nebeligen Durcheinander aus Vergangenheit, Gegenwart und eingebildeten Ereignissen, die keiner, am wenigsten sie selbst, interpretieren konnte, und ziehe fröstelnd meine Strickjacke enger um meinen Körper.

Felix' Blick schießt durch den Raum, als suchte sie Zerstreuung. »Habe ich Ihnen von der Zeit erzählt, als ich Isabel wiedersah? Ich nahm mir das Telefonverzeichnis des Bereichs Midhurst vor. Es waren nur zwei *Barringtons* aufgelistet.«

Versucht sie mich abzulenken, oder ist dies nur ein weiteres Anzeichen ihrer Verwirrung? Aber meiner Neugier, etwas über Isabel zu erfahren, kann ich nicht widerstehen. »Erzählen Sie«, sage ich.

34

Felix 1985

Die erste führte zu einer Doppelhaushälfte aus den dreißiger Jahren mit Netzgardinen und Gartenzwergen, die in einem Teich angelten. Felix gab sich nicht einmal die Mühe zu klingeln. Die zweite Adresse war eine staubige Straße mit Spurrillen. Wenn dies Isabels neues Zuhause war, konnte man nur hoffen, dass sie ihre jugendliche Vorliebe für weiße Kleider aufgegeben hatte, dachte Felix.

Sie hielt den Wagen an und schaltete den Motor aus. Aus einem Kamin stieg Rauch auf, und eine voll behängte Wäscheleine tanzte im Aprilwind. Rote Tulpen leuchteten in einem Blumenbeet, und späte Narzissen beugten sich unter einer Magnolie in dichten Büscheln über den Rasen. Felix atmete den aufdringlichen Duft der Hyazinthen ein. In einem Frühbeet standen ordentlich beschriftete Tontöpfe mit Sämlingen.

Sie folgte der Einfahrt und fand die Eingangstür offen. »Hallo?«

»Wer ist das?«, rief eine Frau von oben. »Wenn Sie wegen der Marmeladegläser für den Frauenverein kommen, die habe ich in eine Schachtel auf den Küchentisch gestellt. Bedienen Sie sich.«

»Hier ist Felicity Valance.« Ihren Ehenamen würde Isabel nicht kennen.

Schweigen.

»Felix?«, fragte Isabel unsicher. »Warte, ich komme runter.«

Das Erste, was Felix sah, waren ihre Beine, ihre Knöchel und Waden, noch immer elegant und schlank in transparenten Nylonstrümpfen. Oder hatte Isabel wie die meisten Frauen zu Strumpfhosen gewechselt? Ihr Tweedrock reichte ihr bis kurz übers Knie. Dann tauchte ihr Gesicht auf. Isabel dürfte jetzt Ende fünfzig sein, aber dank ihrer glatten Haut und schlanken Gestalt könnte man sie durchaus für zehn Jahre jünger halten, fand Felix. »Du liebe Güte, wir haben uns seit den Tagen in Fontwell nicht mehr gesehen.« Ihre noch immer schläfrigen Augen musterten Felix.

»Die Nacht am Strand.« Felix hatte nicht vor, es ihr leichtzumachen, auch nicht nach all den Jahren. Sie wollte auch nicht zugeben, dass sie Zaungast ihrer Hochzeit gewesen war. Noch nicht. Oder in ihrem Londoner Haus während eines Luftangriff Zuflucht gesucht hatte. Oder ihr Tagebuch gelesen hatte. So viele Geheimnisse.

»Der arme Lew«, seufzte Isabel. »Man hat seine Leiche nie gefunden, oder? Die Sorge darüber hat mir viele schlaflose Nächte beschert.« Sie musterte Felix von oben bis unten, wie sie das auch während ihrer Zeit in Fontwell getan hatte. »Kommst du rein, meine Liebe? Oder müssen wir um der alten Zeiten willen unser Gespräch im Stehen führen?

Felix folgte ihr ins Vorderzimmer. Zwei kleine Sofas standen einander gegenüber, verblasst, aber noch immer edel. Auf dem Kaminsims standen unzählige Fotos. Felix warf einen Blick darauf und sah, dass sie alle von demselben blonden Jungen waren, der zu einem Tennis spielenden Teenager und einem gut aussehenden jungen Mann auf einem Jagdfuchs heranwuchs.

»Das ist Justin. Er ist jetzt vierzig. Kaum zu glauben.« Der Stolz in Isabels Stimme war unüberhörbar.

»Was macht Justin jetzt?«

»Er ist Bauer, im Norden. Barrington hat ihm dort einen Hof gekauft. Wirklich anständig von ihm.«

»Warum anständig?« Natürlich wusste Felix es.

»Nun, Justin ist nicht sein richtiger Sohn, weißt du?« Isabel begleitete ihre Worte wie früher mit einem ironischen Lächeln und nahm sich eine Zigarette aus einer Silberschachtel. »Möchtest du eine, meine Liebe? Nein? Du warst immer schon ein gradliniges kleines Ding.«

»Wessen Sohn ist er denn dann?« Felix lächelte ebenfalls. Unverfroren konnte man auch zu zweit sein. »Entschuldige, dass ich dir eine so dreiste Frage stelle.« Nicht dass sie Zweifel gehabt hätte, aber sie wollte Isabel den Namen aussprechen hören.

»Johnsons.« Isabel nahm einen Zug und lächelte wieder. »Keinen, den man sich zum Kindsvater aussuchen sollte. Anfangs dachte ich, ich sollte das Baby loswerden. Aber ich habe es nicht getan.«

Felix rutschte unruhig auf ihrem Stuhl.

»Ich wollte immer in die Gesellschaft einheiraten, ein elitäres Leben führen. Das konnte Johnson mir nicht gerade bieten. Selbst wenn ich ihn genug geliebt hätte, um ihn zu heiraten. Also habe ich Barrington mehr oder weniger gleich, als wir uns kennen lernten, an mich rangelassen. Er dachte, Justin sei sein Sohn. Eine Zeitlang jedenfalls.« Sie drückte ihre Zigarette aus. »Es war ein ganz schöner Schock, als mir klarwurde, dass ich mich getäuscht hatte, was das elitäre Leben anging.«

»Und was war der Auslöser?«

»Wir waren auf dem Weg zu einer großen Party in der Innenstadt mit vielen Kollegen von Barrington. Dürfte so fünf oder sechs Jahre nach Kriegsende gewesen sein. Er lamentierte, dass seine Anteile in den Keller gingen und die Steuern stiegen, und das alles wegen der verdammten Sozialisten. Er ließ sich darüber aus, er habe schließlich nicht in einem Krieg gekämpft – als hätte er jemals auch nur eine Waffe in die Hand genommen –, um sich jetzt von einem Haufen Kommunisten sein Eigentum stehlen zu lassen. Ich saß im Wagen und schaute sein Schweinchengesicht an und hatte – was war das noch mal für ein Wort bei den Heiligen drei Königen?«

Felix stand ihre Verwirrung offenbar ins Gesicht geschrieben.

»Epi – noch was?«

»Epiphanie.«

»Du warst immer besser im Unterricht als ich. Egal, meine Liebe, ich jedenfalls betrachtete Barrington in seiner Smokingjacke mit dem Kummerbund, der sich über seinem Magen spannte, und hatte eine Epiphanie. Erklärte ihm, dass ich ihn verlassen wollte. ›Du hast immer gesagt, du willst Geld, und Geld hast du bekommen‹, sagte er. ›Nun, es hat mich nicht glücklich gemacht‹, sagte ich ihm.« Isabel seufzte.

Ihr Blick kehrte zu Felix zurück und verweilte auf ihr, ihren Kleidern und ihren Schuhen. Felix hatte sich für diese Reise Mühe mit ihrem Äußeren gegeben. »Hast du noch Kontakt zu meinem Halbbruder?« Isabel hielt sich in vorgetäuschter Sorge die Hand an den Mund. »Ich nehme an, du kennst die schmutzigen Fakten über den Gutsherrn? Ich konnte mich nie daran gewöhnen, ihn Papa zu nennen.«

»Ich weiß, dass du Davids Schwester bist, wenn du das damit sagen willst.«

»War sicherlich ein Schock für dich?«

Felix zuckte die Achseln.

»Dann hast du David also gesehen?«

»Er kam zur Beerdigung meines Vaters.«

Isabels Ausdruck wurde weicher. »Es tat mir leid, als ich erfuhr, dass der Doktor tot war. Er war sehr freundlich zu mir. Nur Gott weiß, was aus mir geworden wäre, wenn er nicht in Fontwell zur Stelle gewesen wäre. Ich denke, man hätte mich in eine grässliche Anstalt gesteckt. Dein Vater verstand sich auf depressive Erkrankungen, das taten damals nicht viele.«

Felix konnte mit ihr nicht über ihren Vater sprechen. »Aber abgesehen davon sind David und ich uns nicht begegnet.«

»Wahre Liebe bedeutet nicht immer eine Liebe von Dauer.« Isabel hörte sich an, als würde sie den Waschzettel zu einem Liebesroman vorlesen. Aber ihr Gesichtsausdruck war nachdenklich.

»Du wusstest davon?« Felix beugte sich vor. »Von David und mir?«

»Von eurer Affäre?«, Isabel nickte. »Er kam eines Abends zu mir, das muss so 47 oder 48 gewesen sein. Meinte, er sei völlig durcheinander. Diese widerwärtige kleine Schwuchtel Charles klammere sich an ihn, aber er wolle dich. Er ließ sich lang und breit darüber aus, wie wunderbar du bist, wie grausam wir waren, dir die Schuld zu geben, obwohl… nun, du weißt ja, die Nacht am Strand.«

Felix spürte, wie der Kloß in ihrem Hals immer größer wurde.

»Ich habe nie verstanden, warum aus euch beiden nichts geworden ist.« Isabel sah sie an, als hoffte sie, Felix würde es erklären. Als sie nichts sagte, lachte Isabel. »Verschwiegen wie eh und je. Aber wenn wir schon bei alten Liebhabern sind, Johnson hat mich besucht.«

Felix fiel fast vom Stuhl. »Wann?« Sie verspürte plötzlich den Drang, aus dem Fenster zu schauen, als könnte er dort draußen herumschleichen.

»Keine Angst, das ist Jahrzehnte her. Gott weiß, was passiert wäre, wenn Barrington ihn dort entdeckt hätte.«

»Wo?«

»In unserem Haus am Grosvenor Square, meine Liebe. Es war ein Luftangriff, keine V1, sondern richtige Bomber. Ich wollte mit Justin lieber in einen Bunker gehen, weil sie sich gar so scheußlich anhörten. Wir standen gerade an der Eingangstür, als es klingelte.«

1944

Isabel öffnete mit dem Baby im Arm die Tür und starrte den Mann im schäbigen Mantel an, der auf ihrer Türschwelle stand. »Johnson?« Sie machte einen Schritt zurück, weil ihr einfiel, dass sie ganz allein im Haus war. Justin begann leise zu schreien, und sie wiegte ihn in ihren Armen.

»Miss Isabel, ich meine Lady Barrington, es tut mir leid, dass ich unangekündigt einfach hier vorbeikomme.« Das Haus erbebte, als die ersten Dorniers näher kamen.

»Komm lieber rein.« Sie führte ihn nach unten in die Küche, vermutlich der sicherste Teil des Hauses. »Was kann ich für dich tun?« Sie gab sich alle Mühe, das Zittern ihrer Hände zu verbergen, setzte sich auf den Küchenstuhl und ließ das Baby auf den Knien reiten. Eine Fallschirmmine stürzte ein paar Häuserblocks weiter ab. Meine Güte, das hörte sich gar nicht gut an, und sie saß hier mit Johnson fest.

»Sollten Sie nicht in den Bunker gehen?«

»Nein, es ist gut so.« Die Aussicht, ihn dorthin mitzunehmen, wo die Leute sie zusammen sehen und ihrem Gespräch lauschen konnten, war ihr unerträglich. »Warum wolltest du mich sehen?«

Sein bohrender Blick traf sie wie Flammen. »Ich gehe zum Militär.«

»Ich dachte, deine Lunge …«

Er winkte ab. »Es gibt immer Möglichkeiten bei den Streitkräften. Es überrascht mich, dass du selbst nicht auch was Nützliches machst, Isabel.«

So würde sie nicht mit sich reden lassen. »Woher willst du wissen, dass ich das nicht tue?«

Sein Lächeln glitt über ihren Schmuck und das Haar, das sie sich am Morgen frisch hatte machen lassen.

»Ich könnte die Polizei rufen und erzählen, dass du mich belästigst.« Die wilde Entschlossenheit ihrer Stimme überraschte sie.

»Aber das wirst du nicht tun.« Er deutete nach oben. »Du willst doch all das hier nicht verlieren, oder? Möchtest du, dass dein Gatte erfährt, wie du warst, ehe du ihn geheiratet hast?« Er neigte sich ihr zu. »Du willst doch sicherlich nicht, dass alles herauskommt, oder? Wie lange ist das jetzt her, ein Jahr? Du hast Stillschweigen über den Nigger bewahrt.«

Die Motoren dröhnten nun über ihnen. Auf dem Regal tanzte eine irdene Teekanne zu den Vibrationen. Isabel spürte den Druckabfall in der Küche. Als die Luft aus dem Keller brauste und dabei das Fenster durchschlug, ging sie mit Johnsons Sohn unter dem Küchentisch in Deckung. Zu spät, sie hätten in den Bunker gehen sollen.

1973

»Ein direkter Einschlag?«, fragte Felix.

»Nicht ganz. Ansonsten wäre ich jetzt nicht hier. Es traf nebenan. Doch die Druckwelle kam durch die Trennwand. Justin und mir war nichts passiert. Aber das Glas splitterte und ein Stück aus dem Fensterrahmen traf Johnson am Kopf. Die Haushälterin hatte schon gesagt, das Fenster müsse neu verkittet werden, war aber noch nicht dazu gekommen. Vermutlich hat sie auch nicht damit gerechnet, dass jemand außer ihr und der Köchin sich da unten aufhielt.« Isabel zog an ihrer zweiten Zigarette. »Ich dachte, das ganze Haus sei über uns zusammengestürzt, aber als ich ins Erdgeschoss kam, sah man so gut wie nichts. Nur ein paar Putzbrocken auf dem Boden.«

»Und Johnson?«

»Er rührte sich nicht.« Isabel verdrehte die Augen. »Es war wirklich eine seltsame Situation, ich wusste nicht, wie ich seine Anwesenheit erklären sollte, also stopfte ich seine Papiere in den Ofen und ging dann nach draußen und rief die Hilfstruppen. Ich sagte, ich hätte keine Ahnung, wer er sei, und dass ich ihn mitgenommen hatte, als der Alarm anfing. Aber als wir in die Küche kamen, war er weg.«

»Weg?«

»Offenbar war er ohnmächtig gewesen und wieder zu sich gekommen, während ich weg war. Ich habe keine Ahnung, was aus ihm geworden ist. Es war eine höllische Nacht. Vielleicht hat ihn eine andere Bombe erwischt. Vielleicht zog er auch in den Krieg und ist irgendwo in Europa verreckt.« Isabel schaute aus dem Fenster. »Vielleicht hat er auch überlebt und ist immer noch irgendwo da draußen. Ich kann mir nie ganz sicher sein, ob er nicht kommt und mich aufspürt.« Sie sah Felix' Gesichtsausdruck. »Keine Sorge, meine Liebe. Er wäre inzwischen viel zu klapprig, um uns noch Ärger zu machen.«

»Hast du ihn denn geliebt?«

Isabel grinste süffisant. »Ich war ein wenig scharf auf ihn. Er sah auf seine Art, als ein Mann der Arbeiterklasse, ganz gut aus. Ich war innerlich furchtbar verkorkst, weißt du. Die Seelenklempner meinten, ich hätte mir beweisen müssen, wie wenig Wert ich mir beimaß, indem ich mit Männern Sex hatte, die ich verachtete.« Sie schüttelte den Kopf. »Aber er war so ernsthaft. Und eines Tages im Bootshaus, da ließ ich ihm seinen Willen, nur um zu sehen, wie es war, das war etwa einen Tag bevor Lew auftauchte. Unglücklicherweise habe ich es richtig genossen. Natürlich gab ich mir Mühe, ihm das nicht zu zeigen. Sagte immer, er habe mich gezwungen.« Sie rollte die Augen. »Ich konnte nicht von ihm lassen, obwohl ich mich dafür hasste. Als Lew auftauchte, wurde mir klar, wie dumm ich war. Er sah so viel besser aus als Johnson, aber er wollte mich nicht mal küssen, und sagte immer, er habe Phoebe falsch behandelt, aber er werde an ihr und dem Kind festhalten.«

»Ein Gentleman.«

»Das war er wirklich.« Sie seufzte. »Es ist schon komisch. Da musste erst ein armer Schwarzer aus Georgia kommen, um mir zu zeigen, wie man sich verhalten sollte.« In ihren Augen lag Leidenschaft. »Er war besser als wir alle. Überleg doch, was aus ihm hätte werden können, wenn er weitergelebt hätte.«

»Er wäre in den Süden zurückgegangen. Die Situation dort wäre für ihn ganz und gar nicht gut gewesen.«

»Mag sein. Aber er hatte Talent, vergiss das nicht. Und Charakter.«

»Und ein Kind.« Felix ertappte sich oft dabei, dass sie an Lews unbekannten Sprössling dachte.

»Du bist auch dahintergekommen, nicht wahr?« Sie blies den Rauch aus. »Manchmal frage ich mich, was aus Phoebes kleinem Mischlingskind geworden ist. Es dürfte ein paar Monate vor meinem Justin zur Welt gekommen sein.«

Die Uhr auf dem Kaminsims schlug die volle Stunde. Schon fast Zeit zum Aufbruch, Theo machte sich sonst Sorgen. »Ein hübsches Haus hattest du da in Belgravia.«

»Du hast es gesehen?«

»Ich habe dort Zuflucht während eines Luftangriffs gesucht, als ich zufällig in dieser Gegend Londons war.«

Isabel zog eine Braue hoch, sagte aber nichts.

»Jemand hat deine Kellertür offen gelassen.« Sollte sie Isabel erzählen, dass sie ihr Tagebuch gelesen hatte? Nein. Lieber nicht.

Isabel schien das nicht zu beunruhigen. »Diese blöden Bediensteten. Sie rannten in den Bunker und vergaßen dabei abzusperren. Manchmal entdeckten wir bei der Rückkehr, dass man unsere Sachen geplündert hatte. Barrington wurde richtig unfreundlich zum Personal.«

»War er denn wirklich so schlimm?«

Isabel nickte und streckte eins ihrer Beine aus. »Ein abscheulicher Mensch, ein echter Parvenü. Sein Geld hat er mit Dosengemüse gemacht, das ist doch unglaublich. Mit seinen Unterhaltszahlungen war er aber großzügig. Er ist für all das hier aufgekommen.«

»War er Justins wegen unfreundlich zu dir? Hat er herausgefunden, wer sein wirklicher Vater war?«

»Nein. Er hatte keine Ahnung von Johnson. Barrington wusste einfach nicht, wie er mich nehmen musste. Ich war natürlich auch viel jünger als er. Und ich litt entsetzlich unter meiner Depression. Doch witzigerweise legte sich das etwas, als die Bombe nebenan einschlug. Hat offenbar die Leitungen in meinem Gehirn durchgeschüttelt oder so.« Sie grinste. »Keine sehr wissenschaftliche Erklärung, nicht wahr? Aber so hat es sich angefühlt. Die Ärzte haben außerdem neue Medikamente an mir ausprobiert.« Felix musste zugeben, dass das Gesicht vor ihr keine Anzeichen von Melancholie zeigte.

Es schien alles gesagt zu sein. Felix erhob sich. »Ich sollte jetzt gehen.«

»Hör zu, meine Liebe, was ich dir vor all den Jahren über deinen Vater gesagt habe«, Isabel drückte ihre Zigarette aus, »das habe ich nicht so gemeint, weißt du. Ich war einfach nur eifersüchtig.«

»Eifersüchtig?«

»Du kamst mit David so gut klar, ihr wart immer zusammen. Ich fühlte mich ausgeschlossen. Als Lew kam, war ich in Sorge, dass er euch beide mir vorzieht. Deshalb habe ich … diese Dinge über deine Kleidung und deinen Vater gesagt, um dich zu verletzen. Ich hätte das nicht tun sollen. Tut mir leid.« Einen kurzen Moment lang war es möglich, Isabel als Davids Schwester zu sehen, einen Moment lang hatte sie den gleichen Gesichtsausdruck, den David hatte, wenn er eine verletzte Amsel oder eine Maus fand, die von der Katze nicht ganz getötet worden war.

Felix senkte ihren Kopf. »Ist schon gut. Aber danke, dass du es gesagt hast.«

»Ich hätte das schon vor Jahren sagen sollen.« Isabel sah fast wehmütig aus. »Komm doch mal wieder. Es ist ganz schön öde hier unten.«

»Du überlegst nicht, nach London zurückzuziehen?«

Jemand öffnete eine Tür am hinteren Ende des Hauses. »Bist du da, Isabel?« Eine tiefe Männerstimme mit breiig ländlicher Aussprache.

Isabel zog eine Braue hoch. »Das Landleben hat auch seine Reize.«

»Das klingt ja, als hätten Sie sie am Ende doch gemocht«, sage ich.

»Ärgerlicherweise ja. Sie war nicht mehr so spröde. Und sie hatte ihre Pflanzen, um die sie sich kümmerte. Und ihre ländlichen Bewunderer.« Ein ironisches und zugleich bewunderndes Lächeln huschte über Felix' Gesicht.

»Lebt Isabel noch?«

»Sie starb vor ein paar Jahren nach einem schlimmen Sturz. Offenbar ging sie nachts hinaus, um einen besonders kostbaren Strauch vor dem Frost zu schützen und rutschte aus. Sie bekam eine Lungenentzündung, während sie noch im Krankenhaus lag.«

»Haben Sie David erzählt, dass Sie bei ihr waren?«

»Nach der Beerdigung meines Vaters habe ich ihn nicht mehr gesprochen.«

»Ist er …?«

»Noch am Leben? Ja. Er ist im Ruhestand, manchmal wird er noch in der Zeitung erwähnt, weil er in verschiedenen bedeutenden Gremien und Komitees sitzt.« Mit wehmütigem Blick meinte Felix: »Vielleicht hätte ich ihm erzählen sollen, dass ich die Kormoranskizze gefunden habe. Vielleicht hat auch er die Zeitungsberichte über den Fund von Lews Leiche gelesen. In der Inlandspresse hat man doch recht ausführlich darüber geschrieben.«

Da fällt mir was ein. »Was hat eigentlich Ihr Anruf bei der Lokalzeitung ergeben? Haben Sie Einzelheiten über Louise erfahren?«

»Nein. Sie beriefen sich auf Datenschutz. Aber sie mussten mir versprechen, dass sie ihr meine Mobilnummer geben, sollte sie sich jemals melden. Doch das haben sie sicherlich vergessen.«

»Wollen Sie es nicht mal mit dem Melderegister versuchen?«, schlage ich vor.

Ihr Gesicht hellt sich auf. »Das ist eine Idee. Ich werde diese Frau finden, und wenn ich in Bournemouth an jede Tür klopfen muss.« Sie reckt energisch ihr Kinn vor. Ich kann mir gut vorstellen, dass sie das tut.

35

Minna

Tom und ich sitzen vor den Zehn-Uhr-Nachrichten im Fernsehen. Ich sitze wirklich nur davor, denn in Gedanken bin ich in einer Welt versunken, die vor sechzig Jahren starb, und auch Tom ist mehr bei den Bankauszügen und Quittungen neben ihm. Meiner nicht zu Ende geführten Aufgabe – die Abschlussbilanz habe ich ihm nie gegeben, er weiß nicht, wie viel wir aufnehmen müssen. Er seufzt. »Das muss bis morgen warten, erst muss ich den Bericht für Jeremy fertigstellen.«

»Ich mache das. Ich hatte es vergessen.«

»Würdest du das tun?« Seine Miene hellt sich auf. »Ich weiß wirklich nicht, was ich da mache. Ich habe einfach nicht deinen Blick für Zahlen.«

»Ich mache es morgen fertig. Gleich als Erstes, dann können wir die Bank anrufen.«

»Da ist noch etwas, was ich dir erzählen muss.« Er kann mir nicht in die Augen schauen, steht deshalb auf und stellt sich vor die Fenster des Wintergartens.

»Oh?« Mir ist kalt in der warmen Luft.

»Ich hätte dir das schon vor langer Zeit sagen sollen.«

Also ist es nicht das Geld. »Ist es wegen Sara?« Die Worte platzen aus mir heraus.

»Sara? Nein, ich meinte Benjy.«

»Was war mit Benjy?«

»Der ermittelnde Polizeibeamte hat in seinem Bericht festgehalten, dass der Kindersitz einwandfrei funktioniert hat und die Gurte vorschriftsmäßig befestigt waren.«

»Ja.« Ist er in Sorge, ich könnte ihn für nachlässig halten?

»Allerdings wusste er nicht, und ich habe auch keinem davon erzählt, dass das Auto in der Woche davor in einen kleinen Unfall verwickelt war.«

Meine Verblüffung musste mir deutlich anzusehen sein.

»Ich hatte Benjy mit zum Einkaufen genommen. Wir haben auf dem Parkplatz von Sainsbury einen Poller angefahren, eigentlich nur gestreift. Ich habe das Baby und den Kindersitz überprüft, und alles schien in bester Ordnung zu sein. Benjy ist nicht mal aufgewacht. Der Wagen hatte keine nennenswerte Delle.« Seine Stimme wird sehr leise. »Ehrlich gesagt, habe ich nicht weiter darüber nachgedacht.« Er wendet sich vom Fenster ab und setzt sich wieder.

Ich erinnere mich, dass mir ein Haarriss am Nummernschild des Wagens aufgefallen ist.

Er beugt sich vor. »Verstehst du nicht? Angenommen, der Sitz wurde durch den Unfall beschädigt? Es heißt doch immer, wenn der Sitz in einen Unfall verwickelt war, sollte man einen neuen kaufen.«

»Aber das kann man doch wohl kaum als Unfall bezeichnen. Du bist doch nur vorne dagegen gestoßen.«

»Es könnte aber einen verborgenen Schaden verursacht haben.«

Ich nehme seine Hände in meine, überrascht, dass meine Beschützerinstinkte ihm gegenüber erwachen.

»Das hätte man doch bei den Untersuchungen herausgefunden. Der Sitz war in Ordnung. Wir haben Benjy verloren, weil ich den Unfall verursacht habe.«

»Der Lieferwagen kam viel zu überraschend. Dem hätte keiner ausweichen können. Das hat mir die Polizei versichert.« Er entzieht mir seine Hand und vergräbt seinen Kopf darin. »Hätte ich nicht so viel Wein getrunken, wäre ich derjenige, der den Zusammenstoß hatte, nicht du.«

»Du hast nur drei Gläser getrunken.«

»Ich sollte nach Hause fahren, so war es ausgemacht, nicht du. Es ist mein Fehler, dass du dich nun mit all den überflüssigen Schuldgefühlen herumplagen musst. Ich wünschte, ich wäre gefahren.« Er hebt sein Gesicht, es ist aschfahl, die Augen umrändert. »Ich habe gesehen, wie du mich in den vergangenen Wochen angeschaut hast, ich habe deinen Ausdruck gesehen, den Vorwurf darin. Ich habe gesehen, wie du mir diese Mahlzeiten servierst, als wolltest du mir sagen, ich sei gefühllos.«

»Das stimmt nicht.« Ich denke an die Ereignisse der letzten Monate und schaudere.

»Ich habe dein Gesicht gesehen, Minna. Und in den vergangenen Tagen bist du so kalt zu mir gewesen, als würdest du mich hassen. Ich mache dir weiß Gott keine Vorwürfe.«

»Ich dachte, du hättest eine Affäre mit Sara.«

Er starrt mich an.

»Mark erzählte mir, sie verhält sich seltsam.« Ich warte. »Und ich dachte, ihr trefft euch.«

»Wir beide?« Er ist so überrascht, dass er unmöglich bluffen kann. »Was zum Teufel bringt dich denn auf diese Idee?«

»Sie hat dir Unterlagen über ein Haus geschickt. Sie ruft zu den seltsamsten Zeiten auf deinem Handy an. Und schreibt dir E-Mails. Ich dachte, du wolltest mich ihretwegen verlassen.« Ich lache hohl. »Vielleicht tust du das ja.«

Ich warte darauf, dass er mir sagt, meine Vermutungen seien richtig.

»Du hast das alles falsch verstanden.« Sein wütender Blick zwingt mich, ihn anzuschauen. »Die Unterlagen für das Haus waren für dich bestimmt.«

»Für mich?«

»Freunde von ihr haben dieses Haus gekauft. Sie wohnen im Ausland und kommen jetzt zurück. Sie brauchen jemanden, der sich um die Ausstattung kümmert, bei der Auswahl der Farben und Vorhänge hilft, damit sie gleich einziehen können. Sara hat ihnen von dir erzählt. Wir wollten den richtigen Zeitpunkt abwarten, um es dir zu erzählen.«

Ich merke, dass mir der Mund offen steht.

Er lächelt mich an. »Du musst anfangen, wieder über deine Arbeit nachzudenken, Minna. Wir dachten, dieses Haus könnte ein Anfang sein.«

»Ich kann nicht, es ist viel zu früh«, plappere ich. Mein Gehirn vermag dem Ganzen keinen Sinn zu entnehmen.

Er nickt. »Es ist deine Entscheidung. Aber du denkst darüber nach, nicht wahr?«

Ich will die Idee gerade verwerfen, als mir einfällt, wie aufregend ich es jedes Mal fand, ein neues Projekt in Angriff zu nehmen: Fahrten zu Stoffläden für Vorhänge, das Studieren von Farbmusterkarten, Expeditionen zu Trödelläden und Auktionen. Die Spannung, die Gesichter der Leute zu sehen, wenn sie die neue Welt erblicken, die ich in ihren Heimen geschaffen habe. »Ich denke darüber nach.« Und das sage ich nicht nur, um ihn abzuwimmeln. Aber da ist noch eine Sache, die der Klärung bedarf. »Dann hat Sara also keine Affäre?« Dieser Gedanke hat sich so tief bei mir eingenistet, dass es mir schwerfällt, ihn als Phantom abzutun.

»Natürlich nicht. Sie ist sehr glücklich mit Mark. Sie hat nicht nur das Haus für ihre Freunde ausgesucht und kümmert sich um das Baby, sie arrangiert nebenbei auch noch ein großes Fest zu seinem Vierzigsten, was Ausgefallenes. Deshalb hat sie sich an mich gewandt, ob ich nicht meine Beziehungen spielen lassen könnte, ihr einen Raum im House of Commons zu besorgen.« Er verdrehte die Augen. »Sie hat keine Ahnung, wie unmöglich das jetzt bei den erhöhten Sicherheitsmaßnahmen ist.«

»Und wieso hast du ihr dann den Laptop gekauft?«

Er seufzt. »Der ist für dich. Ich dachte, es könnte ein Ansporn sein und deiner Karriere neuen Schwung geben. Er ist nicht neu, aber ich habe jede Menge verrückte und wunderbare Design-Software gekauft. Man wollte ihn nicht hierherliefern.«

So viele Gründe für Saras ständige Anrufe auf Toms Mobiltelefon. Ich lache. Tom sieht mich besorgt an. »Es ist alles gut«, sage ich. »Mir wird nur gerade klar, wie leicht es ist, Situationen falsch zu interpretieren.«

»Dann kommst du also mit und siehst dir das Haus an?«

»Natürlich. Wann?«

»Warte, ich rufe Sara jetzt an.« Er geht und lässt mich mit meiner übersprudelnden Fantasie allein.

Als er zurückkommt, sieht er mich mit entschlossener Miene an. »Morgen Nachmittag. Sara kommt mit den Schlüsseln vorbei – und deinem neuen Laptop. Wir können rechtzeitig zum Abendessen wieder zurück sein. Oder die Nacht zu Hause verbringen.« Er sieht meinen Gesichtsausdruck und lenkt ein. »Oder auch nicht.«

Der Gedanke, unser Haus zu betreten, macht mir noch immer schreckliche Angst. Ich versuche in den Arbeitsmodus umzuschalten, um mich abzulenken. »Dann grabe ich wohl mal besser einen Block und Bleistifte aus.«

»Warte einen Moment.« Er legt das Telefon ab, wühlt hinter einem Sofakissen und zieht eine Papiertüte aus dem Laden für Künstlerbedarf in Swanham hervor. »Ich dachte, du freust dich vielleicht über neues Werkzeug.« Er lächelt wie der Weihnachtsmann, als er den Inhalt ausbreitet. Er hat alles richtig ausgewählt: Marke und Härtegrad des Bleistifts, die richtige Blockgröße. Ich lächele zurück. Wäre es denkbar, dass die Lage sich langsam bessert? Sein Telefon läutet, er reißt es hoch und entschuldigt sich bei mir: »Jeremy. Ich habe einen Termin für ein Treffen. Ich denke, wir kommen voran …«

Wir liegen zusammen im Bett. Tom greift über meine Schulter und zieht Benjys Schlafanzug unter meinem Kissen hervor. »Du brauchst das immer noch?«

Ich nicke. »Tut mir leid.«

»Ich kann mich ja nicht beschweren, dass er zu viel Platz im Bett einnimmt.« Dabei nimmt er den Anzug und mustert ihn. »Ich weiß nur nicht, wie er dir jetzt noch helfen kann. Der Psychiater hat gemeint …«

»Was weiß der schon?« Ich reiße ihm das Kleidungsstück aus der Hand.

»Entschuldige.«

»Ist schon gut. Gib mir einfach noch ein wenig Zeit. Ich bin ja auf dem Weg.«

Tom berührt meine Schulter. »Das bist du gewiss.«

»Felix hat mir geholfen.«

»Aha.«

»Was nicht heißen soll, dass du mir nicht geholfen hast.« Meine Güte, jetzt bin ich schon wieder ins Fettnäpfchen getreten. Ich rücke näher an ihn heran, und er nimmt mich in den Arm.

»Dann weißt du inzwischen sicherlich alles über ihre Freundschaft mit Lew.«

»Nicht ganz. Manchmal denke ich, sie verschweigt mir noch etwas.«

»Es ist, als würdest du eine persönliche Mission verfolgen.«

»Das tue ich vermutlich auch. Wir würden beide gern Lews Tochter Louise finden. Damit wäre das Puzzle komplett. Und ich käme auch gern dahinter …«

»Hinter was?«

»Da ist noch was ungeklärt.« Ich seufze. »Du wirst mich für besessen halten, aber es hat mir auf ganz merkwürdige Weise geholfen.«

»Seltsam, dass die traurigen Geschichten anderer Leute so etwas bewirken können.« Er streicht mir übers Haar.

»Vielleicht fühle ich mich weniger allein, wenn ich weiß, dass auch andere traurige Erlebnisse hatten.«

Schweigen. Dann: »Fühlst du dich wirklich so allein?« Er sagt dies so mutlos, dass ich mich ihm zuwende.

»Nein. Ich weiß, dass du für mich da bist. Und ich werde das überstehen, ganz bestimmt.«

»Vielleicht können wir eines Tages auch über ein anderes Kind nachdenken.«

Ich kann nicht fassen, was er da gesagt hat.

»Minna?«

Ich entziehe mich seiner Umarmung. Wie kann er nur davon träumen, dass ich jemals wieder in der Lage sein könnte, Mutter zu sein. »Du weißt doch, was passiert ist!«

»Das bedeutet aber doch nicht, dass du nicht ein zweites Baby haben kannst.«

»Es bedeutet aber, dass ich verrückt sein müsste, es zu versuchen.« Meine Stimme ist schrill.

»Dann gute Nacht.« Nun ist er derjenige, der sich einsam zu fühlen scheint. Und fern, als wäre er ganz weit weg von mir.

36

Minna

Beim Frühstück geben wir uns beide allergrößte Mühe. Ich schaffe es sogar, eine halbe Scheibe Toast zu knabbern.

Wir steigen gerade in Toms Wagen, als Felix' Vauxhall die Einfahrt hochgeschossen kommt. Sie springt aus dem Wagen, als wäre sie dreißig Jahre jünger. »Gott sei Dank, dass ich Sie noch erwische.«

»Was ist denn passiert?«

»Ich habe mit Louise gesprochen.«

»Sind Sie so schnell ans Wählerregister gekommen?«

»Brauchte ich gar nicht. Mrs Ogle hat mich angerufen, um mir zu sagen, dass sie einen Klempner beauftragt hat, den Wasserhahn zu reparieren. Da fiel mir ein, dass sie womöglich ältere Telefonbücher in ihrem Büro haben könnte, man wirft die alten ja nicht immer gleich weg, wenn die neuen kommen. Sie suchte die Nummer für mich heraus, und ich rief Louise an.« Felix' Augen funkeln. »Wie der Zufall es will, kam ich gerade noch rechtzeitig. Sie bricht morgen zu einem längeren Urlaub nach Kanada auf.«

Fast hätten wir sie verpasst. »Ich bin unterwegs nach London«, teile ich ihr mit.

»Spätabends sind wir wieder zurück«, ergänzt Tom und hält mir die Beifahrertür auf. »Wir müssen jetzt los.«

»Wenn wir sie jetzt nicht treffen, ergibt sich monatelang keine Gelegenheit mehr dazu. Sie sind dann wieder in London und ich in Yorkshire.«

Ich schaue von einem zum anderen und komme mir dabei vor, als stünde ich vor einem Abgrund. Ich weiß, dass ich mit Tom fahren sollte, aber die Aussicht, Louise kennen zu lernen, ist unwiderstehlich.

Ich schließe die Beifahrertür. »Es tut mir leid.« Das stimmt auch. Aber ich kann Tom nicht in die Augen schauen. »Ich muss das tun, ich muss das jetzt zu Ende bringen.« Er sagt immer noch nichts. »Sag Sara, dass es mir leidtut.«

»Ich rufe sie an«, erwidert er resigniert. Traurig, aber ergeben.

Ich nehme meinen Rucksack.

Felix' Blick wandert von Tom zu mir. »Ich hätte anrufen sollen, ehe ich hier auftauchte.«

»Nein, ist schon gut.« Ist es nicht, man sieht Tom an, wie verletzt er ist.

»Wir können mit meinem Wagen fahren«, schlägt Felix vor. »Aber wir müssen uns beeilen, sie packt bereits.«

»Wir können doch an einem anderen Tag nach London fahren«, sage ich zu Tom, wohl wissend, dass es darum nicht geht.

Ich drücke seinen Arm. »Heute Abend bin ich wieder zurück. Dann können wir reden. Ich werde kochen.«

Er geht hinüber zu Felix' Wagen und öffnet die Beifahrertür für mich. »Dann bis später«, sagt er. Ich gebe ihm einen Kuss auf die Wange, und er zwingt sich zu einem Lächeln.

»Der arme Tom«, sage ich, mehr zu mir als zu Felix. Ich halte meinen Rucksack mit dem ganzen Künstlerbedarf auf dem Schoß fest, den Tom für mich gekauft hat.

»Wir sollten ihn nicht so zurücklassen.« Auch sie klingt schuldbewusst, aber ihre Augen sind voller Eifer.

»Er musste schon viel schlucken.«

»Das Baby zu verlieren, muss ihn schwer getroffen haben.« Sie wendet den Wagen, was mir Gelegenheit gibt, einen Blick auf Toms angespanntes Gesicht zu werfen.

»Es war nicht nur das.« Ich halte inne. »Ich habe mich seltsam benommen, ehe wir hierherkamen.«

Ich habe es geschafft, ich habe endlich den Mut gefunden, diesen Teil meiner Vergangenheit herauszulösen und mich damit zu befassen.

Sie nickt, um mir zu zeigen, dass ich ihrer Aufmerksamkeit gewiss sein kann, sagt aber nichts, bis wir die Straße erreichen.

»Als Benjy starb, konnte ich nach dem anfänglichen Schock nicht akzeptieren, dass er nicht mehr war. Ich nahm seinen Schlafanzug mit in unser Bett. Er ist immer noch dort; er hilft mir.«

»Kann ich nachvollziehen.«

»Aber das ist nicht alles. Bis vor kurzem habe ich immer nach ihm gesucht.«

»Wo haben Sie gesucht?« Sie hört sich so neutral an, als würde sie mich nach dem Weg fragen.

»Ich bin in unseren Garten gegangen und stellte mir vor, ihn dort in seinem Kinderwagen beim Mittagsschlaf vorzufinden. Oder draußen im Wagen, wo ich ihn, wie ich glaubte, im Kindersitz zurückgelassen hatte. Natürlich war er nie da.«

»Und Sie begannen an anderen Orten zu suchen?«

»Ich gelangte zu der Überzeugung, er müsse in der Kindertagesstätte sein. Erst vor kurzem hatte ich damit begonnen, ihn ein paar Mal in der Woche am Vormittag dorthin zu bringen. Das gab mir die Gelegenheit zu malen oder allein einkaufen zu gehen. Oder einen Pilates-Kurs zu besuchen.«

Nach Benjys Tod schlief ich viel, ertrug es nicht, wach zu sein, also tauchte ich ins Nichts ab. Aber eine gesunde junge Frau kann nur eine begrenzte Anzahl von Stunden vor dem Wachsein fliehen, auch mit Schlaftabletten. Ich wachte zur Mittagszeit mit heftigem Herzklopfen auf und stürzte mich in die Suche nach meinen Wagenschlüsseln. Ich fuhr zu Benjys Kindertagesstätte, die fünf Kilometer weit entfernt war. Einer der Gründe, weshalb ich mich für diese Einrichtung entschieden hatte, waren die guten Parkmöglichkeiten: Ich bekam immer einen Platz auf dem gepflasterten Vorgarten, vor allem da ich Benjy um Stunden eher als die anderen Mütter abholte, die ihren Jobs in der Innenstadt nachgingen.

Die ersten paar Mal, die ich nach seinem Tod zum The Willows Nursery für Kinder von sechs Wochen bis fünf Jahren fuhr, blieb ich bei laufendem Motor im Wagen sitzen und sagte mir, ich wisse doch, dass er tot ist, und dass ich dies nur mache, um mich ein paar Minuten lang besser zu fühlen. Ich glaubte mich unbeobachtet, jedenfalls zupfte keiner an der Gardine oder kam heraus. Dann fuhr ich nach Hause und fühlte mich gleichermaßen erleichtert als auch schuldig, wie ein ehemaliger Raucher, der an leeren Zigarettenpackungen schnüffelt.

Beim dritten Mal parkte ich den Wagen und schaltete den Motor aus. Die Tür ging auf. Eine Frau kam aus der Eingangstür und trug ein Kind im Babysitz. Ich wusste, ich könnte klingeln, man würde mich hineinlassen, und sie würden mir Benjy bringen. Maggie und Colleen würden mir erzählen, was er zu Mittag gegessen hatte, und mir versichern, dass er sich eingewöhne. Die vergangenen Wochen waren nichts weiter als ein Albtraum gewesen. Ich griff nach meinem Mobiltelefon, um Tom anzurufen und ihm zu sagen, es sei alles ein fürchterliches Missverständnis, das jetzt aber geklärt sei, beschloss dann aber, dies doch lieber erst zu tun, wenn ich Benjy sicher nach Hause gebracht hatte.

Ich stieg aus dem Wagen und ging die Treppe hinauf. Hielt ich eine Sekunde inne, ehe ich auf die Klingel drückte? Hat meine Vernunft mir zu sagen versucht, dass dies nicht richtig war? Ich kann mich nicht mehr erinnern. Maggie kam an die Tür, sehr blass, wie ich fand. Man hatte ihr zu viel zugemutet, sie um zu viele Zusatzschichten gebeten. »Hat er gut zu Abend gegessen?«, fragte ich.

»Mrs Byrne.« Sonst hat sie immer Minna zu mir gesagt. Wir sind gut miteinander ausgekommen, haben gern geplaudert und gelacht. Aber jetzt war ich durch eine Art von Tür gegangen, auf der »Unberührbar« stand. »Treten Sie ein.«

Für gewöhnlich gelingt es Eltern nicht, die äußere Befestigung von The Willows zu durchbrechen. Der Soziale Dienst oder die Schulinspektion OFSTED oder sonst jemand hat strikte Sicherheitsregeln festgelegt. Und das zu Recht. Als ich an den Reihen der Babysitze und Haken mit den Mützen und Webpelzjacken vorbeikomme, wächst meine Besorgnis. Hat Benjy eine ungewöhnliche Reaktion auf seine Milch gezeigt? War er, Gott behüte, eins jener Kinder, die sich als allergisch gegenüber allen Nahrungsmitteln erweisen, die moderne Mütter kennen? War er gestürzt; hat er sich den Kopf aufgeschlagen? Sicherlich hatten sie Angst, ich würde Theater machen, aber ich wusste über Unfälle Bescheid. Hatte ich nicht Benjys Vater bei einer Zugentgleisung kennen gelernt?

Sie schickte mich ins Büro. »Nehmen Sie Platz. Ich bin gleich zurück.« Ihre Schritte entfernten sich klappernd den Flur hinunter. Ich hörte Gemurmel.

Ich setzte mich an den Computer, neben dem Stundenzettel und Rechnungen lagen. Vielleicht wollte man mich ja nur fragen, ob ich Benjy zum Musikunterricht für Babys anmelden wollte. Tom hatte gelacht, als ich davon sprach, und meinte, er sei für so was doch wohl noch viel zu jung.

Es klingelte.

Ich kann mich nicht erinnern, aufgestanden und aus dem Büro zur Eingangstür gegangen zu sein, aber offensichtlich tat ich das. Ich öffnete die vielen Steckschlösser, und dann stand eine Frau meines Alters vor mir auf der Schwelle mit einem Baby im Autositz. »Hallo«, begrüßte ich sie.

»Hi.« Dem Akzent nach aus dem Norden. »Da wären wir. Ich bin ein wenig nervös, da es für uns das erste Mal ist. Wirklich albern, schließlich ist es nur für zwei Stunden.«

»Eine Probestunde?« Mir fällt ein, dass ich mit Benjy ebenso verfahren war, als wir mit der Kinderkrippe anfingen.

»Richtig.« Ein nervöses Lächeln. »Gerade genug Zeit, um eine Yogastunde mitzumachen. Und einen Großeinkauf bei Sainsbury's. Ich möchte sicher sein, dass er sich hier wohl fühlt, wenn ich nächsten Monat wieder zu arbeiten anfange.« Sie händigte mir den Kindersitz aus. »Sei ein lieber Junge, Rory.«

»Es wird ihm an nichts fehlen.« Ich lächelte den kleinen Jungen an, der sich eine Socke auszog, um seine Zehen zu untersuchen. »Mein Benjy ist genauso alt.«

»Sie haben ja meine Mobilnummer? Und die Durchwahl meines Mannes in der Arbeit?«

»Keine Sorge«, beruhigte ich sie. »Es geht schon nichts schief.« Natürlich nicht.

Ich beobachtete, wie Rorys Mutter mit entspannter Miene in ihren Wagen stieg. Ich hatte sie beruhigt, sie würde nun gehen, und ihre Übungsstunde genießen. Ich wartete, bis sie die Ausfahrt verlassen hatte, und schloss die Tür. Dabei rechnete ich damit, dass Maggie auftauchte und mir Rory abnahm.

Keiner kam. Ich sah das Baby an, das nun damit beschäftigt war, sich seinen Fuß in den Mund zu schieben. Benjy hat das auch immer getan; ständig war ich auf der Jagd nach abgeworfenen Socken. Ich ging mit dem Babysitz die Treppe hinunter. Öffnete die hintere Tür meines Wagens. Erfreut bemerkte ich, dass es sich um einen Qualitätssitz handelte, Sicherheit ist unbezahlbar. Ich gurtete den Sitz auf der Rückbank fest, überprüfte die Spannung der Gurte, um sicherzustellen, dass sie nicht nachgaben. »So, das hätten wir, mein Liebling. In zehn Minuten sind wir zu Hause.«

Die pummelige Hand des Babys winkte mir zu. Pummelig. Benjys Hände waren schlank, selbst für ein Baby.

Dieser kleine Junge war nicht Benjy. Mir lief es kalt über den Rücken. Was zum Teufel tat ich da? Ich löste die Gurte, zog den Sitz aus dem Wagen und stürzte dann die Treppe hoch, um zu klingeln. Das Baby stellte ich auf der obersten Stufe ab und rannte dann zu meinem Wagen zurück. Ich warf den Motor an und fuhr ohne mich umzublicken los. Ein Lastwagen hupte mich an. Ich bog nach rechts in eine Seitenstraße ab. Ich hatte keine Ahnung, wohin ich wollte. Die Leute auf dem Bürgersteig starrten mich an.

Ich schloss die Augen und schaltete den Motor ab.

»Wie lange blieben Sie dort stehen?«, erkundigt Felix sich beiläufig.

»Bis ein Motorradfahrer anfing, an die Scheibe zu klopfen.«

Da ruhte aber mein Kopf schon auf dem Lenkrad. Offenbar hat er gedacht, ich sei ohnmächtig geworden. Ich erinnere mich, dass er mir zurief, ich solle warten, er hole Hilfe. Ich erinnere mich an einen Polizisten. Er war sehr nett und versicherte mich seines Verständnisses, als er mir aus meinem Wagen in seinen half. Ich erzählte ihm, was ich getan hatte, und dass es mir leid tat. Dann kam Tom bleich und zitternd und setzte sich zu mir auf den Rücksitz und hielt meine Hand fest, so dass sie wehtat. »Aber du hast doch gar nichts gemacht«, sagte er immer wieder. »Du hast das Baby nicht mitgenommen.«

»Aber ich hätte es tun können.« Was hatte mich davon abgehalten?

Dann war ich wieder im Krankenhaus – demselben Krankenhaus, in dem ich nach dem Unfall eingeliefert worden war, aber auf einer anderen Station. Sie gaben mir ein Schlafmittel, als hätte ich die vergangenen Wochen nicht ohnehin schlafend verbracht. Als ich wach wurde, zwangen sie mich, Tabletten zu schlucken. Ein Psychiater sprach mit mir. Ich schrie ihn an, dass ich Benjys Schlafanzug haben müsse. Er sah mich ernst an. »Hat er den denn beim Unfall getragen?«, fragte er.

»Nein. Den hat er nachts in seinem Kinderbett getragen.« Zur Party hatte er eine schicke Hose mit Pulli angehabt, ich wollte mit ihm vor unseren Freunden angeben. Diese Kleider hatte ich seit Benjys Tod nicht mehr gesehen. Ich denke, man hat sie Tom mit nach Hause gegeben. Der Psychiater nickte und rief Tom an, sagte ihm, er solle beim nächsten Besuch den Schlafanzug mitbringen.

Der Polizist kam zurück und berichtete, dass natürlich niemand Anklage gegen mich erheben werde – ich hatte mich nicht schuldig gemacht.

»Habe ich doch«, erklärte ich ihm. »Ich habe mein Kind getötet.«

Der Polizist errötete und wandte sich an Tom. Ich sah, wie mein Mann den Kopf schüttelte.

»Ich muss weg von London.« Wenn ich blieb, würde ich noch etwas Schrecklicheres anstellen.

»Ich wollte im nächsten Monat mit dir nach Frankreich«, meinte Tom.

»Ich muss jetzt weg. Bitte.«

Der Psychiater bestand auf einer weiteren Sitzung und unterhielt sich leise mit Tom. Tom nickte und meinte, er werde ein Häuschen an der Küste suchen. Ein Freund könne da vielleicht helfen.

»Dann hat Tom Sie also auf direktem Weg hierhergebracht?«, fragt Félix.

»Nachdem der Seelenklempner allen versichert hatte, es sei äußerst unwahrscheinlich, dass ich tatsächlich ein Kind stehlen würde. Ich sah ihm an, dass er mich noch immer für vollkommen verrückt hielt.« Zumal ich den Schlafanzug nicht losließ.

»Das bezweifle ich. Ansonsten hätte er Sie wohl kaum gehen lassen.« Felix behält Gott sei Dank ihren trockenen Ton bei.

»Ich wusste, was sie dachten. Ich konnte das Mitleid in ihren Augen lesen.«

Wir lassen die Landschaft hinter uns und erreichen die Zeichen der Ballungsgebiete von Poole und Bournemouth: Kreisverkehr, Heimwerkermärkte, Schulen. Ich habe fast das Gefühl, als würde mir was genommen – mir, der Stadtmaus. »Mitleid hat noch nie jemand mit mir gehabt«, fuhr ich fort. »Sie dachten, ich hätte alles, Ehemann, Baby, hübsches Haus, interessanten Job.«

»Aber Sie können all diese Dinge auch jetzt noch haben. Selbst das Baby.«

»Ich weiß nicht, ob ich den Mut dazu habe.« Ich erinnerte mich an den kleinen Jungen am Strand, der das Wasser mit seinen Händen festzuhalten versuchte. »Oder ob ich es verdient habe.«

»Sie sind sehr tapfer.«

»Ich?«

»Sie stellen sich der Wahrheit.«

»Das hat mir aber nicht viel gebracht.« Ich schaudere bei der Erinnerung an die grauen Tage.

»Aber am Ende geht es doch weiter. Vielleicht noch nicht in diesem Jahr. Aber im nächsten. Der Schmerz wird noch da sein, aber Sie werden wieder leben. Dinge bekommen wieder eine Bedeutung.«

»Ich werde mich immer schuldig fühlen.«

Felix sagt nichts, aber sie wirft mir einen kurzen Blick zu. »Wir sind fast da«, teilt sie mir schließlich mit. Meine Hand greift nach der Kormoranskizze in meiner Tasche. Ich will schon meinen Mund öffnen, um zu fragen, was das für ein Klopfgeräusch ist, merke dann aber, es ist mein Herz.

37

Minna

Louise lebt in einer ruhigen Sackgasse am Stadtrand von Bournemouth. Gesetzt wäre das richtige Wort, um die ordentlichen Gärten und Reihenhäuser zu beschreiben, in deren Blumenbeeten meist Petunien wachsen, deren Rasenflächen vor dem Haus zugepflastert sind und die sich mit weißen Spitzengardinen und Blumenampeln schmücken.

»Lebt sie allein?«, erkundige ich mich.

»Offensichtlich. Sie meinte, eine Nichte würde das Haus hüten, während sie in Kanada ist.« Felix biegt hinter einem grauen Ford Focus in die Auffahrt ein. Louise hat ihren Rasen behalten, und ihre Blumenbeete sind voll roter Nelken und Malven. Keine Blumenampeln. Keine Tüllgardinen. Felix stellt den Motor ab, und für eine Weile bleiben wir einfach sitzen. Ich spüre, dass sie, wenn ich jetzt sagte, ich würde lieber nach Hause fahren, sofort einwilligen würde.

»Gut.«

Sie öffnet die Tür, und ihr Gesichtsausdruck erinnert mich an Tom, als Mickey ihn vor zwei Jahren im Urlaub dazu überredete, vom Sprungturm einen Hechtsprung zu machen: tu's oder stirb.

Die Vordertür öffnet sich gleich, nachdem wir geklingelt haben. »Hallo.« Louises Haut ist karamellfarben. Ihr krauses Haar, das nun grau wird, sieht aus, als wäre es einmal mittelbraun gewesen. Sie lächelt: ein breites, offenes Lächeln, das mich an Felix' Beschreibung von Lews Grinsen erinnert. Sie steht aufrecht wie eine Königin, ihre Haut ist glatt und weich und straft ihr Alter Lügen – meiner Berechnung nach müsste sie sechzig sein. Felix neben mir seufzt.

»Sie sind Ihrem Vater so ähnlich.« Sie ergreift Louises Hand. »Es freut mich unheimlich, Sie kennen zu lernen.«

»Kommen Sie rein.« Sie führt uns über Holzböden in einen der hinteren Räume. An den Wänden hängen Teppiche. Auf einer Anrichte stehen Keramikschalen, in einem offenen Koffer liegt eine Gitarre. Die Wände sind in sattem Zimt und Gold gestrichen. Fotos von jungen Frauen stehen auf den Regalen: Wasserski fahrend, Auszeichnungen entgegennehmend, herausgeputzt in Abendkleidern. Auf anderen Fotos sieht man sie Babys und Kleinkinder halten. Lews Enkelinnen und Urenkel?

»Was für ein schönes Haus.« Ich weide mich an den Farben und Strukturen.

»Sie haben mich gerade noch erwischt.« Sie lacht, voll und tief. »Ich bleibe sechs Monate in Toronto bei meiner Tochter Danielle. Sie bekommt noch ein Baby.«

»Haben Sie nur das eine Kind?«, frage ich.

»Drei. Alles Mädchen. Jill ist Anwältin der Anwaltskammer Middle Temple«, sagt sie voller Stolz. »Danielle ist Ärztin. Und Carrie ist Rektorin.«

»Eine begabte Familie.« Felix nickt Richtung Stuhl. »Darf ich?«

»Bitte.« Ihr Lächeln ist warm. »Warum wollten Sie mich treffen?«

Ich habe diesen Moment hundert Mal geprobt, aber jetzt fällt mir nichts weiter ein, als den Kormoran aus meiner Tasche zu ziehen. »Das ist für Sie.«

Sie runzelt die Stirn. »Was ist das?«

»Ihr Vater hat im Oktober 1943 diesen Vogel am Strand von Fontwell gezeichnet«, erklärt Felix. »Er gab ihn mir. Dann hat Minna ihn gefunden. Wir fanden, Sie sollten ihn bekommen, etwas zum Mitnehmen, um es Danielle zu zeigen.«

Louise streicht mit dem Finger über den Vogel. »Er war kein schlechter Zeichner, nicht wahr?« Ich sehe, dass sie den Tränen nahe ist. »Entschuldigung. Es ist schwer – dies alles herauszufinden. Wissen Sie, Mum und ich dachten immer, er hätte sie einfach verlassen, sei in der Normandie einmarschiert und nie zurückgekommen. Oder er habe überlebt und sei in die Staaten zurückgekehrt, ohne es ihr zu sagen.«

»Das hätte Lew nie getan.« Felix Stimme war leidenschaftlich. »Ich war dabei, als er starb. Das Letzte, was er sagte, war der Name Ihrer Mutter.«

Louise schüttelt den Kopf und zwinkert den feuchten Film aus ihren Augen weg. »Als Mum nichts von ihm gehört hat... Sie war verzweifelt. Sie war erst neunzehn, ein Mädchen.«

»Was hat sie gemacht?«, hakt Felix nach und beugt sich interessiert vor.

»Als sie kurz vor der Niederkunft stand, lebte sie in Portsmouth. Sie war dorthin gezogen, weil sie dort besser bezahlte Arbeit fand. Sie war ausgebombt, zum zweiten Mal. Man steckte sie in ein Heim für ledige Mütter und wollte ihr das Baby – mich – wegnehmen, um es zur Adoption freizugeben.«

Ich schaue Felix an, und sehe, wie ihr ein, zwei Sekunden lang die Lider zufallen, als sie die Parallelen zu ihrer eigenen Geschichte erkennt.

»Mum willigte ein, sie tat alles, um ihre Ruhe vor ihnen zu haben. Aber dann stand sie ganz früh am Morgen auf, wickelte mich in eine Decke, schlich die Treppe hinunter und schaffte es, eins der Fenster im Erdgeschoss aufzustemmen. Diese wurden nachts abgeschlossen, als wären sie gefährlich – der Haufen Frauen mit ihren Babys.« Louise lacht. »Vielleicht waren sie es ja auch. Sie hatte genug Geld für eine Busfahrkarte und fuhr nach Southampton, wo sie sich eine Unterkunft suchte. Die Hauswirtin willigte ein, sich für zusätzliche Bezahlung um mich zu kümmern, und Mama bekam Arbeit in einer Munitionsfabrik. Als ich vier Monate alt war, bekam sie einen Platz in einer staatlichen Kinderkrippe.« Louise schnieft. »Wenn es ihnen passte, waren sie ganz versessen darauf, ledige Mütter als Arbeitskräfte zu haben, selbst Mütter von Mischlingen wie mir.«

Ich zucke bei diesem Begriff zusammen. Louise bemerkt es.

»Das war nicht der schlimmste Ausdruck, mit dem man mich bedacht hat, das versichere ich Ihnen. Kleiner brauner Bastard, Negerlein, Nigger, ich habe sie alle gehört.« Louise stieß einen langen und tiefen Seufzer aus. »Aber dann ging der Krieg zu Ende, und man wollte, dass alle Frauen wieder an Heim und Herd zurückkehrten und Hausfrauen spielten. Mum verlor ihren Job und hatte große Mühe, einen anderen zu finden. Wir zogen herum. Manchmal fand sie Arbeit, als Kellnerin, als Saisonarbeiterin zum Obstpflücken. Als ich in die Schule kam, wurde es leichter. Ich war gescheit. Trotz meiner unglücklichen Umstände, sagten sie. Sie setzten Mum zu, mich doch noch zur Adoption freizugeben, aber sie weigerte sich. Und das, obwohl wir so arm waren, dass wir monatelang kein Fleisch sahen. Sie wollten mich sogar nach Cincinnati schicken; dort gab es amerikanische Familien, die farbige Kinder adoptierten.« Louise holt tief Luft. »Schließlich bestand ich die Aufnahmeprüfung und kam aufs Gymnasium. Das Geld für meine Uniform aufzubringen, ging Mum an die Existenz. Aber sie schaffte es. Und ich war immer Klassenbeste. Obwohl mein Gymnastikanzug Secondhand war.«

»Waren Sie gut in Kunst?«, fragt Felix. »Wie Ihr Vater?«

Louise lächelt und deutet auf eine Mappe aus Pappkarton, die an der Anrichte lehnt. »Schauen Sie da mal rein.«

Felix öffnet sie, darin liegen Gemälde und Skizzen: Früchte, Blumen, Bäume, Tiere, Kinder.

»Ich war Lehrerin. Meine Schüler liebten meinen Kunstunterricht.« Ihre Augen schlossen sich kurz. »Ich habe erst vor einem Jahr mit Unterrichten aufgehört, als Al, mein Mann, starb.« Sie mustert mich.

»Und was verbindet Sie beide?«

»Wir trafen uns auf einer Bank im alten Dorf.«

Ihr Blick ist durchdringend. »Erzählen Sie mir doch, warum sie den weiten Weg auf sich genommen haben. Sie sind doch nicht nur gekommen, um mir das zu geben, oder?« Sie berührt den Kormoran. »Das hätten Sie mir auch schicken können.«

Felix bindet die Mappe wieder zu. »Ich bin gekommen, um Ihnen die Wahrheit zu sagen.« Sie vollendet die Schleife. »Ihr Vater ist ermordet worden.«

Ich sehe sie an, als hätte sie den Verstand verloren, aber ihr Ausdruck ihr ernst und ruhig.

38

Felix

Louise richtet sich in ihrem Stuhl auf. »Die Polizei sagte, er sei ertrunken, auf den Felsen ausgerutscht oder so.«

Felix schließt ihre Augen, um die Szene zu verdrängen, die sich vor ihr ausbreitet. »Ich habe Ihnen nicht alles erzählt, Minna. Man hat auf Lews Kopf mit einer Schrotflinte eingeschlagen, bis er unterging. Man hat seinen Schädel nicht gefunden, sonst hätte man den Beweis.« Sie legt die Hand ans Gesicht. »Es war alles mein Fehler.«

1943

Ein Fasan krächzte im Gebüsch, als Felix auf ihrem Weg zum Strand den Wald erreichte. Für den längeren, weniger gruseligen Weg entlang der Straße reichte die Zeit nicht. Der Mond, der nun nicht mehr wie vor ein paar Tagen als dicke Kugel am Himmel stand, verschwand hinter Wolken. Sie schaltete ihre Taschenlampe ein. Äste knarrten im Wind. Sie zögerte. Etwas klapperte dort im Dunkel. Felix wusste, was es war: Johnsons Fallen. Sie zwang sich, Schritt für Schritt weiterzugehen. Nun konnte sie ihn sehen, wie er sich über etwas Metallisches auf dem Boden beugte. Ein Tier schrie. Felix zitterte. Dann herrschte wieder Stille. Johnson erhob sich und nahm sein Gewehr. Sie schaltete die Taschenlampe aus. Er hatte sie gehört. Ihr Mund ging auf und zu. Er näherte sich dem Pfad. Von hinten hörte man das Geräusch des Motorrads. Felix duckte sich hinter eine Eiche.

Der Motor wurde ausgeschaltet. »Sagen Sie, Sie sind doch der Wildhüter, oder?«, fragte Dick.

»Das ist richtig.«

»Wir haben gehört, unser Flüchtiger soll sich am Strand aufhalten. Haben Sie jemand da unten gesehen.«

»Nein.«

»Wir wissen, dass er gesehen wurde.« Doof stieg aus dem Beiwagen.

»Abgesehen von den Kindern ist dort unten keiner.«

Doof zuckte die Achseln. »Okay. Wahrscheinlich haben Sie recht, aber halten Sie die Augen auf.«

Er richtete seinen Blick auf die Fallen. »Ich bin jetzt hier beschäftigt.« Seine Hand schloss sich fester um das Gewehr.

»Mr Johnson? Gibt es da etwas, was Sie uns sagen wollen?«

»Offenbar ist es meine Pflicht, Ihnen bei der Suche zu helfen«, sagte er mit zusammengepressten Lippen. »Ich werde mal einen Blick in die Höhle werfen.«

»Danke. Wir fahren zurück, um das Motorrad an der Straße abzustellen, über den Klippenpfad kommen wir damit nicht. Wir treffen uns dann am Strand.«

Er sah ihnen hinterher, als sie ins Dorf zurückfuhren, nickte dann und brach auf.

Das war nicht vorgesehen. Felix' Mund öffnete sich zu stummem Protest. Er kannte die Wege besser als die Polizei, er würde Lew vor ihnen erreichen. Ihr drehte sich der Magen um, doch sie schlich ihm nach und rannte dann, um mit ihm Schritt zu halten.

Der Pfad machte eine Biegung. Felix war außer Atem und sah nicht, dass er stehen geblieben war und sich umgedreht hatte. »Wer ist da?« Sie duckte sich hinter einen umgestürzten Baum und betete. Seine Schritte näherten sich. »Ist das eins von euch Kindern? Ich kenne eure Spiele. Ihr habt diesen Nigger unten am Strand versteckt, nicht wahr?« Er musste hören, wie ihr Herz schlug und ihr Atem in kurzen, schmerzhaften Stößen kam. Er würde sie aus ihrem Versteck zerren und versohlen. Sie schloss erwartungsvoll die Augen. Nichts geschah. Sie schlug sie wieder auf. Er war weg. Aber sie musste vorsichtig sein. Er hielt sicherlich nach wie vor Ausschau nach ihr. Und er würde den kleinsten Laut hören.

Es war so dunkel, dass sie unmöglich einen Schritt weitergehen konnte, ohne ihre Taschenlampe einzuschalten. Sie griff in ihre Tasche. Weg. Musste wohl rausgefallen sein, während sie hinter dem umgefallenen Baum in Deckung gegangen war. Sie überlegte. Wenn sie danach suchte, verlor sie kostbare Zeit. Aber ohne Licht, und wenn es nur ein schwacher Schein war, kam sie nicht weiter. Ihre Finger suchten den Boden ab. Keine Taschenlampe.

Das leise Stöhnen, das sie hörte, war ihr eigenes. Die Schatten verdichteten sich zu einer Gestalt. Johnson stand vor ihr.

»He du, was geht da vor?« Der Strahl seiner Taschenlampe wanderte über ihr Gesicht. In ihrer Kehle bildete sich ein Schrei und löste sich wieder auf.

»Ich bin es, Felicity Valance.«

»Und was machst du hier?«

»Ich bin auf der Suche nach David.«

Er zog eine Grimasse. »So spät am Abend?«

»Ich muss ihm was sagen.«

»Was denn?« Er trat näher.

»Nichts.«

»Dann sieh zu, dass du nach Hause kommst, Felicity Valance. Ich wette, dein Vater weiß nicht, dass du hier draußen bist, oder?«

Sie sagte nichts. Neben ihnen knackte etwas. Ein Tier schrie. Felix schüttelte sich.

Er beobachtete sie. »Nur ein Kaninchen in der Falle.«

»Können Sie nicht …?«

»Es von seinem Leid erlösen?« Er ging ins Gebüsch. Sie hörte einen dumpfen Schlag. Dann entdeckte sie ihre Taschenlampe neben einer hervorstehenden Wurzel, griff danach und rannte los, stolperte über Zweige, zerkratzte sich ihre Beine an Dornenranken. Ihr Herz klopfte wie wild, seine Schreie verfolgten sie und kamen näher. Sie kam zur Böschung, schloss ihre Augen und sprang hinunter, wobei sie wie ein Fallschirmspringer ihre Beine beim Landen zusammenhielt und dann auf die Straße sprang, um ihren Lauf fortzusetzen. Ihre Brust drohte zu zerspringen, so heftig schlug ihr Herz, und ihre Atemstöße kamen abgehackt und keuchend. Sie erreichte den Klippenpfad und erklomm ihn, weil sie leichter war als er, wäre sie beim Aufstieg schneller. Der Abstand zwischen ihnen wurde größer, seine Flüche schienen sie von weiter weg zu erreichen. Dann spritzten die Kiesel unter ihren Schuhen, und der Schmerz bohrte sich in ihre Brust.

Sie erreichte die Felsen, kaum fähig ein Wort zu sagen. »Er kommt. Versteck dich, Lew!«

»Wer?« David tauchte aus dem Dunkel auf.

»Johnson. Er hat der Polizei erzählt, er würde die Höhle durchsuchen.«

»Woher wissen sie denn etwas von der Höhle?«

»Von mir.«

Jetzt tauchten die Gesichter von Lew und Isabel in Felix' Taschenlampenstrahl auf, und sie bombardierten sie mit Fragen und Vorwürfen. Isabel versuchte Lew einzureden, der Gutsherr würde ihm helfen, nach Irland zu kommen.

»Dafür ist jetzt keine Zeit mehr«, zischte Felix. »Lew muss sich verstecken, ehe Johnson ihn findet.«

David rief Lew, der nun aus der Höhle kam, die Augen vor Angst geweitet. »Gehen Sie über die Felsen, ehe er herkommt«, bedrängte David den GI.

Felix beugte sich vor, um den stechenden Schmerz in ihrer Brust zu lindern. Schwere Schritte näherten sich ihr, dann stand Johnson vor ihr, sein Licht auf ihrem Gesicht. »Jetzt hab ich dich. Was geht hier unten vor sich?«

»Nichts.« Ein Kieselstein rollte von einem Felsen hinter ihr.

»Wo ist Miss Isabel?«

»Weiß nicht.« Etwas platschte, und sie hörte einen Schrei.

Johnsons Strahl zeigte hinaus aufs Meer. »Da ist doch jemand. Zeigen Sie sich.«

Sie nutzte die Gelegenheit, hinter ihm vorbei zu den Felsen zu schleichen. »Felix!« Davids Ruf war fast ein Schrei. »Hilf uns. Er ist im Wasser.«

Isabels weißes Gesicht tauchte aus dem Dunkel auf. »Ist es Lew?« Sie packte Felix' Mantel. »Ist er hineingefallen?«

»Bist du das, Isabel?« Johnsons Taschenlampenstrahl fand ihr Gesicht. »Du bist seit Stunden hier draußen. Und gestern Nacht auch schon.«

»Spionierst mir wohl nach, he?«

»Und wenn? Hier treiben sich gefährliche Typen rum.«

»Gefährlich, dass ich nicht lache.«

Er ging auf sie zu. »Du bist mit diesem Nigger hier unten gewesen.«

»Und wenn schon?«

David schrie wieder, Worte, die der Wind verschluckte.

»Er kann nicht schwimmen. O Gott.« Isabel hielt sich die Hand vor den Mund.

»Wer kann nicht schwimmen?«

Felix sprang über die Felsen, rutschte mit ihren Händen an der nassen Oberfläche ab, Salzwasser spritzte ihr in Augen und Mund. Sie erreichte David und beugte sich hinunter, um Lews durchweichte Jacke zu packen. Er war schwer, als versuchte das Meer ihn zurückzuziehen.

»Geben Sie nicht auf«, schrie David. Lews Finger klammerten sich an die Felsen, er begann, sich mit seinen Armen hochzuziehen.

Seine Brust war schon ganz aus dem Wasser, sein Mund öffnete sich zu einem triumphierenden Grinsen, als Johnsons Stiefel ihm einen Tritt versetzte. Überrascht glitt eine seiner Hände vom Felsen. Er spuckte Blut.

»Gehen Sie weg!« David kämpfte mit Johnson auf den Felsen. »Er kann nicht schwimmen.« Johnson schob den Jungen beiseite, als wäre er eine Feder.

Lew hing mit einer Hand noch immer am Felsen, die andere packte ins Leere. »Ich rutsche!« Seine Hand scharrte und fand wieder Halt. Stöhnend begann er sich wieder aus dem Wasser zu hieven, die Augen glasig vom Schock.

Johnson trampelte ihm auf die Finger. Lew schrie und ließ den Fels los, tauchte ein paar Sekunden lang im Wasser unter. Felix riss das Seidenpapier von ihrer Taschenlampe, klammerte sich an die Felsen und ließ den vollen Schein ihrer Taschenlampe über das Wasser gleiten, damit er wieder auftauchte. Dann war er wieder vor ihr, mit wild um sich schlagenden Armen und nach Luft ringend.

»Missy«, keuchte er. »Verschwinde, jetzt gleich.« Sein Kopf ging unter und tauchte dann wieder auf. »Lauf weg.« Seine letzten Worte waren nur noch ein Keuchen.

»Lew!«, schrie sie.

Johnson nahm das Gewehr, das er über die Felsen mitgeschleift hatte und schwang es hoch in die Luft. Felix Taschenlampenstrahl fing es am Scheitelpunkt ein, ehe es auf Lews Kopf niederkrachte. Lew stieß einen kleinen Seufzer aus.

»Phoebe …«

Er tauchte wieder ab.

Felix kreischte.

»Sei still.« Jemand schüttelte sie. Johnson hatte sich so lautlos angeschlichen, dass sie ihn nicht hatte kommen hören. »Mistkerl, Deserteur.« Er spuckte aus. »Ihr Kinder geht jetzt ins Bett und haltet den Mund.«

Felix blickte zu ihm hoch. »Ich hasse Sie«, schrie sie. »Hoffentlich sterben Sie und fahren zur Hölle.«

Er tastete nach ihr. »Halt dein Maul.«

»Ich erzähle es der Polizei.« Felix hörte das Zittern in ihrer Stimme. »Sie sind auf dem Weg hierher. Wir werden ihnen zeigen, was Sie getan haben.«

»Ich habe nur Isabel verteidigt. Wir hatten ein Handgemenge, er fiel hinein. Keiner wird was anderes glauben.«

»Du, mich verteidigen? Das ist ja großartig.« Isabel lachte, ein dünnes, raues Geräusch vor dem Tosen der Wellen.

»Aber genau das werden sie sagen«, Johnson wandte sich ab, um zum Strand zurückzugehen, »wenn ich ihnen erzähle, dass ich dich mit ihm zusammen gesehen habe.«

Felix folgte ihm. »Was meinen Sie mit zusammen gesehen?«

Johnson lächelte gequält.

»Du lügst.« Isabel sah ihn wütend an.

»Ich werde ihnen erzählen, dass du wie eine läufige Hündin bist, und von mir nicht genug kriegen konntest.«

David sprang neben ihn. »Seid still, beide.«

Johnson verschränkte die Arme vor der Brust. »Dann geh doch, und erzähl es der Polizei. Dann werde ich meinen Teil dazutun, und alle Hoffnungen auf eine großartige Einheirat in die Gesellschaft werden dahinschmelzen. Wer will schon das, was ein Nigger übrig gelassen hat?« Er wandte sich an Felix und bleckte seine Zähne zu einem Grinsen. »Danke, dass du mich direkt zu ihm geführt hast.«

Davids Augen bohrten sich in sie. Das Meer schien für eine Sekunde sein Tosen einzustellen. Bewegungslos standen sie da, David, Isabel und Felix.

»Mein Leben ist ruiniert, wenn du es der Polizei erzählst, Felix«, sagte Isabel mit so leiser Stimme, dass Felix sie kaum verstand.

»Daran hättest du denken sollen, als du Lew nicht gehen lassen wolltest«, entgegnete Felix. »Lass es uns der Militärpolizei erzählen.«

Isabel schüttelte den Kopf.

»Der Gutsherr wird dir glauben, nicht Johnson.« David berührte Isabels Hand. »Das weißt du.«

»Ich kann das Risiko nicht eingehen.« Sie entzog ihm ihre Hand. »Mein Ruf…«

Johnson verkündete: »Ich gehe jetzt.« Dann wandte er sich noch mal zu ihnen um: »Und wenn ich erfahre, dass ihr auch nur ein Wort über das verloren habt, was hier passiert ist, werde ich dich finden. Hörst du? Ich werde dich schon aufspüren.«

Er starrte Isabel an, als wolle er sich ihr Gesicht einprägen, ehe die Dunkelheit ihn verschluckte. Felix glaubte, eine Sekunde bevor er verschwand, seinen Umriss vor den Klippen gesehen zu haben.

David wandte sich an Felix. »Das ist alles dein Fehler. Ohne dich hätte er Lew nie gefunden.«

Dann kamen Dick und Doof knirschend über den Sand auf sie zu, und sie sagten ihr, sie solle still sein und zogen sie hinter die Felsen.

39

Minna

Felix sieht mich an. »Alles andere, was ich Ihnen erzählt habe, entsprach der Wahrheit, was passierte, als die Militärpolizei uns erreichte, wie sie die Höhle durchsuchten, aber nichts fanden, und wie sie dachten, Lew hätte abzuhauen versucht. Und wie wir ihn herauszogen, und ich das Geld aus seiner Tasche holte.«

»Mein Gott.« Mir scheint kein anderes Wort angemessen, meine Reaktion ausdrücken zu können. »Deshalb hatten Sie auch solche Schuldgefühle, es war gar nicht die Polizei, es war Johnson, vor dem Lew davonlief.«

»Johnson hätte ihn nie gefunden, wenn ich nicht gewesen wäre.«

»Ich blicke nicht mehr durch.« Louises fragender Blick wanderte zwischen Felix und mir hin und her.

»Ein Unwetter braute sich zusammen, und ich dachte, Lew wäre in Gewahrsam sicherer. Die Militärpolizei versprach, ihn gut zu behandeln, also brach ich mein Wort und erzählte den Polizisten, wo sie ihn finden konnten. Ich ging an den Strand hinunter, um Lew zu erzählen, was ich getan hatte und dass er keine Angst zu haben brauchte. Aber Johnson folgte mir.«

Louise stößt einen Seufzer aus. »Und Sie waren wie alt?«

»Fast vierzehn.«

Louise schüttelt den Kopf. »Ein Kind.«

»Manchmal dachte ich, ich hätte alles nur geträumt. Es war so dunkel da unten, so laut, als die Wellen auf uns niederkrachten. Manchmal redete ich mir ein, Lew sei einfach ins Wasser zurückgerutscht.«

»Ich verstehe immer noch nicht, warum Sie den Polizisten nicht erzählt haben, was Johnson ihm angetan hat.« Louises Augen ist die Rührung anzusehen.

»Wir hatten Angst.« Felix greift nach ihrer Handtasche. »Und wir mussten an Isabel denken.«

»Isabel?« Louise verzieht die Lippen.

»Später fand David heraus, dass sie seine Schwester war.«

Felix erzählt ihr von der Beichte des Gutsherrn. »Er war in großer Sorge, ihre Heiratschancen zu gefährden. Dennoch war es falsch von uns, nichts zu sagen.«

Louise schweigt dazu. Ihre Augen senken sich auf Lews Skizze. Sie seufzt. »Für das Militär war er nur ein desertierender Nigger. Man hätte sich keine Mühe gemacht, seinen Mörder zu suchen.«

»Da ist noch etwas.« Felix zieht einen braunen Umschlag aus ihrer Handtasche. »Ihr Vater hat dieses Geld für Ihre Mutter gespart. Ich habe es all die Jahre für Sie aufbewahrt.«

Louise nimmt das Kuvert, öffnet es und zieht die großen, alten Geldscheine heraus. »Wie viel mag das wohl in heutigem Geld sein?«

»Nicht viel, vermutlich«, sagt Felix. »Ich wünschte, ich hätte Ihre Mutter ausfindig machen und es ihr geben können. Einmal habe ich es versucht.« Sie erzählt Louise, wie sie zu Isabels Hochzeit in der Hoffnung gefahren ist, dort David zu treffen und ihn dafür zu gewinnen, Phoebe zu suchen. »Ich wusste nicht einmal Phoebes Nachnamen.«

»Sie zog ständig um, Sie hätten keine Chance gehabt, uns zu finden.« Louises Finger blättern die Scheine durch, aber sie sieht sie nicht an. Ihre Augen konzentrieren sich auf die Szenen von vor mehr als sechzig Jahren. »Sie hat immer gesagt, er sei nicht der Typ, um sie im Stich zu lassen. Sie meinte, er war ein Gentleman.«

»Er liebte sie.« Felix sagte dies mit Entschiedenheit.

»Und Isabel?«, fragt Louise fast flüsternd.

»Sie war nur eine Zerstreuung. Ich denke nicht, dass sie etwas miteinander hatten.«

»Ihretwegen hat er sein Leben verloren«, meint Louise seufzend, aber ihr Blick ist jetzt weicher. »Ihretwegen habe ich keinen Vater.«

»Lew hätte Ihre Mutter geheiratet.« Ich stelle mir Phoebe vor, wie sie mit dem Baby im Arm auf einem Boot über den Atlantik fährt. »Vielleicht wären Sie dann in Amerika aufgewachsen.«

»Womöglich ist es gut, dass er uns nicht dorthin mitgenommen hat.« Louises Augen werden schmal. »Eine weiße Frau, verheiratet mit einem Farbigen, in Georgia? Man hätte Lew vermutlich ins Gefängnis gesteckt und meine Mutter ausgewiesen, weil sie die Rassengesetze verletzt haben.«

»Ich frage mich, was aus Tom, Leenie und Marcus geworden sein mag?«, meint Felix.

»Wer ist das?« Louise weiß nicht, dass sie Tanten und Onkeln hat oder hatte.

»Lews Geschwister.«

»Wir haben versucht, Mitglieder der Campbell Familie ausfindig zu machen, ehe wir Lew begruben. Doch wir fanden keine Verwandten von ihm in dem Bundesstaat.« Louise lässt die Schultern hängen. »Vielleicht sind sie nach dem Krieg nach New York oder in den mittleren Westen gezogen. Viele Schwarze zog es wegen der besseren Lebensbedingungen in den Norden.« Sie schweigt wieder.

Ich frage mich, ob sie sich an die armseligen und unwürdigen Lebensumstände ihrer Kindheit erinnert: schäbige Kleidung, Schulausflüge, die sie nicht mitmachen konnte, grausame Sticheleien auf dem Spielplatz.

»Ich danke Ihnen.« Sie steckt die Geldscheine wieder ein. »Wenn ich das mit nach Kanada nehme, werde ich das Gefühl haben, hier alles in Ordnung gebracht zu haben.« Sie streicht wieder über die Kormoranzeichnung. »Ich habe mich immer gefragt, wie es kam, dass er an diesem Strand starb. Und ich habe mir vorgenommen, das herauszufinden. Aber vor meiner Reise nach Toronto war keine Zeit mehr, was in dieser Richtung zu unternehmen.«

»Was ist mit der Polizei?«, frage ich. »Sollten wir es jetzt nicht noch melden?«

»Warum?«, meint Louise achselzuckend. »Mein Vater ist tot.«

»Und Johnson aller Wahrscheinlichkeit nach auch. Er war bereits mittleren Alters, als er in den Krieg zog«, sagt Felix.

»Ich wollte einfach nur wissen, was aus ihm geworden ist.« Louise nickt zur Bestätigung. »Mehr nicht.« Sie nimmt die Kormoranzeichnung zur Hand. »Seltsam, dafür hat er wohl höchstens fünf Minuten gebraucht, oder?«

Ich weiß, was sie damit sagen will: diese von Lew rasch aufs Papier geworfene Skizze hat sechzig Jahre überdauert, um uns zu rühren.

40

Minna

Auf der Rückfahrt legen wir Kilometer um Kilometer zurück, ohne dass eine von uns ein Wort sagt. Mein Mobiltelefon meldet sich mit dem kurzen zweimaligen Klingeln, das eine Textnachricht ankündet. Kris plant wegen ihres neuen Jobs ihren Umzug nach Norden und braucht eine Bleibe in Yorkshire, wo auch eine Katze willkommen ist. »Bin bald unterwegs. Hast du eine Idee?«

Ich werde sie anrufen. Diesmal meine ich es ernst. »Mir ist da was eingefallen«, teile ich Felix mit. »Ich weiß auch nicht, warum es nicht schon eher bei mir Klick gemacht hat.«

»Hm?« Sie sieht müde aus. Die Erzählung von Johnsons Beteiligung an Lews Tod scheint sie erschöpft zu haben.

»Meine Freundin Kris. Sie hat gerade einen Job in Leeds bekommen, sie ist Museumskuratorin. Aber sie möchte nicht in der Stadt wohnen, sie sucht was Ruhigeres. Sie würde gut nach Harrogate passen.«

Felix zieht eine Braue hoch. »Ich habe nie daran gedacht, unterzuvermieten.«

»Sie raucht nicht und gibt auch keine lauten Partys. Sie ist ein Bücherwurm. Sie braucht nur was für ein paar Monate, bis sie sich eingelebt hat.« Ich liefere das ausschlaggebende Argument: »Oh, und sie hat eine ganz wunderbare Perserkatze.«

»Welche Farbe?«

»Grau.«

Felix sagt ein paar Minuten lang nichts. »Wann will sie einziehen?«, fragt sie schließlich.

Wir biegen von der Hauptstraße ab, und der Verkehr lässt nach. Staub legt sich auf Felix' Windschutzscheibe, und sie jagt den Scheibenwischer über die rostfarbenen Sprenkel. Die an der Scheibe herunterlaufenden Wassertropfen erinnern mich an jene Nacht vor einigen Monaten, als mein Leben aufhörte. Ich blinzle. »Warum haben Sie mir das mit Johnson nicht erzählt?«

Es dauert lange, ehe sie antwortet, und ich bin mir nicht sicher, ob sie mich gehört hat. »Ich hätte nie gedacht, dass ich es überhaupt jemandem erzähle«, sagt sie endlich.

»Nicht einmal Louise?«

»Nicht, bevor ich sie sah.« Sie hält inne. »Ich wusste nicht, was ich ihr sagen würde. Ich habe so lange damit gelebt. Es war fast als ...«

»Als was?«

»Das klingt albern, aber ich hatte fast Angst, ohne mein großes Geheimnis nur noch eine Hülle zu sein. Leer. Tot. Ich dachte, die Leute würden in mir eine dumme alte Frau sehen, die einfach die Wahrheit hätte sagen sollen und sich damit hätte abfinden müssen, ein Versprechen gebrochen zu haben.«

»Keiner würde so von ihnen denken.« Aber ich weiß, dass Schuld eine Art Klebstoff sein kann, der alles zusammenhält. Und es ist beängstigend zu wissen, dass es an der Zeit ist, sich von dieser Schuld zu verabschieden. Angenommen, man würde sich in Bedeutungslosigkeit auflösen? Mein Herz kehrt zu Tom zurück, und ich muss daran denken, auf welche Weise ich ihn heute Morgen verlassen hatte, indem ich einfach in Felix' Auto sprang. Ich werfe einen Blick auf mein Mobiltelefon, aber ich weiß, dass wir das nur unter vier Augen besprechen können. Und mein Herz teilt mir eine unbequeme Nachricht mit: Ich habe ihn nicht verdient.

Als wir uns der Stadt nähern, weiß ich, was ich zu tun habe. Ich weiß nur nicht, ob noch genug Zeit bleibt. Swanhams kleiner Markt taucht vor uns auf, die Händler packen ihren frischen Fisch sowie Obst und Gemüse bereits ein. »Anhalten!«, schreie ich. Felix dreht am Lenkrad und setzt den Blinker, was einen Volvo hinter uns zum Hupen veranlasst. »Entschuldigung«, sage ich, als sie mit erschrockener Miene vor Woolworths zum Stehen kommt, wahrscheinlich in Sorge, ich könnte einen Anfall haben. »Ich würde für Tom gern was Besonderes kochen. Ich springe hier heraus und nehme mir dann ein Taxi.«

»Das werden Sie nicht tun, ich parke und warte.« Sie verschränkt resolut die Arme. Ich drehe meine Runde um die Stände und bitte die Händler nicht eher zu schließen, bis sie mir ein Biohähnchen, Spargel und Erdbeeren verkauft haben. Ich wühle in den Kisten mit den Jersey-Kartoffeln, bis ich die köstlichsten und winzigsten Kartoffeln gefunden habe, dann suche ich mir noch die grünen Bohnen aus, die am knackigsten aussehen. Nur das Beste für heute Abend. Mit meiner letzten Zehn-Pfund-Note in der Hand stürme ich über die Hauptstraße zum Spirituosenladen und kaufe eine Flasche weißen Burgunder.

Felix hält mir den Kofferraum für meinen Einkauf auf,

beäugt die Tüten, sagt aber nichts. Wir fahren durch die grünen Straßen mit ihren Hundsrosen und Weidenröschen. Ich weiß, dass ich diese Dinge nun fast zum letzten Mal sehe. Bald werde ich wieder in London sein.

»Ich hoffe, Ihr Festmahl gelingt Ihnen.« Felix' Lächeln geht mir zu Herzen.

»Danke, dass Sie mich mitgenommen haben. Ich musste das bis zum Ende miterleben.«

»Was für ein Ende.« Sie hält vor dem Haus, und wir steigen aus. Sie schließt mich in ihre Arme. »Was für eine wunderbare Frau Louise doch ist.«

»Ja.«

Sie lässt mich los. »Glauben Sie denn, jetzt wieder glücklich sein zu können, Minna?«

»Ja.« Diese Erkenntnis überfällt mich geradezu. »Gott, ich hoffe es. Aber nur, wenn ich es mir mit Tom jetzt nicht ganz verdorben habe.«

»Sehen Sie zu, dass es funktioniert.« Ihr Ton hat dabei etwas Drängendes. Ich weiß, dass sie an all das denken muss, was bei ihr nicht funktioniert hat. Wir stehen schweigend noch ein paar Minuten zusammen, ehe Felix wieder in ihren Wagen steigt. Ich sehe ihr nach, bis das Auto am Ende der Einfahrt angekommen ist und aus meinem Gesichtskreis verschwindet.

41

Minna

Ich stelle meine Tüten in der Diele ab, renne nach oben in unser Schlafzimmer und ziehe Benjys Schlafanzug unter den Betttüchern hervor. Zum letzten Mal drücke ich ihn mir ans Gesicht und atme den Duft ein. Inzwischen riecht er wahrscheinlich mehr nach mir als nach Benjy. Ich gehe nach unten in den Allzweckraum und stopfe ihn mit der Waschpulverkapsel in die Waschmaschine, schlage die Tür zu und drücke den Einschaltknopf, ehe ich es mir anders überlegen kann. Zeit, um loszulassen.

In der Küche packe ich die Einkaufstüten aus und mache mich an die Arbeit. Als ich das Hühnchen mit Olivenöl einreibe, bemerke ich, dass meine Sinne wieder lebendig werden, das goldene Öl unter meinen Fingern weich ist, der Thymian duftet und mir die Hitze ins Gesicht weht, als ich die Ofentür öffne. Seit Monaten koche ich für Tom Köstlichkeiten, aber mir ist dabei nie aufgefallen, was ich tue. Heute ist ein Gefühl in mir, an das ich mich kaum noch erinnern kann: Appetit.

Der Stapel Bankauszüge liegt wie ein Vorwurf auf dem Tisch. Ich setze mich, finde den Anschluss unter den Blättern und hake die Rechnungen ab, bis ich fertig bin. Jetzt habe ich eine Zahl, eine rote Zahl. Aber es ist okay – ich weiß, dass ich wieder arbeiten kann, diese Schuld Stück für Stück abtragen kann, bis wir wieder flüssig sind. Ich teile die Zahl durch zwölf, durch vierundzwanzig. Zwei Jahre. Bis dahin werden wir wieder im Plus sein.

Ich rase in den Hauswirtschaftsraum zurück, wo die Waschmaschine ihren Durchgang beendet hat. Ich ziehe den Schlafanzug heraus und hänge ihn über den Wäscheständer. Wenn er trocken ist, werde ich ihn sorgfältig in Seidenpapier wickeln und zusammen mit dem blauen Plastikband, das man Benjy bei seiner Geburt angelegt hat, und den Glückwunschkarten, die wir bekommen haben, in einer Kommode verstauen.

Toms Wagen kommt knirschend die Einfahrt hoch. Mir bleibt keine Zeit zum Umziehen. Mein Herz klopft. Ich fühle mich in die erste Zeit unseres Werbens zurückversetzt. Ich fahre mir mit der Bürste durchs Haar und hole einen alten Lippenstift aus meiner Handtasche, um mich ein wenig herauszuputzen, und gehe ihm dann entgegen.

Sein Gesicht ist starr, zum ersten Mal ignoriert er die losen Ranken der Wicken, die im Wind tanzen. Normalerweise bleibt er stehen, um sie wieder festzubinden. Er versteht sich zwar nicht als Gärtner, kann solchen Aufgaben aber auch nicht widerstehen. Aber nicht heute Abend. Er ist zur Konfrontation bereit. Oder Schlimmerem.

»Hallo.«

»Hallo.« Er trägt einen hübschen graphitgrauen Koffer in der Hand: vermutlich mein Laptop. »Ich bleibe nicht, ich bin nur zurückgekommen, um ein paar Sachen zu packen, ehe ich in die Stadt zurückfahre.«

»Tom.« Amüsiert betrachtet er meine Hand auf seinem Arm, die ihn zurückzuhalten versucht.

»Ich denke, du brauchst Raum für dich.«

»Nein.«

»Ich bin dir keine Hilfe.«

»Das stimmt nicht.«

»Ich wünschte, ich könnte es glauben. Aber offenbar trete ich immer nur ins Fettnäpfchen. Was ich da letzte Nacht über ein zweites Baby gesagt habe, ich hätte mich in den Hintern treten können. Es überraschte mich nicht, dass du heute von mir wegwolltest.«

Meine Hand verstärkt ihren Griff. »Wir müssen reden. Komm rein zum Essen.«

Ein kurzes Auflachen. »Du meinst wohl, du lädst mir einen Teller voll und knabberst selbst an einem Stück Karotte?«

»Nein. Ich meine zusammen essen. Wirklich.« Ich deute auf den Esszimmertisch, die zwei Gedecke. »Sieh doch.« Er steckt den Kopf durch die Tür.

»Hübsch.« Seine Stimme ist müde.

»Gebratenes Hühnchen. Mit Spargel. Und Erdbeeren und Sahne, deine Lieblingsgerichte. Diesmal esse ich mit dir.«

»Es ist zu spät, Minna.«

»Sag das nicht. Es ist nie zu spät.«

Er schluckt. »Tut mir leid, aber ich glaube nicht, dass wir einander guttun.« Heute Abend sieht er zehn Jahre älter aus, als wäre der ganze Kummer der letzten Monate plötzlich über ihn hereingebrochen. Er wendet sich der Treppe zu. »Ich packe meine Sachen. Du wirst vermutlich noch etwas länger hier unten bleiben. Du brauchst mir nur Bescheid zu sagen, wenn du nach London zurückkommen willst, dann ziehe ich aus dem Haus aus.«

»Nein.« Ich stelle mich vor ihn. »Das will ich nicht. Wirklich nicht.«

»Als du heute Morgen mit Felix weggefahren bist, ist mir klargeworden, wie weit wir uns voneinander entfernt haben.«

»Ich hätte das nicht tun dürfen. Es tut mir so leid.«

»Mir tut es auch leid.«

»Es ist jetzt alles vorbei. Ich bin bereit, weiterzumachen.« Beim Aussprechen dieser Worte spüre ich beinahe, wie sich etwas in mir verschiebt, als würde eine Schicht geschmolzene Lava ausbrechen.

Er seufzt. »Ich habe keine Kraft mehr. Mein Geschäft fällt um mich herum zusammen.«

Ich denke an die Klienten, die nie genug von ihm bekommen können, ihn zu allen möglichen Zeiten anrufen. »Was meinst du damit?«

»Es ist unmöglich, die Firma aus der Ferne zu führen. Ich muss nach London zurück, um Dinge zu klären. Einige meiner Klienten drohen mir bereits abzuwandern.« Er begleitet das mit einem trockenen Lachen. »Einige haben das bereits getan. Wenn es Waymark nicht gäbe, hätte ich gar keine Firma mehr.«

»Das tut mir leid.« Ich zwinge ihn, Augenkontakt mit mir aufzunehmen. »Das hast du nicht verdient.«

»Ich muss retten, was noch zu retten ist.« Seine Schultern scheinen einzusacken. »Wenn ich doch nur Waymark erfolgreich durchziehen könnte, dann gäbe es eine Chance, die Dinge für uns zum Guten zu wenden.«

Dieses »uns« gibt mir ein wenig Hoffnung, dass auch unsere Ehe noch zu retten ist.

»Ich bleibe heute Nacht bei Michael«, fügt er hinzu, und meine Hoffnung schwindet. Aber nicht ganz.

»Ich möchte dir etwas zeigen.« Ich deute auf die Tür zum Hauswirtschaftsraum. »Sieh doch.«

Er folgt mir hinein und blinzelt, als er den Schlafanzug auf dem Wäscheständer hängen sieht.

»Ich kann dir nicht versprechen, ihn wegzuwerfen, aber ich werde ihn mit Benjys anderen Sachen verwahren. Ich mache Fortschritte, Tom.« Die Haut auf meinen Armen kribbelt. Was habe ich da angestoßen? Eine Sekunde lang möchte ich in mein altes, erstarrtes Ich zurück. Aber ich kann nicht.

Er streckt eine Hand aus, um den Anzug anzufassen. »Ich wollte dir gestern Abend vermitteln, dass die Zeit kommen wird, ihn wegzupacken. Ich bin froh für dich, meine Liebe.« Er beißt sich auf die Unterlippe. »Aber ich weiß dennoch nicht, was aus uns beiden werden soll.«

»Wie auch immer du dich entscheidest, du musst vor dem späten Abend nicht nach London fahren, und vorher brauchst du was zu essen, nicht wahr? Das Abendessen ist fertig, ich muss nur noch das Hühnchen zerteilen.« Ich packe ihn am Ärmel. »Komm schon.« Ich schleppe ihn regelrecht ins Esszimmer ab. Er stellt den Laptop ab und setzt sich, als wäre es ein Zahnarztstuhl und er in Erwartung einer Wurzelbehandlung.

Der weiße Burgunder steht gekühlt auf einem Untersetzer. Ich schenke ihm ein Glas ein. »Ich weiß nicht, ob ich soll.«

»Du sollst.« Er trinkt einen Schluck. Ich nehme eine der Spargelstangen von meinem Teller und tauche sie in die Hollandaise. Wie lange ist es her, dass ich etwas so Üppiges gegessen habe? Meine Geschmacksnerven signalisieren freudiges Wiedererkennen. Ich schlucke den ersten Bissen hinunter und tauche die nächste Stange in die Sauce. Tom beobachtet mich unverwandt, als rechne er jeden Moment damit, dass ich mich aufs Klo flüchte, um das Gegessene wieder loszuwerden. Ich kaue langsam und widerstehe den Paniksignalen, die mein Gehirn mir sendet. Dann nehme ich die nächste Stange und wiederhole die Prozedur. Ich esse vier davon und entschuldige mich dann, um das zerteilte Hühnchen mit dem Gemüse aus der Küche zu holen.

Während er seinen Spargel isst, serviere ich den Hauptgang. Er trinkt noch einen Schluck Wein, und mein Herz macht einen Freudensprung – er würde nicht trinken, wenn er noch vorhätte zu fahren.

Ich habe mir ein kleines Stück von der Brust, ein halbes Dutzend Bohnen und zwei neue Kartoffeln auf den Teller gelegt. Es wäre sinnlos, mir zu viel hineinzuzwingen, es ist schließlich Monate her, seit ich zuletzt so viel auf einmal gegessen habe. Aber ich esse meinen Teller leer. Als ich das letzte Böhnchen verzehrt habe, bin ich fast betrunken vom Essen. »Es gibt noch Erdbeeren«, murmele ich. »Und Sahne.«

»Ich hole sie.« Er räumt die Teller ab und geht in die Küche.

Er hat kaum ein Wort mit mir gesprochen. Sein Weinglas ist noch halb voll. Er wird aufbrechen. Als er mit den Erdbeeren zurückkommt, zwinge ich mich zu einem Lächeln. Er starrt mich an.

»Du hast nicht mehr so gegessen, seit Benjy starb.«

»Ich weiß, dass ich mich ändern muss. Und essen, ich möchte essen.« Als ich das ausspreche, wird mir bewusst, wie wahr das ist. Ich nehme eine kleine Erdbeere und esse sie.

Tom beobachtet mich. »Ich hatte das Gefühl, dich verloren zu haben.« Seiner Miene ist die Verletzung noch anzusehen. »Benjy verloren. Dann dich.«

»Ich weiß. Ich denke, die Essensverweigerung und dass ich mich auf Felix' Geschichte gestürzt habe, waren Ablenkungen von dem, was am wichtigsten gewesen wäre.«

»Das mit der Ablenkung sehe ich nicht so. Ich denke, sie hat dir geholfen.«

»Mir geholfen?« Ich bin überrascht, denn ich hätte nicht gedacht, dass er mein Interesse an Felix nachvollziehen konnte.

»Sie hat offensichtlich ihre Probleme gehabt. Und überlebt.«

»Ja.«

»Vielleicht musstest du sehen, dass es möglich ist, weiterzumachen.« Er vertieft sich in seine zerknitterte Serviette. »Und jetzt?«

»Ich habe Lews Tochter gesehen. Ich habe ihr den Kormoran gegeben. Ich habe das Gefühl… etwas zum Abschluss gebracht zu haben.« Ich blinzele. »In ein paar Stunden bin ich so weit, dass wir nach London zurückfahren können«, verkünde ich. »Lass mich nur noch die Küche sauber machen und packen.«

Er lehnt sich in seinem Stuhl zurück und mustert mich. »Sara war wirklich sauer, als ich anrief und ihr sagte, du würdest nicht kommen. Sie hatte Himmel und Hölle in Bewegung gesetzt, um den Nachmittag freizubekommen. Sie arbeitet nur drei Tage in der Woche, und ihr Chef war alles andere als begeistert davon.«

»Ich rufe sie an.« Ich zwinge mich, seinem Blick standzuhalten. »Ich weiß, dass ich mich ihr gegenüber nicht richtig verhalten habe, keinem gegenüber. Und ich würde mir das Haus ihrer Freunde wirklich gern anschauen. Ich habe schon einige Ideen entwickelt.«

Er starrt mich immer noch an. »Er war auch mein Kind, weißt du.« Er schiebt seinen Teller weg. »Ich vermisse ihn.«

»Ich weiß.«

»Wirklich?«

»Natürlich.«

»Ich glaubte, für dich stark sein zu müssen. Ich wäre mir egoistisch vorgekommen, wenn ich meinen Gefühlen nachgegeben hätte.«

Jetzt ist es an mir, ihn verdutzt anzuschauen.

»Ach herrje.« Er streckt eine Hand nach mir aus. »Was rede ich da? Achte nicht auf mich, es ist spät, und ich bin müde. Den ganzen Nachmittag habe ich mit den zuständigen Leuten von MOD telefoniert.«

»Ich dachte …« Ich weiß nicht, was ich dachte. Dass er besser damit klarkam als ich? Dass er seine Arbeit hatte, um sich abzulenken? Dass eine Mutter immer mehr leiden würde als ein Vater? Das volle Ausmaß meiner Überheblichkeit trifft mich zum ersten Mal.

»Es tut mir so leid.« Meine Hand legt sich auf seine. Er wird sie wegziehen. Aber das tut er nicht, er schüttelt den Kopf.

»Keine Sorge, achte nicht auf mich.«

Wie ich das die letzten drei Monate getan habe? Was für ein Mensch bin ich geworden? Etwas passiert, Druck baut sich hinter meinen Augen auf. Ich fange zu zittern an. Ich kann dieser Gewalt nicht widerstehen, die auf mich einschlägt. Ich blicke auf Tom, versuche etwas zu sagen, kann nicht. Meine Hand fällt aus seiner. »O Tom«, sage ich. »Was habe ich getan?« Dann versagt mir die Stimme. Und es geht los. Drei Monate angestauten Leids und Schuld überschwemmen mich, reißen Dämme ein, dringen in Teile ein, die ich für ausgetrocknet gehalten habe. Und es schmerzt, es schmerzt so sehr. Geräusche, die ich mich nie zuvor habe machen hören, Töne, die kaum menschlich klingen, entweichen meiner Kehle. Tom steht auf, kommt zu mir, hält mich.

»Lass alles raus.« Seine Stimme klingt wie abgeschnürt. »Darauf haben wir die ganze Zeit gewartet.«

Ich schüttle meinen Kopf, kann kaum glauben, dass dieses Gefühl mich nicht erstickt. Gerade als ich glaube, der Kummer würde mich erdrosseln, kommen mir die Tränen. Ich schluchze rau und kratzend. Kaum zu glauben, dass ich dieses Geräusch mache. Mein Kopf ruht auf dem Tisch. Eine einzelne Erdbeere beobachtet mich aus der Schale, die ich weggeschoben habe. Dort, wo meine Tränen hinfallen, bildet sich eine kleine Pfütze auf meinem Platzdeckchen. Und es kommen immer neue. Ich weine um Benjy in seinem rotweißen Anzug, der reglos in der Kapelle des Krankenhauses liegt. Ich weine um das Kind, zu dem er nie heranwachsen wird: ein Junge in Uniform, der seinen ersten Schultag hat, ein Fußballer mit schmutzigen Knien. Ein Kind, das ich nie mit ans Meer nehme.

Welle um Welle schlägt über mir zusammen, trommelt gnadenlos auf mich ein, bis ich nicht mehr sitzen kann. Ich gleite zu Boden. Wären diese Tränen leichter gewesen, wenn sie gleich nach seinem Tod gekommen wären? Vielleicht hätten sie sich nicht so ätzend angefühlt. Ich rolle mich hilflos auf dem Teppich zusammen.

Aber Tom ist bei mir, flüstert mir Worte zu, die ich

nicht verstehe, streicht mir übers Haar wie in der Nacht, als Benjy geboren wurde. Ich sehe Tränen in seinem Gesicht. Es ist nicht das erste Mal, dass er um seinen Sohn weint, aber zum ersten Mal, dass er mit mir weint. Unsere Blicke verschränken sich, und ich spüre eine Bindung, die noch stärker ist als die, die ich gespürt habe, wenn wir miteinander Sex hatten.

Als es aufhört, bringt er mir eine Decke aus dem Schlafzimmer und wickelt mich wie ein Neugeborenes darin ein. »Du weißt, was wir jetzt brauchen?«

»Doch nicht etwa einen Becher von deinem verdammten Tee.« Ich versuche zu lächeln.

»Doch. Genau wie meine Großmama ihn gemacht hat.«

»Der wird mich umbringen.«

»Er wird dich aufbauen.«

»Ich sollte mich um dich kümmern«, sage ich ihm. »Ich habe dich so lange vernachlässigt.«

Er schüttelt den Kopf. »Du würdest nur wieder deinen tuntigen Earl Grey kochen. Ich mache das schon. Alles, was ich von dir wollte, war, dass du dich von mir umsorgen lässt.«

Das Gebräu ist stark und zuckersüß, was ich normalerweise hasse, aber es belebt mich langsam, so dass ich mich wieder aufrichten kann. »Ich fühle mich wie eine Hülse«, sage ich. »Ausgetrocknet und unfruchtbar.«

Er nimmt meine Hand. »Du hast gerade alles Schlechte herausgespült. Jetzt kannst du damit anfangen, die guten Dinge wieder in dich hineinzulassen.«

»Ich weiß nicht, ob es jemals wieder gute Dinge für mich gibt.«

Er glättet mein Haar. »Ich verspreche dir, es wird sie geben.«

Ich glaube ihm.

»Es tut mir so leid, dass ich geglaubt habe, du hättest eine Affäre mit Sara«, sage ich ihm.

Er legt einen Finger auf meine Lippen. »Ich rufe nur rasch Michael und Gareth an und sage ihnen, dass sich meine Pläne geändert haben. Ich bleibe hier.«

42

Minna

»Danny Boy«, flötet es in meinen Schlaf, Toms Mobiltelefon – ich habe ihn wegen dieses Klingeltons immer aufgezogen. Ich greife über ihn, um es auszuschalten, aber er hat es bereits in der Hand.

»Entschuldige, es ist Waymark.« Er legt einen Finger auf seine Lippen.

Ich strecke dem Nokia meine Zunge heraus.

»Hallo Jeremy.« Tom setzt sich auf. Ich streiche mit meinen Fingern über seine nackte Brust, und er lächelt mich an. Aber dann verhärtet sich sein Gesicht. »Wirklich? Das überrascht mich nicht. Nun, dann muss ich noch mal darüber nachdenken.« Er zieht eine Grimasse. »Mir tut es auch leid, aber ich kann nicht…« Jetzt steigt er aus dem Bett und geht auf und ab. »Nein, wir geben nicht auf. Wir haben uns mit Politikern und Ministern getroffen, haben die Presse informiert, aber es muss noch eine Möglichkeit geben, was wir tun können.« Es rauscht. »Ja, ich weiß, wie viel Geld Sie bereits ausgegeben haben. Aber was wir jetzt tun müssen, wird nicht mehr Geld kosten, jetzt müssen wir die Herzen gewinnen.« Er beendet das Gespräch.

»Ist er ein Mistkerl?« Ich ziehe an seinen Händen, um ihn ins Bett zurückzuholen.

»Jeremy? Nein, er ist immer höflich. Aber wenn es um sein Projekt geht, ist er wie ein Bullterrier. Und er muss das auch an Land ziehen, weil ein Teil meines Honorars an die Planungsgenehmigung gekoppelt ist.« Mir fällt auf, wie müde Tom aussieht. Ich habe das immer auf die Sorge um mich geschoben. Jetzt erinnere ich mich an die zahllosen E-Mails in seinem Briefkasten.

»Erzähl es mir.« Ich streichle seine Brust.

»Damit willst du dich sicherlich nicht belasten.« Er wendet sich ab.

»Oh, verstehe.« Ich setze mich auf und ziehe meine Hand weg. »Du glaubst wohl, ich könne mich damit nicht auseinandersetzen.«

Er legt die Hand wieder zurück. »Es ist nämlich Folgendes. Waymark hat dieses Häuschen für mich gefunden.«

Verdutzt frage ich: »Ich dachte, das sei Sara gewesen?«

»Sara schlug den Ort vor. Aber Jeremy gab mir die Telefonnummer der Treuhandgesellschaft.«

»Warum?« Ich finde es seltsam, dass Jeremy sich so viel Mühe wegen der Frau seines Beraters macht.

»Nun, warum wohl?« Tom stöhnt leise. »Er möchte seine Hand auf das nächste Paket Land legen, das vom Verteidigungsministerium freigegeben wird.«

Ich setze mich auf. »Welches Stück Land?«

»Die Upper Farm und die umliegenden Felder.«

»Das kann er nicht. Das wird doch sicherlich wie dieses Haus dem Barrows Trust zugeführt?«

»Die ursprünglichen Landbesitzer sind schon vor Jahrzehnten abgefunden worden, also können sie keine Ansprüche geltend machen. Aber die Behörden vor Ort haben viel zu sagen. Sie könnten Jeremys Vorschlag zu attraktiv finden, um ihn abzulehnen. Und das Verteidigungsministerium hat dem Steuerzahler gegenüber die Verantwortung, einen guten Preis für das Land herauszuschlagen.«

»Und wie sieht Jeremys Angebot aus?«

»Eine großzügige Spende für das neue Schwimmbad in Swanham.«

Natürlich, wie könnte man sich auch besser beim Gemeinderat einschmeicheln? »Als Gegenleistung wofür?«

»Für ein Feriendorf.«

Ich stelle mir Tennisplätze und Villen im Haziendastil vor, die sich über das Tal verteilen.

»Es würde alles äußerst geschmackvoll gestaltet, er wird ortsübliche Materialen und Baustile verwenden«, ergänzt Tom, als könnte er meine Gedanken lesen.

»Aber der springende Punkt dabei ist, dass das Land hier in den vergangenen sechzig Jahren nicht erschlossen wurde.« Ich verschränke meine Arme und spüre Wut in mir aufsteigen. »Kein Dünger, keine intensive Landwirtschaft. Die Armee hat zwar die Leute vertrieben und ihre Häuser unter Granatfeuer gesetzt, aber dabei die Umwelt geschützt. Es ist wie eine Kriegsdividende.«

»Genau.«

»Dann wirst du ihm dabei also nicht helfen, oder?«

Tom lässt den Kopf hängen.

»Sag, dass du es nicht tust.«

»Ich sitze in der Falle, Minna. Ich kann es mir nicht leisten, seinen Auftrag zu verlieren.«

Mir wird übel beim Gedanken an die Kreditkarte, die im Supermarkt nicht funktioniert hat, die Würstchen auf dem Grill anstatt des Fischs, der billige Wein, Toms Sorge um das überzogene Konto.

»Du hast die Bankauszüge gesehen. Du weißt, dass wir die Hypothek für diesen Monat nicht zahlen können. Das sind schon zwei Monate in Folge. Ich brauche Waymark als Kunden, wenigstens noch für ein paar Monate, bis ich neue Klienten finden kann.«

»Du musst tatsächlich nach London zurück, nicht wahr?«

Er blickt auf seinen Becher Tee, um mir nicht in die Augen schauen zu müssen.

»Wir fahren zurück.« Ich werfe die Decke ab. »Morgen, sobald wir können.«

»Nein, das können wir nicht. Wir müssen bleiben, bis …«

»Bis es mir besser geht. Aber es geht mir besser.« Als ich die Worte ausspreche, wird mir bewusst, dass sie zutreffen.

»Ich muss trotzdem noch ein bisschen bleiben, Jeremy kommt heute runter. Ich treffe ihn im Cygnet in Swanham.«

»Gut. Ich kann ihm sagen, was ich von seinen Plänen halte.«

»Minna …«

»Ich weiß, ich weiß, wir brauchen sein Geld. Aber nicht zu jedem Preis, Tom, nicht zu jedem Preis.« Da fällt mir was ein. »Ich muss mit Felix darüber reden.«

Seine Augen werden schmal. »Dir ist schon klar, dass wir, wenn du dabei hilfst, dieses Projekt zu kippen, Geld verlieren, das wir dringend brauchen?«

Ich schaue aus dem Fenster auf die Felder und Bäume. »Okay.«

Er geht auf und ab, wie er das immer tut, wenn ihn eine Idee wirklich fesselt. »Andererseits …«

»Was?«

»Es ist eine überaus riskante Strategie, aber manchmal sind das die Besten.«

»Was denn? Hör auf in Rätseln zu sprechen.«

Er setzt sich neben mich. »Angenommen, wir können jemand wie Felix dazu gewinnen, dem Projekt zuzustimmen. Würde das nicht beweisen, dass es wert wäre, realisiert zu werden?«

Ich starre ihn sprachlos an, als wäre er verrückt.

Er zieht mich hoch. »Komm. Du musst dir die Pläne anschauen. Du musst mit Jeremy reden. Und Felix auch.« Er reicht mir das Mobiltelefon. »Ruf sie jetzt an. Sag ihr, wir holen sie in einer Stunde ab.«

Felix Augen lodern, als Tom ihr die Wagentür öffnet. »Das sollte niemals genehmigt werden. Ich kann nicht glauben, dass die Gemeinde das auch nur in Erwägung zieht.«

»Denken Sie doch mal an das Schwimmbad«, sage ich. »Sie haben doch selbst erst vor kurzem gesagt, dass Swanham nicht viel unternimmt.« Schon lustig, wie ich, die ich gerade noch alles Mögliche gegen das Projekt vorgebracht habe, nun Waymarks Verteidigung betreibe. Nun eigentlich die von Tom, meinem Mann.

»Stimmt. Aber selbst das würde den Verlust des Tals nicht wettmachen.« Sie faltet ihre Hände im Schoß.

»Es gibt hier doch kaum noch jemanden, der vor 1943 in Fontwell gelebt hat«, sagt Tom mit sachlicher Stimme. »Und Waymark hat ja gar nicht vor, das Dorf selbst anzutasten, nur den alten Bauernhof. Die Einheimischen werden vielleicht froh sein, hier Arbeit zu finden.«

»Erzählen Sie mir mehr über diesen Jeremy?«

»Jeremy Wilson. Er ist der Manager. Er hat ähnliche Bauvorhaben in anderen Teilen des Landes und in Amerika realisiert.«

»Tom sagt, wir können fünf Minuten vor ihrer Besprechung mit ihm reden.«

»Gut.« Felix' Miene hat die Entschlossenheit eines Bulldogs. Dieser Jeremy wird nicht wissen, wie ihm geschieht.

Ihr Mobiltelefon läutet. »Das sind sicher die Dachdecker, die mir mitteilen, wann sie mit der Arbeit an meinem Haus anfangen können.«

»Sie haben Probleme mit Ihrem Dach?«, fragt Tom.

»Alter und Vernachlässigung.« Sie schaltet das Telefon ab. »Damit kann ich mich jetzt nicht befassen.«

43

Minna

»Jeremy Wilson.« Ich beobachte, wie Felix dem Mann die Hand schüttelt und am Kaffeetisch Halt sucht. Sie nestelt in ihrer Handtasche nach einem Taschentuch. Er ist Ende dreißig und hat markante Gesichtszüge. Ich hatte mit einem gut aussehenden Mann im schicken Anzug gerechnet, aber er trägt ein Hemd mit offenem Kragen und eine Baumwollhose. Über seiner Stuhllehne hängt eine Plüschjacke, und an den Füßen trägt er teuer aussehende leichte Wanderstiefel.

»Entschuldigen Sie meinen Aufzug, ich bin das infrage kommende Gelände abgelaufen.« Er spricht mit amerikanischem Akzent. Er wendet sich mir zu. »Wir haben uns nie kennen gelernt, aber wir waren beide im Winter auf dieser Party in London.«

Diese Party.

»Ich glaube, ich habe Sie auch vor ein paar Tagen im Dorf gesehen«, ergänzt er.

»Natürlich.« Ich erinnere mich an den Mann auf dem Friedhof.

»Da habe ich Sie auch gesehen«, wirft Felix ein. »Auf dem Klippenpfad.«

Wir setzen uns. »Dann erzählen Sie uns mal, Jeremy, was Sie mit dem Tal vorhaben.« Die Festigkeit meines Tons überrascht mich. So war ich früher. Nein, das stimmt nicht. So selbstsicher habe ich nie geklungen.

»Als Erstes möchte ich sagen, dass ich ganz und gar nicht die Absicht habe, die Gegend zu verschandeln.« Sein Blick bleibt dabei fest. »Es ist so schön hier unten, ich möchte nichts tun, was dem schadet.«

»Warum lassen Sie dann nicht die Treuhandgesellschaft das Land kaufen? Die sitzen an der Quelle und können es am besten bewahren.«

»Sie hat nach dem Kauf von Rosebank nicht mehr viel Geld übrig. Ich würde gerne einige Arbeiten am Fluss vornehmen, er muss vom Unkraut befreit werden, und die Ufer müssen gestützt werden.«

»Dagegen kannst du doch nichts haben«, meint Tom.

»Und auch nichts gegen unsere Pläne, die Wiesen mit erwiesenermaßen einheimischen Wildblumensamen zu erneuern.«

»Nein«, gebe ich zu. »Aber ich kann Einwände gegen Schickimicki-Bauten erheben, die den Charakter der Gegend vollkommen verändern.«

»Welche Schickimicki-Bauten denn? Ich werde einige alte Wellblechscheunen abreißen, die mit Rost überzogen sind, und dafür Häuser im Cottagestil hinsetzen, für die einheimische Materialien und einheimische Arbeit zum Einsatz kommen. Und ›Dorf‹ ist der falsche Begriff. Ich spreche von einem halben Dutzend Häuser und einer Schwimmhalle. Wir wollen das alte Hofgelände nicht kaputt machen. Die Menschen, die hier Quartier beziehen, werden vornehmlich Familien sein, die wandern und Rad fahren wollen.« Er beugt sich vor. »So werden wir den Ort auch vermarkten, als einen Ferienstützpunkt für Menschen, denen an der Erhaltung von Natur und Umwelt liegt. Wir werden sogar einen gewissen Prozentsatz des Profits jährlich abzweigen, um einheimische Umweltprojekte zu unterstützen. Wie den Barrows Trust.«

Felix mustert ihn eindringlich, achtet auf jedes Wort, jede Bewegung, darauf, wie er sein Kinn reckt. »Kennen Sie diese Gegend hier gut?«

Er wendet sich ihr zu. »Ich komme aus den Staaten, wie Ihnen sicherlich aufgefallen ist.«

»Sie haben keine Familie hier?«

Er runzelt die Stirn. »Keine nahen Verwandten.«

»Aber Sie haben andere Beziehungen?«

»Die liegen Jahre zurück. Mein Großvater mütterlicherseits hat im Dorf gelebt.«

Sie nickt.

»Ich habe es nicht erwähnt, weil es keine sehr tiefgehende Verbindung ist.« Er versucht, ihrem Blick auszuweichen. »Ich möchte nicht, dass die Leute denken, ich würde versuchen, darüber Einfluss auf sie zu nehmen.«

»Aber Sie sind dafür gerüstet, sie mit einer rigorosen Öffentlichkeitskampagne zu bearbeiten«, sage ich.

Er lächelt Tom an. »Ich habe einige gute Ratschläge von Ihrem Mann bekommen.« Ich werfe Tom einen finsteren Blick zu. Oder versuche es jedenfalls. »Was kann ich Ihnen noch erzählen, um Sie zu beruhigen?«

»Dürfen wir die Pläne sehen?«

»Wie hieß denn Ihr Großvater?«, will Felix wissen.

»Wie bitte?«

»Ich denke, er hieß Philip Fuller.«

Er sieht sie an, als würde er sie für eine Hexe halten. »Woher um Himmels willen wissen Sie das?«

»Philips Bruder Sam war ein Freund von mir.«

»Großonkel Sam.«

»Den werden Sie wohl nicht mehr gekannt haben.«

Er grinst und sieht nun eher wie ein Lausbub als ein Geschäftsmann aus. »Natürlich kenne ich ihn.«

»Kennen?«

»Sam lebt in Florida. An der Küste.« Er scheint sich zu amüsieren. »Der fährt fast noch jeden Tag mit dem Boot raus. Er und Großpapa sind zähe alte Kerle. Sie sagen immer, das Aufwachsen in kalten, feuchten Häusern habe sie für alles gewappnet.«

»Aber Sam ertrank im Nordatlantik, als der Dampfer getroffen wurde.«

Er starrt Felix an. »Wussten Sie das denn nicht? Sam hatte eine Gehirnerschütterung. Jemand schleppte ihn ins Rettungsboot, aber er war in einer schlimmen Verfassung. Es hat Monate gedauert, um herauszufinden, wer er war. Bis dahin war er bei einer Pflegefamilie in Florida untergebracht. Er blieb dort bis zum Kriegsende und beschloss dann, Amerika zu seiner neuen Heimat zu machen. Aber er hielt immer Kontakt zu meinem Großvater.«

»Schwer zu glauben, dass Sam lebt.« Felix ist fassungslos. Wieder kann einer ihrer Geister begraben werden.

Ich lehne mich zurück und studiere Jeremy. »Haben Sie sich dieses Tal wegen ihrer familiären Beziehung ausgesucht?«

»Vermutlich habe ich das. Großpapa und Sam erzählten mir, wie sie während der Ernte oben auf dem Heuwagen mitfuhren. Und von der Höhle am Strand. Vom Gutsherrn in dem großen Haus. Das hörte sich alles sehr romantisch an.« Er hält inne. »Vielleicht hat das meinen Blick mehr gefärbt, als ich zugeben möchte.«

»Haben Sie auch von den Kriegsjahren erzählt?« Ich starre auf eine Kerbe im Eichentisch.

»Sie sagten, in Fontwell sei es sehr ruhig gewesen. Bis man sie evakuiert hat.«

Felix' Mund umspielt ein Lächeln. Ich sehe ihr an, dass ihre ablehnende Haltung dahin schmilzt. »Ihr Plan scheint mir noch nicht genug für die einheimische Bevölkerung vorzusehen«, sage ich. »Ich weiß, dass Sie Geld für das Schwimmbad spenden werden, aber dennoch.«

»Ich bin so großzügig, wie ich mir das erlauben kann.«

»Wie wäre es, wenn Sie ein paar preiswerte Häuser bauen, die man an einheimische Familien verkaufen oder vermieten kann«, schlägt Felix vor. »Die wenigsten Leute können es sich leisten, hier was zu kaufen, die Preise sind horrend.«

Er holt tief Luft. »Unbescheiden sind Sie wohl nicht gerade? Ich werde darüber nachdenken.« Er wendet sich an Tom. »Erinnern Sie mich, dass ich beim nächsten Mal vorsichtiger bin, wenn ich einen Öffentlichkeitsberater einstelle.« Aber das Funkeln in seinen Augen ist stärker als sein Stirnrunzeln.

Ich erhebe mich. »Danke.« Wir schütteln uns die Hände. »Sie sind ganz anders, als ich erwartet hatte.«

Er verdreht die Augen. »Ich frage Sie lieber nicht, was Sie erwartet haben. Schmeichelhaft sicherlich nicht, wie ich mir vorstellen kann.« Er ergreift meine Hand. »Vielleicht möchten Sie sich ja um die Innenraumgestaltung kümmern, wenn wir dieses Stadium erreicht haben? Ich habe das Bürogebäude in Holborn gesehen, das sie gestaltet haben. Und Tom hat mir Bilder von einigen ihrer Wohnhausprojekte gezeigt.«

»Das würde ich gern, danke.« Bin ich das, die da über Arbeit redet?

»Ach übrigens gibt es da noch einige andere Projekte, bei denen wir Hilfe brauchen könnten. Wir haben einige Büros in Limehouse gekauft. Die sehen ziemlich öde aus.«

»Sie versuchen doch nicht, mich zu bestechen, Jeremy?« Ich hoffe, er merkt, dass ich scherze.

Er grinst. »Nicht mehr, seit ich Sie kennen gelernt habe – davor hätte ich viel zu große Angst.« Er macht eine Notiz in seinen Blackberry. »Ich melde mich bei Ihnen, Minna. Kommen Sie in Limehouse vorbei und sehen Sie sich an, ob Sie Interesse daran haben.«

»Mache ich gern.« Hoffentlich merkte man mir meine Verblüffung nicht allzu sehr an.

SWANHAM HERALD

Planer geben Grünes Licht für Fontwell Projekt

Landräte und zuständige Stellen des Verteidigungsministeriums haben den geplanten Verkauf eines Teils des wieder freigegebenen Armeeareals an Waymark Holdings, einer Erschließungsgesellschaft, verkündet. »Waymark ist hocherfreut, dass ihr Angebot akzeptiert wurde«, sagte Tom Byrne für die Gesellschaft. »Wir wissen, dass dieser Teil der Küste sich nur für eine äußerst behutsame Erschließung eignet. Aus diesem Grund beschränken wir uns in unserer Planung darauf, ein altes Bauernhaus mit Nebengebäuden anderthalb Kilometer vor dem Dorf Fontwell wieder aufzubauen. Eines der neuen Gebäude wird Wohnraum für einheimische Familien bereitstellen. Der Barrows Trust berät uns, wie wir das Land, das wir kaufen, am besten schützen können.«

Landrat Colleen Narrow sagte: »Wir freuen uns, in Waymark die beste Erschließungsgesellschaft für dieses Projekt gefunden zu haben. Sie hat ein klares Bekenntnis zu der Gegend abgelegt und mit ihrer aufgeklärten Umweltpolitik ein ermutigendes Zeichen gesetzt. Ihre Spende an den Schwimmbadfond bedeutet, dass der Bau noch im Oktober dieses Jahres und nicht erst im nächsten Frühjahr fertiggestellt wird.«

Landrat Narrow wies darauf hin, dass der Gesinnungswandel im Rat zum Teil auch auf die Unterstützung zurückzuführen sei, die dieser Plan von früheren Bewohnern des Dorfes Fontwell erfahren habe.

44

Minna

Die Autos sind gepackt, Rosebank ist abgeschlossen. Tom und ich gehen ein letztes Mal durch den Garten und hinaus aufs Feld. Die Wildblumen sind schon so gut wie verblüht, nur mit Mühe entdecke ich noch ein paar Stiefmütterchen und Kornblumen. Auf dem Weg zum Klippenpfad streichen Grashalme über unsere Beine. Ich fühle mich, als wäre ein gewaltiger Druck von mir genommen, so dass ich nun wieder die Farben und Düfte genießen kann. Am Strand hebe ich meinen Kopf in die Brise und lasse den Wind über meine Wangen streichen.

Wir stehen im Sand an der Stelle, wo wir vor Wochen Lew gefunden haben. Die Polizei hat das Absperrband jetzt entfernt, und die Flut letzte Nacht hat den Sand geglättet, der Strand liegt wie ein weiches Laken vor uns. In einer Hand halte ich die Urne mit Benjamins Asche. Mit der anderen klammere ich mich so fest an die von Tom, dass seine Blutzirkulation ernsthaft gefährdet sein dürfte. Ich habe das Gefühl, am Ende einer Reise angekommen zu sein.

Lew habe ich nie kennen gelernt, ich weiß von ihm nur, was Felix mir erzählt hat, und auch sie kannte ihn nur wenige Tage. Aber ich gab seine Skizze seiner Tochter und meine, behaupten zu können, doch einiges über ihn zu wissen. Als ich Felix anrief und ihr erzählte, was ich vorhabe, fand sie die Idee gut. Sie erzählte mir auch, dass Lew nicht mehr an ihrem Bett aufgetaucht sei, seit wir Louise besucht haben. Sie glaubt nicht, ihn jemals wiederzusehen. »War er ein Geist?«, fragte ich.

»Nein, nichts in der Art. Er war eine Erfindung meiner Einbildungskraft«, entgegnete sie trocken, wie das typisch für sie war. »Geboren aus meiner Schuld.«

»Sie brauchen sich nicht schuldig zu fühlen.«

Ein Lachen. »Sie und ich wissen aber, dass das überhaupt keine Rolle spielt.«

»Nein.«

Eine Pause entsteht, während wir wohl beide überlegen, was wir gerne anders gemacht hätten. Oder gar nicht. »Nun, wie lautet Kris' Telefonnummer?«, beendet Felix schroff das Schweigen. »Die Arbeiten an meinem Dach beginnen nächste Woche, danach kann sie einziehen.«

Ich nehme den Deckel der Urne ab und werfe die Asche in die Luft. Der Wind nimmt sie auf und breitet sie wie ein graues Banner über dem Himmel aus. Ein paar Sekunden lang schwebt sie in der Luft, ehe sie in die Wellen fällt. Zu leicht, um zu sinken, treibt sie gleich darauf fort. Ich schließe für einige Sekunden die Augen und stelle mir vor, wie Benjamin wohl als Erwachsener ausgesehen hätte.

Als ich meine Augen wieder öffne, sehe ich, dass die Asche in der Weite des Meeres fast verschwunden ist.

»Es ist Zeit zu gehen.« Tom, mein Ehemann, Geliebter, Freund, Vertrauter, zieht mich sanft ins Hier und Jetzt.

Felix

Felix sieht den Autos hinterher, die aus der Einfahrt fahren. Rosebank ist vorübergehend wieder sich selbst überlassen. Minna wird in London einen Neuanfang wagen, unterstützt von ihrem Mann, ihren Freunden und ihrer Arbeit, noch immer trauernd, noch immer verletzt, aber wieder ganz sie selbst. Sie wird ihre dünnhäutige Substanzlosigkeit verlieren, wenn sie wieder mehr isst. Das Leben wird sie zurückholen.

Nächste Woche werden neue Menschen Rosebank für sich in Anspruch nehmen, die hübsche Innengestaltung, die Nähe zum Strand und den gut bestückten Garten bewundern. Keiner von ihnen wird etwas von Lew wissen.

Nun läuft sie selbst am Haus vorbei, späht durch die Fenster wie an jenem ersten Nachmittag nach ihrer Rückkehr. Zum ersten Mal spürt sie eine Verwandtschaft mit dem Ort; es ist nicht nur ein Zufluchtsort für Yuppies, dessen Vergangenheit mit modischer Farbe und schicken Stoffen zugekleistert wurde. Sie erinnert sich, wie sie mit ihrer Mutter in jenem Sommer, als sie einzogen, Himbeeren im Garten gepflückt hatte, wie die Schmetterlinge um die Buddleia tanzten und der Rasenmäher ihres Vaters über den Rasen surrte, Szenen, die von den darauffolgenden Jahren ungetrübt waren. Wenn sie sich konzentriert, kann sie sogar das Lächeln im Gesicht ihrer Mutter heraufbeschwören, als diese ihr die allerletzte Himbeere reichte. »Du verwöhnst dieses Kind«, meint ihr Vater nachsichtig, als er hinter ihnen dazukommt.

»Natürlich tue ich das!« Ihre Mutter lacht. »Wer weiß, was das Leben ihr aufbürdet?«

Dann liegt der Garten mit seinem Duft aus Blauregen und Geißblatt hinter ihr, und sie quert die Wiesen, die zu den Klippen führen. Als Kind hat sie diesen Weg selten genommen; Davids Haus lag in der anderen Richtung, und sie nahmen immer den Pfad, der vom Dorf zum Strand hinunterführte. Unter ihr schwingt der Kiesstrand sich in einer leichten Kurve dem flüsternden Meer zu. Sie geht auf einen letzten Blick hinunter. Diese Szene wird sie sich einprägen. Vielleicht kommt sie eines Tages noch einmal nach Fontwell, vielleicht auch nicht. Aber jetzt ist sie bereit, nach Harrogate zurückzukehren. Sie muss ihr Dach reparieren lassen. Minna hat ihr den Namen und die Nummer ihrer Freundin Kris mit der Perserkatze aufgeschrieben. Wenn Kris das obere Stockwerk ihres Hauses mieten will, muss Felix eine rasche Renovierung auf die Beine stellen und eine Katzenklappe in der Hintertür einbauen lassen.

Sie nimmt einen Kieselstein aus ihrer Tasche und wiegt ihn in der Hand. Jahrzehnte ist es her, dass sie das zuletzt versucht hat. Sie wirft ihn aus dem Handgelenk, so dass der Stein die Wellen nur streift. Einmal. Zweimal. Dreimal. Viermal. Fünfmal.

Danksagung

Ein großes Dankeschön an die Cave und Trollope Mitglieder, besonders an Mark Vender und Kristina Riggle für ihre Ermutigung und Hilfe.

Bei der Arbeit an diesem Roman haben mir folgende Bücher sehr geholfen:

Graham Smith, *When Jjim Crow Met John Bull* (I.B. Tauris & Co Ltd., 1987)

Peter Ackroyd, *London* (Chatto & Windus, 2000, dt.: *London. Die Biographie*, Knaus 2006)

Phillip Ziegler, *London at War* (Pimlico, 2002)

Angus Calder, *The Myth of the Blitz* (Pimlico, 2002)